BRÖSELBÄR
VERLAG

BRÖSELBÄR
VERLAG

Zum Buch

Am 7. 7. 2007 befindet sich die »Hochzeitsstadt Mödling« in einer Bombenstimmung. 77 Trauungen an einem Tag sowie zwei Explosionen, die frühmorgens die Bürger des bezaubernden Babenbergerstädtchens aus dem Schlaf reißen…

Eine mysteriöse Gruppe bekennt sich zu den Anschlägen und kündigt weitere an. Bauwerke werden verschandelt und zerstört. Menschen verschwinden plötzlich…

Der Beginn einer Terrorwelle?

Eine Gruppe Jugendlicher wird auf eine besonders sadistische Weise an den Pranger gestellt…

Eines Tages explodiert ein Pkw und wirft erstmals Licht auf eine kriminelle Verschwörung…

Kommissar Mario Meller und sein Team vom S-C-ONE haben alle Hände voll zu tun, um diesem mörderischen Treiben ein Ende zu bereiten. Es ist ein Kampf gegen wirre Hitzköpfe und hinterhältige »Kampfgeister«.

Zum Autor

Wolfgang Weiss, 1950 in Hall/Tirol geboren, wächst im SOS-Kinderdorf Altmünster am Traunsee auf. 1968 übersiedelt er nach Mödling bei Wien, beginnt seine Berufslaufbahn als Grafiker, Texter & Songwriter und gründet 1980 das Creativhaus. Nach 35 gestressten Jahren in der Werbebranche wendet er sich Neuem zu – dem Leben als Schriftsteller.

Wolfgang Weiss lebt und arbeitet in Mödling, Wien und Berlin.

Wolfgang Weiss

KAMPF GEISTER

Mellers dritter Fall

KrimiRoman

Nach einer
»MordsIdee«
von
Eva Weiss

BröselBär
Verlag

Im BröselBär® Verlag erschienen:

»**Sechster-Sechster-Fünfzig**«, Biografie, Roman
ISBN 978-3-902578-00-6
»**Frühlingsrolle**«, Mellers erster Fall, KrimiRoman
ISBN 978-3-902578-01-3
»**Todesfälle**«, Mellers zweiter Fall, KrimiRoman
ISBN 978-3-902578-02-0
»**Kampfgeister**«, Mellers dritter Fall, KrimiRoman
ISBN 978-3-902578-03-7
»**Bröselbär lebt!**«, Erstes Abenteuer, JugendRoman
ISBN 978-3-902578-11-2

In Vorbereitung:

Mellers vierter Fall – der Titel wird noch nicht verraten
ISBN 978-3-902578-04-4

2. Ausgabe/Oktober 2008, BröselBär® Verlag, 2340 Mödling

Cover-Design: Eva Weiss
Fotos: Eva Weiss, Creativhaus-Archiv
Satz: Creativhaus, 2340 Mödling
Druck und Bindung: Mails & More, 3441 Judenau
Printed in Austria

ISBN 978-3-902578-03-7

www.wolfgang-weiss.at

Kampfgeister sind wie Flaschengeister.

Freigelassen können sie tödlich sein.

Wolfgang Weiss

Eins

Samstag, 7. Juli 2007…

Sie war eine Augenweide – eine halb erfrorene allerdings.

Das sah Meller, weil ein dünnes Kleid das Zittern ihres Körpers erbarmungswürdig zur Schau stellte. In hochhackigen Stöckelschuhen stand sie hilflos da und rieb ihre nackten, gebräunten Waden abwechselnd aneinander warm. Wie ein Storch, der gewöhnlich einbeinig so zu ruhen vermochte. Dabei blickte sie – ein fragiles Krönchen im Haar – bibbernd zu ihrem Bräutigam auf. Dass der Storch bei dem jungen Pärchen bereits angeklopft hatte, das konnte Meller an der beträchtlichen Ausbuchtung des Brautkleides sehen.

War es die Aufregung, alsbald vor dem Standesbeamten zu stehen, die Vorfreude, dem Liebsten das schicksalsverbundene Ja-Wort entgegenzuhauchen, die das Mädchen so erzittern ließ? Oder war es doch nur die frische Brise, die diesen frühen Morgen als *den* Hochzeitstag schlechthin eröffnete?

Der 7. 7. 07. Eine Schnapszahl, wie man zu sagen pflegt. Und eine Schnapsidee von vielen Pärchen, diesen Tag als Start für eine gemeinsame Zukunft auszuwählen.

Die Zahl Sieben und die gleich dreimal hintereinander. Na wenn das nicht geballtes Glück versprach! Mehr Garantie gab es wohl kaum.

Wie lange man zusammenbleiben wollte? Natürlich auf ewig! Das würden sie an diesem Glückstag einander hoch und heilig versprechen.

Möge ihnen das frühe Aufstehen besonderes Glück bringen, schmunzelte Meller. Denn wer am 7. 7. 07 um Schlag sieben Uhr morgens vor dem Standesbeamten zum Ja-Sager wurde, der wollte einen Superbonus fürs gemeinsame Glück einsacken...

Und wenn es nicht klappen würde mit den beiden?

Mein Gott, da ziehen noch so viele Glückszahl-Tage ins Land. Der 8. 8. 08 oder der 9. 9. 09. Wie wär's mit dem 10. 10. 10? Auch der 11. 11. 11 – recht lustig, weil Faschingsbeginn. Besonders vielversprechend jedoch der 12. 12. 12. Bis dahin müsste diese Ehe schon halten. Ist ja schließlich eine halbe Ewigkeit. Wenn nicht, dann auf ein neues »Ja«. Wird sich schon wer finden...

Nicht mehr und nicht weniger als 77 Hochzeiten sollten am heutigen Tag in Mödling an sieben verschiedenen Locations absolviert werden.

Mellers Gedanken kreisten um Zahlen und Tage, während er, etwas außer Atem gekommen, auf einer der Bänke vor der Grünfläche, die das Standesamt teilweise einsäumte, saß. Er musterte das Hochzeitspärchen genauer.

Die lässige Gleichgültigkeit, mit der der Zukünftige seine Zigarette in den Fingern hielt, um davon hin und wieder einen Zug zu nehmen, zeigte jedenfalls einen Typ von Mann, der es gewohnt war, selbst in morgendlicher Frische *alles im Griff* zu haben. Kein Wunder – steckte er doch lässig in einem dunklen Anzug und wie gelackt, in schwarzglänzenden Schuhen. Das offene Sakko gab einem blitzblauen Hemd die Chance, ein Muskelpaket begnadeter Adoniskultur zu präsentieren. Eine knallorange Krawatte zeigte sich brutal in ihrer vollen Breitseite und schlug sichtbar wie unbarmherzig zu.

K.o. – nach zweimal drauf schauen. Die Krawatte gewann und der Kommissar ergab sich freiwillig.

»Halt die da, Bertiburli«, bat sie ihren Zukünftigen und hielt ihm ihr Blumengebinde hin, das er gelangweilt entgegennahm und wie eine Bowlingkugel vor dem Wurf schwang.

»Niiicht... so pass doch auf! Die sind von der Mutti«, fuhr sie ihn an und jammerte weiter: »Scheißkalt... und das im Juli. Ich muss mir die Füß warmreiben. Wenn ich wenigstens die Strumpfhose anzogen hätt...«, bückte sich und kippte mit ihren Stöckelschuhen dabei fast um.

»Hoppala Butzi, net umfallen«, kam der Berti, ihr Muskel-Burli, mit der Zigarettenhand zu Hilfe und griff ihr unter die Arme.

»Geh biiitte, Bertiburli, pass auf, du brennst ma a Loch...!«

Hektisch wischte sie die glühenden Funken aus dem weißen Stoff. Zu spät. Hellbraune Tupfer blieben als sichtbare Spuren. Sie versuchte sie – mit Spucke am Finger – zu verreiben und meinte vorwurfsvoll: »Da schau... des sieht ma aber jetzt!«

»Haltest halt die Blumen davor, dann sieht man's net«, und streckte ihr den Strauß wieder entgegen. Missmutig nahm sie ihn und drohte:

»Wenn wir noch lang da rumstehen, könnts euch die Hochzeit auf'n Bauch picken. Weil dann musst mich mit an Blasenkatarrh ins Spital bringen. Du weißt, was des wieder heißt. Nix is mit'm Schnackseln heut Nacht und für die nächste Zeit... Ich könnt mich abwatschen, dass ich mich zu dem blöden Termin hab überreden lassen. Immer hab ich gsagt, um sieben am Abend sollt ma heiraten. Dann wär's auch noch am siebten-siebten gwesen.«

»Des wär aber net gangen. Zwengan Wastl-Onkel. Weil der fliegt heut Nachmittag in die Domrep. Und du weißt, was er uns versprochen hat. Wenn er bei der Hochzeit live dabei ist, dann steht sein Dreier BMW vor unserer Tür. Also, des bisserl Abfrieren sollt uns das Cabrio schon wert sein. Schließlich ist es sein Hochzeitsgeschenk an uns.«

»An dich, Bertiburli, an dich«, berichtigte sie ihn.

»Aber du sitzt auch drin, wenn ich fahr.«

»Des will ich auch stark hoffen. Weil sonst könn ma uns den Zirkus da gleich ersparen... Na endlich, jetzt kommen s' alle. Komm, Bertiburli, gemma rauf und bring mas hinter uns.«

Eine kleine Gruppe festlich gekleideter Männer und Frauen kam auf das Pärchen zu und begrüßte es lautstark. Die Braut vorsichtig berührend und küssend, damit Frisur und Krönchen nicht zu Schaden kamen...

Meller war zu früh dran. Doch das wusste er.

Seit der Entscheidung, notwendige Fahrten in Mödling so oft wie möglich mit dem Rad zu erledigen, hatte sich seine Kondition, dadurch auch seine Laune, wesentlich verbessert. Das tat seinem Ego verdammt gut. Und was für ihn gut war, sollten auch seine Untergebenen positiv zu spüren bekommen.

Als ehemaliger Boss des S-C-ONE und seit zwei Jahren freiwillig zum Chef der V-Gruppe 4 degradiert, hatte er nur noch eine kleine Mannschaft unter sich, die aber umso lieber. Die V-Agenten Mike Lehner, Axel Körner, Manuela Kohn, sogar die zickige Irene Schneider profitierten von seiner hervorragenden Laune. Von Claudia Rotter, seiner cleveren Sekretärin ganz zu schweigen. Sie hatte ohnehin einen gewaltigen Stein im Herzensbrett des Kommissars.

Was so ein Drahtesel alles bewirkt. Bloß täglich ein bisschen in die Pedale treten, schon war Mellers Gemütspegel auf sonnigen Höchststand gebracht.

So wie jetzt hier, auf einer Bank vor dem Mödlinger Standesamt, wo er soeben Zeuge einer bemerkenswerten Diskussion zweier bald Vermählten wurde, die ihr Glück vermutlich noch nicht so recht im Griff hatten.

Vor sich das neue Fahrrad abgestellt, das er auf Anraten seines Freundes Lo Bianco gekauft hatte.

Heiraten – wie die beiden da?

Er wusste, das kam für ihn nicht infrage. Zumindest nicht mehr in diesem Leben. Wen denn auch? Seine schmerzliche Erinnerung an Lilian – seine große Liebe, die er so grausam verloren hatte – schleuderte ihn durch eine noch immer nicht ganz überwundene Zeitepoche und ließ ihn aufseufzen.

Nein, Lilian war als Ehefrau die Einzige und dabei sollte es bleiben. Jedoch der Wunsch, sich wieder dem weiblichen Geschlecht zuzuwenden, kristallisierte sich beim Kommissar immer stärker heraus. Es gab schon einige Damen, die er sich als sinnvolle wie sinnliche Ergänzung vorstellen konnte. Mit ihnen würde er, sollte es wirklich darauf ankommen, auch im gemeinsamen Haushalt leben wollen. Besonders mit der einen. Jedoch bei diesem Gedanken beschlich ihn ein mulmiges Gefühl, weil er die andere – deren Herz und Seele ihn genauso berührte – logischerweise sehr, sehr enttäuschen würde.

Mensch Meller, sei ein Mann und handle danach, schalt er sich und musste grinsen. Besser den Schalk als eine Frau im Nacken. Doch als Mann mit Prinzipien wollte er keine Doppelgleisigkeit entstehen lassen. Genauso aber störte ihn ein Hintereinanderfolgen von Liebschaften, nach dem Motto: Wenn es mit der einen zu Ende war, sollte gleich die andere parat stehen. Nein, so eine berechnende Art lag ihm nicht. Dennoch, sein Herz war mit beiden Damen beschäftigt. So sehr beschäftigt, dass er beinahe vergaß, warum er eigentlich hier saß.

Ein Blick auf die Uhr und er sprang auf.

Verdammt, verdammt!

Er saß doch glatt im anthrazit Brioni-Anzug in der Fußgängerzone vor dem Mödlinger Standesamt und sollte eigentlich um diese Zeit in der St. Othmar-Kirche seinem Kollegen Mike Lehner als Trauzeuge zur Seite stehen!

Der V-Agent hatte es sich in den Kopf gesetzt, seine Frau um sieben Uhr früh vor den Altar zu führen, um endlich auch die kirchliche Trauung zu vollziehen. Jetzt, nach dreizehn Jahren standesamtlich beeideter Lebensgemeinschaft.

Noch verblieben Meller gute zehn Minuten. Doch die steile Gasse zur St. Othmar-Kirche hinauf wollte er zu Fuß gehen. Mit dem Rad, keuchend und nach Luft schnappend vor der Kirche aufzutauchen, war ihm peinlich und mit dem Auto vorzufahren, sprach gegen sein Umweltschutzdenken.

Also schob er das Rad durch die enge Pfarrgasse bis zur Einfahrt des ehemaligen Finanzamtes, stellte es dort im Hof ab und versperrte es. Dann eilte er flotten Schrittes zur Kirche hinauf, wo schon eine kleine Schar Hochzeitsgäste wartete.

Vorrangig die Kollegenschaft des S-C-ONE. Andere waren von weit her gekommen, um der Trauung beizuwohnen – aus Laa an der Thaya. *Dort, wo Füchse mit dem Brotsack erschlagen werden,* laut Körners Aussage. Hauptsächlich Verwandte aus Lehners Familie. Eine Jugendfreundin der Braut, die sich dem Kommissar affektiert als Nelly Morgan vorstellte, war sogar extra aus New York gekommen. Früher habe sie Manuela Blumberger geheißen, gestand sie – Meller anschmachtend, tief in die Augen blickend. Vor Jahren hatte sie den Sprung über den großen Teich geschafft, direkt in die Arme von Mister Morgan. Heute, längst geschieden, waren ihr ein lukratives Hotel und der Name Morgan geblieben. Im Übrigen beneide sie ihre beste Schulfreundin um den treuen Zwei-Meter-Mann

Lehner. Und wenn der Herr Kommissar einmal nach New York komme, könne er gerne bei ihr absteigen. Hotel Morgan in der Fifth Avenue, Ecke Fünfundvierzigste…

Bla-bla-bla – Meller hörte nur mit halbem Ohr hin und begab sich mit den anderen in die Kirche.

Er war nicht gerade glücklich, den Trauzeugen abzugeben. Doch Mike Lehner hatte ihn herzerweichend gebeten, dass es für ihn eine große Ehre wäre, wenn sein Chef dieses Amt übernehmen würde. Meller hatte also zugesagt. In Erinnerung an seine Lebensrettung durch Lehner vor einem Jahr, als dieser ihn in letzter Sekunde aus der Felswand hochgerissen und vor dem tödlichen Absturz bewahrt hatte.

Also fühlte er sich verpflichtet, dem gutmütigen Kraftpaket diese Freude zu bereiten. Seit dem Vorfall beim Steinbruch in der Hinterbrühl war ihm Mike Lehner ans Herz gewachsen.

Stoppl – Mikes Frau – wie Lieselotte Lehner von allen genannt wurde, weil sie neben ihrem Zwei-Meter-Mann ziemlich kurz geraten schien, musste ein Vielfaches an Power aufwenden, um ihren Riesen bei Laune sowie den zwölfjährigen Sohn Tobias im Zaume zu halten. Mit ihrer Freundin Isabella Fischer – auch sie hatte einen Sohn in Tobias' Alter – verband sie nicht nur die Sorge als Mutter um ihr Kind, sondern auch eine innige Seelenverwandtschaft. So war es naheliegend, dass Isabella, kurz Bella, für Stoppl gerne die Trauzeugin mimte, was wiederum Mellers Entscheidung, als Beistand für den Bräutigam zu agieren, um einiges leichter machte. Hatte es doch den Vorteil, Bella verdammt nahe zu sein.

Was hatte er nicht alles unternommen – sogar eine wochenlange totale Funkstille zu Eva Roth in Kauf genommen – um sich seiner Gefühle sicher zu sein. Bella war in den letzten Monaten beinahe zur heimlichen Obsession geworden, zum

Objekt seiner Fantasien und innigsten Wünsche. Doch er wagte es nicht mehr, einen weiteren gezielten Angriff in diese Richtung zu starten, seit der einen Chance, wo es fast geklappt hätte... Aber jetzt wollte er nicht an diese Schlappe erinnert werden.

Still genoss er die Nähe zu Bella neben sich, saß wie sie unbeweglich hinter dem Brautpaar und harrte der Dinge, die auf sie zukommen würden. Ein Blick – Bella drehte sich ihm plötzlich unverschämt lächelnd zu – und ein flammendes Feuer raste Meller den Rücken hinab, um in seiner Körpermitte aufgestaut innezuhalten.

Aahh – was für eine wohltuende Wärme in der Kälte dieses düsteren Kirchenschiffes!

Wären die feurigen Stromstöße in Mellers Rückenmark sichtbar gewesen, er hätte mit Leichtigkeit die St. Othmar-Kirche bis in den letzten Winkel ausgeleuchtet. Er aber hielt das flammende Brennen in sich gefangen. Denn heute hatte ausschließlich das Brautpaar zu erstrahlen.

Verdammt, verdammt!, wie Bella seiner Lilian so was von ähnlich sah – beinahe erschreckend.

Sieben Uhr, null Minuten, zehn-elf-zwölf Sekunden...

Kawummm-krach-bumm...!

Und wieder:

Kawummm...!

Zwei gewaltige Explosionen zerrissen den friedvollen Morgen. Selbst in der St. Othmar-Kirche waren sie zu hören, bevor sie mit mehrfachem Echo im Kirchenschiff erstarben.

Noch hatte der Pfarrer mit der Zeremonie nicht begonnen. Doch er war irritiert, weil der Chor, der bereits zum Eröffnungslied angesetzt hatte, abrupt verstummte.

Die darauffolgende Stille war bedrückend und zerstörte mit einem Schlag die feierliche Stimmung. Stoppl sah sich hektisch um und winkte ihren Sohn zu sich, der links in der ersten Bankreihe saß, um ihn vor möglichen Gefahren zu schützen.

Axel Körner eilte gebückt heran, als hätte er ein Rückenleiden, und flüsterte Meller etwas ins Ohr. Auch Mike Lehner, der stets Besonnene, war jetzt aufgesprungen und unterhielt sich flüsternd mit Meller und Körner.

Der Pfarrer entschuldigte höflich die kurze Unterbrechung und ging auf die V-Agenten zu. Nach einer heftig geflüsterten Diskussion nahm schließlich Axel Körner den Platz von Meller ein, während dieser sich leise von Isabella Fischer verabschiedete und aus der Kirche eilte. Draußen schaltete er sein Handy ein und rief im S-C-ONE an.

Alsbald ertönte Sirenengeheul und das *Tatü-tata* mehrerer Einsatzfahrzeuge zog sich wie ein akustischer Bandwurm durch die Straßen der Stadt.

Der Kommissar eilte zur Mauerbrüstung hin, die den Vorplatz der Kirche eingrenzte. Von hier aus hatte er eine grandiose Sicht über das Zentrum.

Die Detonationen mussten an zwei verschiedenen Stellen erfolgt sein. Schon sah man hinter dem Fichten-Hof, einer ehrwürdigen, alten Turmvilla unterhalb der Kirche, eine Rauchwolke über Mödling aufsteigen. Er vermutete den Brandherd irgendwo an der Hauptstraße. Die zweite Rauchfahne stieg direkt aus dem Zentrum der Stadt senkrecht in den strahlend blauen Himmel…

Seit Neuestem hieß es in Mödling: Meller reitet wieder.

Wie John Wayne in einem seiner legendären Western. Nur dass der Kommissar nicht über Berg und Tal galoppierte und mit dem Schießeisen umherballerte. Nein, er strampelte sich lediglich auf seinem Drahtesel in eher flachen Gegenden ab. Ohne Absicht auf Verbrecherfang.

Er tat dies einzig und allein aus drei Gründen: der Gesundheit prophylaktisch, der Figur notwendigerweise und der Umwelt vernunfthalber zuliebe. Um korrekt ehrlich zu antworten, würde man ihn drauf ansprechen, war sein Hauptargument: die Muskelmasse wieder auf Vordermann zu bringen.

Dass er auf seinem Drahtesel nicht unbedingt die beste Figur abgab, störte ihn ziemlich. Kam doch, seiner Meinung nach, jeder Biker wie ein Affe auf dem Schleifstein sitzend daher. Also versteckte er sich in der Menge der Pedaltreter und wäre mit Sturzhelm ohnehin nicht erkannt worden. Jedoch einen solchen aufzusetzen, dagegen sträubte er sich. Dieser lag unbenützt daheim, nachdem ihn sein Spiegelbild damit brüllend ausgelacht hatte. Mit diesem Ding wie eine bucklige Steppengrille einherzuradeln, so viel Inkognito beanspruchte der Kommissar nun auch wieder nicht. Um der Statistik einen Gefallen zu tun und von einem Autorowdy abgeschossen zu werden, so viel Radfahrzeit war dem Kommissar ohnehin nicht gegönnt, rechtfertigte er seine selbst diagnostizierte Fahrradhelm-Allergie.

Noch etwas gab es, was dem Kommissar zu schaffen machte: seine frappante Ähnlichkeit mit George Clooney, die er einfach nicht abstreiten konnte.

Eigentlich hätte sich Meller glücklich schätzen können, mit einem – hauptsächlich von den Damen – vergötterten Filmstar verglichen zu werden. Wollte er aber nicht, denn er sah dies keineswegs als Glücksfall. Er war es leid, alle Augenblicke auf seine Doppelgängerrolle hingewiesen zu werden.

Vor allem wenn Statements an seine Ohren drangen, während er pedaltretend seinen Body stählte, wie:

»Jöh schau, die Clooney-Kapsel auf der Kaffeereibe« oder andere verbale Entgleisungen. Wenn auch vom Fahrtwind verzerrt, der Kommissar hörte sie unmissverständlich. Sie rutschten ohnehin nur männlichen Neidhammeln über ihre unflätigen Lippen, weil erstens Mellers sauteures Citybike alles andere als eine Kaffeereibe war und zweitens jene Unflätigen liebend gern in Mellers Haut stecken würden.

Wie auch immer: Promis werden nie mit Normalos verglichen. Oder ist jemals wer auf die Idee gekommen zu sagen: »Also, der Clooney, der schaut dem Meller aber so was von ähnlich!«

Eben. Eben nicht.

Auffallend war nur, dass just zu jenen Zeiten, in denen der Kommissar radwegs durch die Gegend strampelte, immer mehr Radlerinnen seinen Reifenspuren folgten.

Fast wie Stalking… radmäßig.

So kam es, dass sich der Kommissar an seinem freien Tag erstmalig mit dem Fahrrad auf Ermittlertour begeben musste, während V-Agent Axel Körner für Meller einspringen sollte, um für Mike Lehner den Trauzeugen abzugeben, obwohl sich der Bräutigam prinzipiell dagegen sträubte. Doch die bittenden Augen von Stoppl überzeugten den ohnehin sanften Hünen, mit seinem Kontrahenten Körner heute ausnahmsweise gütlich auszukommen. Um des lieben Friedens willen, weil doch Hochzeitstag ist.

Meller eilte zu seinem abgestellten Rad, während er übers Handy die genauen Standorte durchbekam.

Seine Vermutung hatte ihn nicht getäuscht. Die eine Explosion hatte sich an der Hauptstraße ereignet und zwar auf dem Dach des Hochhauses, in dem sich eine Tanzschule befand, wo auch der größere Schaden angerichtet wurde. Eine zweite Detonation hatte das Dach der Mödlinger Bühne beschädigt.

»Die Sendeanlagen für Handys, die sich auf den Dächern der beiden Häuser befanden, wurden weggesprengt«, berichtete die S-C-ONE Chefin dem Kommissar und bat ihn, zum Hochhaus in die Hauptstraße zu fahren. Ob es neben extremen Sachschäden auch Verletzte oder gar Tote gebe, wisse man im Moment noch nicht. Jedenfalls waren die nötigen Einsatzleute schon auf dem Weg zu den Tatorten, die zurzeit abgesperrt und gesichert wurden.

Meller fuhr los und radelte auf die noch immer weithin sichtbare Rauchsäule zu…

Etliche Einsatzfahrzeuge der Polizei mit blitzenden Blaulichtern, Feuerwehren und Rettungsautos blockierten die Hauptstraße. Ein Aufgebot von Beamten der Exekutive, von Sanitätern und Feuerwehrleuten agierte hektisch und war sich aufgrund der Enge des Platzes ständig im Wege. Sie riefen einander Weisungen zu, diskutierten und artikulierten heftig, schienen jedoch im Großen und Ganzen das Geschehen im Griff zu haben.

Männer mit Helm und feuerfester Montur standen am Ende der ausgefahrenen Leitern zweier Einsatzfahrzeuge und gaben letzten züngelnden Feuerherden den Todesstoß. Auch auf dem Dach hantierten Feuerwehrleute und erstickten Glutnester. Sie ließen verkohlte, qualmend rauchende Reste vom Dach auf die Wiese vor dem Hochhaus fallen. Ein grobschlächtiger Mann rannte auf einen Feuerwehrmann zu und brüllte ihn an, weil seine Kollegen angeblich wichtige Beweisstücke herunterwarfen. Der Feuerwehrmann, es schien der Kommandant zu sein, zuckte mit den Achseln, sprach in sein Headset und ließ den

Brüller einfach stehen. Er fühlte sich für die Brandbekämpfung zuständig, nicht aber für kriminalistische Vorgangsweisen. Seine Leute am Dach ließen daraufhin die Trümmer oben liegen.

Dichte, vom Löschwasser aufgepeitschte, weißgrauschwarze Rauchschwaden kündigten jedenfalls das »Brand aus« an.

Das Areal war weitläufig gesichert und abgesperrt worden. Sicherheitsbeamte sorgten dafür, dass Unbefugte gehörigen Abstand hielten. Das war notwendig, denn dicht gedrängt standen Neugierige entweder stumm gaffend oder ergingen sich in heftigen Diskussionen, wer die Täter waren und was die Botschaft ihres Anschlages sei.

Dem Kommissar bot sich ein Trümmerfeld sondergleichen. Zerfetzte Metallteile, verbogene Eisenrohre, Mauerbrocken, Verputz und Holzstücke lagen verstreut umher. Einige der an der Hauptstraße parkenden Autos waren vom niederprasselnden Schutt, den diese gewaltige Explosion erzeugt hatte, schwer beschädigt worden. Im Drach-Hof, in unmittelbarer Nähe des Hochhauses, klaffte in der Dachfläche ein gewaltiges Loch. Ein Teil der zerstörten Sendeanlage ragte aus den Dachziegeln heraus – wie der tödliche Speer aus der Schulter des von Hagen hinterrücks gemeuchelten Siegfried aus den Deutschen Heldensagen.

Meller zeigte seinen Ausweis, damit er innerhalb der Absperrung seiner Arbeit nachgehen konnte. Doch was sollte er eigentlich ermitteln? Hier standen inzwischen so viele Leute herum, heftig gestikulierend und Kommandos durch die Gegend brüllend. Andere wiederum hektisch telefonierend oder sich – wortwörtlich – gegenseitig auf die Füße steigend.

Ein Stück der Sendemasten hatte die Auslagenscheibe und einen Teil der Einrichtung eines Lokales vis-à-vis des Hochhauses zertrümmert. Ein Mann, vermutlich der Besitzer, sprach wütend auf zwei Männer ein und fuchtelte wild mit seinen Händen umher, zeigte dabei immer wieder auf das Hochhaus und auf den Schaden an seinem Café.

Meller hörte, wie neben ihm eine junge Frau im Tiroler Dialekt zu einer Passantin sagte:

»Mei schad…! A poar Meter weiter und die Antenne wär genau in den Kindergarten donnert. Dann hätten s' endlich zum Renovieren angfangen und auch die Bleirohre von der Wasserleitung aus der Wand reißen miassen. Ich hab immer gsagt, dass die austauscht ghörn. Wo man eh weiß, wie schädlich Bleirohre sein. Aber auf mi horcht ja koaner.«

»Und die Kinder?«, meinte die andere entsetzt. »Stellen Sie sich vor, da wären Kinder drinnen gwesen?«

»Am Samschtag gibt's koane Kinder im Kindergarten«, erwiderte die Tirolerin knapp und mehr zu sich selbst:

»Mei wia schad… Des hätte heut grad soo guuat passt.«

Da der Kommissar im Moment wenig ausrichten konnte und selbst nur im Wege stand, konzentrierte er sich auf die gaffende Menge und musterte unauffällig Gesicht für Gesicht. Es konnte ja sein, dass eine Visage vollste Befriedigung über den verübten Anschlag verriet. Gelungen war der Coup allemal, das musste Meller eingestehen.

Doch sein Beobachten machte die Menschen eher auf ihn aufmerksam. War es doch auffallend, dass ein Mann im dunklen Anzug, mit weißer Nelke im Revers inmitten dieses Chaos äußerst verdächtig still herumstand. Eine Frau mittleren Alters sprach ihn schließlich an:

»Endlich san die grauslichen Masten von da oben weg. War eh schon Zeit. Wie der Spargel wachsen die Dinger auf den Hausdächern. Wo die Strahlen eh so schädlich san. Meinen S' net auch, Herr Kommissar? …Ich kenn Sie nämlich. Sie san doch der Herr mit dem siaßen Cockerspaniel. Ich hab auch so ein Viecherl daham…« Sie musterte ihn mit zugekniffenen Augen, weil die frühe Morgensonne sie blendete, und meinte:

»Sie schauen so festlich aus. Miassn S' vielleicht auf eine Hochzeit, Herr Kommissar? Dann miassn S' eahna aber tummeln, damit S' net zu spät kommen. Weil heut sans alle deppert aufs Heiraten. Wissens eh – wegen dem siebten-siebten.«

»Das hat sich für mich heute erledigt«, erwiderte Meller. »…da für Sie«. Er nahm die Blume aus dem Knopfloch, gab sie lächelnd der Frau und ging auf das Hochhaus zu.

»Jöö… was für ein Gentleman! Danke schön, Herr Kommissar!«, vernahm er noch, während er sich in den Innenhof begab. Hinter dem Hochhaus befanden sich weitere Wohnblöcke, die man jedoch von der Straße aus nicht sehen konnte.

Hier im Innenhof herrschte das pure Inferno.

Zerfetzte Körperteile lagen über den Platz verstreut. Abgetrennte Köpfe, zertrümmerte Arme, herausgerissene Beine – grausame Verstümmelungen. Ein einziger Leichenteppich.

Eine Metallstütze der weggesprengten Sendeanlage war in den Vorgarten geschleudert worden und hatte dort ein Blutbad angerichtet.

Ohne Blut allerdings – denn das Tröstliche an diesem schaurigen Anblick war, dass durch den Metallteil eine Sippe von Gartenzwergen regelrecht ausgelöscht worden war. Doch leicht hätten Menschen getötet werden können, wie das Gemetzel unter den Keramikzwergen bewies.

»Na warte, wenn ich den in meine Finger krieg«, fluchte ein alter Mann und bückte sich, um seine geliebten Zwerge einzusammeln. Er hatte sich aus dem Griff eines Polizisten losreißen können, der ihn daran hindern wollte.

»Nehmen S' die Hände von mir, Sie Weißkappler!«, hatte er ihn unwillig abgeschüttelt. »Täten S' besser aufpassen, was bei uns so passiert, dann tät so was net passieren!«

Der Beamte ließ von dem Mann ab, als Meller auf die beiden zuging. Er schien den Kommissar zu kennen und raunte ihm zu, dass der Alte vermutlich etwas verwirrt sei. Wegen der paar Gartenzwerge gleich so auszuflippen. Hier sei ohnehin schon ermittelt worden, alles gefilmt und fotografiert. Er dürfe aber trotzdem niemanden auf das Gelände lassen, solange die Ermittler hier waren.

»Da schaun S' her«, wandte sich der alte Mann aufgebracht an Meller, nahm einen abgetrennten Arm und versuchte ihn auf den Torso eines Zwerges, den er in der anderen Hand hielt, zu pressen.

»Der da…«, er hielt dem Kommissar die Zwergenreste anklagend entgegen, »der da war mein ganzer Stolz, meine ganze Freud…! Die Leute haben heute überhaupt keine Achtung mehr vor fremdem Eigentum. Nicht einmal vor Gartenzwerg'. Dabei waren das alles Originale. Die krieg ich nie wieder! Meine Nanus viridarii, die Nanus pomarii und erst den da…, den Nanus venenus. Jetzt sind sie alle kaputt!«

»Was ist denn ein Nanus venenus?«, zeigte sich Meller dem Rentner gegenüber mitfühlend, aber auch, um ihn etwas vom Seelenschmerz abzulenken.

»Ein Nanus venenus? Das ist der Giftzwerg! Solche Originale gibt es so gut wie nirgends mehr… Die anderen – den Nanus viridarii, zu Deutsch Lustgartenzwerg, sowie den Nanus pomarii, den Obstgartenzwerg – kriegt man zwar noch, aber kaum noch echte. Ja – welche aus Kunststoff, die kann man kaufen. Aber dieses Made-in-China-Zeugs…? Pfui Teufel! Das Plastikklumpert kommt mir nicht in meinen Garten!«

Der Mann hielt abwehrend die beiden Zwergenteile von sich,

als hätten sie die Krätze und jammerte weiter:

»Was soll ich jetzt anfangen – ohne meine Gartenzwerg'? Das ist ja wie ein Tod auf Raten. Erst vor zwei Jahren mei Frau... und jetzt meine Zwerg'!«

Der alte Mann ließ die beiden stehen und ging – vom Schmerz übermannt, die Zwergenteile in der Hand – auf die Haustür des nahen Wohnblockes zu. Dort drehte er sich noch einmal um und drohte unheilvoll: »Wenn ich den in die Finger krieg, des... des überlebt der net!«

Eine versteckte Morddrohung. Meller konnte sie dem alten Mann nachfühlen. Er wusste, wie sie gemeint war. Aber was weiß man schon über die Psyche eines gedemütigten Menschen in seiner Wut. Selbst im hohen Alter konnte jemand ausrasten und zum Berserker werden. Denn die Ursprünge eines tödlichen Amoklaufes sind jahrelange, wenn auch zwergenkleine Demütigungen und Beleidigungen...

Zwei Tage später, Montagmorgen.

Noch war kein hochsommerliches Wetter, wie man es um diese Jahreszeit erhoffte, vielmehr war der kurze Sonnenschub vom Wochenende lediglich eine schüchterne Ankündigung auf ein Irgendwann-wird's-Wärmer. Heute jedenfalls, als Meller sein Büro betrat, war der Himmel drohend bedeckt. Ein kurzer Regenschauer, der heftig an die Scheibe prasselte, ließ ihn fröstelnd zusammenzucken.

»Mit lang Spazierengehen wird's wohl heute nichts, Joe«, ließ er seinen Cockerspaniel wissen, der sich bereits in seine Ecke, in die warme Deckenkuhle verdrückt hatte, sich wie eine Ringelnatter einrollte und einen wohligen Seufzer ausstieß.

Meller sah die grüne Mappe auf dem Schreibtisch. »Sprenger – 7. 7. 07« stand darauf. Ein rosa Sticker klebte unterhalb:

Bitte um Rückruf, Turek.

Die S-C-ONE Chefin, tüchtig und karriereorientiert, die unentbehrliche Frau Dr. Sabine Turek. Bestimmt war sie die Erste im Haus. Die »Tuareg«, so ihr Spitzname, weil sie – schwarzhaarig dazu noch dauersonnengebräunt – stets mit Seidentüchern behangen wie eine Nomadin durchs Haus wandelte. Nachdem sie die Führung des S-C-ONE übernommen hatte, gab es kurzfristig Probleme mit den Zuständigen im Innenministerium, denen der Führungsstil der »Tuareg« nicht so recht in den Kram passte. Vor allem gab es einen, den »Nadelstreif«, der sie auf der Abschussliste hatte. Doch mit Mellers Hilfe verschaffte sie sich im Laufe der Zeit Anerkennung und Respekt.

Während er seinen Parka abstreifte und auf die Sitzgarnitur warf, klappte er die Mappe auf, überflog kurz den Text. Es war ein erster Bericht über den Anschlag auf die Sendeanlagen.

Dann sah er auf, als suchte er etwas. Starrte irritiert auf seinen Hund, der selig vor sich hinschnarchte.

Dem Kommissar fehlte Maßgebliches. Er nahm den Hörer ab und wählte die Durchwahl seiner Sekretärin... wartete. Sie hob nicht ab, er legte wieder auf. Stirnrunzelnd kam ihm der Gedanke an einen nicht unerheblichen Fehler seinerseits, als er Claudia Rotter seinem Freund vorgestellt hatte, damals, als Lo Bianco noch mit dieser Berlinerin zusammen war.

In der Zwischenzeit hatte sich Grundlegendes geändert. Kaum hatte Heike Schroeder ihn verlassen, schon war Bianco seiner Sekretärin auf den Leim gegangen und sprichwörtlich kleben geblieben. Nicht einmal zwei Wochen und die Berlinerin wurde durch Claudia Rotter ersetzt. Meller musste sie daraufhin ins Gebet nehmen. Bei aller Freundschaft, auch wenn sie die Freundin seines besten Freundes sei, dürfen geheime Interna aus dem S-C-ONE nicht nach außen dringen – die üblichen

Weisungen eben…

Claudia Rotter war daraufhin zornig wie noch nie geworden und hatte Meller die Freundschaft aufgekündigt. Ja, was denn der Herr Kommissar wohl glaube? Sie und eine Tratsche? Vielleicht auch so eine sexverblödete Quatschdussel wie die Müller, die sich dem Fettling Bacher von der *Neue-Süd* zwischen die Beine geworfen hatte…?

Natürlich war sich Meller absolut sicher, dass von Claudia Rotter nichts nach außen getragen werden würde – aber sagen musste er es schließlich, als ihr Chef. Weil Schnaps Schnaps, aber Job eben Job sei.

Es dauerte eine kleine Ewigkeit, bis das ursprüngliche Vertrauensverhältnis zwischen Chef und Sekretärin wiederhergestellt war. Fast wäre die Freundschaft zwischen den beiden auf der Strecke geblieben, hätte Meller sich nicht Bianco vorgeknöpft und Tacheles mit ihm gesprochen. So von Mann zu Mann. Er solle die beleidigte Sekretärin wieder runterbringen – auf normalen Kurs. Lo Bianco war aus allen Wolken gefallen, weil er von alledem keine Ahnung gehabt hatte.

Daraufhin war alles geklärt und Claudia Rotter mit ihrem Chef wieder ein Herz und eine Seele. Wobei Rotters Herz und Seele in hundertprozentigem Besitz von Lo Bianco verblieben waren, so derart verschossen war sie in ihn.

Mellers damaliger Krach mit Claudia Rotter war Schnee von gestern. Doch heute – vor allem an diesem Morgen – fehlte dem Kommissar wieder einmal das gewohnte Keramikhäferl mit Sonnenblumenmotiv, gefüllt mit bestem Kaffee.

Deswegen ließ er seine Augen nervös durch den Raum gleiten. Seit seine Sekretärin auch noch in Lo Biancos Villa übersiedelt war, kam sie an den Montagen prinzipiell zu spät.

»Schönen Morgen… Entschuldigung… bin schon da und dein

Kaffee ebenfalls«, tanzte Claudia zur Tür herein, balancierte ein volles Tablett vor sich her und stellte es auf Mellers Schreibtisch.

»Dafür gibt's auch was extra Feines dazu«, strahlte sie ihn an.

Na also. Mellers Welt war wieder zurechtgerückt, als er sah, wie üppig dieses Mal sein Frühstück ausfallen würde.

»Ist aber nicht alles für dich«, halbierte sie seine Erwartung, »ich hab auch noch nichts im Magen und erlaube mir, mit dir zu frühstücken... wenn's dir recht ist. Ich hab nämlich was erfahren, das wird dich umhauen!«

»Na dann – guten Morgen!«, zeigte Meller sich versöhnlich. »Gab's wieder mal den montäglichen Verkehrsstau...? Ihr solltet euch einen Wecker zulegen.«

Er schob die Unterlagen auf dem Schreibtisch zur Seite und nahm seine Kaffeetasse vom Tablett.

»Bitte..., nimm Platz und erzähle, was mich schon am frühen Morgen umwerfen soll.«

Er wusste, Lo Bianco hatte eine besondere Vorliebe für *Liebe am Morgen*. Warum aber stets so lange anhaltend zum Wochenbeginn? Meller nahm sich vor, Lo diesbezüglich auf den Zahn zu fühlen. Solle er doch am Montagmorgen ausnahmsweise schon um sechs amourös aktiv werden, dann wären Mellers Sekretärin und Frühstück rechtzeitig um acht im Büro.

Keine Arbeitsmoral mehr, diese jungen Leute...

Was mache ich bloß, wenn Claudia eines Tages den S-C-ONE verlässt, dachte Meller kurz panisch. So sehr hatte er sich an die fröhliche Art der um fünfzehn Jahre jüngeren Sekretärin gewöhnt und beneidete Lo Bianco insgeheim.

Was bin ich für ein Depp, schalt er sich, weil er es schließlich war, der die beiden zusammengebracht hatte. Leise Eifersucht kam in ihm auf. Doch was macht man nicht alles für gute Freunde. Er hatte zurzeit keine Frau permanent um sich, aber eine Beziehung – auf Distanz oder gar näher – hätte schon so ihre Vorteile.

»Stell dir vor«, unterbrach die Sekretärin seine Gedankenwelt, während sie ein Nusskipferl gierig hinuntermampfte und mit Kaffee nachspülte – Liebe-Machen macht eben hungrig –, »der Malowezcka soll angeblich wieder im Land sein.«

»Was…? Unser Malowezcka…? Wieder hier…?« Meller war erstaunt. »Ich dachte, der erledigt Gangster in Rio! Aber ich hab schon länger nix mehr von drüben gehört.«

»Na ja – er soll ziemliche Probleme haben, finanziell und so. Es kann natürlich auch nur ein Gerücht sein, aber die…«

»Was? Du unterstützt Gerüchte? Bist also doch eine… eine Tratschen?« Meller grinste Claudia schelmisch an, in Erinnerung an den Knatsch vom vergangenen Jahr.

»Ich… ich… erzähl doch nur, was ich selbst erfahren hab!«, verteidigte sie sich errötend, funkelte Meller vorwurfsvoll an und erhob sich, die Tasse in der Hand. Seit Neuestem ging Claudia auf und ab, wenn sie nervös wurde. Eine Marotte, die sie sich von Bianco abgeschaut hatte.

»Lo hat mir nämlich zu Weihnachten einen Gutschein für Malstunden geschenkt – im *Atelier SJ.* Weißt eh, die Künstlerin in der Fußgängerzone. Jetzt hab ich vor Kurzem den Kurs begonnen – und was glaubst du, was mir Sigrid, so heißt die Malerin, erzählt hat?«

Sie machte eine kurze Pause, trank ihre Tasse leer, stellte sie aufs Tablett und fuhr fort:

»Dass der Wahnsinnige wieder bei ihr aufgetaucht ist, für den sie damals die vielen Krawatten gemalt hat. Dabei hat er ihr alles Mögliche vorgejammert. Den Job in Rio soll er nimmer haben, eine Brasilianerin hätte ihn ausgenommen, weswegen er total am Sand wäre… und angebraten hat er sie als wie…«

»Jaja Krawatten malen lassen! Dann kann's ihm wohl nicht so schlecht gehen, oder?«, unterbrach sie Meller mürrisch, legte die angebissene Golatsche beiseite und wischte sich mit einer Papierserviette den Mund ab.

»Ich dachte jedenfalls, es interessiert dich. Weil er doch bei uns...«, versuchte ihn die Sekretärin zu besänftigen.

»Ja – wie ein eingewachsener Zehennagel am linken Fuß des zehnmillionsten Chinesen, so sehr interessiert mich das«, beendete der Kommissar das Thema.

»Sind wir heut schlecht drauf, Herr Chef?«, meinte sie daraufhin gespielt mitfühlend.

»Nein, nur schon spät dran und definitiv satt. Ich denke, wir sollten uns an die Arbeit machen. Ich hab dir was auf den Tisch gelegt, weil du wieder einmal... na ja, weißt eh.«

»Bin schon weg.« Claudia Rotter verstand, schnappte sich das Tablett mit Geschirr und Speiseresten.

Bei Erwähnung des Namens Malowezcka stieg in Meller der Ärger hoch. Was hatte es ihn an Überzeugungskunst gekostet, den Ex-V-Gruppenleiter bei seinen ehemaligen Arbeitskollegen in Rio de Janeiro unterzubringen. Wenn Hermann Malowezcka also seinen Job abgebrochen hatte, so konnte das nichts Gutes bedeuten. Meller nahm sich vor, das bald in Erfahrung zu bringen und widmete sich mit düsterer Miene endlich dem Bericht.

Die Sendeanlagen befanden sich im dichtesten Siedlungsgebiet. Zwar war der materielle Schaden an Gebäuden und Autos beträchtlich. Doch welch Wunder und zugleich Glück – es gab weder Verletzte noch Tote zu beklagen, sah man von der ausgerotteten Gartenzwergsippe ab.

Somit schien Mellers V-Gruppe 4 – die in erster Linie mit Delikten wie Körperverletzung, Mord und Totschlag zu tun hatte – nur bedingt am Aufklärungseinsatz beteiligt zu werden.

Jedoch war der Kommissar sicher, dass seine Abteilung in die Ermittlungen einbezogen werden würde. Dafür lag schließlich der Bericht auf seinem Tisch, damit er sich vorweg einlesen konnte, bevor er sich bei der S-C-ONE Chefin melden sollte.

Der Schaden am Dach der Mödlinger Bühne war nicht so schwerwiegend, wie er sich unmittelbar nach der Explosion abgezeichnet hatte. Wahrscheinlich hatten die Attentäter mit dem Sprengstoff gespart – oder es war ein Kulturfreund unter ihnen, der wenigstens ein bisschen Herz zeigen wollte. Der abgesprengte Mast samt Sendeverstärker war im Mödlingbach gelandet. Haarscharf an der Brücke vorbei, hatte sich die Metallstütze – einer Harpune gleich – in das Bachbett gebohrt.

Die größere Sendeanlage am Dach des Hochhauses an der Hauptstraße – drei Sendemasten auf dem Technikraum des Liftes montiert – war vollständig zertrümmert. Auch die Liftanlage war zerstört worden. Welch ein Glück, dass zum Zeitpunkt der Detonation niemand in der Liftkabine unterwegs war. Man wäre gnadenlos in die Tiefe gestürzt, da sich die Kabine im obersten Stockwerk befunden hatte. Das konnte nach Augenzeugenberichten eruiert werden. Sie war im freien Fall nach unten gestürzt und zerschellt, weil durch die Explosion auch das Bremssystem ausgeschaltet wurde. Selbst wenn man das überlebt hätte, wäre man erschlagen worden, denn ganze Wandteile des Technikraumes fielen den Liftschacht hinab auf die zertrümmerte Liftkabine.

Das Hochhaus wurde zurzeit genauestens auf Schäden untersucht. Die Bewohner waren kurzfristig ausquartiert und in Pensionen untergebracht worden. Erst nach Tagen würden Sachverständige die Unbedenklichkeit an Bausubstanz und Statik freigeben können. Und wenn nicht, würde man das Bauwerk abreißen und neu aufbauen müssen.

Das wird wieder brisanten Stoff für den Bacher in der *Neue-Süd* geben, fiel Meller unmittelbar ein, denn die Zentrale einer örtlichen Partei residierte im Erdgeschoss. Höchst spekulative Vermutungen ließen sich da zusammenspinnen.

Auch das Lokal, dieses kleine Café an der Hauptstraße, hatte ziemlich Schaden erlitten. Doch auch hier wurden keine Personen verletzt. Es war zum Zeitpunkt der Detonation noch geschlossen.

Dass mehrere Täter am Werk waren, schien auf der Hand zu liegen. Unmöglich war es für einen Einzelnen, all diese Vorbereitungen im Alleingang zu bewältigen. Die Sprengstoffbeschaffung, das Verkabeln und schließlich die gemeinsame Zündung am Tag X. Und das alles völlig unbemerkt?

Nein, ein solch hinterhältiges Werk konnte nur ein perfekt eingespieltes Team zuwege bringen!

Was würde er unternehmen, wäre er einer jener…

Meller versetzte sich in die Situation der Attentäter und zeichnete am Flipchart Frage- und Antwortfelder auf.

Frage eins: Warum zerstört jemand Sendeanlagen?

Schuldner, die ihre horrend hohen Gesprächsabrechnungen nicht mehr bezahlen konnten, oder weil sie sich von den Netzbetreibern über den Tisch gezogen fühlten. Aber sind das Argumente, Sendeanlagen in die Luft zu jagen?

Oder militante Gruppierungen – weil die Strahlenintensität schädlich sei? Seit Bestehen solcher Anlagen klaffen die Meinungen auseinander. Betreiber schwören auf die Unbedenklichkeit ihrer Anlagen. Gegner weisen auf akute Gefahren für den menschlichen Organismus hin. Beide Gruppen mit nachweislich hieb- und stichfesten Argumenten.

Frage zwei: Warum gerade diese Sendeanlagen?

Ausgerechnet die auf dem Dach der Mödlinger Bühne und

auf diesem Hochhaus wurden gesprengt. Für Meller ergab sich kein Zusammenhang. Jedoch eine Verbindung musste bestehen. Ein politisches Attentat, eine Erpressergeschichte?

Was den Kommissar zur Frage drei veranlasste: Wem sollte Schaden zugefügt werden?

Anlagenbetreiber und Telefongesellschaften waren zu durchleuchten. Erster Querverweis – Konkurrenten. In diesem Markt blies ein rauer Wind. Aber dass sich Konzerne gegenseitig die Sendeanlagen von den Dächern sprengen? *Wohl zu viel mafioses Gedankengut in den Gehirnwindungen,* schalt er sich. Noch sind wir nicht im Mafialand, aber was weiß man. Wenn schon Verbrechen durchspielen, dann ohne Wenn und Aber.

Oder ein Attentat mit politischem Hintergrund? Eine Parteizentrale war im Haus einquartiert.

Oder wollte jemand prinzipiell Terror ausüben, die Bürger in Angst und Schrecken versetzen? Warum dann gerade die Mödlinger?

Frage vier schließlich: Wer waren die Attentäter?

Hausbewohner? Auszuschließen, denn hauptsächlich ältere Leute wohnten in beiden Häusern.

Exzessiv vandalierende Jugendliche? Eher kaum. Die Sprengstoffbeschaffung, vor allem in dieser Menge und Qualität war für solche Gruppen nicht zu realisieren. Außerdem zeigte der Zündmechanismus auf erprobte Profiarbeit hin.

Es konnten natürlich Jugendliche mit im Spiel sein, militante Umweltschützer zum Beispiel. Bisher gab es allerdings noch kein Bekennerschreiben einer in dieser Weise agierenden Tätergruppe.

Ja – und dann gab es noch eine Meldung in diesem Bericht, die unter spezieller Geheimhaltung stand. Bei aller Abscheu vor diesem hinterhältigen Verbrechen, Meller musste schmunzeln, nachdem er sie gelesen hatte.

Das Stück Sendeanlage, das sich in das Dach des Drach-Hofes gebohrt hatte, hatte auch Teile des Mauerwerkes zerstört und dabei einen Schatz freigelegt.

Münzen, Geschmeide und Schriftstücke – alles in einer Metallkassette, nicht viel größer als ein Ziegelstein – waren dort über Jahrhunderte eingemauert im Verborgenen gelegen.

Was für eine Sensation! Beamte des Archäologischen Institutes und des Bundesdenkmalamtes waren seit dem Attentat permanent an Ort und Stelle, um den freigelegten Schatz zu prüfen und zu dokumentieren. Natürlich auch, um Dachboden und Haus nach eventuell weiteren verborgenen Kostbarkeiten abzusuchen.

Der denkmalgeschützte Drach-Hof, ehemals Marienhof genannt, in dem der berühmte Schriftsteller Albert Drach bis zu seinen Tode 1995 lebte und wirkte, sollte ein weiteres Mal Mittelpunkt geschichtlicher wie kultureller Schätze sein…

Zwei

Freitag, 13. Juli 2007…

Der eine hielt den geleerten Feuerlöscher zwischen seinen Knien eingeklemmt und steckte einen Papptrichter durch die enge Öffnung. Der andere schüttete knallrote Farbe aus dem Plastikkübel vorsichtig hindurch, verschüttete jedoch ein wenig, weil die Lampe auf seiner Stirn plötzlich aussetzte und beide im Finsteren standen.

»Bist deppert, pass auf!«, erschrocken herrschte ihn der eine flüsternd an.

»Kann nix dafür, die scheiß Lampe hat einen Wackler«, entschuldigte sich der andere.

Sie standen in der Klausen, im dichten Unterholz nahe der zerklüfteten Felswand, die tagsüber von Freizeitkletterern bestiegen wurde. Die »Karpfen-Wand«, wie der Mödlinger Klettersteig von den Kraxlern liebevoll genannt wurde, hieß eigentlich *Robert-Karpfen-Klettersteig*, einem verstorbenen Mödlinger Politiker zu Ehren. Wer in Mödling zeitlebens Großes zuwege brachte, hatte allemal Chancen, als Unsterblicher in alle Ewigkeit einzugehen. Als Straße, Platz, Park, Teich oder eben als Felswand, wobei vorrangig Politiker zum Zuge kamen.

Doch dass diese steinerne Senkrechte einen prominenten Namen trug, interessierte die beiden hier im Dickicht nicht die

Bohne. Zu sehr waren sie damit beschäftigt, die grelle Farbe in das Gehäuse des Feuerlöschers zu schütten.

Sie hatten sich bei ihrem letzten Trip durch Frankreich von Graffiti-Künstlern diese neue Spraytechnik abgeschaut. Wieder zu Hause, wussten sie, dieser Stil wird in der hiesigen Szene eine totale Wende einläuten. Die Möglichkeiten, die sich ab nun boten – ein visueller Wahnsinn!

Jetzt wollten sie ihre Friends aus der Clique erst einmal überraschen. Der Feuerlöscher als umfunktionierte Spraydose brachte innerhalb von Sekunden einen Farbstrahl größter Flächenwirkung auf das Objekt.

Es störte sie seit Beginn ihrer Sprayerkarriere nicht, dass ihre Graffiti-Aktionen illegal waren. Nicht erwischt zu werden und trotzdem einen persönlichen Stil zu kultivieren, damit jeder aus der Szene den Sprayer erkannte – das war der Kick. Neben der Message natürlich, die das Gesprühte vermitteln sollte.

Doch es gab schon Schlimmeres, das ihre Clique ausgeheckt und durchgeführt hatte. »Realisation« hieß auch das Codewort, wenn per SMS wieder zu einem Treffen getrommelt wurde. Ihre *Realisationen* hatten sich in den letzten Monaten ziemlich verschärft. Vor allem, seit ihr Mentor verunglückt war. Oder war es prinzipieller Frust, wodurch ihre Aktionen von Mal zu Mal bizarrer und krimineller wurden?

Jetzt im Sommer tourten einige ihrer Gruppe verstreut durch die EU und holten sich Inspirationen aus anderen Circles. Dank der europaweiten Grenzenlosigkeit war es ein Leichtes, unauffällig durch die Lande zu trampen.

Jeder von ihnen hatte sich ein Code-Kürzel zugelegt, falls er geschnappt wurde. Ihre wahren Namen kannten sie untereinander nicht. Regel Nummer eins: Niemanden hatte zu interessieren, wo wer wohnte und wie man sich durchs Leben schlug.

Ihr Auftreten, ihr Verhalten sollte freundlich und angepasst, die Kleidung durchschnittlich und unauffällig sein. Eine Beziehung sollte man sich gut überlegen, da ihre Aktionen leicht verraten werden konnten. Ein weiterer Grundsatz zur Sicherheit ihrer Gruppe, hatte sie der Mentor gelehrt.

Der Zufall wollte es, dass sie sich übers Internet kennengelernt hatten, sofern es überhaupt Zufälle gibt. Finden sich doch stets Gleichgesinnte per Computer schneller denn je. Sie kamen verstreut aus allen Teilen des Landes, keiner schien älter als zwanzig zu sein.

Jener, der seinerzeit dieses System aufgezogen hatte, lebte nicht mehr. Der Mentor war bei einer ihrer nächtlichen Realisationen ums Leben gekommen. 15.000 Volt hatten ihn vom Waggon geschleudert.

Der Tod ist unsterblich, stand wie ein schlechter Witz auf dem halb fertig besprühten Waggon.

»Unbekannter von Stromstoß erfasst«, stand einen Tag später in der Zeitung. Ein Sprayer wurde am Wiener Nordbahnhof auf einem Schienenstrang tot aufgefunden. Vermutlich ist er beim verbotenen Sprayen in den Stromkreis geraten…

Eine kurze Textspalte im lokalen Teil, beiläufig erwähnt. Ein Unwichtiger weniger in der Gesellschaft – wenngleich der größte Verlust für ihren Circle. Doch was zählte das schon neben den globalen Siegesmeldungen auf den Titelseiten. Von offiziellen Berufsmördern im Irak oder sonst wo auf der Welt…

Gegen diese Mörder, aber auch diese Gesellschaft, die das zuließ, war prinzipiell anzukämpfen. Es war der ursprüngliche Sechzigerjahre-Schlachtruf: *Macht kaputt, was euch kaputt macht,* der vom Mentor per Internet abgeändert glorifiziert wurde: *Zerstört die Macht der Mächtigen.*

Wenn schon Gegenwehr ein Gesicht bekommen sollte, dann

mit ihren Realisationen. Wenn auch mit bescheidenen Mitteln, aber um nichts weniger demonstrativ. Es galt, die bequeme Masse wachzurütteln, mit aggressiven Aktionen das Konsumverhalten der Übersatten anzuprangern, eine gerechte Umverteilung zwischen Arm und Reich zu erzwingen. Denn freiwillig waren die Mächtigen nie bereit, etwas vom Kuchen abzugeben. Und was bei globalen Treffen der Präsidenten der Länder den Ärmsten versprochen wurde, waren matte Lippenbekenntnisse. So hatte es der Mentor überzeugend dokumentiert.

Seit dem Unglücksfall am Nordbahnhof kam noch ein weiteres Argument für ihren Zerstörungswahn hinzu: Zorn.

Zorn war der neue Mentor – der Motor – und hielt ihre Schicksalsgemeinschaft weiter aufrecht. Die Aktionen wurden gehässiger, wie jeder von ihnen aggressiver wurde. Kein Wunder, kaputt wie sie ohnehin schon waren.

Es gab jetzt keinen Mentor mehr. Niemand wagte in seine Fußstapfen zu treten. Zu genial fanden sie seine Dogmen. So entstand aus der Gruppe eine völlig neue Formation, die sich selbstständig entwickelte. Wurde eine Realisation-SMS gesendet, kamen sie zusammen. Die Treffpunkte waren stets andere. Jeder sah sich jetzt als Realisator – allein auf sich gestellt. Man informierte kurz die Gruppe über seine nächste Realisation, verschlüsselt natürlich. Aber auch gemeinsame Aktionen wurden weiterhin geplant. Emotionen kamen hoch, wenn ihre Realisationen von den Medien verurteilt wurden. Dann fühlten sie sich in ihrer Mission bestätigt. Jedoch auch diese Erfolge genoss jeder für sich allein. Zu riskant wäre zu diesem Zeitpunkt ein Treffen gewesen, um den Erfolg zu feiern. Solange die Polizei nach ihnen fahndete.

Die Stahlflasche war gefüllt und »Hero«, so nannte sich der

eine, schraubte den Verschluss mit der Druckpatrone wieder auf den Feuerlöscher. Mit einem Schraubenschlüssel zog er sie fest, hielt schwer atmend inne. Und wieder – den Schlüssel ansetzen und ein erneutes Zuziehen.

»Puuh…! Ganz schön schweißtreibend«, keuchte er, rutschte dabei mit dem Schlüssel ab, was einen metallischen Klang verursachte.

»Pass doch auf, du Weh!«, schimpfte er den anderen, dem der Feuerlöscher aus den Fingern glitt. Hero fiel hin, da sein Kraftaufwand ins Leere ging. Samt dem schweren Metallzylinder stürzte er ins Gebüsch.

»Hast keine Kraft im Sack… oder was…?« Hero rappelte sich wieder hoch. Er schien sich dabei verletzt zu haben, weil er einen Daumen in den Mund schob und ein »Scheißschlüssel, verfluchter!« über seine Lippen kam.

Der andere suchte wortlos nach dem Feuerlöscher, freute sich jedoch insgeheim über Heros Ungeschick.

Dieser Wichtigtuer – er konnte ihn nicht leiden. Nicht nur, weil er der Stärkste in der Gruppe war, sondern weil sich Hero stets in den Vordergrund spielte.

Aber der Intelligentere war immer noch er. Und darauf kam es beim Planen von Aktionen in erster Linie an. Die heutige Realisation war auch seine Idee. Hero war nur der Mann fürs Grobe.

»Jammer nicht herum! Fangen wir endlich an, bevor uns noch jemand erwischt«, maulte er zurück, nahm den Feuerlöscher und begab sich direkt vor die Felswand.

Plötzlich knackte es im Unterholz.

»Psst, halt still«, zischte er, »da kommt jemand«, und verschanzte sich mit dem Feuerlöscher hinter der Holzbude, die in unmittelbarer Nähe stand. Hero wollte geistesgegenwärtig hinterherhechten, stolperte jedoch, was ihm ein unterdrücktes *Auaaah…!* entlockte.

»War eh nix. Hab mich getäuscht«, flüsterte der andere erleichtert und trat wieder hervor.

»Hearst, IQ – bist deppert…! Wegen dir hat's mich aufghaut«, fluchte jetzt Hero zornig und rieb sich den Ellbogen.

»Hätt aber sein können…«, erwiderte IQ und grinste sich eines, *…du Trottel du*, dachte er für sich und nahm den Feuerlöscher schließlich zur Hand.

Beim ersten Versuch flutschte ihm beinahe die Düse aus der Hand, so stark war der Strahl, der sich über den Felsen ergoss.

»Wow…! Geil…!« Staunend sah er der Fontäne nach, die im leichten Nachtwind an die Felswand klatschte. Jetzt hatte er den Druck des Feuerlöschers im Griff und begann nun systematisch die Wand gezielt zu bemalen.

»Pass auf, ob jemand kommt«, flüsterte er Hero zu, der wie hypnotisiert auf die beginnende Felsfärbung starrte.

»Pfah… ich scheiß mich an… urgeil…! So und jetzt lass mich einmal!«, forderte er IQ forsch auf.

»Du sollst schauen, dass uns niemand erwischt, so war das ausgemacht, Hero. Lass mich zuerst die Message schreiben, nachher kannst den Felsen dort drüben bearbeiten.« Er zeigte mit der Spritzdüse auf einen weiteren Felsvorsprung mit leichtem Überhang.

IQ schrieb und sprühte, was der Feuerlöscher hergab. Irgendwann jedoch war Schluss mit Farbe. Shit – mittendrin im Wort.

Am frühen Morgen empörten sich erste Spaziergänger und Sportler über eine knallrote Felswand und über:

ZERSTÖRT DIE MACHT DER MÄC…

»Es tut mir leid, aber wir sind der Einheit zugeteilt worden.

Weisung von ganz oben. Das mit euren Urlauben handelt ihr mit Frau Dr. Turek aus… Jedes Jahr das gleiche Gscher mit euch.«

»Dasselbe Gscher heißt es, Herr Kommissar«, erlaubte sich Körner besserwisserisch einzuwerfen.

Meller war es momentan egal, wie es heißen sollte. Er war es leid, jedes Mal als Mediator zwischen Körner und Lehner zu vermitteln. Jedes Jahr, jedes Mal dasselbe, das Gleiche!

Ja, was jetzt wohl?

»Aber ich hab sozusagen frisch geheiratet. Er ist überhaupt noch solo…« Mike Lehner deutete mit dem Kopf auf Axel Körner und versuchte einen erneuten Anlauf: »Die Stoppl hat mir angedroht, wenn die Hochzeitsreise für die Kirchliche wieder ins Wasser fällt, dann wird sie…«

»Ja, was denn? Etwa allein in die Flitterwochen fliegen?«, feixte Axel Körner. »Pickts doch eh schon weit über zehn Jahre zsamm! Mensch Mike, eine Woche lang sturmfreie Bude – diese Chance kriegst nie wieder!« Er schlug ihm kumpelhaft auf die Schulter.

»Ich bitte euch…! Geht zur *Tuareg!*«, unterbrach ihn der Kommissar und verdrehte die Augen. »Wir haben derzeit wirklich andere Sorgen. Mich zum Beispiel fragt niemand, wann ich auf Urlaub gehen möchte«, behauptete er.

»Wann willst denn auf Urlaub?«, beeilte sich Axel Körner grinsend Mellers Wunsch zu entsprechen.

»Genau dann, wenn du gehen willst.« Meller grinste ebenso zurück und deutete dankesergeben zu Irene Schneider und Manuela Kohn, die das Wortgefecht stumm verfolgten.

»Nehmt euch ein Beispiel an euren Kolleginnen. Die machen sich's friedlich untereinander aus… So und jetzt Schluss mit der Diskussion! Ran an die Schurken! Wir werden diese schwachsinnigen Weltverbesserer schon ausfindig machen, die uns zu diesem Sondereinsatz verholfen haben. Es wird davon ausgegangen, dass sie in der Graffiti-Szene zu finden sind. Das scheint wohl auf der Hand zu liegen. Derzeit wird ein V-Agent eingeschleust. Das dauert allerdings, bis er sich bei denen eingeklinkt hat. Dass die Sprayer jetzt vorsichtig geworden sind, ist nach dem medialen Wirbel um sie und ihre Werke anzunehmen. Aber das hatten sie ja beabsichtigt. Ich denke jedoch, dass wir bald den einen oder anderen schnappen werden…«

Meller räusperte sich kurz, während sein Blick auf die beiden Mappen fiel, die als »Sprayer – 13. 7. 07« und »Sprenger – 7. 7. 07« vor ihm lagen.

»Die Sache mit den Sendeanlagen ist einer anderen Gruppierung zuzuordnen – aber was weiß man. Jemand versuchte auch in Wien einen Anschlag auf einen Handymasten. Er wurde jedoch rechtzeitig verhindert. Die Ermittlungen laufen derzeit auf Hochtouren – sag ich mal so…« Meller machte ein kurze Pause, schaute in die Runde und nahm die Sprayer-Mappe zur Hand.

»Ob es auch eine Verbindung zur Mödlinger Sprayerpartie gibt, werden wir ja bald herausfiltern. Also, jetzt zu den Wandbeschmierern.«

Der Kommissar berichtete, was vorgefallen war.

Die »Karpfen-Wand« in der Klausen hatten die Täter großflächig rot eingefärbt. Es war nicht üblicher Spraylack, sondern Dispersionsfarbe, die mit einem Aggregat aufgetragen worden sein musste, und zwar in Sekundenschnelle.

Über die gesprayte Botschaft, die sich teilweise über die Felswand und den asphaltierten Weg hinzog, waren sich die V-Agenten nicht ganz einig: *ZERSTÖRT DIE MACHT DER MÄC…*

»Was heißt denn das?«, ereiferte sich Mike Lehner jetzt. »Wenn schon, dann sagt man doch: Zerstört die Macht der MÄCs… –

allerdings ohne *Umlaut-A* und mit *S* am Schluss, falls die Sprayer die Weckerln mit den Fleischlaberln gemeint haben. Nicht einmal Deutsch können diese Hirnederln!«

»Tja, PISA lässt grüßen, lieber Mike. Und PISA ist nix zum Essen. Auch kein schiefer Turm auf Postkarten«, erwiderte ihm Körner kryptisch dreinblickend. »Aber ich verrat dir, wie der schiefe Turm wieder grad steht«, und wartete auf eine Antwort von Mike. Da der nicht reagierte, sagte Körner:

»Du haltest einfach die Ansichtskarte schief.«

»Bist du heut wieder originell«, blaffte ihn Lehner an.

»Ich bin mir sicher, es geht nicht um Fleischlaberln«, mischte sich Claudia Rotter ein. »Ich glaub, die haben zu wenig Farbe gehabt. Das klingt ganz nach: *ZERSTÖRT DIE MACHT DER... MÄC... DER MÄCH...* genau: *DER MÄCHTIGEN!*«

»Nicht schlecht..., richtig, Claudia«, lobte Meller sie spontan.

Ähnlich den Felswänden waren auch die Hauswände dreier Villen – teilweise bis unters Dach – schockfarbig vollgesprayt und verkündeten giftgrün ätzend:

HEUTE SCHON GESPÄNDET? – gespendet mit »Ä«

HERZLOSER, WAS SCHLEGT IN DEINER BRUST? – schlägt mit »E«

ARM-MUT STATT REICH-DUMM!

»Man müsste die Deutschlehrer der Region befragen, wer in der Schule diese grammatikalische Leuchte war, die stets das »Ä« mit dem »E« vertauschte. Vielleicht könnte sich Lehner der Sache annehmen«, feixte Axel Körner einen verbalen Seitenhieb auf seinen Kollegen, der ihn giftig ansah. Wobei der V-Agent den Spruch: *ArmMut statt ReichDumm!* schlichtweg genial fand – prinzipiell gesehen. Griffig, wenn auch aggressiv.

Meller ging darauf nicht näher ein. Vielmehr genierte er sich insgeheim seiner Millionen, die in Rio gebunkert waren, und kam sich direkt schuftig vor. *Ich werde was für die Armen hier tun,* versprach er seinem schlechten Gewissen. Jedoch seine Gedanken drängten ihn schon wieder weiter im Fall »Sprayer – 13. 7. 07«.

Auch Autos der obersten Preisklasse waren mit ähnlichen Slogans, quer über die Karosserie gesprüht, verunstaltet worden. Mehrere Fahrzeuge hatte man versucht mit Brandbeschleunigern anzuzünden.

Ein exklusiver Geländewagen war dabei vollständig ausgebrannt. Er stand einsam auf einem abgelegenen Parkplatz. Rund um das abgebrannte Wrack stand rot gesprüht:

FÜR DIESES AUTO WERDEN 200 MENSCHEN IN DER DRITTEN WELT EIN JAHR LANG SATT!

Generaldirektor Mauerbach, der Du-Freund eines Politikers auf höchster Minister-Ebene – wie er unmissverständlich klarstellte –, empörte sich bei der S-C-ONE Chefin, machte sie direkt verantwortlich, wie so was in einem noblen Stadtteil von Mödling möglich sei. Überhaupt, was sie denn den lieben langen Tag so treibe, außer hier klimatisierte Luft zu schnuppern.

Frau Dr. Turek machte den Generaldirektor darauf aufmerksam, dass sie und der S-C-ONE nicht für die persönliche Überwachung exklusiver Geländewagen zuständig seien. Doch bei seinen finanziellen Mitteln und Verbindungen könne er sich doch spielend einen Car-Guard leisten. Da wurde der Mann gar ausfallend, was Lautstärke und Tonfall betraf.

Daraufhin wollte die S-C-ONE Chefin wissen, warum der Herr Generaldirektor denn das wertvolle Fahrzeug nicht in seiner Garage, sondern auf einem so dezentralen Platz über Nacht stehengelassen habe, wo es doch nur ein Katzensprung zu seiner Villa war. Da war's dann vorbei mit Mauerbachs gebrüllter Überheblichkeit. Errötend meinte er, das sei wohl seine Privatangelegenheit. Schließlich könne er seinen Wagen abstellen, wo er wolle.

»So weit, so stimmig«, ließ die »Tuareg« nicht locker, »nur ist Ihr zerstörter Geländewagen jetzt Sache der Ermittlungen geworden, Herr Generaldirektor. Doch wie ich vermute, waren Sie gewiss nicht allein unterwegs – vielleicht mit der geschätzten Gattin? Ich darf sie doch gleich mal anrufen?« Dabei griff die S-C-ONE Chefin zum Hörer…

Ein nun sehr freundlicher Generaldirektor verließ – nochmals um Diskretion bittend – schließlich ihr Büro.

Eine aufgebrachte »Tuareg« berichtete Meller von diesem Vorfall, was seinen Verdacht bestätigte: ein teures Schäferstündchen für Herrn Generaldirektor.

Doch was half dem Kommissar diese Gewissheit. Ein Großteil der S-C-ONE Belegschaft musste jetzt wegen ein paar vandalierender und sprayender Mistsäcke zusätzliche Dienste schieben. Als gäbe es nicht ohnehin genug Delikte aufzuklären.

Montagmorgen und es schien nicht nur kriminalistisch gesehen ein heißer Sommer zu werden. Nein, auch das Klima spielte innerhalb kürzester Zeit wie verrückt. Unerträgliche Hitze, nahe dem 40 Grad-Pegel, war über Mödling und das restliche Europa hereingebrochen, mit wüstenähnlicher Trockenheit und Dürre.

Erste Feuersbrünste fraßen sich, wie bereits in vergangenen Jahren, durch südliche Länder, wobei wiederum skrupellose Grundstücksspekulanten ihre mafiosen Finger im Spiel hatten. Doch so schlimm wie heuer war es noch nie gewesen.

Stets war die unbändige Gier der Menschheit schuld am jahrzehntelangen Raubbau elementarer Güter, am Missbrauch und an der Verschwendung von Ressourcen.

Der Mensch – der schlimmste Feind der Erde.

Waren diese Wetterkapriolen die Revanche, die bittere Rache?, sinnierte Meller vor sich hin.

Dessen ungeachtet schob die Hitze das Quecksilber unbarmherzig in einen Bereich, der jedem die Schweißtropfen aus sämtlichen Poren trieb, bewegte man nur einen oder gar mehrere Finger, etwa um eine kleine Erfrischung zu ordern.

Welch ein Glück für die kleine Besprechungsrunde in Mellers Büro. Denn hier surrte leise glucksend ein Aggregat und verteilte gleichmäßig erfrischende Kühle. Wenn auch die leidige Urlaubsdiskussion die emotionale Temperatur der V-Agenten Körner und Lehner kurz über den momentanen Quecksilberstand schwappen ließ.

»Sollten wir nicht hitzefrei bekommen?« Irene Schneider warf einen Themawechsel in die Diskussion. »Ich mein, es hat über 38 Grad da draußen!« Sie deutete hoffnungsvoll mit dem Kopf in Richtung Fensterfront.

»Da draußen ja. Aber wir sitzen hier bei kühlen 20 Grad. Bestes Arbeitsklima. Also gehen wir's endlich an, sonst werden wir diese Sprayer nie erwischen. Weil die haben ebensolches Wetter und sind dennoch verdammt aktiv. An ihnen sollten wir uns ein Beispiel nehmen, was den Arbeitseifer betrifft«, konterte Meller grinsend und verteilte Kopien.

»Das ist der Einsatzplan für jene V-Agenten, die zur Sondereinheit eingeteilt worden sind. Und wir sind alle dabei. Ausnahmslos – auch ich.«

Stumm saßen sie wie aufgefädelt in der gemütlichen Sitzlandschaft rund um den niedrigen Tisch. Der Besprechungsraum war wieder einmal besetzt.

Sie starrten auf das Blatt Papier in ihren Händen. Jeder fand seinen Namen und ungemütlichste Einsatzzeiten in den dicht bedruckten Spaltenreihen.

»Wir werden in Zweiergruppen observieren, hier sieht jeder seine Dienstzeiten. Schneider mit Körner, Kohn mit Lehner. Ich werde abwechselnd mal in der einen mal in der anderen Gruppe für einen V-Agenten ersatzweise einspringen. Mal mit Ihnen, Frau Schneider, dann mit dir Axel und so weiter... Immer im Sechs-Stunden-Rhythmus. So gehen wir einander nicht auf die Nerven.«

Meller sah erst auf Irene Schneider, dann auf Axel Körner, als wüssten die beiden, warum er sie extra erwähnte.

»Wir fahren genau definierte Routen und Ziele an. Die anderen Abteilungen verfahren ebenso. Noch was: Um absolut unauffällig zu observieren, sind wir mit unseren Privatautos unterwegs. Die Kfz-Spesen werden laut Tarif abgerechnet. Also Fahrtenbuch schreiben nicht vergessen. Sämtliche Überstunden werden natürlich gesondert ausbezahlt.«

Dann begann Meller zu grinsen.

»Auch mit dem Fahrrad – wer eines hat – kann observiert werden. Soll ja gesund sein, in lauen Nächten mit dem Mond um die Wette zu radeln. Dafür gibt's natürlich kein Kilometergeld, dafür aber weniger Kilos um die Mitte. Ich weiß, wovon ich rede.« Er zeigte spaßhalber ein Baucheinziehen, was die zwei V-Agentinnen grinsend goutierten.

Meller fuhr fort:

»Ich vermute, wer uns das eingebrockt hat, möchte jedoch den Namen außer Acht lassen. So viel nur, die Villa eines sehr bekannten Politikers wurde ebenfalls beschmiert. Es wohnen ja ein paar »Promi-nister« in Mödling. Der Befehl zu dem Sondereinsatz kam jedenfalls direkt von der Zentralleitstelle in Wien. Ja – eines noch: Eine saftige Ergreiferprämie wurde uns angeboten, hat mir die *Tuareg* verraten. Einer, dessen Villa verunstaltet wurde, stiftet sie. Das ist doch ein lukrativer Anreiz, oder nicht?«

»Ist das nicht Beamtenbestechung?«, ätzte Körner und sah erwartungsvoll in die Runde.

»Musst sie ja nicht annehmen, die Prämie«, erwiderte Meller süffisant. Dann ging er auf Mike Lehner zu, der frustriert auf den Zettel starrte und legte ihm die Hand auf die Schulter.

»Nun hab dich nicht so, Mike. Deine Flitterwochen kannst du in jedem Fall antreten. Ich übernehme sämtliche Einsatzstunden von dir. Das bin ich dir einfach schuldig, wenn ich schon als Trauzeuge so versagt habe, okay?«

Ein ungläubiges Aufschauen und leises »Ma ehrlich, Chef?« des Angesprochenen bestätigte Meller, dass *wahre Freundschaft* mehr als ein Schmachtsong zu nächtlicher Stunde, gesungen an einem langsam verglühenden Lagerfeuer ist.

– – –

Reichtum schafft Ausbeutung, also bekämpfen wir ihn.
Handymasten machen krank, also vernichten wir sie.
Die Gesellschaft versagt, also gestalten wir eine neue.
DIE SPRAYBOMBER

Diese Botschaft war deutlich – oder auch nicht.

Zumindest lag sie als Computerausdruck eindeutig sichtbar auf dem Schreibtisch vor der S-C-ONE Chefin und Meller.

»Ich habe diesen Brief soeben mit der Hauspost erhalten. Er kam nicht mit der Morgenpost. Plötzlich lag ein Kuvert, das an mich persönlich gerichtet war, an der Rezeption. Dieses hier...« Frau Dr. Turek hielt ein Kuvert hoch. *Für Frau Turek persönlich!* war in gedruckter Schrift zu lesen.

Sie legte es wieder auf den Schreibtisch.

»Das ging so schnell und unauffällig, dass der Beamte gar nicht bemerkte, wer das Kuvert auf die Theke legte. Plötzlich lag es vor ihm, und er dachte, es sei von der Morgenpost vergessen worden. Zurzeit geht's gerade ziemlich zu im Haus. Kollegen aus den Bundesländern sind auf Exkursion und besichtigen unsere Zentrale. Ich habe mich kurz entschuldigen lassen, die Führung können andere für mich genauso erledigen. Ich wollte Sie deswegen sofort informieren.« Sie deutete mit einem Finger auf das Corpus Delicti.

»Was ist mit den Fingerabdrücken auf Kuvert und Brief? Mit der Videoaufzeichnung vom Eingangsbereich?«

In Meller wuchs der Jagdtrieb. Ihm lag die Suche nach den Antennentätern mehr als das leidige Aufspüren jugendlicher Sprayer.

»Ich habe bereits veranlasst, dass wir das Band zu sehen bekommen, warte nur noch auf den Anruf, dass wir in den Videoraum können. Was die Fingerabdrücke betrifft – das Kuvert haben bereits mehrere Leute in der Hand gehabt, auch den Brief habe ich ziemlich sorglos geöffnet. Ich bekomme täglich Notizen und andere Schreiben in Kuverts. Machte mir deshalb wenig Gedanken, als ich das Kuvert öffnete. Aber vielleicht bringt eine Untersuchung doch noch was…«

Das Telefon dudelte dezent, die S-C-ONE Chefin hob ab, hörte kurz hin und legte auf.

»Wir können«, sagte sie knapp und erhob sich.

Ziemlicher Wirbel im Eingangsbereich.

Eine Gruppe – mehrheitlich Männer – kam zur Eingangstür herein, bewegte sich zur Rezeption hin, verharrte dort einige Zeit und begab sich schließlich zu den wenigen Sitzgelegenheiten im relativ großen Foyer. Einige ließen sich darauf fallen, standen wieder auf und boten lachend den paar weiblichen Personen ihren Platz an. Die S-C-ONE Chefin kam ins Bild und begrüßte tonlos die versammelte Belegschaft.

Die Videoaufzeichnung – ein Stummfilm. Meller spielte noch weiter zurück, bevor der Massenansturm auf die Rezeption erfolgte.

Nichts Auffallendes auf den ersten Blick, auch nach mehrmaligem Abspulen der Sequenz. Menschen kamen zur Rezeption und brachten ihr Anliegen dar – oder gingen grüßend in Richtung Ausgang… in Richtung Ausgang?

Meller spielte jetzt das Schwarz-weiß-Video in gezoomter Version Bild für Bild durch.

Da! Ein Junge mit dunkler Schirmkappe – kaum älter als zehn Jahre – schlängelte sich an den Erwachsenen vorbei zur Rezeption hin, wurde von ihnen verdeckt. Sekunden später kam er wieder hervor und verschwand aus dem Bild. Das Gesicht war nicht erkennbar. Die Kamera war an der Decke montiert und zeigte von schräg oben ein Bild von der Rezeption und dem Foyer. Die Schirmkappe verdeckte das Gesicht des Jungen dadurch vollends. Er war mit einem blitzweißen T-Shirt und einer etwas dunkleren, bis zu den Knien reichenden Hose bekleidet. Vermutlich eine bunte Leinenhose. Seine Füße steckten in Freizeitschuhen, ohne Socken. Das zeigte die unscharfe gezoomte Vergrößerung. Doch eines war zu erkennen: Auf der Schirmkappe prangte das Logo einer bekannten Schuhmarke – der asymmetrische Bogen – wie ein Bumerang.

»Da fällt mir was ein… ich komm gleich wieder!«, rief der Kommissar, sprang auf und hinterließ eine verblüffte Chefin, verzichtete auf den Lift, nahm – zwei Treppen auf einmal – die Stufen hinunter bis in den Eingangsbereich. Vom vierten Stock weg, in einem durch, hastete er an der Rezeption vorbei, raus

aus dem Haus und blieb atemlos davor stehen. Dann sah er sich kurz um. Richtig, dort unter der Baumgruppe stand sein edles, sein momentan stolzestes Pferd, versperrt natürlich. Nicht einmal vor dem S-C-ONE Gebäude wagte es der Kommissar, sein Fahrrad unversperrt abzustellen. Er löste das Nummernschloss vom Vorderreifen und schwang sich in den Sattel.

Wie ein kleiner Junge kam er sich im Moment vor, als er kräftig pedaltretend in die Guntramsdorfer Straße einbog und zum Spielplatz im Schwarzrock-Park radelte, der sich ein paar Gassen weiter, in unmittelbarer Nähe eines Kindergartens befand.

Mellers Weg führte, seit er mit dem Rad in den S-C-ONE fuhr, an diesem Spielplatz vorbei. Und heute früh schien es ihm, als hätte er diesen Jungen hier gesehen, der sich im Video zwischen den Erwachsenen hindurchschlängelte.

Zwei junge Mütter saßen in der Sonne und tratschten, während sie mit einem Seitenblick ihren Nachwuchs im Auge behielten, der sich abwechselnd fröhlich an den Holzgestellen turnend oder im Sandkasten spielend vergnügte.

»Sarah…! Bitte nicht wieder den Sand auf Kevin…! Saraahh…! Sag, hörst du nicht, Sarah…?«

Die blonde Sarah hörte nicht. Unbekümmert schaufelte sie dem kleinen Kevin Sand über den Kopf, der sich dieses geduldig gefallen ließ. Vielmehr schüttelte er mit geschlossenen Augen vergnügt seinen dunklen Kräuselschopf und besprühte Sarah, die umso mehr Sand über den Jungen schüttete. Schließlich wurde es der einen Mutter zu dumm. Verärgert erhob sie sich und eilte auf das Mädchen zu:

»Sag, warum folgst du nicht, wenn ich was zu dir sage…?«

Sie ergriff die Hand mit der Kinderschaufel und beutelte die Kleine heftig. Da fing das Mädchen zu brüllen an, riss sich los und warf eine letzte Ladung Sand nach der Mutter.

»Pfui…! Du garstiges Kind…!«, entsetzte sie sich und schlug dem Mädchen das Schäufelchen aus der Hand. Da warf sich die Kleine zornig auf den Boden und brüllte wie am Spieß, wobei sie mit beiden Händen mit Sand um sich schmiss. Die Mutter ließ ihr tobendes Kind liegen und ging genervt an ihren Platz zurück.

»Furchtbar dieses Kind heute! Ich weiß nicht, woher sie das Jähzornige hat«, sagte sie zur anderen Mutter.

Meller saß auf seinem Rad vor der Spielplatzeinzäunung und stützte sich an der Holzlattung ab. Er hatte dem Treiben zugesehen, mischte sich schließlich freundlich ein:

»Vielleicht sollten Sie wie die Kinder denken, dann würden Sie den Spaß der beiden verstehen!«

»Wie…? Was meinen Sie?«

Misstrauisch schauten die beiden Frauen zu ihm hin.

»Na ja, so wie ich es sagte. Denken Sie an Ihre Kinderzeit zurück… einfach nur fühlen, spielen, experimentieren – das brauchen die Knirpse zur Entfaltung ihrer Fähigkeiten…«

»Sagn S', ham Sie Kinder?«, unterbrach ihn barsch die nicht so hübsche der beiden Mütter.

»Nein… eigentlich nicht.«

»Sehen S', dann brauchn S' a net mitreden, wie wir unsere Kinder erziehen. Sie verstehen mich – okay?«

»Okay«, ergab sich Meller, ließ sich aber nicht abschütteln.

»Trotzdem – entschuldigen Sie bitte – eine kurze Frage hätte ich doch noch«, sprach er nun besonders freundlich die Hübschere der beiden an. »Falls Sie schon etwas länger hier sitzen, haben Sie bestimmt auch den Jungen mit der Baseballmütze gesehen.«

»Wen meinen Sie?«, mischte sich die Barsche wieder ein.

»Der Herr meint bestimmt Berkan, den Buben von der Viererstiege«, erklärte die Nettere der beiden und lächelte Meller ins Gesicht. »Berkan war kurz hier, ist dann aber mit seinem Rad weggefahren. Was wollen Sie denn von ihm?«

Neugierig kam jetzt die Mutter des kleinen Mädchens auf Meller zu.

»Ich müsste ihn dringend etwas fragen. Da Sie ihn kennen, wissen Sie sicher auch, wo ich ihn finde.«

»Ah… so…?«, wollte sie wissen und musterte Meller prüfend. »Wenn er wieder was angestellt hat, wenden Sie sich doch an die Polizei oder geht's um…?«

»Ich bin die Polizei… hier bitte«, unterbrach er sie dienstlich knapp und hielt ihr seinen Ausweis unter die Nase.

»Na, wenn das so ist. Sarah… komm! Wir gehen jetzt und begleiten den netten Herrn zu den Günes.«

Seltsamerweise folgte die Kleine dieses Mal aufs Wort und eilte zur Mutter hin.

»Wer ist denn der Mann?«, wollte das Mädchen neugierig wissen, während es Meller mit großen Kulleraugen ansah.

»Das ist ein freundlicher Mann von der Polizei. Den begleiten wir zu Berkan.«

»Kommt Berkan ins Gefängnis?«

Die Kleine war im Kombinieren umwerfend.

»Aber Sarah, doch nicht Berkan…! Der ist doch noch ein Kind! Siehst du, das kommt davon, weil du mit Papi immer die bösen Filme im Fernsehen anschauen tust!«

Der Kommissar hätte allen Grund, sich in die Erziehung der kleinen Sarah einzumischen. Er machte sich berechtigte Sorgen um die Zukunft der Kleinen, der bereits in diesem Alter düstere Filmkost vor den Latz geknallt wurde.

In der Wohnsiedlung angekommen, bedankte er sich bei der

Mutter und wartete, bis sie mit ihrer Tochter verschwunden war.

»5 – Günes« las er auf der Gegensprechanlage. Da die Haustüre der Viererstiege offen stand, ging er die Treppe hoch, drückte bei Tür 5 den Klingelknopf und wartete.

Ein Schatten verdunkelte kurz den Spion im Türblatt.

»Wer draußen?«, ertönte es dahinter heiser.

»Mein Name ist Meller. Ich würde gern Ihren Sohn Berkan sprechen.«

»Wer sein Meller?«

»Meller sein… ich bin Meller – von der Polizei, Frau Günes«, erwiderte der Kommissar gereizt, weil er nichts so sehr hasste, wie durch eine versperrte Tür laut um Einlass zu bitten.

»Warum?«, die Heiserstimme.

»Warum was? Jetzt öffnen Sie und zwar sofort, Frau Günes. Sonst lasse ich Ihre Tür gewaltsam öffnen. Ich bin im Zuge einer Ermittlung hier, verdammt noch mal…!«

Ein Schlüssel wurde umständlich gedreht und die Tür weit geöffnet.

»Türe genug offen?«, antwortete ungerührt ein Fleischberg in verwaschenem Trikot-Hausanzug, dem die heisere Stimme gehörte.

»Warum öffnen Sie nicht, wenn ich mich als Polizist ankündige?«, stellte der Kommissar die Frau zur Rede.

»Wie sollen wissen, ob stimmt Polizei?«, erwiderte die Frau unbeeindruckt.

Er zeigte seinen Ausweis. Sie hatte recht. Da konnte bald einer daherkommen und sich mit *Aufmachen, Polizei…!* brüllend die Tür öffnen lassen. Jedoch an dieser Frau käme niemand vorbei, so wie sie den Türrahmen ausfüllte.

»Sie sind Frau Günes, die Mutter von Berkan?«

»Ja, Mutter von Berkan«, bestätigte sie und musterte den Kommissar beinahe mitleidig von oben bis unten. Und direkt freundlich bot sie an:

»Wollen Kaffee? Fertig in Küche. Dabei sprechen mit Berkan.«

Sogar der Hauch eines Lächelns huschte über das Gesicht der massigen Frau. Eine wahre Seele von einem Menschen, wie Meller bald zu spüren bekam.

»Kaffee…? Danke ja, sehr gern!«, versöhnte sich Meller mit Frau Günes. Es schien ihm, als würde tief drinnen im Fleischberg Eis zu schmelzen beginnen.

Der Kaffee, original türkischer, war hervorragend. Die Wohnung picobello aufgeräumt, gemütlich eingerichtet und die Stimmung von Minute zu Minute gelöster.

Lediglich Berkan zeigte sich bockig und widerspenstig.

Die Mutter hatte sein Zimmer auf den Kopf gestellt, da es verdächtig nach Zigaretten gerochen hatte. Die aufgerissene Packung fand sie schließlich in seiner Schultasche. Der kleine Gauner glaubte wohl, bloß weil Ferien waren, käme sie nicht auf den Gedanken, auch dort nachzusehen. Das konnte die Mutter auf Teufel komm raus nicht ausstehen und machte ihren Sprössling vor Meller ein weiteres Mal zur Schnecke. Wehe, er gerate dem Vater nach, der sich über Nacht aus dem Leben der beiden geschlichen hatte.

Dies alles erfuhr Meller innerhalb weniger Minuten aus der Standpauke, die von Neuem über Berkan hereinbrach – vielmehr – er konnte es sich aus dem Deutsch-Türkisch-Kauderwelsch zusammenreimen. Vermutlich nützte Mutter Günes diese Chance, ihrem Filius vor einem Gesetzeshüter gehörig den Kopf zu waschen.

Meller spielte mit – das Blinzeln der fürwitzigen Äuglein in Mutter Günes massigem Gesicht verstehend – und setzte eine dementsprechend amtliche Miene auf. Doch in Wahrheit hatte

Mutter Günes begründete Sorge und wollte ihren Jungen vor gesundheitlichen Schäden bewahren. Meller gefiel das Engagement. Er konnte nachvollziehen, wie schwer es dieser alleinstehenden Frau bisher ergangen sein musste.

Für den verstockten Jungen war Mellers Anwesenheit ein heilsamer Schock, das sah man Berkan an. Er gestand kleinlaut, dass ihn eine blonde Frau aus einem Auto aus angesprochen und ihm zehn Euro gegeben habe. Dafür sollte er einen Brief im S-C-ONE Gebäude abgeben. Das hatte er schließlich gemacht.

Ob er die Frau wiedererkennen würde?, wollte Meller wissen. Kaum, denn er habe nur auf das Geld und das Kuvert geschaut. Dann sei er mit seinem Rad davongedüst, um das Kuvert abzuliefern. Welches Auto es war? Irgendeines halt. Welche Farbe? Ein weißes? Bestimmt nicht. Vielleicht ein graues oder doch eine andere Farbe? Berkan hatte nicht darauf geachtet – bitte, bei zehn Euro! So schnell war er noch nie zu so viel Geld gekommen.

Eine tote Spur, musste der Kommissar sich eingestehen.

Er bedankte sich für den hervorragenden Kaffee und verabschiedete sich von Frau Günes.

Drei

Donnerstag, 19. Juli 2007…

Die Zeitungsmeldungen waren wie immer in solchen Fällen aufgebauscht. Wüste Spekulationen, was die Attentate auf die Handymasten und die großflächigen Wandbeschmierungen betraf, wurden seitenweise zelebriert.

Natürlich war ein gewisser Zusammenhang zu sehen, obwohl Meller nach wie vor der Meinung war, dass die beiden Straftaten von unterschiedlichen Gruppen verübt worden waren. Aber was weiß man schon? Sicher war er sich jedenfalls, dass diesen Aktionen weitere folgen würden.

Erst recht, als der Bacher von der *Neue-Süd* im S-C-ONE anrief und um eine »Audienz« bei Frau Dr. Turek bat. Sofort, wenn es ginge. Er sei höchstgradig beunruhigt. Am Telefon wollte er sich nicht darüber äußern. So viel teilte die »Tuareg« dem Kommissar mit und bat ihn zu sich.

Und so saßen sie schon frühmorgens in Tureks Büro. Die S-C-ONE Chefin, Kommissar Meller und Chefredakteur Bacher. Obwohl der Bacher dem Range nach ein Journalist wie seine Kollegen war, spielte er sich in der unterbesetzten Redaktion der *Neue-Süd*, als der Älteste und am längsten Dienende im Team, gern als Chef auf. So wurde er im Laufe der Zeit von den Kollegen als Chefredakteur anerkannt. Auch in der Bevölkerung machte sich Bacher unermüdlich als Chef »seiner« *Neue-Süd* unentbehrlich, sodass niemand den selbst ernannten Titel »Chefredakteur« anzweifelte.

Allerdings – eines musste man dem Bacher lassen – er hatte sich in letzter Zeit enorm verändert, vor allem, was seine Zusammenarbeit mit dem S-C-ONE betraf. Fast war eine freundschaftliche Partnerschaft zwischen Meller und dem Chefredakteur entstanden. Eigentlich seit dem tragischen Tod von Henriette Meller, Mellers Ziehmutter. In dieser traurigen Angelegenheit hatte sich Bacher mit seinem Nachrichtenblatt vorbildlich verhalten.

Aber auch äußerlich konnte man an Bacher sprichwörtlich eine positive Veränderung sehen. Er hatte sich reduziert – gewichtsmäßig. Man wusste, dass sich der Zeitungsmacher nach dem Bekanntwerden seiner Affäre mit Adelheid Müller von seiner Frau getrennt hatte. Nun denn – wer sich von wem getrennt hatte, war nicht so eindeutig. Jedenfalls zog der damals noch füllige Bacher zu seiner Geliebten, der ehemaligen Sekretärin von Meller. Adelheid Müller – wenn auch eine Dumpfbacke – bei Bacher schien sie wahre Wunder zu wirken.

So war es eine Wonne, einem sportlich geformten und flott gestylten Bacher gegenüber zu sitzen. Der Kommissar wurde beinahe eifersüchtig.

Jaja, die Frauen… da sah es bei Meller wohl nicht so klipp-und-klar-deutlich aus. Diesen Vorsprung konnte Bacher für sich buchen. Der hatte sich kurzwegs entschieden, was Meller neidvoll zu einer schnippischen Bemerkung veranlasste:

»Na, Herr Bacher, Ihnen scheint das neue Leben mit Frau Müller direkt gut zu bekommen. Ich muss schon sagen, alle Achtung. Ich strample mich mühevoll auf dem Rad ab, um mich in Form zu bringen.«

»Nur mit dem Rad? – Das ist zu wenig. Eine neue Liebe, gesundes Essen«, erwiderte Bacher stolz grinsend und schob sich in Positur. »Schwuppdiwupp und schon waren's über fünfundzwanzig Kilo weniger, in knapp einem Jahr.«

»Ich nehme an, Herr Bacher«, unterbrach ihn Frau Dr. Turek irritiert und genervt, »Sie sitzen bestimmt nicht hier, um uns von Ihrer erfolgreichen Ess-und-Liebeslust-Diät vorzuschwärmen. Oder…?«

Vermutlich hatte sie ähnliche Probleme wie der Kommissar und war dem Redakteur seinen gewichtigen Fettpolsterschwund neidig. War das etwa der Grund, dass die »Tuareg« stets mit wallenden Seidenklamotten ins Büro kam? Das wollte Meller nun doch bei Gelegenheit in Erfahrung bringen.

»Entschuldigen Sie, Frau Dr. Turek…«, fasste sich Bacher, nicht ohne je einen gemeinen Grinser in die Gesichter der beiden zu schleudern, der bedeuten sollte: *Verbrecher fangen kann bald wer, aber soo abnehmen?*

»…der Grund meines Anrufes…« Er holte ein Kuvert aus der Rocktasche, entnahm daraus einen Brief und schob ihn der S-C-ONE Chefin hin.

»Deswegen, bitte…«

Sie nahm ihn entgegen, überflog ihn kurz und gab ihn an Meller weiter.

»Und? Was soll damit sein?«, stellte sie sich unwissend. Sie wollte die Reaktion des Kommissars abwarten.

»Was und…? Das ist ein Bekennerschreiben von den Attentätern. Sie wissen ja, Handymasten und Sprayattacken! Das habe ich heute in der Post gehabt. Persönlich an mich gerichtet.«

»Sind Sie der Einzige, der davon weiß, Herr Bacher?« Meller kam blitzschnell eine Idee.

»Ja – nein – ja… deswegen wollte ich mit Ihnen sprechen.«

»Was heißt: ja-nein-ja, Herr Bacher?«, fuhr ihn Meller scharf an. Etwas wirr der Redakteur, wie er fand.

»Meine Adi… ich meine, Frau Müller weiß es. Aber nur sie«, verteidigte er sich wie ein ertappter Dieb.

Ohje, dann weiß es bald ganz Mödling. Meller verdrehte die Augen und sah seinen Plan schwinden.

»Aber Adelheid hält dicht, wirklich. Sie hat es mir hoch und heilig versprochen«, versicherte Bacher pflichtergeben.

Von wegen dicht halten und nicht ganz dicht sein. Der Kommissar wollte es nicht so recht glauben. Seiner Ex-Kollegin traute er alles zu. Nicht nur schlankheitsfördernde Wunderheilkräfte, sondern leider auch inkontinenten Mitteilungsfluss. Deswegen war sie ja schließlich aus dem S-C-ONE geflogen.

»Und was haben Sie damit vor, Herr Bacher?«, wollte Frau Turek wissen und nahm den Brief wieder an sich.

»Das frage ich Sie, darum bin ich ja hier. Sagen Sie mir, wie ich vorgehen soll«, erwiderte der Redakteur.

Da mischte sich Meller ein:

»Ich danke Ihnen, dass Sie mit uns zusammenarbeiten wollen. Ich schlage vor, Sie veröffentlichen das Bekennerschreiben. Nur ändern wir es ein wenig ab und warten, wie der anonyme Briefeschreiber reagiert… Also, willkommen im Team.«

Meller stand auf und gab dem Redakteur die Hand. Bacher fühlte sich geschmeichelt und drückte sie heftig. Die S-C-ONE Chefin war skeptisch. In Wahrheit mochte sie den Journalisten nicht – sicher auch seiner verlorenen Kilos wegen.

Meller erklärte seine Absicht und stellte einen Plan auf.

Nach einer Stunde verließ der Chefredakteur beschwingten Schrittes mit einem höchst geheimen Auftrag das S-C-ONE Gebäude.

Kaum war Meller wieder in seinem Büro, flatterte auch schon Claudia Rotter zur Tür herein. Seit sie mit Lo Bianco zusammen war, versprühte sie Lebensfreude pur. Dazu gekleidet, dass man meinen konnte, sie sei das Starmodel der aktuellen Sommermode.

»Hallo… schönen Morgen, Chef!«, trällerte sie einer Lerche gleich. »Ich weiß, du hast viel um die Ohren. Aber mein Lo täte dich unheimlich dringend auf der Baustelle brauchen. Dort gibt's schon wieder Schwierigkeiten. Er hat mich grad angerufen und meinte, das könntest nur du klären – als Kommissar.«

»Alle wollen sie von mir – ich will auch einmal…! Vor allem, was soll das heißen: *dein Lo!* Sind wir Männer denn schon euer Besitz, eure Leibeigenen geworden?«, erwiderte Meller leicht grantig. Je mehr Schönheit vor seinen Augen herumtanzte, umso frustrierter wurde er.

»Wer's glaubt, wird selig – vor allem ich«, kam es schnippisch von Claudia Rotter.

Was war mit Meller los?

Eigentlich machte ihm die morgendliche Radtour überhaupt nichts mehr aus. Letzte Woche war er noch *fit wie ein Turnschuh*, so der blöde Spruch. Wie kann ein Turnschuh fit sein? Der mit dem Fuß drinnen steckt, war es im besten Fall – und er war es heute nicht.

Immerhin: Bauch, Schenkel, Waden und auch sein Hintern bekamen schön langsam wieder Kraft und Form, die er – seit er wieder in Mödling lebte – vermisst hatte. Sie war ja nicht von heute auf morgen verschwunden, diese Mellersche Kraft. Nein, still und unbemerkt hatte sie sich innerhalb von knapp drei Jahren aus dem Staub gemacht, als wollte sie ihn vorwarnen, zu erkennen geben, was aus ihm werden würde, eines Jahres: erst optischer Verfall, dann körperlicher. Schließlich tödlicher –

dann nur noch Staub.

Das war auch der einzig tiefinnerste Grund, warum er sich aufraffte und mit vollem Einsatz dagegenstemmte, vielmehr dagegenstrampelte: gegen Figur verlieren, gegen Fett ansetzen, gegen Schwächeln. Kurz: gegen das Zu-Staub-Werden. Einmal noch sich aufbäumen und allen zeigen: *Noch bin ich!*

Und Meller strampelte auch prächtig – bisher...

Doch heute war er richtig atemlos ins Büro gekommen. Auch das unangenehme Ziehen in der Leistengegend hatte wieder zugenommen. Zu auffällig, um nur einen Wetterumschwung anzudeuten. Denn laut Wetterbericht sollte es weiterhin unverändert bis zu 38 Grad heiß werden, wie schon die Tage zuvor.

Er ergab sich der Tatsache, bald zu jenen zu gehören, die »zipperlein-weise« im Verein der FünfzigPlus Generation herumruderten. *Dabei bin ich doch gerade erst 47*, klammerte er sich verzweifelt an dieser Viererzahl fest, mit der stillen Befürchtung, eine Achterzahl niemals zu erreichen.

Mit 37 – da war er in der Lebensmitte! Doch mit 47 bereits zehn Jahre drüber. Das hieß: Mehr als die Hälfte aus seinem Lebenskontingent hatte er bereits verbraucht, verlebt, teilweise auch sinnlos verschludert. Wo sind all die Jahre geblieben? Nur noch Erinnerungsstückwerk? Er wollte verflossenes Leben wieder spüren, so richtig aufwühlend nachvollziehen, als wäre es erst gestern gewesen – Bilder, Stimmungen, Gerüche, Beziehungen. Unvermutet fiel ihm heftiger Zahnschmerz von vor Jahren ein. Verdammtes Gehirn, gab's nicht Schöneres? Auch kein Verlass mehr auf Mellers 47 Jahre alte Festplatte.

Mit siebzig bin ich womöglich tot – das sind gerade noch 23 Jahre zu leben! Davon die letzten vielleicht gar krank dahinsiechend. Und was mache ich? Habe zwar finanziell ausgesorgt, werkle aber als Ermittler blöd herum, kann mich vor allem nicht entscheiden, meine letzten Jahre in einer geruhsamen wie sinnlich voll erfüllten Beziehung ausklingen zu lassen...

Oh Gott... oh Gott... oh Gott...

Kalter Schauer befiel den Kommissar kurz, während er seine Sekretärin wie entgeistert ansah.

»Ist dir nicht gut?«, zeigte sie sich in berechtigter Sorge um ihn. »Willst dich nicht kurz hinlegen...? Du schaust so bleich aus.«

»Ach nichts...! Ich habe nur an unschöne Dinge gedacht.«

»Die müssen aber sehr schlimm gewesen sein, so wie du eben dreingeschaut hast. Ich bin richtig erschrocken.«

Sind diese Schwächeanfälle bereits der Beginn meines Verfalles? Wie wird das Altwerden erst?

Mit einem kurzen Wink bat er Claudia, ihn allein zu lassen.

»Also, wenn ich in drei Minuten nichts von dir höre, hol ich einen Arzt, das versprech ich dir.«

Besorgt machte Claudia Rotter kehrt und schloss vorsichtig die Tür hinter sich.

Meller setzte sich an seinen Schreibtisch und wischte sich den Schweiß von der Stirn. Vielleicht wurde er nur krank, eine harmlose Sommergrippe – hoffentlich. Eine Woche marod sein, eine Pause einlegen und schon wäre Meller wieder der Meller, den jeder Verbrecher fürchten müsste, der Tod und Teufel verächtlich ins triefende Auge blicken würde...

Doch im Moment trieften Selbstmitleid und hypochondrische Anwandlungen in Mellers schwächelndem Körper um die Wette.

Lo Bianco stand inmitten einer Gruppe Bauarbeiter. Heftig gestikulierend fuchtelte er mit den Händen und deutete immer wieder in eine Richtung.

Dort behinderte ein rotes Auto die ohnehin schon enge Ausfahrt, sodass ein Lkw-Fahrer, der Bauschutt vom Gelände abtransportieren wollte, nicht um die Kurve kam. Der Lenker war ausgestiegen, ließ den Motor laufen und brüllte einen Mann an, der mit einem Camcorder die ihm geltende Schimpfkanonade ungerührt aufzeichnete. Da ging der Bauarbeiter entschlossen auf ihn zu. Der Mann mit der Kamera wich zurück und stolperte über einen kleinen Haufen Steine. Seine Kamera, von der Hand fest umklammert, knallte dabei auf einen spitzen Steinbrocken und zerbarst.

»Sie haben meinen Camcorder ruiniert! Ich werde Sie verklagen…!«, schrie der Mann schrill, selbst das Motorengeräusch des Lkws übertönend. Er raffte sich auf und sammelte die Teile des kaputten Gerätes ein.

»Ja was woin S' denn…, Sie Würschtl Sie! Sie versperren mir mit Ihrem Kübel die Ausfahrt, obwohl da ganz deutlich ein Schild steht. Kennan S' net lesen: *Baustellenausfahrt freihalten!* So schaut das geschrieben aus, Sie Hirnederl…!«

Wütend ging er auf das Schild zu, das knapp an der Einfahrt stand und drehte es so, dass der Mann es lesen musste.

»So was Präpotentes is mir a noch nie unterkommen!«, beendete der Bauarbeiter erregt seine Belehrung. »Also schleichen S' Ihna oder soll ich die Polizei holen? Aaah, da kommts eh schon…! Gehn S' Herr Kommissar, würden S' dem Analphabeten erklären, was *Baustelleneinfahrt freihalten* heißt?«

Wütend wandte sich der Mann ab, ging auf seinen Lkw zu, stieg ein und wollte losfahren.

»Also wos is, Sie Hitchcock-Verschnitt! Drahn S' Ihnare Krimis wo anders und schleichen Sie sich endlich mit Ihrer Rostschüssel! Oder muss ich sie auf die Seite schieben? Des kennan S' haben!«

Er stieg aufs Gas und kam dem roten Wagen drohend nahe.

Da schnappte der Beschimpfte seine Kamerateile, eilte zu seinem Wagen, warf sich hinein und startete. Mit quietschenden Reifen machte er die Einfahrt frei.

»Na also… geht ja!« Schelmisch grinste der Lkw-Fahrer aus der Fahrerkabine den Kommissar an und fuhr den Schutt mit einer aufwirbelnden Staubwolke vom Bauplatz.

Meller ging hüstelnd durch den Staub auf die Männer zu, die sich nach der lautstarken Auseinandersetzung des Lkw-Fahrers mit dem Hobbyfilmer wieder Lo Bianco zuwandten.

»Biancos Baustelle« wurde von Mario Meller finanziert, damit der Kommissar endlich eine eigene Bleibe in Mödling hatte. Die »Besitzverhältnisse« der neuen Villa waren für Außenstehende ohnehin verwirrend.

Gemeinsam hatten sie im »Auholz« ein Grundstück nahe dem Kalenderberg gekauft. Die darauf befindliche Bauruine durfte nach langen Verhandlungen endlich abgerissen werden. Die Einreichung dazu war genehmigt worden. Das ehemalige Gebäude zu sanieren war – mehrerer Gutachten zufolge – sinnlos. Die Bausubstanz war hinüber, die Feuchtigkeit bis unter das Dach hochgekommen und hatte die tragenden Mauern dermaßen aufgeweicht, dass es nur noch eine Frage der Zeit war, bis sie einstürzen würden. Auch der Stil des Gebäudes, eine Kombination mehrerer Zubauten, war nicht erhaltungswürdig. Sicher, das ursprüngliche Gebäude hatte noch eine Stilrichtung, doch im derzeitigen Zustand war nichts mehr zu retten.

Meller hatte Lo Bianco gebeten, die Bausubstanz vom Bauamt prüfen zu lassen, da sich gegen den Abriss eine Widerstandsgruppe formiert hatte, angestiftet vom Nachbarn, dem ehemaligen, jetzt pensionierten Pressefotografen Wurzinger.

Dieser zog – auf Teufel komm raus – gegen den Abriss zu Felde und startete mit ein paar Gleichgesinnten, die er dazu gewinnen konnte, eine Protestkampagne. Als er auch noch die *Neue-Süd* miteinbeziehen wollte, winkte Bacher ab, nachdem er mit Bianco Rücksprache betreffend der Abbruchbewilligung gehalten hatte. Dieser Triumph war dem Wurzinger also doch nicht gegönnt, dafür wuchs sich sein Hass zu einer wahren Obsession aus.

Rentner konnten gefährlich lästig werden, wenn es ihnen an erfüllender Lebensbeschäftigung mangelte.

Als dann die behördliche Begehung stattfand, marschierten die Demonstranten mit einem zehn Meter langen Transparent einher, auf dem blutrot *Nieder mit den Bausündern!* zu lesen war. Von Wurzinger mit einem Megafon aufgehetzt, begannen sie in Sprechchören gegen den Abbruch zu protestieren. *Geldsäcke dürfen auch nicht alles… alles niederreißen!*, riefen sie im Chor. Da war's mit Biancos Geduld endgültig vorbei und es kam zu diesem unschönen Auftritt.

Er versperrte den Protestlern den Zugang zur Baustelle und drohte Wurzinger unmissverständlich:

»Wenn Sie auch nur einen Fuß auf *meine* Baustelle setzen oder auch nur einen Fetzen Stoff oder Papierwisch an *meinen* Bauzaun heften, dann hetze ich Ihnen *meinen* Rechtsanwalt wegen Besitzstörung an den Hals. Sie verstehen? Und das wird für Sie sehr teuer werden, Sie… Sie Pensionis Okularis!«

»So? Sie beschimpfen mich?«, brüllte ihm die aufgebrachte Megafonstimme Wurzingers entgegen. »Dafür habe ich Sie rechtlich an der Gurgel. Für das Penis Okularis werde ich Sie wegen Beleidigung verklagen!«

Lo grinste Wurzinger listig an, riss ihm das Megafon aus der Hand, aktivierte es und ließ weithin erschallen:

»So, habe ich das gesagt…? Da unterliegen Ihre Ohren einem gewaltigen Hörfehler, Herr Wurzinger! Ich sagte nicht Penis

Okularis, so viel wie *Nudlaug*, was Sie – wie ich an Ihrer emotionellen Erregung sehe – zu verstehen glaubten. Nein, ich sagte: Pensionis Okularis. Was so viel heißt wie *ruhendes Auge*. Und das sollten Sie auch, Herr Wurzinger und Sie alle hier…! Ruhe bewahren! Vor allem aber sollten Sie endlich behördliche Entscheidungen akzeptieren… und…« Er hielt das Megafon direkt auf Wurzingers Ohr gerichtet: »…und einen Ohrenarzt aufsuchen!«

Meller war ebenfalls Zeuge von Biancos Auftritt, der wie ein Löwe kämpfte, für sein Recht und die Freigabe, hier ab sofort eine neue Villa entstehen zu lassen. Er verstand seinen Freund und versuchte seinerseits, überzeugend und beruhigend auf den Pulk einzuwirken. Schließlich ging es ja um seine Interessen.

Als aber eine junge Frau den Kommissar zur Rede stellte: »Jetzt mal ehrlich – trotz Abbruchbewilligung. Wenn Sie so reich wären, würden Sie dieses Kleinod nicht auch erhalten?«, zog Meller es vor, seine Meinung für sich zu behalten, und kam sich dabei Lo Bianco gegenüber wie ein Verräter vor.

So konnte das Leben sein – wobei er sich eingestand, auf die Butterseite desselben gefallen zu sein.

Er, Mario Meller, mit Leib und Seele Kriminalkommissar, hatte früher so gut wie nichts gehabt und war im Grunde genommen mit der Situation zufrieden gewesen. Doch jetzt, da er finanzielle Mittel zum Abwinken hatte, sollte er sich von einer aufgehetzten Meute eine moralische Watschen runterhauen lassen müssen?

Nicht ein Mario Meller! Solche ferngesteuerte Irrläufer regten ihn nicht mehr auf.

Nein, anderes gab ihm zu denken:

Als Witwer unermesslich reich geworden, durch die Erbschaft

von seiner geliebten Lilian, konnte er sich diese neue Villa so mir-nichts-dir-nichts leisten. *Ja, steht mir das denn zu?* Um wie viel lieber wäre ihm statt dem Vermögen seine Frau erhalten geblieben, die leider…

…aber er wollte nicht mehr daran denken. Schon längst hatten neue Menschen sein Leben grundlegend in andere Bahnen geleitet, was dem Kommissar manch schlaflose Nacht bereitete.

»Gut dass du kommst, Meller«, begrüßte ihn Lo Bianco erschöpft, im Moment als Bauherr agierend, mit einem Plastikhelm auf dem Kopf. Keiner nahm an, dass hier ein erfolgreicher – wenn auch frustrierter – Grafiker die Befehle gab.

»Der Wurzinger ist wirklich eine Bazille. Seit Neuestem behindert er mit seinem Wagen die Baustellenausfahrt. Aber das hast du ja mitbekommen. Das geht jetzt schon eine Woche so«, jammerte Bianco den Kommissar an.

»Ich werde mit ihm reden, Lo. Vielleicht gelingt mir eine gütliche Vereinbarung. Immerhin ist er einer unserer Nachbarn. Mit denen sollten wir's uns gutstellen. Nach Möglichkeit halt… Wie geht's dir eigentlich mit dem anderen Sargnagel, die von Jagd… von Jäger…?«

»Von Jagershausen, Thea von Jagershausen, so heißt die dürre Nobelschabracke…« Lo Bianco grinste schelmisch. »Du, die wollte mich richtig einkochen. Sie kam letzte Woche mit ihren Pumps über den Bauplatz gestelzt, ganz freundlich plötzlich. Von irgendwoher muss der zu Ohren gekommen sein, dass ich Grafiker bin.«

Von Jagershausens säuselnde Nasalsprache imitierend, fuhr Bianco fort: »Ja, wenn ich das gewusst hätte, dass Sie Grafiker sind… Nun, was wäre denn dann gewesen?, wollte ich von ihr wissen. Ja, ihr Mann, der habe da was gegen mich, aber daran wolle sie nicht erinnert werden usw…«

Er setzte ab und fiel wieder in seine Stimmlage: »Jedenfalls bräuchte sie für ihre neue Nobelboutique einen zündenden Namen, ein Logo, Visitkarten und Briefpapier – den ganzen Kram halt. Als ich ihr verklickerte, dass ich bis über die Ohren voll mit Aufträgen sei, drängte sie sich förmlich auf, dass wir doch in baldiger Nachbarschaft, sicher gute Freunde usw… eh schon wissen, das alte Gelaber. Kurz und gut, ich hab mich breitschlagen lassen – der guten Nachbarschaft zuliebe.«

»Wenigstens ein Problem weniger«, freute sich Meller.

»Wart's ab, noch hat sie das Logo von mir nicht bekommen«, konterte Lo Bianco lachend.

»Wehe dir, du versaust sie uns«, drohte Meller grinsend.

»Wen…? Die von Jagershausen oder die gute Nachbarschaft?«, grinste Bianco hinterlistig zurück.

»Schau-schau! Also, wenn die Claudia das hört«, drohte ihm Meller lachend, »dann hab ich wieder eine frustrierte Sekretärin im Büro. Aber dann bekommst du es mit mir zu tun, du Casanova!«

»Geh bitte – von wegen – kein Bedarf. Ihr Mann, Curt von Jagershausen, Curt mit C wohlgemerkt, schaut mich seither eh nur noch giftig an, wenn er mich sieht. Was weiß ich, was diese Giraffentussi ihrem Alten von mir vorgeschwärmt hat.«

»Na ja, vielleicht ist sie scharf auf dich und er gneißt das bereits. Weil, wenn ich dich so anschau – wäre ich eine so tolle von Sowieso – dich würde ich nicht von der Bettkante stoßen.«

»Bitte, Mario, pflanz wen anderen. Ich hab genug um die Ohren. Die Baustelle… das Atelier… das Barometer… die Claudia…«

»Hallo-hallo? Schwächelt der Herr bereits? Wird die Lusche

jetzt schon schlapp?«, zog ihn Meller auf.

»Bevor ich mich dazu äußere...«, gespielt grimmig sah Lo seinen Freund an, »...da nimm – ich zeig dir was, Meller. Deswegen hab ich dich ja hergebeten. Na, du wirst Augen machen.«

Lo Bianco reichte Meller einen Helm, den sich der Kommissar aufsetzte.

Sie stiegen in die Baugrube, die einmal der Keller werden sollte. Betonierte Abstützwände zum Wald hin standen bereits. Handwerker befreiten sie soeben von ihrer Schalung. Bianco ging vis-à-vis direkt auf eine Stelle zu, die mit einer Plane abgedeckt war. Jemand stand davor und winkte die beiden zu sich.

»Herr Ing. Heiner, der Chef der Baufirma«, stellte Lo Bianco den Mann vor. »Es wurde was ausgebuddelt, wofür du – denke ich – der richtige Mann bist.«

Herr Heiner gab Meller wortlos die Hand und machte sich daran, die Plane zur Seite zu legen.

Zuerst sah der Kommissar nur aufgehäufte Steine und Erde. Erst als der Mann mit einem Maurermeißel vorsichtig Erde wegschabte, kamen sie zum Vorschein.

Knochen... menschliche Knochenreste sowie die obere Hälfte eines Schädels. Die Schädeldecke wies einen etwa fünf Zentimeter langen Spalt auf. Wie von einem Schwert geschlagen.

»Wir befinden uns hier in einer Tiefe von etwa fünf-sechs Metern, den leichten Hang berücksichtigend.«

Der Ingenieur zeigte auf eine Stelle in der senkrechten Erdwand und kratzte mit seinem Werkzeug vorsichtig Erde und Steine weg.

»Hier... sehen Sie? In dieser Höhe befinden sich auf etwa zwei Metern Länge menschliche Überreste. Vermutlich ein Massengrab.«

Während der Mann sprach, stocherte er vermoderte Knochenreste aus der Wand, die zu Boden fielen.

»Kein Wunder, rund um Wien wüteten doch die Türken. Das erste Mal 1529«, trumpfte der Kommissar mit Fachwissen auf, »und das zweite Mal 1683. Jedes Mal haben sie beinahe die gesamte Bevölkerung niedergemetzelt. Soweit ich mich noch an den Geschichtsunterricht erinnere, wurde uns eingetrichtert, dass nach dem Abzug der Türken ganze Familien aus der Steiermark hier angesiedelt wurden. Sonst gäbe es heute kein Mödling und auch keine Mödlinger.«

»Waass? Das heißt, die Mödlinger sind eigentlich Steirer?«, grinste Lo Bianco sarkastisch. »Na, da bin ich aber baff. Stell dir vor, da hat mich vor Kurzem wer angeschnauzt, dass ich eh nur so ein neureicher *Zuagroaster* sei, wegen... aber das erzähl ich dir ein andermal. Nur jetzt, was machen wir mit der Knochenansammlung da?« Er hob ehrfürchtig den halben Totenkopf in die Höhe.

»Na ja – wir müssten... wir sollten...«, begann Meller. Er überlegte.

»Also, wenn ich etwas dazu sagen darf«, mischte sich jetzt der Bauingenieur ein, »ich würde das Ganze hier schlichtweg vergessen und es nicht an die große Glocke hängen. Sonst haben wir sofort die Leute vom Archäologischen Institut hier. Und das heißt: Schluss mit Weiterbauen – aber auf Monate, wenn nicht auf Jahre. Hier in der Gegend gibt es vermutlich mehrere solcher Stätten. Wenn da jeder beim Buddeln im Garten einen Knochenfund den Behörden melden würde, wäre Mödling bald ein einziges Gräberfeld. Und wir Bauleute wären mit den ohnehin knappen Terminvorgaben völlig aus dem Ruder.«

Während der Bauingenieur seine Bedenken aussprach, sah der Kommissar etwas Seltsames, Spinnenartiges aus dem feuchten Erdreich hervorstehen. Er zog leicht daran – und schon hielt er, dem Gewicht nach, ein Metallstück in den Fingern. Behutsam pulte er es vom Erdreich frei.

»Da, schaut mal, was ich gefunden habe.« Er zeigte ihnen das etwa daumengroße Stück. »Sieht aus wie eine Figur. Die eine Hand hält sie hoch – wie ein Speerwerfer.«

»Schau-schau, der Neid könnt einen fressen. Kommt einfach daher, zieht ein Stück aus der Erde, das aussieht wie eine Wurzel – und hält ein archäologisches Kleinod in der Hand. Gratulation, Herr Kommissar, zum Glücksbringer«, neckte ihn Lo Bianco.

»Geh bitte, Lo...!«, grinste Meller verlegen, während er die Figur in ein Papiertaschentuch wickelte und einsteckte. Zum Ingenieur gewandt, sagte er:

»Also, ich meine... ich denke... wir sollten die Toten ruhen lassen. Denn hier zu ermitteln, fällt ohnehin nicht in mein Ressort. Ich bin ganz Ihrer Meinung, Herr Ingenieur. Wir breiten den Mantel des Schweigens darüber, wie man so sagt. Ich denke, wir drei können das für uns behalten, ohne dass andere davon erfahren.«

Der Bauingenieur nickte erleichtert und winkte den Baggerfahrer zu sich, um den restlichen Aushub wegzutransportieren.

Meller ging mit Lo Bianco in die nahestehende Bauhütte, um sich über die kommenden Bauschritte zu informieren...

Wieder im Büro eingetroffen, unterzog der Kommissar den Schatz einer vorsichtigen Reinigung. Gedanklich in ein anderes Jahrhundert versetzt, befreite er ihn mit Wasser und einer Zahnbürste, die er in einer seiner Schubladen fand, von geschichtlicher Erdmasse. Er hielt wiederholt inne, um die Konturen von allen Seiten zu betrachten. Mit etwas Fantasie und beinahe kindlicher Freude glaubte er einen Krieger mit Turban zu erkennen, der einen unsichtbaren Speer schleudert.

»Was machst denn da…?«

Erschrocken riss es Meller herum, und er starrte in das höchst erstaunte Gesicht von Claudia Rotter. So sehr war er in seine Arbeit vertieft, dass er nicht bemerkt hatte, dass sie in sein Zimmer gekommen war.

»Ich…? Äh…! Hast du mich jetzt erschreckt, Claudia!«

In seiner Tätigkeit empfindlich gestört, riss der Kommissar eine Farbe auf und verdeckte blitzschnell seinen Schatz mit der Hand, in der anderen noch immer die Zahnbürste haltend.

»Du schaust drein, als hättest etwas gstohlen… Hast was gstohlen? Die Zahnbürste da etwa?«, grinste die Sekretärin ihren Chef an. »Ich kann's nicht glauben, dass du so knapp bei Kasse bist.«

»Geh komm, bitte!«, reagierte er verärgert, hielt die Hand aber immer noch so, dass sie das Kleinod verdeckte.

»Was versteckst du denn da drunter?« Jetzt war die Rotter erst recht neugierig geworden.

»Ach nix«, erwiderte Meller.

»So? Nix? Na, wenn du mich nicht einweihst, dann kann ich dich auch nicht rausboxen, wennst eingsperrt wirst«, reagierte die Sekretärin gespielt beleidigt. Die Neugier schien sie förmlich aufzufressen.

»Nun gut, ich gestehe.« Meller nahm die Hand weg.

»Mei, ist deer aber puutzig…! Und wegen der Figur machst du so ein Tamtam?«, staunte sie. Schon wollte sie danach greifen. Doch Meller war schneller.

»Gehst weg mit den Fingern! Die darf nicht in falsche Hände geraten.«

»Ich nehm sie dir eh nicht weg! Was hast denn für ein Getue

mit der Figur da?«

»Das verrate ich dir später… ach – ist ja eh einerlei. Lo wird es dir ohnehin erzählen. Also, diese Figur hab ich auf der Baustelle gefunden. Einfach so aus der Erde gezogen. Jetzt möchte ich mich erkundigen, von wann die ist und wer sie besessen haben könnte.«

Er nahm die Figur und stellte sie neben dem Flachbildschirm auf die Box, in der lose Notizzettel lagen. Der Sockel der Figur war nicht plan, daher schaukelte sie hin und her und blieb schließlich etwas schräg stehen.

Vier

Freitag, 20. Juli 2007…

Milan Pivonka war müde, seine Augen brannten und er musste immer öfter gähnen. Sein Schlafdefizit meldete sich alarmierend. Viel zu lange saß er schon hinter dem Lenkrad seines Sattelschleppers.

Von Rom nach Florenz, weiter nach Bologna, über Padua bis nach Udine ging seine Tour. Dort hatte er einen Zwischenstopp eingelegt und die Hälfte der Tonnage ausgeliefert. Anschließend war er nach Salzburg gefahren. Eine Range Paletten war hinzugeladen worden.

Stunde um Stunde hatte Milan öde Autobahnkilometer hinter sich gebracht. Seine letzte Fracht musste nach Prag. Einmal noch abladen, den Vierzigtonner übergeben und die Tour war abgefahren.

Es war bereits Freitag, ein Uhr früh. Der kleine Abstecher nach Mödling, dann ins wohlverdiente Wochenende. Noch in seinen Van umsteigen und ab nach Hause. Endlich.

Nach Tabor, südlich von Prag. Eine gute Stunde Autofahrt, aber kein Vergleich zur Mördertour, die er dieses Mal runtergespult hatte. Die Autobahnen glichen mehr denn je einer Frontlinie. Dicht gedrängt gaben sie sich's. Lkw gegen Pkw, auch die Kollegen untereinander sparten nicht mit Überhol-

und Ausbremsattacken. Jeder gegen jeden. Für den gutmütigen Milan ein Gräuel.

In Gedanken war er schon hunderte Kilometer weiter. Bei Jana, seiner Frau, und bei seinen beiden Mädchen Milena und Galina. Vor allem sah er sich in einem weichen, frischbezogenen Bett. Endlich drei Tage frei haben, bevor die nächste Tour anstand. Er liebte seine Frau, seine Kinder und freute sich auf sie. Doch da war noch ihre Bitte zu erfüllen.

Vergangenen Sommer hatten sie im Urlaub Roman und Christine Broukal, ein Ehepaar in ihrem Alter mit ebenfalls zwei Töchtern, kennengelernt und sich mit ihnen angefreundet.

Drei Wochen Lindos auf der bezaubernden Insel Rhodos. Unter griechischer Sonne, nicht ein Wolkenfetzerl, keinerlei Sorgen, hervorragenden Fisch und das Wasser so blau und klar, als wäre der Himmel direkt ins Meer gefallen.

Es war ein Traumurlaub für beide Familien, da sie ihren Nachwuchs tagsüber so gut wie nie zu Gesicht bekamen. Die Kinder vertrugen sich bestens. Auch die beiden Frauen waren ein Herz und seine Seele. In einer Taverne wurde am letzten Abend auf den gelungenen Urlaub angestoßen und versprochen, miteinander in Kontakt zu bleiben.

Die Pivonkas und die Broukals – beides tschechische Namen. Pivonka, zu Deutsch Pfingstrose. Das passte genau zu Milans Frau, blühend wie sie aussah. Und Broukal steht für *griesgrämiger Brummbär*. Milan nannte Roman spaßhalber Brummbär, weil er ein behäbiger, rundlicher Typ war, mit Schnauzbart und tiefer Stimme.

Sonst verhielt Milan sich eher reserviert. Er war der Introvertierte in seiner Familie. Bei den einsamen Touren mit dem Sattelschlepper hatte er selten einen Gesprächspartner neben sich sitzen. Da würde er das Reden bald verlernen, zog ihn Jana hin und wieder auf. Er, der Schweigsame, beobachtete stets zuerst, um sich ein Bild vom anderen zu machen. Jana war das Gegenteil. Sie fand schnell und leicht Kontakt.

So geschah es auch, dass die Broukals aus Mödling einer Einladung Janas folgten. Über Neujahr waren sie tatsächlich in Prag gewesen und Milans Frau hatte es sich nicht nehmen lassen, die neugewonnenen Freunde aus Österreich durch die »Goldene Stadt« zu führen. Jana konnte gut Deutsch, auch ein Grund, warum sich die Frauen leichter taten. Milan war damals verhindert, weil er durcharbeiten musste. Silvester verbrachte er einsam auf der E45 zwischen Hamburg und München.

Zu Ostern kam es zum Gegenbesuch in Mödling. Milan war dieses Mal auch dabei. Roman Broukal, ein Computerfreak, überraschte sie mit einem wirklich schönen Geschenk: eine komplette Computeranlage, auf der sogar eine tschechische Software installiert war. Eine größere Freude konnte Roman den Kindern nicht bereiten, sie waren total aus dem Häuschen und umarmten den edlen Spender. Eifersüchtig reagierte daraufhin Milan auf Roman. Jedoch Jana wies ihn später im Bett scharf zurecht. Sie hatte ja recht, Roman war ein feiner Mensch. Er hatte sich die neueste Computergeneration zugelegt und wollte einfach, dass ihre Kinder übers Internet in Kontakt bleiben konnten. Natürlich auch die beiden Mütter, das war ja der Sinn des Geschenkes. Für Milan war die Computerwelt ohnehin ein spanisches Dorf. Er hatte null Ahnung davon, so wie Roman von Sattelschleppern und vom Trucker fahren.

Die Broukals wohnten in der Südtiroler Gasse. Christine hatte Jana von den hervorragenden Mödlinger Lebkuchen vorgeschwärmt und für die Pivonkas eine Auswahl der *Rachenzentner Lebkuchen* zusammengepackt, aber auch sonstiges Allerlei, das die Broukaltöchter seinen Kindern mitgeben wollten. Milan sollte alles abholen, wenn er ohnehin an Mödling vorbeifahre.

Da könnte er doch gleich über Nacht bleiben, radebrechte Christina, als Milan von Udine aus anrief und sich für den heutigen Abend ankündigte. Sie konnte ein wenig tschechisch, zumindest so viel, dass man den Sinn verstand.

Milan willigte ein. Er hätte sonst auf einem Parkplatz übernachtet und war jetzt froh, sich bald in einem ordentlichen Bett ausstrecken zu können. Diese enge Schlafkabine war alles andere als erholsam. Allerdings würde er erst um Mitternacht bei ihnen sein. Unter keinen Umständen wollte er von einem Autobahnparkplatz abgeholt und zu den Broukals geführt werden. Wenn schon seine Familie beschenkt wurde, wollte er nicht noch zusätzlich zur Last fallen...

Bei Sparbach fuhr er von der Autobahn runter und nahm die Straße, die durch die Hinterbrühl nach Mödling führt. Natürlich war es verboten, nach 22 Uhr die Landstraßen zu benützen. Doch er rechnete nicht damit, dass man ihn um diese Uhrzeit anhalten würde. Eine Panne vor Linz hatte ihn leider stundenlang aufgehalten. Die Hydraulik der Bremsanlage machte wieder mal Probleme.

Doch Roman Broukal blieb auf und wollte auf ihn warten. Dieser Freak saß nächtelang vor dem Computer und surfte beruflich quer über den Globus. Für Milan unvorstellbar. Genauso wie es für Roman ein Unding war, ein halbes Leben lang die Autobahnen mit einem Sattelschlepper abzufahren. Immer dieselben Strecken – quer durch Europa, hin und wieder zurück.

Wo lag denn der Unterschied? Saßen sie nicht beide Stunden, Tage, Nächte, Woche für Woche – und starrten? Der eine auf den Flachbildschirm, der andere durch die Windschutzscheibe.

Roman und er, beide waren sie einsame Wölfe, die ihrem Ziel auf unterschiedliche Weise und dennoch absolut gleichlaufend nachjagten.

Während Milan das in den Sinn kam, übersah er beinahe ein Reh, das plötzlich im Scheinwerferlicht stand.

Unbeweglich. Dem Tod unbewusst ins Auge blickend, dann doch noch rechtzeitig zur Seite springend, um im Dunkel der Nacht zu verschwinden. Aus seinen Gedanken hochgeschreckt stieg er voll Panik auf die Bremse, sodass der schwerbeladene Koloss gefährlich ins Schlingern kam und die Ladung im Frachtraum wütend ächzte. Wieder diese sensible Hydraulik! Schweißperlen bildeten sich auf Milans Stirn. Die Straße war obendrein etwas feucht, es schien hier kurz geregnet zu haben. Mit Mühe bekam Milan den Vierzigtonner wieder auf die Spur. Das war knapp! Ein Unfall, das fehlte noch.

Immerhin – jetzt war er putzmunter.

Das GPS zeigte ihm den Weg nach Mödling. Zur Sicherheit rief er nochmals bei den Broukals an. Roman erwartete ihn schon und lotste Milan zusätzlich übers Handy, denn die Gasse, in der die Broukals wohnten, war für den Schwertransporter zu eng. Roman wollte Milan über die Schiller-Straße zur Bahnüberquerung lotsten und dort auf ihn warten.

In Mödling einfahrend, sah Milan bald ein Aquädukt und eine langgestreckte Linkskurve, was er Roman mitteilte.

Roman dokumentierte im Telegrammstil und auf Deutsch, im Glauben, Milan würde ihn verstehen:

»Große Kreuzung… okay… Spitalmühlgasse, Ecke Neusiedler Straße… okay, drüber. Jetzt eine lange Gerade, die Schiller-Straße… okay… kannst Gas geben… dann…«

Die Straßenbeleuchtung war dürftig, doch Milan war allein auf der Straße.

Doch nicht – nein…!

Zwei Gestalten – und was blitzte dort vorne wie ein Silberband quer über die Straße...? Was ist das…?

Zu spät…! Schon rollte er über das mysteriöse Glitzerding und trat mit voller Wucht auf die Bremse. Er spürte lediglich, wie ein kurzer Ruck durch das Fahrzeug ging – schon scherte es aus und schoss auf ein Haus zu. Unmöglich gegenzusteuern…

Das aufgeschreckte Hirn befahl: BREMSEN…!

Schleifendknirschendes Metall… aufbrüllender Motor… der Holzzaun in Sekundenschnelle zersplittert… ein unheilbringender Knall – Metall auf Mauerwerk… fliegende Ziegel und Mauerbrocken… und eine Hölle tat sich auf…

Milans Schrei ging im Zusammenprall unter.

Dann wieder Stille…

Unheilverkündende, tödliche Stille…

Nein – woher kam das? Ein Kleinkind weinte.

Jetzt schrie es aus voller Lunge. Man hörte es dumpf aus dem Loch, das der Truck in die Mauer der alten Villa gerissen hatte.

Von der Bruchstelle oberhalb der Fahrerkabine lösten sich vereinzelt Ziegelsteine, die auf das Blechdach polterten, liegenblieben oder seitlich abrutschten…

Großflächig war die Schiller-Straße abgesperrt worden. Die Feuerwehrmänner hatten alle Hände voll zu tun, den Sattelschlepper aus der Villa zu zerren. Mit schwerem Gerät hievten sie den Anhänger, der die Zugmaschine mit voller Wucht in das Gebäude geschoben hatte, wieder auf die Straße. Anschließend wurde die Zugmaschine behutsam aus dem Loch gezogen, das sie in die Villa gebrochen hatte. Das Mauerwerk musste provisorisch abgepölzt werden, damit nicht noch mehr Schaden an dem alten Bauwerk entstand. Das Zimmer, in dem der Vierzigtonner zum Stehen gekommen war, war das ehemalige Kinderzimmer des Sohnes der Hausbesitzer – eigentlich leerstehend. Doch just in dieser Unglücksnacht waren Gäste im Haus – eine junge Familie mit Kleinkind, Freunde des Sohnes –, die in diesem Zimmer übernachteten. Bloß eine Nacht. Einen Tag später wären sie wieder abgereist. Hätten sie das bloß schon heute getan…

Soeben rasten zwei Rettungsautos mit Blaulicht und Folgetonhorn mit den bewusstlosen Schwerverletzten ins naheliegende Krankenhaus. Vor allem bei dem jungen Mann schien es fraglich, ob er die Nacht überleben würde. Sein Bett stand an der Mauer, die von der Zugmaschine eingedrückt worden war. Die junge Mutter hatte mehr Glück, sie lag mit ihrem Baby an der gegenüberliegenden Wand und wurde von Ziegeln und Mauerbrocken im Gesicht und am Körper verletzt. Allerdings erheblich, weil diese mit einer enormen Wucht auf ihr Bett geschleudert wurden. Sie musste sich in der Sekunde des Aufpralles instinktiv schützend auf ihr Kleines gelegt haben, denn das Baby bekam nicht einen Kratzer ab. Allerdings hatte es, vom Krach aufgeschreckt, aus Leibeskräften zu schreien begonnen.

Ein Rettungsteam kämpfte um das Leben des Lkw-Fahrers. Jedoch vergeblich… Der Mann verstarb noch an der Unfallstelle. Da er nicht angeschnallt war, wurde sein Kopf beim Aufprall an der Windschutzscheibe regelrecht zertrümmert.

Wie es zu dem Unfall kam, konnte nicht eindeutig geklärt werden. Vermutlich war der Fahrer übermüdet und kurz eingenickt, was ihn in der Sekunde des Wachwerdens zu einer Notbremsung veranlasst hatte. Oder sah er ein Hindernis und wich deswegen von der Straße ab?

Deutlich sichtbar waren jedenfalls langgezogene, glitzernde Spuren. Mehrere ölige Streifen, die direkt auf die alte Villa hinzielten. Hatte der Fahrer Motoröl verloren?

Doch es war gewöhnliches Salatöl, wie sich bald herausstellte und zwar keine geringe Menge, die sich schillernd im Licht der Straßenbeleuchtung spiegelte.

Wie kam Salatöl auf die Schiller-Straße?

Im Laderaum des Schwertransporters waren jedenfalls keinerlei Ölgebinde verstaut. Auch im Umfeld der Unfallstelle fanden sich keine leeren Öldosen oder Plastikflaschen. Aber das Hydrauliksystem der Bremsanlage war defekt, das entdeckten die Ermittler ebenfalls. Wäre es noch intakt gewesen, wäre der Unfall eventuell nicht so verheerend verlaufen.

Wenn das Öl auf der Straße nun ein Akt puren Übermutes war, dann waren die Verursacher soeben zu heimtückischen Verbrechern, zu Mördern geworden.

Oder war es gar ein gezielter Anschlag? Auf einen zufällig vorüberfahrenden Schwertransporter, weil der, trotz Verbot, um diese Nachtzeit hier entlangfuhr?

Es gab bereits vermehrt Beschwerden, weil immer mehr Lkws auch in der Nacht durch die Schiller-Straße bretterten, sodass von Nachtruhe keine Rede mehr war. Tagsüber war diese stark befahrene Straße ohnehin eine Qual für sämtliche Anrainer.

Seit Einführung der fahrleistungsabhängigen Lkw-Maut auf Autobahnen wichen viele Truckerfahrer rücksichtslos auf Landstraßen aus und zwängten sich stinkend und lärmend durch Ortsgebiete. Ein schier unlösbares Problem, mit dem die Gemeinden nahegelegener Autobahnabfahrten zu kämpfen hatten. Die Exekutive konnte auch nur stichprobenweise Überwachungen durchführen.

Jetzt war die Schiller-Straße ein einziges Schlachtfeld. Im

großräumig abgesperrten Bereich standen die Ermittler im gespenstischen Licht der Scheinwerfer und machten ihre Arbeit, so gut sie es vermochten.

Doch selbst zu dieser nächtlichen Stunde kamen bereits erste Schaulustige und beobachteten neugierig die Bergungsarbeiten.

Ein Mann, der sich als Roman Broukal ausgab, wollte unbedingt den zuständigen Unfallermittler sprechen. Es dauerte eine Weile, bis er durchgelassen wurde. Er wollte wissen, was geschehen sei, da er behauptete, den Lkw-Lenker zu kennen. Als er erfuhr, dass dieser soeben an Ort und Stelle seinen Verletzungen erlegen war, bekam er einen Schwächeanfall. Noch bevor jemand zupacken konnte, sackte der Mann zusammen und schlug mit dem Kopf auf der Gehsteigkante auf. Herbeigerufene Rettungsleute mussten Erste Hilfe leisten, um den Mann wieder zu Bewusstsein zu bringen. Der Chef der Ermittler zuckte mächtig aus und brüllte den Beamten nieder, der den Mann durchgelassen hatte. Weil alle ohnehin schon genug um die Ohren hatten – und jetzt noch einen zusätzlichen Verletzten…

– – –

Völlig verstört saßen sie im Keller, wo sie zusammentrafen, wenn sie eine Aktion durchgeführt hatten. Denn dieses Mal lag eine unheilverkündende Ahnung in der Luft. Stumm starrten sie vor sich hin. Keiner wollte etwas sagen. Schließlich begann der eine, ein hagerer Grauhaariger mit Bartstoppeln, aufgekratzt:

»Er ist selber schuld, warum fährt er auch zu den verbotenen Nachtzeiten.«

Er schwieg kurz, seufzte und fuhr fort: »Ich fürchte, da kommt was Dickes nach.«

Schweigend betrachtete ihn der andere, dessen Glatzkopf im schummrigen Barlicht glänzte. Wenn ihn etwas aufregte, spürte er die eine Ader, die entlang ihres kurvigen Verlaufes die Kopfhaut pulsierend anhob und senkte. Schließlich erwiderte er:

»Wir bleiben jedenfalls vorerst absolut im Hintergrund. Jetzt warten wir, bis er kommt…« Er sah dabei auf seine Armbanduhr, dann wieder auf den Hageren und setzte ihm hart zu:

»Und du, hast du alles in Griff? Ich meine, mit Yvonne… Weiß sie davon – das von heute, he?«

Wie um Nachsicht bittend, blickte der Grauhaarige den Glatzköpfigen an.

»Nein-ja-nein… andeutungsweise«, stöhnte er. »Ich will nicht, dass sie… auch meiner Frau wegen, die ja davon keine Ahnung hat…«, entschuldigte er sich und setzte nach, um ihn zu beruhigen: »Ich lass mir was einfallen, um sie… wie ich sie…«

Was sollte er denn versprechen? Mit einer hilflosen Miene nickte er dem Glatzkopf zu, forderte aber zugleich:

»Yvonne besteht darauf, dass ich den Kontakt zu euch abbreche.«

Dieses blöde Weib, dachte der Glatzkopf verbittert. Und erst er. Was ist das für ein jämmerlicher Waschlappen! Aber ohne die beiden wären sie nie zu den Kontakten und Materialien gekommen, die sie benötigten. Was soll's, die Sache war gelaufen.

Die Tür ging auf und ein kräftiger Mann mit Schnauzbart kam in den Keller. Stumm sah er auf die beiden Sitzenden, ging dann zur Hausbar, füllte sich ein Glas mit Whisky halb voll, ließ drei Eiswürfel aus dem Spender hineinfallen und setzte sich zu ihnen. Er nahm einen Schluck, stellte das Glas vor sich auf dem niedrigen Tisch ab und begann es zu drehen.

Nach links… nach rechts…

Wieder nach links… dann nach rechts.

»Er hat nicht überlebt«, sagte er düster, »und zwei sind schwer verletzt…«

Er nahm einen weiteren Schluck und wollte wissen, wo sich die Sachen befinden.

»Bei mir im Auto«, antwortete der mit der Glatze.

»Du weißt…«, forderte ihn der Schnauzbart auf.

Der Glatzkopf nickte nur.

»Und ich? Was soll ich jetzt machen?«, wandte sich der Grauhaarige unsicher an die beiden.

»Geh nach Hause, leg dich ins Bett. Ja – und sag Yvonne, wenn sie nur einen Mucks zu laut atmet, war das ihr letzter Atemzug. Du weißt, wie ich das meine.«

Der Glatzkopf sah ihn lange durchdringend an.

»Glaubt mir, das tut sie bestimmt nicht!«, verteidigte der Grauhaarige sie, während er aufstand.

Der Dritte nickte ihm beruhigend zu, erhob sich ebenfalls und legte ihm eine Hand, wie Grizzlys Pranke, auf die Schulter.

»Geh nur! Wir regeln das schon.«

Das Lächeln, das er ihm nachschickte, war etwas missglückt.

Als die Tür hinter dem Verzagten ins Schloss fiel, setzte sich der Schnauzbart wieder, kippte sein Glas leer und prophezeite:

»Sie gefährden unsere Mission. Wir müssen schnellstens was unternehmen, weil…«

»Ich weiß«, unterbrach ihn der Glatzkopf wütend.

»Was für ein Loser! Wie konnte er nur so leichtsinnig sein, sie einzuweihen?«, ereiferte sich der Schnauzbart und erhob sich ächzend. Er machte ein paar Verrenkungen und verzog das Gesicht. Sein Rücken machte ihm zu schaffen, die schwere Arbeit tagsüber verlangte ihren Tribut.

»Wie konnte ich so leichtsinnig sein und ihn ins Boot holen«, warf sich der Glatzkopf vor, »ich hätte wissen müssen, dass er bei den ersten gröberen Schwierigkeiten umkippt.«

»Hättest jemand anderen gehabt?«

»Nein – leider.«

»Na also... Komm, gehen wir! Das von heute können wir sowieso nicht mehr rückgängig machen. So sehr ich mir das wünsche.«

Stier starrte der Schnauzbart den Glatzköpfigen an, fuhr sich dabei mit der Hand über die Augen, als wollte er ein Gespenst vertreiben. Tief Atem holend seufzte er:

»Ich begleite dich noch hinaus... Wie geht's dir momentan?«

»Frag mich nicht. Werd's schon überleben... irgendwie«, erwiderte müde der Glatzkopf und fuhr sich über die Kopfhaut.

Der andere löschte das Licht im Partykeller. Sie gingen die steile Treppe zum Erdgeschoss hoch. Vor der Haustür verabschiedete er den Glatzkopf, drückte auf den Toröffner, wartete, bis das geschmiedete Gartentor wieder ins Schloss fiel.

Der Schnauzbart blieb noch einige Augenblicke stehen. Er sah versunken in den wolkenlosen Nachthimmel, der sich im Osten bereits aufzuhellen begann. Sein Blick auf die Uhr mahnte ihn, wenigstens noch etwas zu schlafen.

Er atmete tief ein... und wieder aus. Wie aus dem Kosmos geschossen, kam eine böse Ahnung in ihm auf.

Seine beiden... wie weit weg er sich von ihnen fühlte. Tausendmal weiter, als die entferntesten Sterne am Nachthimmel – und doch so nahe.

Er wischte sich die Tränen aus den Augen...

– – –

Zur Aufklärung der Akte »Sprenger – 7. 7. 07«, die bisher Angelegenheit der V-Gruppe 1 und der Wiener Sonderabteilung für Terrorismusbekämpfung war, sollte nun auch Mellers V-Gruppe direkt hinzugezogen werden, zusätzlich zum Sprayer-Fall, den der Kommissar einer anderen Tätergruppe zuordnete. Nun wurden beide Strafakten zusammengelegt.

Darüber war Meller nicht gerade glücklich. Aber er musste sich dem Oberkommando aus Wien fügen.

Zu seinen Aufgaben zählte jetzt vorrangig, Mödlinger Zellen aufzufinden, durchzusieben, sie zu analysieren und systematisch zu durchleuchten, herauszufinden, welche fanatischen Keimzellen, welche terroristenähnlichen Gruppen sich hier unter welchen Umständen gebildet hatten.

Unverändert stand das übliche Prozedere, die Tages- und Nachtdienste seiner V-Gruppe zu leiten, in seinem Kompetenzbereich.

Der typische Montagmorgen.

Meller sitzend, die Zeitung erst mal flüchtig durchblätternd. Seine Hand fährt aus. Der gewohnte Griff nach der Kaffeetasse. Ein Griff ins Leere. Aufkeimender Frust im Gedankengang, leichtes Zusammenziehen der Stirnfalten, ein Räuspern.

Eh klar, die Rotter, wieder mal zu spät…

Zwei Meldungen beherrschten die Titelseite der *Neue-Süd*: der dramatische Verkehrsunfall mit tödlichem Ausgang und ein mysteriöses Bekennerschreiben.

Der schwere Verkehrsunfall auf der Schiller-Straße hatte zwei Menschenleben gefordert. Der Lenker, ein tschechischer Staatsbürger, war an der Unfallstelle seinen Verletzungen erlegen. Die Unfallursache: ein mysteriöser Salatölteppich auf der Straße, der dem Sattelschlepperfahrer zum Verhängnis wurde, zusätzlich zum defekten Hydrauliksystem der Bremsanlage. Sein Schwertransporter hatte sich in eine alte Villa gebohrt. Dabei wurde ein junger Familienvater so schwer verletzt, dass er die Nacht nicht mehr überlebte. Die Frau des Mannes lag mit schweren Verletzungen im Krankenhaus, immerhin – sie lebte. Das Baby der beiden blieb unverletzt. Man musste von einem Wunder sprechen, sah man die Villa nach diesem »Beschuss«. Nicht anders war dieses Loch zu beschreiben, das der Vierzigtonner in das alte Gemäuer geschlagen hatte.

Meller spürte intuitiv, dieser Salatölunfall würde ebenfalls in Kürze auf seinem Schreibtisch landen. Doch vorerst lag die Kompetenz noch bei den Unfallermittlern.

Der zweite Bericht ging neben der Lkw-Tragödie beinahe unter. Auf den Innenseiten wurde jedoch ausgiebig über ein Schriftstück berichtet. Ein Bekennerbrief, der laut vertraulichem Hinweis an zwei Adressen gesendet worden war – in Originalgröße abgebildet – präsentierte eine auffallend stümperhafte Formulierung, gespickt mit Schreibfehlern:

Wir bekennen uns zu dem Atentat auf die Händimasten
und zu die Grafittianschläge.
Ihr Mödlinger – seit gewarnt! Reichtum gehört fär verteilt.
Wir kommen wieder und holen, was allen gehört.
GGR – GRUPPE GERÄCHTER REICHTUM

Die Anschläge auf die Handymasten, die Zerstörung mehrerer sauteurer Pkws sowie die Felsen- und Hausbeschmierungsorgien gingen somit auf das Konto dieser obskuren GGR-Gruppe.

Wobei der Kommissar nun doch schmunzeln musste. Es war sein Einfall, dieses, vom ursprünglichen Text abgeänderte Bekennerschreiben veröffentlichen zu lassen.

GERÄCHTER REICHTUM mit Umlaut-A, welch makabrer Doppelsinn. Ob der Kommissar den Attentätern damit nicht eine gelungene Wortspielerei schenkte? Doch der stümperhafte

Schreibstil sollte sie aus der Reserve locken.

Denn das war pure Absicht. Dem Sinne nach war es ja die Botschaft, welche die »Spraybomber« der S-C-ONE Chefin übermittelten und auch auf Bachers Schreibtisch von der *Neue-Süd* flattern ließen.

Meller hatte irgendwann in einer dieser ödlangen Psychoabhandlungen gelesen, dass man versuchen sollte, Kontakt zu den Attentätern aufzunehmen und scheinbar auf ihre Forderungen einzugehen. Dass man natürlich bereit sei, mit ihnen zu verhandeln und so weiter…

Ein leidliches und nicht ungefährliches Spielchen, um irgendwie an diese Wahnsinnigen ranzukommen, weil es natürlich zur Folge haben konnte, dass diese fehlgeleiteten Wirrköpfe sich in ihrer Mission bestärkt fühlen. Nach dem Motto: Wir werden gehört, der Feind geht in die Knie – und wir kündigen gleich eine Anschlagswelle an.

Oder – man veräppelt sie. Das finden diese Psychopathen dann auch nicht lustig und reagieren beleidigt. Entweder sofort mit einem neuerlichen Anschlag ohne Ankündigung oder im besten Fall immerhin mit einem Hinweis darauf.

Der Regel frustiges Ergebnis:

Darauf überhaupt nicht reagieren, bringt ebenso wenig, darf nicht sein. Schließlich gibt es Gesetze und eine prinzipielle Ordnung. Da könnte ja jeder das Gesellschaftssystem mit Bomben und Granaten auszuhebeln versuchen!

Können ja, aber nicht dürfen. Und dafür würde sich Meller ins Zeug schmeißen. Wär doch gelacht, wenn er diese Gangster nicht baldigst hinter Schloss und Riegel bringen würde!

Doch an solche Typen ranzukommen ist alles andere als lustig. Denn Psychopathen bleiben Psychopathen und Attentäter eben Attentäter. Solche fanatischen Wirrköpfe, die mit Anschlägen ihrem Ärger Luft machen, sind als kriminell einzustufen und so schnell wie möglich aus dem Verkehr zu ziehen.

Dem Kommissar schien daher die ätzende Tour, die Attentäter öffentlich lächerlich zu machen, als die geeignete. So konnte es möglich sein, dass aufgrund dieses Bekennerbriefes eventuell Hinweise aus der Bevölkerung kamen. Er war sicher, dass die Leute in Mödling, die einander zumindest vom Sehen her kannten, das »miteinander Auskommen« ausgiebig pflegten und daher einiges voneinander wussten.

Meller schweifte gedanklich ab und verlor sich in urtypischem Mödlinger Standesdünkel.

Die Mehrheit pflegte ohnehin langjährige, freundschaftliche Kontakte und war einander sehr zugetan, wenn auch viele sich mehr und mehr durch Distanziertheit à la neureiches Milieu auszeichneten – knapp davor, als präpotent zu gelten. Und nicht wenige – das machte auch das Coleur im sogenannten Miteinander aus – zeichneten sich durch blasiertes Übersehen niedrigerer Personengruppen aus. Niedriger – nicht im Sinne gebückter, devoter Haltung, sondern gesellschaftlicher Stellung.

Ein Beispiel dazu: Ein OdeBa ignoriert in der Regel einen UdeBa. Was so viel heißt, dass ein Ober-der-Bahn Wohnender eher nichts mit einem Unter-der-Bahn Wohnenden zu tun haben wollte. Umgekehrt schien es ähnlich zu laufen.

Wobei noch belastend hinzukam: »Zuagroaste«, hochverdeutscht Zugereiste – im wahrsten Sinne des Begriffes – waren in Mödling maximal geduldet, mehr nicht.

Auch Meller kam sich eher »geduldet« vor, als er, frisch zugereist, seine Heimat wieder als Heimat annahm. Schlimmer noch, er fühlte sich beinahe als »Verdächtiger«.

Einem Immigranten sah man in der Regel von Weitem seine Herkunft an – durch Hautfarbe, Sprache, Kleidung etc.

Aber einer, dessen Reisepass die Inländerschaft bestätigte, der aber doch nur Zuagroaster war? Sich dann noch so verhielt, als wäre er ein eingeborener Mödlinger? Das ginge schon mal gar nicht! Denn ein echter Mödlinger Eingeborener war – nach Aussage eines stadtbekannten Heurigenbesitzers – erst jener, der mindestens aus einer gebürtigen Mödlinger Familie kam, in der dritten Generation. Und *in Mödling* zur Welt kam, bitteschön. Nur dann wurde man akzeptiert.

Doch dem Kommissar gingen solche Spitzfindigkeiten glatt am A... vorbei. Er fühlte sich endlich wieder heimatlich aufgehoben, wenn auch noch provisorisch UdeBa wohnend. Doch seine neue Behausung entstand bereits OdeBa. Diese sogenannten *OME = Original Mödlinger Eingeborenen* sollten ihre Befindlichkeiten mit ihm als Zuagroasten innerhalb ihrer Hirnschale ausmachen.

So weit seine belustigende Ansicht über diesen stümperhaften Standesdünkel der OMEs.

»Ja – ich prophezeie euch«, sprach er halblaut vor sich hin, »sie werden in Scharen kommen, die Zuagroasten aus dem Inland, aus dem EU-Land und von noch weiter her...«, und ein spitzbübisches Grinsen erhellte Mellers Miene.

Doch alles in allem – selbst wenn es zwischen Eingeborenen, Zuagroasten oder immigranten Mödlingern einmal zu »handfesten« Meinungsverschiedenheiten kam, dann gaben sich maximal die Rechtsanwälte der Kontrahenten bezirksgerichtlich die Klinke in die Hand.

Meller wandte sich wieder der Zeitung zu und las in der *Neue-Süd*, dass die Faust eines Türken mehrfach am Auge eines Wieners gelandet war, und zwar deshalb, weil er von diesem in die Hand gebissen worden war. Der Vorfall ereignete sich vor einer Disco. Der Türsteher ließ Erkan G. nicht hinein. Ein Wort ergab das andere – ein fundamentales Gespräch. Zuletzt musste die Polizei anrücken und über zwanzig ineinander verkeilte Personen einer Massenschlägerei auseinanderdividieren.

Wie heißt es schon biblisch: Im Anfang war das Wort…

Der Mensch ist ein Raubtier, die Welt ist der Dschungel und wenn's menschlich wird, dann geht's recht unmenschlich zu. Axel Körners treffende Worte – ebenfalls beinahe biblisch.

Meller klappte die Zeitung zu. Sein Blick brannte sich in das Bild mit dem Schwertransporter in der Hauswand ein. Eine wahre Katastrophe!

Solch zerstörerische Anschläge, die nicht nur materielle Schäden verursachen, sondern bei denen auch Menschenleben zu beklagen sind und die die Bevölkerung bis ins Mark verängstigen, durfte es in dieser beschaulichen Stadt einfach nicht geben! Und nicht nur hier nicht.

Wenn wirklich ein paar Schräggewickelte glaubten, ihren Frust – worauf auch immer – mit terroristischen Aktionen abladen zu können, dann hatten die sich ganz kräftig getäuscht!

Der Kommissar dachte sich in Wut.

Er könnte sich auch in Rage reden, doch gedanklich war es naheliegender, auch bequemer. Er war es auch gewohnt, seinem speziellen Ermittlungsritual freien Hirnlauf zu gestatten. In seinen Gehirnwindungen Verbrechensabläufen hinterherzujagen hatte für Meller auch etwas mit einer gewissen Sportlichkeit zu tun, mit Hirngymnastik. Obendrein saß der Kommissar allein in seinem Büro. Mit wem hätte er also reden sollen, wenn nicht mit sich selbst?

Er hoffte natürlich, dass die Attentäter auf diesen schwachsinnigen Bekennerbrief in der *Neue-Süd* reagieren würden. Vielleicht gelang es Meller, mit ihnen über die Medien eine Art öffentliches Streitgespräch zu führen. Um sie hinzuhalten. Um

Zeit zu gewinnen und wenigstens die Strategie dieser Fanatiker herausfiltern und analysieren zu können. Irgendwann machen sie einen Fehler – dann würde er sie schnappen, diese Sausäcke!

Ruhig Blut, Meller, beschwichtigte er sich.

Aber es gab für ihn nichts Ärgerlicheres – neben Warten vor verschlossen Türen – als in Ermittlungen zu stecken und in der Sache nicht einen Schritt weiterzukommen.

Wichtig war auch, das Internet nach dem Begriff »SPRAYBOMBER« zu durchforsten.

Heutzutage hatten solche Wahnsinnige meistens ein gut getarntes Forum installiert, in dem sie ihre Hassaufrufe, ihren fanatischen Schwachsinn verbreiten konnten.

So sah es nun mal aus. Bis dato blieb dem Kommissar und seinen Kollegen nämlich nichts anderes übrig, als in alle Richtungen hin ihre Fühler auszustrecken. Die ohnehin wenigen verwertbaren Spuren waren – man wollte es nicht glauben – niemandem nachweislich zuzuordnen. Weder Personenkreisen, die bei ähnlichen Delikten schon einmal auffällig waren, noch im Graffiti-Milieu einschlägig bekannten Sprayern. Die Verdächtigten konnten ausnahmslos mit lupenreinen Alibis aufwarten.

So wie der Original-Bekennerbrief mit zynischem Fatalismus gespickt war, ordnete ihn Meller einer besonders aggressiven ultralinken Splittergruppe zu:

Handymasten machen krank, also vernichten wir sie.

Reichtum schafft Ausbeutung, also bekämpfen wir ihn.

Die Gesellschaft versagt, also gestalten wir sie neu.

DIE SPRAYBOMBER

Der Kommissar hielt eine Kopie des Schreibens in seinen Händen. Natürlich war es so verfasst, um die Politiker in die Enge zu treiben, um die Bevölkerung zu verängstigen und um die Exekutive auf den Plan zu rufen. Und um alle zu gängeln und zu blamieren: Wir bestimmen jetzt, wie der Hase läuft. Um uns zu erwischen, da müsst ihr schon früher aufstehen…

Jede Zeile hatte Gewicht in ihrer Aussage.

Was stand zwischen den Zeilen?

Handymasten machen krank, also vernichten wir sie.

Dass Handymasten Krankheiten verursachen, konnte bisher nicht eindeutig bewiesen werden. Die Gutachten flogen zwischen Befürwortern und Gegnern hin und her. Also ließen die Konzerne ihre Sendemasten wie die Schwammerl in der Landschaft wachsen, um ein lückenloses Netz zu garantieren. Auch wenn viele dagegen protestierten, sie konnten die Antennen im seltensten Falle verhindern. Denn eine optische Verschandelung von Stadt und Land durch Handymasten galt nicht als krankmachend. Es sammelten sich jedoch immer mehr Aktivisten, die nicht nur mit Transparenten aufmarschierten. Den Medien wurde oft gesteuerter Populismus vorgehalten. Man warf ihnen vor, von den Konzernen beeinflusst zu werden. Es war wie immer – mächtige Geldgeber schafften ein Bedürfnis und den Markt dafür: in diesem Fall das Handy für jedermann. Dass es bei häufigem Gebrauch womöglich Krebs verursacht, regte die wenigsten auf. Nein – auf das Handy wollte nicht verzichtet werden. Es funktionierte nur nicht ohne Sendemasten.

Meller war sich sicher, die Attentäter unter Handygegnern zu finden. Doch genauso gut konnte es eine radikale Gruppe sein, die einen Angriff auf das wirtschaftliche Gefüge sowie auf die Gesellschaft prinzipiell vorhatte.

Reichtum schafft Ausbeutung, also bekämpfen wir ihn.

Das war eine klare Ansage in Richtung begüterte Oberschicht. Sie galt Konzernbossen, kapitalstarken Unternehmern, führenden Managern und drückte im Grunde genommen den Neid auf

Besitzende und die Geldmacht im Allgemeinen aus. »Ausbeutung« bedeutete für sie, dass die arbeitende Klasse für den Reichtum einiger weniger schuften musste. »Bekämpfen« hieß also nichts anderes als: Was uns gehört, holen wir uns von euch reichen Säcken wieder.

Als Auftakt zerstörten sie teure Autos, beschmierten Villen und versprühten ätzende Botschaften. Mit Rechtschreibfehlern wie *»HEUTE SCHON GESPÄNDET?«*, was den Kommissar schließlich auch zu diesem abgeänderten Bekennerbrief in der *Neue-Süd* veranlasste. Wer waren also jene neidigen Gierhammeln, die im Deutschunterricht schwächelten und die im Sich-alles-wieder-Holen ihre Stärke zeigen wollten?

Die Gesellschaft versagt, also gestalten wir sie neu.

Meller sah darin keine klare Botschaft in Hinblick auf das zerstörerische Werk der Attentäter. Kaputte Autos und verschmierte Hauswände machen keine Gesellschaft neu. Er empfand diese Aussage einerseits als ketzerische Wischiwaschi-Message diktatorischer Prägung. Andererseits als ein abgeklatschtes Unzufriedenheitsklischee schlechthin, das alles und nichts ausdrückte. Meller versuchte, dazu eine erklärbare Begründung zu definieren:

Mein Leben ist nicht so verlaufen, wie es mir zugestanden wäre. Ich bekam nie Zuwendung und Aufmerksamkeit. Ich wurde ins Out gedrängt. Als Outsider lernte ich schließlich, dennoch zu überleben. Das sind Verletzungen, die sich in die Seele eingebrannt haben. Schuld haben alle, die mein Leben prägten. Die Eltern, die Lehrer, die Chefs. Sie alle leben in einer anerkannten Gesellschaft, mehr noch, sie sind die Gesellschaft. Und diese ist die Summe all meines Frustes. Auf diese Gesellschaft bin ich heute wütend. Denn sie hat versagt. In allem, vor allem an mir. Also muss sie bekämpft, nötigenfalls zerstört werden, um sie neu zu gestalten. Was nachher kommt, ist immer noch besser, als die bisherige Gesellschaft…

Und deswegen ein Amokläufer, ein Attentäter werden?

Mein Gott, dachte Meller, »verletzt« im seelischen Sinne werden tagtäglich Milliarden Menschen. Das ist eben die Polarität des Lebens. Positives entsteht aus Negativem: keine Lust ohne Frust. Gäbe es kein Leid, gäbe es nicht die Freude, die täglichen Lichtblicke, die diese »Verletzungen« heilen, zumindest zu bewältigen helfen. Die Psychopraxen sind voll mit Patienten, an denen sich Seelenärzte eine goldene Nase verdienen. Beinahe der Normalfall, sich helfen zu lassen, um seinen seelischen Schnupfen auszukurieren.

Bei dieser Betrachtung fand Meller einiges, was auch ihn früher betraf, als er vor seinen »Verletzungen« davonlief, um die halbe Welt lief und doch immer wieder von ihnen eingeholt wurde, bis er sich ihnen stellte. Erst dann konnten seine Wunden heilen.

Die Ursache eines fatalen Wund-Brandes: Wenn Wunden nicht behandelt werden, nicht verheilen können, liegen sie offen, entzünden sich immer wieder und wuchern zum seelischen Krebsgeschwür heran, mit Gewaltausbrüchen ungeahnter Zerstörungskraft, bricht dieses einmal auf.

Einen solchen Ausbruch hielt der Kommissar in der Hand. Das Bekennerschreiben zeigte unheilverkündend die zerstörerische Ader irgendwelcher Menschen, die mit dem Leben nicht ins Reine kamen.

Was für eine deprimierende Gewissheit.

Seufzend wandte sich der Kommissar wieder den Zeitungsmeldungen zu.

Hier – ein passender Bericht zum Thema Attentäter und Flugsicherung. Einer Firma in Deutschland gelang es, mittels

Mikrowellen flüssigen Sprengstoff zu analysieren. Zwar durften nur noch Shampoo- und Kosmetikflaschen, deren Füllmenge 100ml nicht überstieg im Handgepäck sein, dennoch konnte in Flakons oder Tuben Sprengstoff an Bord geschmuggelt werden. Mit diesem Wundergerät wurde binnen Sekunden festgestellt, ob die Zahnpastatube oder das Parfumfläschchen eine getarnte Minibombe war.

Eine andere Meldung. Schüttbilder – eine typische Vandalengeschichte. In Oberösterreich feierten drei Hauptschüler buntfröhliche Malsessions. In einem neu erbauten Wohnblock beschmierten sie mit 300 Litern Farbe Fenster, Türen und Wände. Als krönenden Abschluss schütteten sie kübelweise Farbe auf den Boden und fuhren mit ihren Fahrrädern durch den bunten Matsch – bis nach Hause. Die Polizei musste nur den Spuren folgen. Mochte dies auch witzig klingen, der Schaden, für den die Eltern der Fratzen nun aufzukommen hatten, betrug 10.000 Euro.

Eine weitere Geschichte, wenn auch kriminell, sie zauberte Meller ein leichtes Lächeln auf die Lippen. In Australien fand ein Heiratswütiger per Internet seine Traumfrau, eine Liberianerin mit satten 86.000 Dollar als Mitgift. Flugs hatte sich der Freier auf den Weg gemacht, um seinen Traum in die Arme zu schließen. Kaum aus dem Flieger, wurde er von Gangstern gekidnappt und erst nach Zahlung einer hohen Lösegeldsumme freigelassen. Jetzt sitzt er wieder brav in Adelaide und freut sich seiner sprichwörtlich gewonnenen Freiheit.

»Ja, ja… ich weiß, ich habe einen Fehler gemacht…«, säuselte Claudia Rotter entschuldigend, mit Mellers Kaffee in der einen Hand und einem allzubreiten Grinsen im Gesicht. In der anderen Hand ein Papiersackerl mit Kipferl & Co.

»Guten Morgen – bin ja eh schon da… kommt sicher wieder vor. Ich sag's lieber gleich, sonst müsst ich lügen. Am Montag komme ich prinzipiell zu spät.«

»Früher gab's das Frühstück noch auf dem Tablett serviert«, mokierte sich Meller.

»Kannst du haben, aber dann kommt das Frühstück noch später«, stellte ihm die Sekretärin in Aussicht. »Hauptsache, du bekommst überhaupt eines. Weil – noch bin ich willig.«

Sie grinste Meller keck an.

»Weiß es ja eh«, lächelte der Kommissar sauer. »Mit mir kann man's ja machen. Doch ich warne dich, wenn's so weitergeht, muss ich mir eine andere Sekretärin zulegen, weil…«

»Sooo? Na, dann mal zu, Herr Kommissar!« Claudia Rotter blinzelte gefährlich in Mellers Richtung.

»Sag eh nichts mehr«, ergab er sich grinsend. «Aber jetzt zu unserem Fall: Du kennst ja das Bekennerschreiben. Mach dich mal stark, ob du im Internet irgendetwas findest. Eine Spur, Hinweise, und wenn's nur vage Andeutungen sind, die uns zu den Attentätern führen könnten – du weißt, was ich meine.«

»Was glaubst du, was ich schon seit Tagen versuche, so neben Berichte klopfen, Kaffee servieren, Kipferln besorgen, Chef verwöhnen und so weiter…?«

»Wusste ich's ja«, säuselte jetzt Meller. »Du bist eine unbezahlbare Perle. Der Bianco verdient dich einfach nicht. Denn du bist für viel Höheres geschaffen.«

»Weiß ich, weiß ich, Herr Kommissar. Ich fang halt mal beim Niedrigen an, bei euch Mannsbildern.«

Sie legte Meller einen Packen Morgenpost auf den Tisch und stellte das Kaffeehäferl drauf.

»Lasse er ihn sich gut schmecken«, wünschte sie ihm. Dann streichelte sie über den Kopf des kleinen Soldaten, der auf dem

Zettelklotz stand und versetzte ihn mit einer Drehung in Schwung, sodass er wie eine Ballerina um die eigene Achse wirbelte.

»Finger weg, sag ich!«, gab Meller Kipferl mampfend von sich.

Claudia wusste, dass er das nicht wollte und erwiderte:

»Talismänner erfüllen Wünsche, wenn man sie berührt… zum Beispiel einen toleranten Chef.«

Sie grinste ihren Chef an und verschwand keck hüftschwingend aus Mellers Büro.

Erst nach Claudias Frühstücksverwöhnung war Mellers Montag ein guter Montag.

Diese Zeitungsmeldungen über die Mödlinger Vorfälle mussten ein Fest für den Chefredakteur Bacher sein, dachte er sich, während er die Zeitung zusammenklappte und zur Seite legte. Ein Journalistenherz durfte sich glücklich schätzen, mit solchen Schauermeldungen auftrumpfen zu können.

Gut, die Handymastenstory lief ja schon einige Tage. Doch der Bekennerbrief brachte erneut Spekulationen in Umlauf. Dazu noch der schwere Unfall auf der Schiller-Straße…

Des einen Leid, des anderen Freud – so brutal sich dieser Spruch auch anhörte. Ein herzloser Journalist würde sich bei dieser geballten Nachrichtenwucht die Hände reiben. Jeder andere auch. So war nun mal das Mediengeschäft.

Vor nicht allzulanger Zeit hatte Bacher dem Kommissar vorgejammert, sich mühevoll ein Sommerlochthema aus den Fingern zuzeln zu müssen, wie meistens während der Urlaubszeit. Denn da sei absolut nix los. Tote Hose, journalistisch gesehen. Das halbe Land ausgeflogen, was sollte da schon Atemberaubendes geschehen? Meldungen etwa wie: *Handtaschenräuber auf Parkplatz gefasst!* Solche Kinkerlitzchen gehörten längst zur redaktionellen Spaltenfüllung auf den hinteren Seiten.

Bis jetzt durfte Bacher einer unerträglich anhaltenden Hitze und der bis zum Erbrechen angekündigten Klimaveränderung dankbar sein. Nur – sogar diese Themen waren bereits abgelutscht wie ein Eislöfferl im Rinnsal. Man gewöhnt sich ja so schnell an Horrorgschichten.

Aber ein Bacher würde auch in storykargen Zeiten sein wahres Können beweisen, wie er Meller verraten hatte:

»Wenn in Mödling nix Aufregendes mehr passiert, dann lasse ich den Casanova aufmarschieren. Ich hab recherchiert und entdeckt, dass er 1766 auf seiner Flucht aus Polen, nachdem er sich mit dem Grafen Branicki duelliert hatte, nach Wien gereist war. Da konnte er, bevor er nach Paris weiterkutschierte, auch in Mödling ein paar Nächte verbracht haben – warum auch nicht? Das stramme Ergebnis, das der begnadete Frauenversteher einigen Damen in beglückender Weise als Souvenir hinterlassen hat, das spüre ich nun auf. Seine Nachfahren meine ich. In etwa betitelt: *War Casanova in Mödling? Wer sind seine Nachfahren?* Dazu ein Gewinnspiel, ein Woche Venedig. Canal Grande, Seufzerbrücke etc. ein bisschen Casanovafeeling. Da melden sich genügend Leute…«

Den Kommissar ließ das kalt. Mein Gott, wenn's dem Bacher Spaß macht und ihm Leser bringt? Der Sommer war lang und ließ redaktionelle Ausrutscher in der glühendheißen Sonne höchstens vergilben oder vom kühlen Nachtwind achtlos über Straßen und Parkflächen wehen, wo sie nicht einmal vom Reinigungsdienst beachtet werden.

Doch wie schnell kann sich dieses Blatt wenden. Ehe man sich versieht, versinkt das beschaulich liebliche Städtchen in einem Sumpf von Verbrechen und Tragödien: Sprengstoffanschläge, Vandalismusschäden, eine seltsame Bekennerbriefstory, dazu ein schrecklicher Lkw-Unfall. Und das innerhalb weniger Tage.

Oh Journalistenherz, was willst du mehr? Das ist der Stoff, der Leserrücken erregendschaurig mit einer Pipihaut überzieht.

Auf diese täglichen Auflagengarantien – das Böse im Menschen sowie des Schicksals tödliche Schläge – konnte man sich hundertprozentig verlassen. Da wurde selten jemand enttäuscht…

Noch gab es aber auch gute Nachrichten.

Eine davon, zwar keine aus der Zeitung, aber die wichtigste zurzeit für Meller: Joe hatte Ferien und war weg, was dem Kommissar ein Urlaub-zu-Hause-Feeling bescherte. Es kam ihm so vor, als hätte er sein Kind in ein Ferienlager geschickt, um selbst endlich Ruhe und Entspannung zu genießen, sich vom Permanentstress zu erholen, einen fressfreudigen Cockerspaniel 24 Stunden um sich zu haben, was anstrengend genug war. Vor allem in den letzten Monaten, als es zwischen Eva Roth und Meller beinahe zur Funkstille kam. Die Folge davon, Joe war leicht verwahrlosungsgefährdet, da Eva keinen Finger mehr fürs Hundesitting rührte. Und Joe kam deswegen etwas zu kurz, betreffend Auslauf und Bewegung. Dem Kommissar war es nicht zu verübeln, hatte er doch ziemlich viel um die Ohren, sodass Joe beinahe ein Leben wie ein Schlüsselkind führen musste, wäre nicht Isabella Fischer, die schöne Bella, als neue Hundemama rettend eingesprungen.

Bella, ein wahrer Schatz, ein verdammt schöner noch dazu. Wenn sie sich Meller gegenüber nicht immer so sperrig verhielte. Einerseits zeigte sie dem Kommissar ihre ungeteilte Aufmerksamkeit, wenn nicht sogar eine Art, in ihn verknallt zu sein. Andererseits ließ sie sich von ihm nicht in die Heute-Nacht-passiert's-Ecke drängen. Für den so verunsicherten Meller zum Verzweifeln, zum Aus-der Haut-Fahren.

Apropos fahren. Am Wochenende war Bella mit ihrem Sohnemann Manuel, mit dessen Schulfreund Tobias und mit Mellers Hund Joe in Richtung Süden aufgebrochen, nach Canazei im Val di Fassa. Wandern in gesunder Bergluft lag Bella näher, als sich faul in der Sonne zu batzen. Sie wollte aktiv was für ihre Figur unternehmen. Für Meller etwa? Vor allem auch die Jungs ordentlich an die Kandare nehmen, damit sie ihren Drang nach Bewegung abstrampeln konnten. Warum sie den Hund mitnahm? Sicher auch, weil sie sah, dass Meller alleine mit ihm nicht zurande kam. Außerdem fühlte sie sich dem Kommissar verpflichtet, da er ihr ja den Kontakt zu Lo Bianco vermittelt hatte, bei dem sie nun als Grafikerin arbeiten konnte und endlich etwas mehr verdiente. So schien es Meller zumindest.

Immerhin bescherte sie ihm so ebenfalls zwei Wochen hundeloses Urlaubsglück. Auch Tobias, Mike Lehners Sohn, hatte sie mitgenommen. Während Mike und seine Stoppl sich flitterwöchig in Chile verwöhnen ließen. Das war das Geschenk von Bella an die Lehners: Tobias sollte das Flitterwochenglück der beiden nicht stören. Obendrein war es Tobias viel lieber, mit seinem besten Freund durch fremdes Terrain zu streifen, als seinen Eltern auf die Nerven gehen zu müssen. Und dass Joe, was Abenteuergarantie betraf, den Tupfen auf dem »i« bedeutete – war allemal klar.

Das war auch eigentlich das Vertrackste an der Situation. Denn Meller hätte Bella viel lieber in seiner Nähe gehabt. Aber dann wäre wiederum auch Joe rundum zu betreuen gewesen.

Also hatte er es folgendermaßen eingefädelt: Erst einmal diplomatisch vorgefühlt und nicht gleich mit der Tür ins Haus gefallen. Sprich: Joe stundenweise Bella überlassen. Dass ihm dabei Manuel unerwartet zu Hilfe kam, konnte er nicht ahnen, weil der sich sofort begeistert mehr um Joe kümmerte, als um seine Hausaufgaben. Bei dem süßen Vierbeiner kein Wunder.

Das ging natürlich nicht. Mutter Bella musste daher eine findige Strategie anwenden und kam auf die glorreiche Idee, die zwei Wochen Urlaub mit Joe als Zusatzbelohnung in Aussicht zu stellen, wenn der Notendurchschnitt entsprechend positiv ausfallen würde.

Was so ein Fratz wie Manuel plötzlich nicht alles imstande war bzw. was der Cockerspaniel bei ihm bewirkte: ein Bestnotenzeugnis. Braver Manuel, braver Joe. Mellers Hund war direkt erzieherisch einzusetzen, so Bellas Ansicht und die seines Herrchens.

Und was Lehners verspätete Flitterwochen betraf:

Der Kommissar hatte den beiden eine Hochzeitsreise geschenkt. Als Dankeschön für sein gerettetes Leben. Denn im letzten Jahr, als sie den Erpresser Buchgraber beim Steinbruch in der Hinterbrühl gestellt hatten, wäre Meller beinahe abgestürzt, hätte ihn nicht Mike rechtzeitig aus der Felswand gezogen. Meller erfuhr von Bella, dass die Lehners noch nie eine größere Urlaubsreise unternommen hatten. Als sie von Laa an der Thaya hierher übersiedelten, leisteten sie sich eine neue Bleibe in der Schiller-Straße, Ecke Demelgasse. Und eine Wohnung in Mödling zu kaufen, heißt: verdammt viel Geld auf den Tisch zu blättern.

San Alfonso del Mar hieß das Urlaubsziel. Es lag am Pazifischen Ozean, 90 km von Santiago de Chile entfernt. In einem Meereswasser-Pool, einen Kilometer lang und 8 Hektar groß, plätscherte kristallklares Wasser mit dem Ozean unisono. Die gesamte Hotelanlage hatte die Größe einer kleinen Stadt und war erst vor Kurzem eröffnet worden.

Warum Meller diesen Flitterwochen-Platz für die Lehners aussuchte, hatte zwei Gründe. Der erste: Stoppl, Lehners Frau, wollte einmal in ihrem Leben die Osterinseln besuchen. Diese waren von Santiago aus in ein paar Flugstunden erreichbar. Der zweite Grund: Per Zufall fand Meller dieses fantastische Resort im Internet. Der Preis sollte dabei keine Rolle spielen – vergleichend gesehen für ein gerettetes Leben.

Den Flug hin und retour hatte er *firstclass* reservieren lassen. Die Lehners sollten so richtig verwöhnt werden. Der Kommissar gönnte ihnen diese Reise von Herzen. Natürlich musste Axel Körner pikiert seinen Senf dazugeben, als sie alle zusammen in Mellers Büro via Internet das fantastische Resort besuchten:

»Dass Mike einen kilometerlangen Pool zum Kraulen braucht, verstehe ich noch irgendwie. Aber dass Stoppl einen Firstclass-Sitzplatz beansprucht, ist pure Geldverschwendung.«

Mike Lehner war an die zwei Meter groß, seine Stoppl knappe einssechzig und Körner schlichtweg neidig.

Dass aber auch Eva Roth einen überstürzten Urlaub antrat, erfuhr Meller erst durch eine SMS:

Bin in Schweden... Frustreise... Zeit für dich, nachzudenken und zu handeln.

Ja, wie sollte der Kommissar denn nachdenkend handeln? Nachreisen? Sie suchen, im Land der hunderttausend Elche? Oder hatte sie eine Spur gelegt, der er hinterherschnüffelnd nachjagen sollte?

Doch Meller wusste genau, was Eva mit *zu handeln* meinte. Eine Entscheidung zu treffen. Aber das konnte er später immer noch. Schließlich war hier der Teufel los und den hatte er vorrangig aufzuspüren. Außerdem kam es ihm sehr gelegen, von weiblicher Eifersüchtelei und Hundeverpflichtung total befreit, seiner Profession nachzugehen: Verbrecher zu fangen und hinter Gitter zu bringen. Es machte auch manchmal richtig

Spaß. Vorausgesetzt, die Ermittlungen verliefen erfolgreich und dieses Gesockse von Gangstern, Verbrechern und Mördern lief ihm direkt vor seine Spürnase.

Nur dem war nicht so – noch lange nicht.

Also war auch Mellers Stimmung nach Verzehr des Frühstücks bald wieder im Keller.

Die Krisensitzung machte ihrem Namen alle Ehre. Der verantwortliche Koordinator des eigens geschaffenen Sonderteams machte alle schlichtweg zur Sau. Warum das so lange dauern würde, was sie denn so machten den lieben langen Tag. Weil noch immer keine entsprechenden Ergebnisse auf seinem Tisch lagen. Überhaupt – der Minister hinge ihm schon im Nacken, wegen fehlender Erfolgsmeldungen für die Medien zur Beruhigung der Bürger. Und das könnte er sich als Einsatzverantwortlicher nicht leisten.

Man konnte es wahrlich sehen, dass ihm der Minister im Genick saß. Stierköpfig und fleischmassig drall sah der Mann aus, wie er in seine Uniform gepresst war, sich auch dementsprechend gebärdete.

Auch nicht die klügste Art, Leute zu motivieren, dachte der Kommissar. Dieser Chefsesselfurzer konnte leicht herumkommandieren. Waren auch sicher schon mehrere Jahrzehnte vergangen, seit der eine Nacht lang Dienst geschoben hatte, wenn überhaupt jemals.

Schließlich übernahm die S-C-ONE Chefin das Wort und versuchte mit ihrer diplomatischen Art, die Stimmung zu heben und die Beamten erneut anzuspornen.

Die Besprechung lief ab wie beim Verhörtwerden: erst böser Cop, dann guter Cop – einfach kalt/warm bekommen. Das wirkte stets und brachte meistens ein Geständnis. Doch hier im

S-C-ONE Festsaal gab es nichts zu gestehen, außer die betrübliche Feststellung, dass trotz aller Spuren und Hinweise bezüglich gesprengter Handysendeanlagen, Promivillen-Schmieragen und Luxuskarossen-Zerstörungen die Ermittlungen bis zur Stunde im Sande verliefen.

Sambagedudel... störend – gerade jetzt.

Den Kommissar riss es aus seiner Lethargie. Hastig fummelte er nach seinem Handy. Sein fahriger Blick nach vorne kreuzte sich mit dem des starrgrimmigen Stiernackenfeldherrn. Einige drehten blödgrinsend ihre Köpfe, die willkommene Störquelle suchend.

»Meller, ja...?«, flüsterte er in die vorgehaltene Handyhand.

»Hallo, Mellerchen...! Also vierzehn Tage hast jetzt Zeit zum Nachdenken«, flötete ihm Eva Roth in seinen linken Gehörgang.

»Eva, bitte... ich kann jetzt nicht. Ich ruf dich...«, versuchte er weiterhin flüsternd zu erklären.

»Wie...? Was kannst du nicht?«, wollte sie wissen.

»Ich sagte, ich ruf dich an.«

Meller unterbrach die Verbindung und schaltete das Handy aus, um weitere Sambaklänge zu verhindern. Er atmete tief durch. Die Röte verschwand langsam aus seinem Gesicht und der Pulsschlag beruhigte sich. Er konzentrierte sich wieder auf die Vortragende.

»...denn wo die Exekutive versagt, breitet sich Terrorismus wie ein Pilzbefall aus. Gerade heute, wo politische Grenzen verschwinden, wo gesellschaftliche und wirtschaftliche Neuordnungen zu bewältigen sind. Wo die Kriminalität beunruhigende Ausmaße annimmt, ist Sicherheit und Schutz für Leib, Leben und Besitz nicht nur unsere primäre Aufgabe, vielmehr müssen wir doppelt, nein dreimal so viel Einsatz leisten, als von uns erwartet wird. Und so sage ich: *Wehret den Anfängen!*

Diesen bereits historischen Satz lege ich jedem Einzelnen als Motivation ans Herz. Das sind wir der Bevölkerung schuldig, liebe Kolleginnen und Kollegen, auch in unserem eigenen Interesse. So... und nun zeigen wir diesen Terroristen, diesen Vandalen und Randalierern, was in uns steckt. Das wär doch gelacht, wenn diese nicht innerhalb einer Woche hinter Schloss und Riegel zu bringen wären!«

Welch heroische Schlussworte, kam es Meller in den Sinn und er dachte mit Grauen an seine Einsätze in Rio zurück. Wenn solche Zustände jetzt hier zur Normalität würden, dann gute Nacht Österreich, gute Nacht Mödling. Was ist der bösen Menschen Ziel und Drang? Was lässt sie prinzipiell zum Bösen tendieren, zu Gangstern, Räubern, Terroristen werden?

Allgemeines Sesselrücken und befreites Räuspern folgte auf das Ende der Besprechung. Meller blieb noch sitzen und wartete, bis sich der Saal geleert hatte.

Auf Zuwinken der S-C-ONE Chefin erhob er sich und ging zu ihr.

»Ich habe soeben eine gute und eine schlechte Nachricht erhalten«, teilte sie ihm mit bekümmerter Miene mit.

»Soso? Rührt der Nadelstreif etwa schon wieder in unserer Suppe um?«, erwiderte er grinsend und dachte an dessen versuchte Namensänderung von S-C-ONE auf EGO-East-One, die sie im vergangenen Jahr in Teamarbeit äußerst gefinkelt niederschmettern konnten.

Die »Tuareg« ging nicht darauf ein und sagte:

»Also, die gute zuerst: Wir übersiedeln.«

»Aha, und wohin?«

»In ein neu zu errichtendes Gebäude, auf jenem Grundstück, auf dem das Krankenhaus hätte gebaut werden sollen.«

»Na super! Höchste Zeit! Der Laden hier gleicht ohnehin

schon mehr einem Taubenschlag, so eng ist's geworden, weil beinahe täglich neue Leute hinzukommen... ohne dass man auf *meine* Personalwünsche Rücksicht nimmt«, erwiderte Meller sarkastisch und wollte weiter wissen:

»Und die schlechte Nachricht?«

»Na ja – wir übersiedeln. Und es täte mich wundern, wenn beim S-C-ONE jemals etwas glatt über die Bühne ginge.«

Sie grinste Meller erschöpft an, zuckte mit den Schultern und begab sich zum Ausgang.

Fünf

Donnerstag, 26. Juli 2007…

Dieses Mal waren sie zu dritt. Die Nacht zeigte sich für ihr Vorhaben gnädig, indem sie eine dicke Wolkenwand vor den Mond schob. Kurz, es war stockdunkel.

Der neue Großmarkt in der Enzersdorfer Straße war erst kürzlich eröffnet worden und hielt ihnen seine großzügigen Wandflächen wehrlos entgegen.

Der Dritte war ein weißblondes, schlacksiges Milchgesicht, den zwei weitere Merkmale unverkennbar prägten: Sonnenbrille und schwarze Lederjacke mit Sheriffstern.

Sommer wie Winter, Tag und Nacht trug »Highnoon« – so sein Künstlername in der Szene – seine Markenzeichen, als wären sie mit ihm fleischlich eine Einheit geworden. Wenigstens trug die zu groß geratene Lederjacke etwas auf, sodass dieser Strich-in-der-Natur etwas mehr an Volumen gewann.

Highnoon hatte zwei Feuerlöscher organisiert, die IQ und er soeben für ihren Einsatz vorbereiteten.

»Ich sag's euch gleich, das nächste Mal fladert ihr wieder die Feuerlöscher. Zumindest kommt einer von euch mit und steht Schmiere, weil mir der blöde Nachtwächter fast die Haube vom Kopf grissen hätte. Ich hab ihm den Feuerlöscher in seine Wampen gstoßen. Ein Glück, dass der so blad war und mir net nachkommen ist. Dort dürfen wir uns jedenfalls nimmer blicken lassen«, flüsterte Highnoon auf seinen Kompagnon ein. »Überhaupt, IQ, warum hast du dich net gemeldet? Du hast doch versprochen, dass du…«, warf das Milchgesicht dem anderen vor.

»Gar nix hab ich versprochen, ich hab dir gesagt, wenn ich kann, meld ich mich. Hab halt net können… Kennst ja die Uschi… und überhaupt…«, verteidigte sich der Angesprochene etwas lauter.

»Psst…! Haltets die Goschen… da kommt wer…!«, zischte es seitlich von ihnen aus der Finsternis.

Wie auf Kommando duckten sich die beiden, verdeckten mit ihren dunklen Klamotten die Feuerlöscher und verharrten unbeweglich.

Ein Mann und eine Frau kamen den nahen Gehsteig entlang. Schritte mit begleitenden Wortfetzen entfernten sich allmählich.

Wieder die Flüsterstimme aus der Dunkelheit:

»Geht schon wieder… aber seids leiser. Wegen euch möcht ich net erwischt werden.«

»Okay, okay, Hero, pass nur weiter auf«, erwiderte Highnoon gedämpft und wandte sich wieder an IQ: »Das mit deiner Alten ist dein Bier. Jedenfalls die nächsten treibt ihr auf oder ich steig aus.« Er widmete sich wieder seinem Feuerlöscher.

Beide standen sie auf der Rückseite der neuen Einkaufshalle und testeten in kurzen Stößen die Spritzdüsen. Einer Fontäne gleich klatschte knallrote Farbe großflächig an die Hauswand und hüllte sie in einem Farbnebel.

»Geil… sagenhaft, wie das spradert«, versuchte jetzt IQ den anderen versöhnlich zu stimmen. Er spürte, dass Highnoon auf ihn mächtig sauer war. »Bist bereit…?«, fragte er und grinste seinem Kumpel zu. Der andere nickte auffordernd.

»Also gemmas an!«, entschied IQ und flüsterte in die Nacht hinein:

»Hero! Was ist… geht's?«

»Okay… geht!«, flüsterte es aus der Dunkelheit zurück.

Als IQ die Sprühdüse gut im Griff hatte, schlich er gebückt um die Hausecke und wartete bewegungslos. Highnoon folgte ihm dicht auf den Fersen. Sie erhoben sich und begannen die Längsseite des Einkaufstempels großflächig zu bearbeiten. In riesigen Lettern entstand sprühend:

EURE FRESSTEMPEL WERDEN EUER TOD SEI…

Noch war der letzte Buchstabe nicht an die Wand gesprüht, da vernahmen sie ein unterdrücktes:

»Heast schleichts euch, es Trotteln…!«

Es folgten ein paar dumpfe Schläge und ächzendes Stöhnen als Antwort.

»Is was, Hero…?«, rief IQ beunruhigt und warf sich vorsichtshalber auf den dunklen Asphalt.

Auch Highnoon, einige Meter von ihm entfernt, lag bereits auf dem Boden. Allerdings hielten ihn zwei dunkle Gestalten fest und droschen auf ihn ein. Sie mussten von der anderen Gebäudeseite her gekommen sein.

IQ sah das nur im Augenwinkel. Es ging so schnell, dass er nicht mehr dazu kam, sich aufzuraffen und abzuhauen. Denn schon umklammerten zwei kräftige Arme von hinten seinen Hals und drückten ihm die Luft ab. IQ schwanden die Sinne, er wurde ohnmächtig. Schlapp wie ein Sack hing er an dem Unbekannten, der ihn vorsichtig zu Boden gleiten ließ.

Highnoon war es grimmiger ergangen. Er hatte ein paar zusätzliche Hiebe abbekommen. So schwächlich, wie er den Anschein gab, war er doch nicht. Geschmeidig und wendig wäre es ihm beinahe gelungen, sich aus der Umklammerung zu befreien. Erst ein endgültiger Haken – eher zufällig das Kinn getroffen – und schon lag Highnoon bewusstlos auf dunklem Asphalt.

»War das notwendig?«, sprach der eine, der das schmächtige Bürscherl festgehalten hatte.

Der andere zuckte mit den Schultern.

Ein dunkler Lieferwagen fuhr auf den Parkplatz, direkt vor die kleine Gruppe, hielt an und der Fahrer stieg aus. Er eilte zur Hecktür, öffnete sie und wartete, bis die beiden anderen die drei Jugendlichen samt Feuerlöscher in das Auto verfrachtet hatten.

Im Morgengrauen erlebte ein Frühaufsteher, der mit seinem Hund am Eichkogel durch die Weingärten spazierte, eine Begegnung höchst seltsamer Art.

Sein Bauxerl, ein Foxterrier, lief in Rufweite stets zwanzig-dreißig Meter vor ihm her oder jagte durch die Weinrebenreihen links und rechts des Weges.

Heute jedoch schoss Bauxerl mit Tempo voraus, direkt auf ein Marterl zu, das bei seinen Ausläufen ein gewohnter Pinkelplatz war. Statt wie üblich, dem Drange zu folgen und still sein kleines Geschäft zu verrichten, sprang er dieses Mal wie verrückt um die gemauerte Säule herum, kläffte wild und schien sich nicht zu beruhigen.

Der Mann war altersbedingt nicht mehr gut bei Augenlicht. Was weiter als fünf Meter entfernt war, glich einem Hamilton-Foto plus mehrfachem Weichzeichnereffekt. Seine Brille lag besser zu Hause. Schon mehrmals hatte sie ihm das schlimme Bauxerl vom Gesicht gerissen und ruiniert. Bei den Spaziergängen durch die Weingärten war seine Blickrichtung ohnehin nach innen gekehrt – mit sich zufrieden und in der Vergangenheit schwelgend. So fühlte er sich durch Bauxerls Gekläffe in seiner beschaulichen Ruhe gestört. Ärgerlich, jetzt hätte er seine Brille gebraucht.

»Bauxerl… sofort zu mir…!«, befahl er dem Hund.

Doch Bauxerl folgte nicht, bellte nur noch heftiger, dabei das Marterl umgestüm umkreisend.

»BAUXERL! HIERHER!«, schärfer befohlen.

Zwecklos, der Köter folgte nicht.

»Immer das Gfrett mit dem Viecherl«, ärgerte er sich halblaut und erinnerte sich an ein unschönes Ereignis, als ihn eine ältere Dame beschimpft hatte, weil sein Bauxerl nicht angeleint war, an ihr hochsprang und ihre Hose beschmutzte. Eh nur ein bisschen und leicht zum Rauswaschen – die alte Zicke.

»Nicht schon wieder so was«, entfuhr es ihm seufzend.

So schnell seine Füße es erlaubten, eilte er zum Ort des Gebells. Er war schon weit über siebzig, daher etwas behäbig auf den Beinen, auch wegen seines übermäßigen Gewichtes.

Da – ein furchtbarer Anblick.

Drei Burschen standen völlig nackt und blutüberströmt an das Marterl gebunden, wanden sich vor Schmerzen, stöhnten und wimmerten, als er näherkam. Sie mussten schwerst verletzt sein.

»Jessas na…! Bauxerl, bei Fuß… Bauxerl!«, rief er entsetzt.

Um die Ärmsten nicht noch mehr zu erschrecken, versuchte er sie zu beruhigen.

»Er tut nix…! Der ist eh ganz brav…!«, rief er ihnen zu und zum Hund, eindringlich fordernd:

»Gell, Bauxerl! Lieb sein… und tu nicht schnappen!«

Nackt, mit den Händen am Rücken und an das Marterl gefesselt, dazu vollends mit knallroter Farbe beschmiert – so wehrlos einer wild keifenden Bestie ausgeliefert zu sein, würde jeden in Todespanik versetzen.

Tat es auch.

Die drei wimmernden Gestalten versuchten verzweifelt, das unfolgsame Bauxerl, das wieder und wieder an ihnen hochsprang, von ihrem Wertvollsten abzuhalten. Sie baumelten ja wahrlich verlockend und dennoch so schutzlos in der Morgensonne, die drei kleinen, knallroten, schrumpeligen Pimmelchen samt Gehänge. Als müssten sie dringend Wasser lassen, rieben sich ihre Besitzer die Beine und traten verzweifelt nach dem Hund. Wenigstens an den Füßen waren sie nicht gefesselt.

Bauxerl jedoch verstand das als Spiel, wurde dadurch angestachelt und verknabberte sich einige Male in der einen oder anderen Zehe.

Auch der alte Mann erkannte die Gefahr für die Wehrlosen.

»BAUXERL…! PLATZ…! AUS…!«

Das wirkte unmittelbar. Widerwillig ließ der Hund von den Jammergestalten ab, zog den Schwanz ein und legte sich seinem Herrchen zu Füßen.

Erst jetzt bekam der Alte das ihm Gebotene richtig mit.

Da waren drei Rothäute, wie Gott sie schuf. Ungläubig starrte er die Gefesselten an, ging um das Marterl herum, um sich zu überzeugen, keiner optischen Sinnestäuschung aufzusitzen.

»Na so was…!«, so seine fachmännische Feststellung. Er schüttelte dabei sein schütteres Haupt.

»So helfen S' uns doch…! Bitteee…!«, flehte jener, der dem Mann am nächsten stand.

Der schmächtige Junge senkte, sich seiner Blöße bewusst, schamhaft sein Gesicht. War es doch unmöglich, in dieser misslichen Lage anderes als seinen Blick zu verbergen.

»Wer hat denn das gemacht?«, fragte ihn der alte Mann, ohne der flehenden Bitte nachzukommen.

»Heaft bind unf endlich lof, oida Wappler! Fiagft net, daff ma gfeffelt fan?«, fuhr ihn der neben dem Krispindl Gefesselte an. Ein kräftiger Bursche. Zwei fehlende Vorderzähne in der unteren Reihe, dazu die Lücke statt Schneidezahn in der oberen Zahnreihe verwandelten sein »S« zu einem »F«. Er spuckte wütend nach dem Hund, der unauffällig auf ihn zugerobbt war und traf ihn auf der Schnauze. Volltreffer. Doch das hechelnde Bauxerl leckte genüsslich die Schnauze ab und wartete auf mehr davon.

»Hero, halt endlich deinen Mund!«, wies ihn der Dritte zurecht. Dieser hatte bis jetzt geschwiegen und musste seinen Kopf verdrehen, um den alten Mann halbwegs zu sehen.

»Unfer Obergffeiter muaff ef ja wiffen, wia ma mit oide Leut umgeht, net wahr, IQ?«, ätzte der Zurechtgewiesene giftig.

Der Angesprochene reagierte nicht darauf, sondern bat den Hundehalter, wenn auch mit schmerzverzogener Grimasse, so doch noch immer freundlich:

»Hätten S' vielleicht ein Taschenmesser mit dem Sie uns losschneiden könnten? Das wär sehr nett von Ihnen…« Er musste kurz innehalten, seine Lippen glichen einem Karpfenmaul, so geschwollen waren sie, »…oder haben S' ein Handy dabei? Ich sag Ihnen, welche Nummer Sie anrufen.«

»Nein, nein… hab ich net«, erwiderte der Mann unsicher. Er stand jetzt vor dem, der IQ genannt wurde.

»Jössas, wie Sie ausschauen… tut's arg weh?«, wollte er mitfühlend wissen.

»Was nein – Taschenmesser oder Handy?«, forderte jetzt IQ ungeduldig von dem Alten. Klar hatte er Schmerzen, was sollte die blöde Frage.

»Handy hab ich keines«, beeilte sich der Mann zu antworten.

»Und Taschenmesser?«

»Ein… ein Taschenmesser hab ich.«

»Na fein, dann schneiden S' uns bitte endlich los. Wir hängen schon seit Stunden hier«, lamentierte jetzt auch IQ.

»Das kann ich net.«

Da verfiel selbst der sonst stets höfliche, aus bestem Elternhaus kommende IQ slangmäßig in tiefste Verzweiflung:

»Heast Oida... bitteee... warum neet?«

Doch der alte Mann ließ sich nicht ablenken. Stur folgte er, gedanklich in sich gekehrt, der Suche nach seinem Taschenmesser. Richtig – jetzt wusste er wieder, wo es sich befand.

»Weil... weil ich das Taschenmesser daheim hab. In meiner Tischlad«, erwiderte er wahrheitsgemäß. Weil er auch vom freundlichen IQ plötzlich so angefahren wurde, verteidigte er sich beleidigt:

»Wie sollt ich wissen, dass ich es brauchen werd?«

Da riss Hero die Geduld. Leider nicht der Kabelbinder, der seine heftig beutelnden Arme mit denen seiner Kumpane fesselnd verband:

»Geh bitteee... Oida! Kumm ffleich dich, wannft unf net helfen willft!«

Jetzt kam Bewegung in den alten Mann. Das musste er sich nicht gefallen lassen. Nicht schon in aller Herrgottsfrüh, dazu noch von solchen Rotzbuben.

»Bauxerl!«, forderte er seinen Hund auf, der sofort aufsprang und schwanzwedelnd zu ihm hochschaute. Zu den Gefesselten sagte er mit hinterlistigem Grinsen:

»Ich geh ja schon. Aber das dauert ein bisserl, weil ein alter Mann ist kein Schnellzug net. Und ich bin a net mehr so guat beinander. Komm, Bauxerl, jetzt gemma zur Polizei!«

»Bitteee...! Net zu de Kieberer...! Oidaaa...!«

Aber das hörte der alte Mann schon nicht mehr. Hatte er auch Probleme mit dem Hören?

Mitnichten. Er wollte es nicht hören, weil diese Rothäute so unfreundlich zu ihm waren. Sollte sich die Polizei darum kümmern. Wird schon seine Gründe haben, warum die drei an das Marterl gefesselt waren. Von solchen Gfrastern würde er sich den schönen Tag nicht verderben lassen.

»He-he-he… auf an Marterlpfahl sind s' bunden worden, die Saubuam. Wia bei uns – früher, beim Indianerspielen…«, lachte er sich eins und freute sich auf das Melden seiner Beobachtung. Eine willkommene Abwechslung in seinem so stillen Leben.

Meller stand an der Rezeption und sah zu, wie sie sich abmühten.

Der Kontrollmonitor zeigte stumm drei nackte Gestalten unter der Brause, die sich gegenseitig abschrubbten. Wie sie sich unter dem Wasserstrahl verrenkten, während sie mit Bürste, Seife und Waschlappen ihrer Einfärbung zu Leibe rückten. Doch die Farbe war hartnäckig. Besonders an jenen Stellen, wo die Haut am zartesten, dadurch besonders empfindlich war. Fluchend und stöhnend widmeten sie sich der Reinigung ihrer Genitalien. Das hörte der Kommissar zwar nicht, jedoch ihren schmerzverzogenen Grimassen war es sichtlich zu entnehmen.

Der Kommissar wandte sich schmunzelnd vom Monitor ab und begab sich zu den Verhörräumen in den Keller.

V-Agent Axel Körner hatte bereits alles vorbereitet. Er saß mit Irene Schneider im Nebenraum hinter der Spiegelwand an den Aufzeichnungsgeräten.

Meller wunderte sich schon längst nicht mehr, dass Körner und Schneider sich wieder einmal gegenseitig anstarrten, ja beinahe tödlich anschwiegen. Eine knisternde Spannung herrschte in dem ohnehin engen Raum. Der Kommissar wusste, dass sich die zwei wie Hund und Katz vertrugen.

Er sah sie stirnrunzelnd an. Sollten die beiden ihre persönlichen Differenzen doch außerhalb des S-C-ONE austragen. Von mir aus mit Faust und Degen, dachte er, jedoch nicht hier und vor allem nicht jetzt.

»Gibt es was, das ich schlichten sollte, Axel?«, mimte Meller den Ahnungslosen.

»Es gibt nix – alles okay«, log Körner gereizt.

»Und bei Ihnen, Frau Schneider? Auch alles okay?«

»Nein... doch ja... wie Herr Körner sagte... eh alles okay«, antwortete die Angesprochene verkniffen.

»Na, dann passt auf, dass euch dabei ja kein Lacher auskommt.«

Meller grinste sie an, was beide mit finsterer Miene beantworteten. Nun saßen sie zu dritt, starrten durch die große Fensterfläche in das düsterkahle Verhörzimmer – auf den Tisch, auf drei Stühle, auf eine Flasche Mineralwasser, auf einen Stapel weiße Plastikbecher und auf das Mikrofon.

Es dauerte allerdings noch eine Weile, bis ein Beamter die frischgewaschenen »Rothäute« in den Verhörraum schob.

Barfuß, in Hosen und Hemden, die in der Eile von der nahen Rotkreuzstelle in der Neusiedler Straße besorgt worden waren, machten die drei einen verwegenen wie jämmerlichen Eindruck. Sie hatten es nicht geschafft, sämtliche Farbe von Gesicht und Händen, vor allem aus den Haaren zu entfernen. Auch ihre Blessuren im Gesicht kamen jetzt deutlicher zum Vorschein.

Die drei wurden streng angewiesen, auf den vorhandenen Stühlen Platz zu nehmen. Danach verließ der Beamte wieder den Raum. Zuerst saßen sie wie versteinert, jedoch nicht lange. Schon flogen wüste Beschimpfungen zwischen dem Dreierteam hin und her.

Genau das war Mellers Absicht.

In der Hoffnung, auf diese Weise eventuell wichtige Indizien zu erfahren, wollte er sie im Glauben lassen, ungestört zu sein. Damit sie sich gegenseitig Schuldzuweisungen an den Kopf warfen.

»Waafft eh, IQ, daff du der gröfte Oaff bift, den ich kenn«, schimpfte der Kräftigste auf den in der Mitte Sitzenden ein, der jedoch sofort konterte:

»Mit dir bin ich fertig, Hero«, grinste er zornig, »du bist mir einfach zu dämlich... Überhaupt: Wer ist denn Schmiere gstanden, heh? Schließlich war es deine Schuld, dass die uns erwischt haben!«

»Aber defwegen brauchft du diefen verdammten Affen doch net gleich allef auf die Nafen binden«, wütete der als Hero Angesprochene.

»Bitteee...! Du hirnlos lebende Hülle...!«, zischte ihn IQ giftig an. Seine geschwollenen Lippen schmerzten. «Soll ich mich wegen dir Intelligenz-Loser von denen noch mehr foltern lassen? Bloß weil du glaubst, mit ein paar Fausthieben alles regeln zu können... Übrigens – auch er«, und deutete mit dem Kopf zum anderen, »war der Meinung, dass wir alles zugeben sollen und...«

»Jetzt haltets endlich eure blöden Goschen, ihr Trotteln ihr...!«, brüllte das Milchgesicht, das bis dahin stumm dem Wortgefecht zugehört hatte. »Seids ihr wirklich so deppert? Merkts ihr net, dass wir schon die längste Zeit abghört werden?«

So viel Stimmkraft mutete man diesem Krispindl kaum zu. Und mit dem Kopf zur Spiegelfront deutend, polterte er weiter:

»Da... der Spiegel! Dahinter sitzen die Kieberer und hauen sich über uns ab. Also, haltets euer Maul!«

Das wirkte.

Verdattert saßen sie nun und starrten grimmig abwechselnd

auf die verspiegelte Fensterfront und auf die Tischplatte. Hero zog die Mineralwasserflasche zu sich, nahm einen Becher vom Stapel und schenkte ein.

»Dann trink ich denen halt def Waffer weg.«

»Wohl bekomms...!«, wünschte ihm der Kommissar, der lautlos in den Verhörraum getreten war.

Hero riss den Kopf herum. Vor Schreck ließ er den Becher fallen. Eine Wasserpfütze breitete sich auf der Tischplatte aus und tropfte auch schon über die Kante, während der leere Plastikbecher über den Rand rollte und zu Boden fiel. Geistesgegenwärtig sprang er hoch und stieß dabei den Sessel nach hinten weg, der mit Gepolter durch den Raum flog.

»Na-na-na...! Immer so stürmisch?«, grinste Meller schäbig, hob mit einer Hand den Sessel auf und schob ihn dem Burschen vor die Füße. Dann stellte er demonstrativ eine Dose Salatöl auf den Tisch, die er verborgen hinter seinem Rücken gehalten hatte. Gleichzeitig forderte er Hero unvermittelt mit gefährlich leisem Ton auf:

»Setzen Sie sich wieder, Herr Steinberger. Oder soll ich Sie weiterhin mit Hero ansprechen?«

»Fuchen Fie fich Ihnen daf auf, Herr, Herr... und wie darf ich Fie nennen?«, witzelte der zahnlose Hero, der sich vom Schreck schnell gefangen hatte, ohne jedoch der Aufforderung, Platz zu nehmen, zu folgen.

»Einfach nur Herr Kommissar«, antwortete Meller im gleichen leisen Ton – und brüllte plötzlich:

»HINSETZEN...! WENN ICH ES BEFEHLE...!«

Das wirkte. Flutsch – blitzschnell rutschte Hero auf seinen Sessel. Auch die beiden anderen riss es aus ihrer hingelümmelten Position. Schon saßen die drei stramm, als seien sie an die Stuhllehne getackert.

»Was sagt Ihnen das hier, meine Herren?«, schlug Meller einen beinahe gemütlichen Ton an, als wäre sein lautstarker Ausbruch eine akustische Fata Morgana gewesen und zeigte dabei auf die Öldose.

Wie geprügelte Hunde begafften die drei dümmlich die Dose. Wussten sich keinen Reim auf die Frage und die extremen Stimmungsschwankungen des Kommissars.

Der spinnt doch, der Typ da, kam es IQ, wagte jedoch einen zaghaften Vorstoß:

»Eine… eine Dose Qualitätsöl für die gute Küche. Steht doch drauf. Was soll damit sein?«

»Richtig, Sie Blitzgneißer. Qualitätsöl. Gehört in jede gute Küche und nicht auf die Straße.«

»Ja aber… was hat die jetzt mit uns zu tun?«, wagte das Zniachterl, das sich Highnoon nannte, einzuwerfen.

»Das werden wir jetzt in aller Ruhe ergründen. Und es hängt von Ihnen ab…«, dabei bedachte Meller jeden Einzelnen mit einem Bis-auf-die-Knochen-Blick, »…wann Sie diese Räumlichkeiten wieder verlassen werden.«

Euch kauf ich mir einzeln, ihr Bürschlern. Eine Unterschrift unter euer Geständnis, ein kurzer Prozess – und ab ins Kittchen.

Als der Kommissar heute Morgen ausnahmsweise erst um neun Uhr beim S-C-ONE vorradelte – er hatte seine Fitnesstour als gleichzeitige Kontrollfahrt über Hinterbrühl, Gaaden und Sittendorf ausgedehnt – erfuhr er übers Handy von den drei Gefesselten und dass dies vermutlich die gesuchten Terroristen seien.

Also schwenkte Meller kurzerhand auf halber Strecke nahe Gaaden um und trat in die Pedale, radwegs in die Zentrale.

Was die ohnehin seltsame »Marterl-Pfahl-Aktion« – so die treffende Bezeichnung Axel Körners – noch mysteriöser machte, war in knallrot groß und deutlich rund um die Steinsäule mit den drei gemarterten »Rothäuten« zu lesen:

DIE NEUE TERRORGENERATION!

Daneben lagen demonstrativ zwei zum Sprayen umfunktionierte Feuerlöscher, mit denen anscheinend diese Botschaft geschrieben worden war.

Den Beamten gegenüber hatten die drei die Bekanntgabe ihrer Identität verweigert. Dadurch machten sie sich erst recht verdächtig. Was auch immer es war, die hatten etwas auf dem Kerbholz, das stank drei Meilen gegen den Wind.

Abgesehen davon zeigten ihre eingefärbten Körper, die auch einiges an Hieben abbekommen hatten, dass dies mehr als ein dummer Bubenstreich gewesen war, offensichtlich eine Strafsanktion. Doch schwere Verletzungen waren es keine. Die blauen Flecken, die geschwollenen Lippen und die paar fehlenden Zähne – bei solchen Jugendlichen musste das nach einer durchzechten Nacht bald mal als einkalkulierbares Risiko zählen. Daher hatten die Beamten auf einen Transport ins Krankenhaus verzichtet. Das ruppige Verhalten des Trios veranlasste sie, erst einmal die Identitätsfeststellung durchzuführen. Anschließend konnten sich die drei die Farbe vom Körper waschen.

Mochte es noch verständlich sein, dass man völlig nackt und rot eingefärbt einem Polizisten gegenüberstehend nicht gerade einen lockeren Smalltalk beginnt. Aber Name und Adresse sollte man schon freiwillig preisgeben, wird man von einem amtshandelnden Organ danach gefragt.

Ihre Kleidungsstücke wurden von den Beamten auch gefunden – allerdings erst später – und in den S-C-ONE gebracht. Sie lagen etwas weiter entfernt, sehr gut versteckt im Gebüsch. Fest zusammengerollt, voll bepisst und angekackt, aber wie. In zwei Hosen steckten Ausweispapiere, in der dritten eine Kreditkarte. Somit war auch das Geheimnis ihrer Identität gelüftet.

Der Kommissar begann mit dem üblichen Prozedere und wies das Trio darauf hin, dass sie – in Anbetracht ihrer Lage – ausnahmsweise vorerst gemeinsam angehört und danach einzeln vernommen werden. Dann hätte die Staatsanwältin zu entscheiden, was mit ihnen weiter geschehen sollte. Bis dahin seien sie jedenfalls als Verdächtige in U-Haft.

Meller hatte für diese unübliche Art der Einvernahme seine Gründe, weil er spürte, dass die Burschen noch völlig unter Schock standen und im gemeinsamen Gespräch bald »singen« würden. Dass sie sich dabei gegenseitig vernadern würden, war nur eine Frage des geschickten Hineinbohrens in die wirrgewickelten Gehirne dieser drei Typen.

Roland Mauerbach, der sich IQ nannte, wohnte in Mödling. Martin Steinberger, der sich als Hero brüstete, lebte in Gumpoldskirchen und Manfred Schreiner, alias Highnoon, ein Wiener, kam aus dem 15. Bezirk.

Als ihnen klar wurde, dass sie sich mit ihrer anfänglichen Schweigetour nur noch verdächtiger machten, ergaben sie sich ihrem Schicksal und gestanden:

Dass sie es waren, die bei dem Großmarkt in Maria Enzersdorf die Wände mit den Feuerlöschern besprüht hatten. Auch die gesprayten Werke an der Kletterwand in der Vorderbrühl, die diversen Wandbeschmierungen an den Nobelvillen wie auch an einigen Pkws gingen auf ihre Kappe.

»Na, ihr seid mir ja saubere Bürscherln«, so der trockene Kommentar des Kommissars, während er die zerschlissenen Dokumente in seiner Hand hielt, abwechselnd darauf blickte, dann wieder auf die drei, die mit gefleckten Gesichtern wie rotgeschecke Frischlinge bockig auf ihren Stühlen saßen und ihm grimmige Blicke zuwarfen.

»Und der Geländewagen, der da abgefackelt wurde, von dem Generaldirektor. Wie heißt der doch gleich…«

Meller blätterte im Bericht vor sich.

»Richtig, Generaldirektor Mauerbach… Aber, Moment mal – sind Sie etwa gar verwandt mit diesem Herrn?« Er sah dabei den Burschen scharf an, nachdem er den Namen auf der Scheckkarte gelesen hatte.

Der Kommissar, plötzlich von einem unangenehmen Geruch irritiert, roch an der Card. Richtig – sie roch versifft. Er rümpfte angeekelt seine Nase, schüttelte leicht den Kopf und sah wieder zu dem Burschen, dessen vorhandene Reströte im Gesicht mit zusätzlicher Röte aufgepeppt wurde. Roland Mauerbach senkte den Kopf.

»Mein Onkel«, klang es gequält zwischen IQs Zähnen.

Lippen und Wange waren geschwollen. Ein blaues Auge, das linke, gab dem prinzipiell sympathischen Gesicht eine leicht verformt-tragische Note.

»Na, dann darf man zu dem gelungenen Coup nur gratulieren«, so zynisch der Kommissar.

»Ich hab ihn aber nicht unter Feuer gesetzt. Hero war das. Er wollte unbedingt ein monumentales Zeichen gegen dekadenten Reichtum setzen. So was wie ein Exempel statuieren.«

»Gelungen. Absolut gelungen, meine Herren! Da wird sich Ihr Onkel aber besonders freuen, wenn er seinen Neffen & Friends als die Rächer der Armut bzw. die Vernichter seiner exklusiven Luxuskutsche in die Finger kriegt.«

Hasserfüllt starrte Hero seinen Kumpanen an.

»Du Fau du! Def überlebft net, IQ, def ffwör ich dir«, zischte er halb zahnlos in dessen Richtung.

»Eine Morddrohung vor Zeugen aussprechen – Herr Steinberger? Ich mache Sie darauf aufmerksam: Dafür kann ich Sie sofort hinter Gitter setzen«, wies ihn Meller in die Schranken.

»Entffuldigung. Def if ma leida fo raufgrutfft… im Affekt, Herr Kommiffar. Ich hab nur laut gedacht.«

»Im Affekt wird auch meistens gemordet, Sie Hero Sie. Also denken Sie nicht einmal im Traum an so etwas, Herr Steinberger! Schonen Sie lieber Ihre Klappe, sonst fallen Ihnen die letzten Zähne auch noch raus«, fuhr ihn Meller an.

Da mischte sich auch Highnoon ein:

»Ich… ich war aber damals nicht dabei, das möchte ich bitte festgehalten wissen, Herr Kommissar. Ich habe in keiner Weise etwas mit dieser Realisation zu tun. Dafür hab ich ein wasserdichtes Alibi, weil ich außer Landes unterwegs war.«

»Ihrem wasserdichten Alibi verpasse ich eine Schrotladung, dass es wie das Weihnachtsgeld zwischen den Fingern zerrinnt«, fuhr ihn Meller genervt an. »Wie sagen Sie zu diesen Schmierereien? Realisation? Ihre speziellen Realisations-Straftaten, Herr Schreiner – oder soll ich Sie Highnoon nennen, so gefallen Sie sich ja besonders – werden wir auch noch aufspüren. Schließlich hat ja jeder Sprayer seine persönliche Signation. Wir werden auch Ihre *Taggs* identifizieren, wie sie in Ihren Kreisen heißen. Denn eines dürfen Sie mir glauben: Um mit dieser Schmiererei ein *King* zu werden, also ein würdiges Ansehen – wie heißt das doch gleich in Ihrer Sprache – ein *Fame* zu erreichen, da fehlt's bei Ihnen haushoch. Obendrein wäre auch etwas schulische Nachhilfe angebracht, bei den Rechtschreibfehlern in Ihren so brandgefährlichen Botschaften. Auch das an uns gesendete Bekennerschreiben ist eine lachhafte Peinlichkeit… Aber jetzt zu den kapitalen Straftaten«, Meller lächelte grimmig und fuhr fort: »Sie alle werden verdächtigt…«

Da unterbrach IQ den Kommissar.

»Wie bitte…? Was für ein Schreiben?«

Auch die beiden anderen sahen erstaunt auf.

Meller nahm zwei A4-Blätter aus seiner Mappe und legte das erste den Dreien vor die Nase. Es war das abgeänderte Bekennerschreiben, das auch in den Medien veröffentlicht worden war. Drei Augenpaare lasen es und schüttelten daraufhin heftig verneinend die Köpfe.

»*GGR – Gruppe gerächter Reichtum…* Was soll der Schwachsinn? Auch wenn Sie uns nicht glauben wollen, Herr Kommissar«, sagte schließlich IQ, »dieser Wisch ist nicht von uns. Wir haben mit keinem Schreiben etwas angekündigt, noch etwas gestanden, noch ein solches irgendwohin gesendet. Obendrein bin ich der deutschen Sprache dank Gymnasiumabschluss sehr wohl mächtig. Eine Aktion würde ich – wenn überhaupt – nie so zu Papier bringen… Und zu Ihrer Anspielung, betreffend Nachhilfe: Ich weiß schon, Sie meinen die Fehler in unseren Botschaften. Das ist mir peinlich genug… doch die sind Heros Werk. Deutsch ist seine Schwäche, leider. Aber er sprayt halt gar so gern, der Schnösel. Dafür sitzt sein Hirn im Bizeps, stimmt's, Hero?«

IQ zeigte ihm demonstrativ einen abgewinkelten Muskelarm und tippte mit dem Zeigefinger drauf.

Heros stummer Mörderblick hatte ihn bereits mehrfach durchbohrt. Doch IQ grinste hämisch mit seiner geschwollenen Visage zurück. Er wusste, er war bereits zu lange in diesem Verein. Eigentlich gingen ihm die beiden Kumpels kräftig auf den Geist. Besonders von einem Deppen wie Hero wollte er sich in Zukunft verschont wissen.

Der Kommissar riss IQ aus seinen Gedanken.

»Und dieses da?« Meller zeigte eine Kopie des echten Bekennerbriefes.

Wiederum drei Köpfe, die mehrfach verneinten – auch nicht von ihnen.

»Wir sind keine Bomber und Handymastenzerstörer«, erwiderte jetzt Highnoon aufgebracht. »Wir lieben unsere Handys. Wir sind Sprayer und sprayen lediglich. Wir stehen jedoch für soziale Gerechtigkeit und wollen mit unseren bescheidenen Mitteln die Bevölkerung aufrütteln. Das müssen Sie uns glauben, Herr Kommissar. Dieses Schreiben will uns wer in die Schuhe schieben.«

Hero unterstrich f-lastig die Unschuld aller drei:

»Ehrlich, Herr Kommiffar – mit fo einer Ffeiffe haben wir nikf auf dem Hut…!«

Glaubte er. Allerdings: Wegen ihrer sogenannten *Realisationen* mussten Felsen, Häuserwände, Autos und Asphalt wieder gereinigt werden. Feuerlöscher und Farbe hatten sie natürlich gestohlen. Also Sachbeschädigung und Diebstahl – genügend Strafbestand, um alle drei zu einer saftigen Geldstrafe zu verdonnern. Die Kosten für das Entfernen der Farbwerke würde sie ebenfalls teuer zu stehen kommen. Und wer schon vorbestraft war, musste zusätzlich mit einer Gefängnisstrafe rechnen, was in diesem Falle auf Hero zutraf.

Und erst die Abfackelung des Luxusschlittens von IQs Onkel. Ein ungewollter Ausrutscher, wie der Gymnasial-Sprayer beteuerte. Heros Gerechtigkeitswahn überstieg seinen Geisteshorizont – und schon brannte der Nobelhobel lichterloh! Ein Kollateralschaden sozusagen, wie er an der Sprayerfront schon mal vorkommen konnte, wie IQ dem Kommissar zu verklickern versuchte. Obendrein treffe es ja mit seinem Onkel keinen Armen, seine finanzielle Potenz ansprechend.

Aufgrund der gewaltigen Schadensforderung seitens der Versicherung würde das sprayfreudige Trio ein paar Jährchen ziemlich knapp zu leben haben.

Nach Aufzählung ihrer Straftaten und deren Folgen war es den selbst ernannten Weltverbesserern nun doch ziemlich heiß unterm Hintern geworden. Unruhig rutschten sie auf ihren Stühlen hin und her. Betroffen starrten sie den Kommissar an, sanken immer mehr in sich zusammen, während Schweißperlen ihre rotfleckigen Visagen zum Glänzen brachten. Hero wischte sich über die Stirn, damit ihm die Tropfen nicht ins Auge rollten.

Bei solch glänzenden Leistungen kommt eben Glanz ins Auge, sinnierte Meller bei dem Anblick – und schüttelte wegen des blöden Gedankenlaufes seinen Kopf.

Die weiteren Ergebnisse liefen allerdings nicht zur Zufriedenheit des Kommissars. Im Fall »Salatöl auf der Schiller-Straße« konnte ihn das Trio zumindest überzeugen, dass sie dafür nicht infrage kamen, weil sie zur angegebenen Tatzeit nicht in Mödling waren, sondern sprayend in Wien unterwegs, was sie mit Zeugen noch beweisen wollten.

Auch in der Causa Handymastensprengung kam der Kommissar immer mehr zu der Überzeugung, dass diese Feuerlöscher-Gang einfach nicht in der Lage war, ein solch präzise ausgeführtes Attentat abzuwickeln.

Schließlich ließ sie Meller von ihrer Gefangennahme und dem Festbinden an der Marterlsäule berichten.

Als sie mitten im Sprayen beim Großmarkt in der Enzersdorfer Straße waren, kamen plötzlich maskierte Männer und schlugen sie nieder. Alles ging so schnell. Als Highnoon aus seiner Ohnmacht aufwachte, war es schwarz um ihn und er bekam Todesängste, als er merkte, dass er in einem fahrenden Auto lag, gefesselt an Händen und Füßen. Sein Mund war verklebt und sein Kopf steckte in einer Papiertüte.

Den beiden anderen erging es ähnlich.

Hero berichtete, so gut es mit seinem Zahnlücken-Handicap ging. Er dachte, er müsste sterben, so mit dem Sack überm Kopf. Er spürte das Blut in seinem Mund und musste es andauernd schlucken, bekam dabei zu wenig Luft und begann wild um sich zu strampeln, soweit es eben möglich war, um auf sich aufmerksam zu machen. Dabei stieß er mit dem Kopf auf einen der Feuerlöscher, der neben ihm lag. Irgendwie schaffte er es trotz gefesselter Hände, die Düse in seine Finger zu bekommen. Er versuchte sie in die Höhe zu halten und drückte fest zu. Der Farbstrahl musste im Fahrzeuginnern alles rot eingefärbt haben. Da hörte er ein Fluchen aus der Fahrerkabine und der Wagen hielt abrupt. Es musste also ein Auto mit einem Kontrollfenster in der Kabinenwand sein. Die Hecktür wurde aufgerissen und Hero die Düse aus der Hand geschlagen. Dann nahm ihm jemand die Papiertüte vom Kopf und riss ihm das Pflaster vom Mund. Endlich... endlich konnte er wieder richtig atmen. Er beteuerte, dass er eh nicht schreien würde. Da bemerkte Hero erst, dass ihm drei Zähne fehlten, er musste sie geschluckt haben. Der Maskierte nahm die beiden Feuerlöscher aus dem Laderaum und stülpte Hero wieder die Papiertüte über den Kopf. Wenigstens verklebte ihm der Mann nicht mehr den Mund.

Doch dann wurde es für die Überfallenen erst recht dramatisch. IQ begann mit schmerzverzerrtem Gesicht zu erzählen:

»Mich hat es genauso erwischt. Ich wurde von hinten überfallen, gewürgt und verlor das Bewusstsein. In dem Fahrzeug kam ich wieder zu mir, ebenfalls mit einem Sack überm Kopf und gefesselt an Händen und Füßen. Ich hatte kein Zeitgefühl mehr, da ich nicht wusste, wie lange ich ohnmächtig gewesen war. Jedenfalls fuhr der Typ ziemlich viele Kurven und wir wurden hin- und hergeworfen. Dann hielt der Wagen an und ich wurde mit dem Kopf voran aus dem Auto gezerrt und auf den Boden gelegt, auf eine Wiese. Ich habe das Gras gespürt. Da lag ich minutenlang. Sprechen konnte ich nicht, also ließ ich alles über mich ergehen. Ich hörte nur manchmal jemanden schwer atmen und zeitweise Geflüster. Aber es war zu weit von mir entfernt. Ich verstand nichts, auch weil dieser blöde Papiersack bei jeder Bewegung meines Kopfes raschelte. Dann war es still, ich weiß nicht wie lange. Ich glaubte schon, diese miesen Schweine würden mich einfach irgendwo verrecken lassen. Ich bekam Panik und versuchte, mich seitlich abzuwälzen. Da packten mich plötzlich mehrere Hände und ich wurde brutal auf den Bauch geworfen. Sie nahmen mir meine Fußfesseln ab und rissen mir Schuhe und Socken von den Beinen, so richtig brutal…«

IQ atmete schwer. Die geschwollenen Lippen taten ihm beim Sprechen weh. Er schenkte sich Wasser in einen Becher und trank vorsichtig mit schiefem Mund.

»Genaufo if ef mir auch gegangen, Herr Kommiffar. Folche Ffweine«, pflichtete Hero bei.

IQ setzte den Becher ab und begann wieder:

»Sie müssen sich das vorstellen, Herr Kommissar – das alles passierte, ohne dass ich etwas sehen und mich wehren konnte. Ich hab mich vor lauter Angst – verzeihen Sie den Ausdruck – echt angschissen… und dann rissen sie mir mit einem Ruck Hose und Unterhose vom Körper. Mir war das natürlich peinlich… Ja, und einer von den Typen sagte kichernd: Der hat a schon die Hosen voll, so wie der Zahnluckerte…«

IQ sah zu Hero hin, der beschämt seinen Blick senkte, und tröstete ihn schadenfroh:

»Kann jedem passieren, wie du siehst, Hero. Ein Schließmuskel ist auch ein Muskel. Den hast vermutlich immer vergessen beim Trainieren, he-he…«

»Nicht abschweifen, Herr Mauerbach. Erzählen Sie weiter«, mahnte Meller.

»Also ja… wo war ich? Genau… so entblößt und wehrlos vor einem unbekannten Feind liegend, bekam ich plötzlich einen Schüttelfrost. Dabei war es überhaupt nicht kalt. Ich habe so was noch nie an mir erlebt. Ich zitterte wie Espenlaub und kriegte mich nicht wieder ein. Auf einmal verspürte ich einen unheimlichen Schmerz, der mir durch Mark und Bein ging. Ich wurde von jemandem brutal am Hoden gepackt und eine Stimme drohte: Die verlierst du heute Nacht, wenn du nicht gestehst…«

IQ stöhnte und verstummte. Er starrte gedankenverloren vor sich hin.

»Genaufo wie bei mir«, der Zahn-Loser wieder.

»Halt endlich die Klappe, Hero«, fuhr ihn IQ zornig an.

Doch auch Highnoon bestätigte jetzt: »Mir erging's genauso.«

»Was soll ich sagen«, begann IQ wieder, »ich konnte ja nicht sprechen, wegen des verdammten Pflasters. Ich wand mich halt nur hin und her, um so meine Bereitschaft zu einem Geständnis zu zeigen. Aber da packte die Hand wieder zu und drückte meine Eie… meinen… eh schon wissen, dass mir schlecht wurde und ich mich fast übergeben musste. Jetzt bekam ich echte Todesangst. Da kam mir in den Sinn: *Stell dich einfach tot, dann lassen sie dich vielleicht in Ruhe.* Aber diese Sadisten begannen mich jetzt komplett auszuziehen. Sie schnitten die Handfesseln los und rissen mir den Papiersack vom Kopf. Jetzt erst konnte ich wieder etwas sehen und blickte mich suchend um, wo ich mich befand und wo die anderen waren. Doch die maskierten Männer, drei waren es jedenfalls, ließen mir nicht lange Zeit zum Schauen und Standort realisieren. Mein T-Shirt war schnell über den Kopf abgezogen und meine Hände schon wieder hinterm Rücken gefesselt. Diese Typen sprangen mit mir wie mit einer Schaufensterpuppe um. Dann hoben mich zwei der Männer auf und trugen mich etwas abseits in die Nähe eines Gebüsches. Ich glaubte, meine letzte Stunde hätte geschlagen. Einer riss mir das Pflaster vom Mund und sagte nur: Mach's Maul und die Augen zu und der dritte besprühte mich mit einem unserer Feuerlöscher. Sie drehten und wendeten mich, bis ich vollends eingefärbt war. Dann ließen sie mich liegen. Ich riss die Augen wieder auf, damit die Farbe sie nicht zusammenklebte. Versuchte auch, irgendwas Markantes an den Männern zu entdecken. Etwas, woran ich sie später vielleicht erkennen würde. Doch diese Typen hatten schwarze Overalls an und trugen dunkle Handschuhe, wie man sie in Baumärkten erhält. Ihre Köpfe steckten die ganze Zeit unter so schwarzen Mützen, mit ausgeschnittenen Löchern für Augen, Nase und Mund.«

IQ machte ein Verschnaufpause.

»Und Sie haben nichts entdeckt, was in irgendeiner Weise zu einer Identifizierung führen könnte?«, wollte Meller wissen.

»Nein, absolut nichts.«

»Und Sie beide? Können Sie etwas dazu sagen?«

Die Angesprochenen verneinten nur stumm.

Der Kommissar wieder an IQ gewandt:

»Ja, und was sollten Sie eigentlich gestehen?«

»Das ist es ja, was mich erst jetzt so stutzig macht. Die Männer wollten wissen, ob wir diese Graffiti gemacht hätten. Ob wir diejenigen seien, die sich *Gruppe gerächter Reichtum* nennt und die ein Bekennerschreiben an die Zeitung gesendet hätten. Ich hab dann natürlich zu allem ja gesagt, in der Hoffnung, dass sie mich dann freilassen.«

»Mich haben sie das auch gefragt«, warf Highnoon ein.

»Mich auch«, plapperte Hero nach.

IQ übernahm wieder das Wort:

»Ja... und dann sagten sie, falls wir wieder eine Hauswand oder sonst was beschmieren, dann machen sie uns kalt. Und dass sie uns in Zukunft genau beobachten würden. Schließlich banden sie mich zu den anderen an diese Steinsäule. Zuletzt gingen die drei Männer um uns herum, verpassten jedem Ohrfeigen und schlugen auf uns ein, überall hin. Wissen Sie, wie diese Bauhandschuhe brennen, Herr Kommissar? Und je lauter einer von uns aufheulte, umso fester schlugen sie zu. Bis wir das begriffen und stumm blieben, glühte mein Körper wie Kohle beim Grillen. Dann waren sie plötzlich verschwunden. Wir hingen gefesselt an der Steinsäule, bis dieser depperte Rentner mit seinem Hund aufkreuzte...«

Abermals schwieg IQ und nahm umständlich einen Schluck Wasser. Dann sprach er weiter:

»So, und jetzt Herr Kommissar, möchte ich eine Anzeige machen, gegen diese Männer. Wegen Freiheitsberaubung und wegen Körperverletzung... und... und wegen sexueller Belästigung. Ich lasse mir doch von einem Mann nicht an meinen – Sie wissen, was ich meine – greifen.«

Meller wusste, was Roland Mauerbach alias IQ meinte.

Highnoon nickte zustimmend:

»Ich auch, Herr Kommissar, an mir haben sie sich auch vergriffen.«

Hero schwieg und nickte nur mit dem Kopf. Auch er wollte eine Anzeige machen.

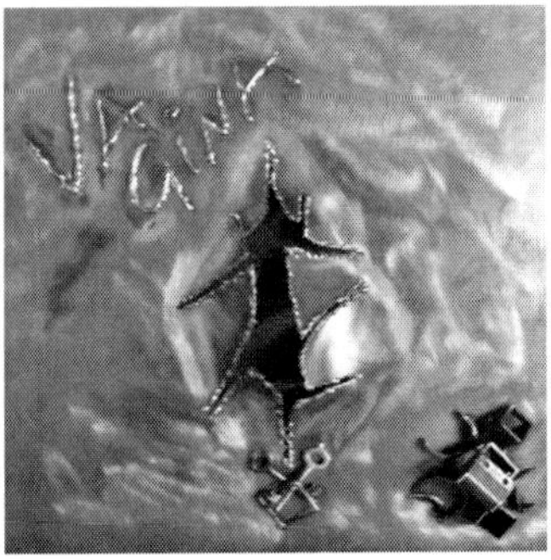

Sechs

Montag, 6. August 2007...

Wie hatte er sich nur dazu überreden lassen können?

Auch wenn er seine Entscheidung infrage stellte, er wusste genau, warum es so weit gekommen war.

Viel zu lange hatte er sich das gefallen lassen. Den entscheidenden Schlussstrich hätte er schon vor Jahren ziehen müssen.

Doch heute war es so weit. Eigentlich ein Wunder, dachte er, unschlüssig wie ich in solchen Situationen bin. Aber besser ein Ende mit Schrecken, als ein Schrecken ohne Ende.

»Bis hierher und nicht weiter.«

Wutentbrannt sprach er sich halblaut Mut zu und erschrak, als er im Haus ein Geräusch hörte. Eine Tür? Ein Fenster? Es klang mehr nach Tür... die zur Terrasse hinaus?

Er war allein im Haus und die schwere Kellertür stand offen.

Sie fuhr pünktlich wie die Uhr um sieben weg und würde erst um 18:30 Uhr wieder daheim sein. Jeden Tag, von Montag bis Freitag. Wie viele Jahre bereits? So an die zwanzig müssten es schon gewesen sein. Er wusste es nicht genau. Es war ihm auch zu mühsam, es nachzurechnen.

Als er sie kennenlernte, war sie bereits bei dieser unscheinbaren Firma beschäftigt. Steuerberatung Södelmann & Co. Was für ein ödes Leben, wenn man sich vorstellt: Montag bis Freitag, von acht bis siebzehn Uhr. Dazu einen unauffällig grauen Herrn Södelmann als Chef. Graue Haare, graues Gesicht, grauer Anzug. Einziger gewagter Farbkontrast dazu: weißes, perfekt gebügeltes Hemd mit dunkelgrauer Krawatte, schwarze Schuhe. Täglich. Herr Södelmann hatte vermutlich zig solcher Anzuggarnituren im Kleiderkasten hängen.

Was er aber in dieser Firma pervers fand: Sämtliche Ordner waren in Grautönen gehalten. Überall wo Platz war, offene Regalwände – ebenfalls in grau – gefüllt bis unter die Decke mit grauen Ordnern.

Dieser öde mausgraue Einheitsbrei! Wenigstens der Fußboden, der bei jedem Schritt knarrte und schnarrte, war ein altes Eichenparkett. Allein Södelmanns Geiz, vermutete er, war der Grund, den Boden zu belassen wie er war, sonst läge schon längst graue Auslegeware darauf.

Dass seine Frau bereits mit grauem Gesicht nach Hause kam und sich erst nach und nach wieder Farbe an ihren Wangen abzeichnete, bildete er sich nicht nur ein. Daher auch scherzhalber seine tägliche Begrüßung: »Na, wie läuft's denn bei Grausödel & Mann?«

Sie reagierte auf seine Anspielung stets müde lächelnd: »Na, wie wohl, gräulich wie immer.« Dann verschwand sie in der Küche und machte sich daran, das Abendessen vorzubereiten.

Grau ist der Schutzanstrich der Steuerberater, so seine Feststellung, auch wenn in dieser Grauzone schon des Öfteren Schwarzes zu Weißem wurde. Doch die Mischung daraus ergab wiederum einen unauffälligen Graubereich. Selbst wenn ein Klient von Södelmann & Co. einer Steuerprüfung ausgeliefert war, konnte er sich in Sicherheit wiegen. Selten entdeckte ein Finanzler bei Durchsicht der Bücher »Grausames«.

Södelmann & Co. war als seriöse Steuerberatungskanzlei gut im Geschäft, stand absolut im hochweißen Bereich, der einzige Kontrast zum alltäglichen Grau.

Früher hatte seine Frau noch aus dem Nähkästchen geplaudert, von dieser oder jener Firma, wie Herr Södelmann satte Gewinne mit steuerlichen Tricks zu einem Verlust verbiegen konnte. Legal natürlich, das verstand sich von selbst. Doch ihm waren diese Interna egal. Und so viele waren es ja auch nicht, die aus der grauen Södelmann-Burg zu ihm durchdrangen.

Tag für Tag dieselben Kolleginnen und Kollegen. Selten, dass jemand gekündigt wurde, jemand kündigte. Er erinnerte sich, wie sie ihm vor Jahren entsetzt mitgeteilt hatte:

»Stell dir vor, die Wawra hat gekündigt!«

Und als er scherzhaft meinte: »Wird s' endlich was Buntes gefunden haben, nach so viel Grauem«, war sie völlig perplex.

»Ja, aber die Wawra war meine Kollegin. Sie saß mir direkt gegenüber. Mit ihr konnte ich über alles reden… Wenn jetzt wer nachkommt, mit dem ich mich nicht verstehe? Furchtbar!«

»Mit mir könntest doch auch über alles reden«, warf er ein. Aber da sah sie ihn nur müde an und erwiderte: »Das ist was anderes«, und ging in die Küche, um Abendbrot vorzubereiten.

Was da wohl anders sei? Sie sagte es ihm nicht. Er erfuhr es auch später nie, warum es bei ihm *was anderes* sei.

Dennoch blieben sie zusammen, waren unverändert ein Herz und eine Seele, auch wenn sie inzwischen gleichsam verstummten – wie träge fließendes Wasser, das mehr und mehr Sand mitschwemmt – beinahe zum Stillstand kamen.

Es floss kein unruhig Blut mehr in ihrer Beziehung, das wusste er, bestimmt auch sie. Aber so war es eben. Er kannte nichts anderes mehr. Die Woche ging in Arbeit auf. Am Wochenende war Samstag der Einkaufs-, Wasch- und Putztag, der

Sonntag war *Muttertag*. Das hieß, jeden Sonntag nach Alland fahren, ihre Mutter besuchen.

Diese Strecke fuhr er wie in Trance und hasste sie. Man stelle sich vor: 52 Sonntage im Jahr mal über zwanzig Jahre. Eine erschreckende Bilanz. Nicht nur in Zahlen, sondern an Gewissheit. Die letzten Jahre streikte er dann, was ein kurzes Auflehnen ihrerseits zur Folge hatte.

»Jetzt legst du nicht mal mehr Wert auf meine Familie?«, war ihre Antwort. Ihn störte nicht »ihre Familie«, ihn störte das »nicht mal mehr«, was genau jenes bedeutete, das er ihr nicht zu sagen wagte. Richtig: Er legte keinen Wert mehr darauf, auf sie als Frau, als Geliebte und als Mutter ohnehin nicht mehr, seit ihr gemeinsamer Sohn im Streit von ihnen gegangen war.

Gut, Stefan war inzwischen volljährig und konnte machen, was er wollte. Aber als er ihn, seinen Vater, spöttisch als lebende Leiche bezeichnete und zum Abschied alles Gute in seinem Leichenschauhaus wünschte, da reichte es sogar ihm. Er hatte seinem Sohn eine geknallt und ihm befohlen, die Türschnalle gefälligst von außen zu schließen und zukünftig nie wieder im sogenannten Leichenschauhaus aufzutauchen.

Nach außen hin war er die Ruhe in Person, aber innerlich kochte er über. Auch seine Frau zeigte nach Jahren wieder, dass sie noch ein pulsierendes Etwas in sich verspürte und eine klare Entscheidung treffen musste. Er spürte an ihrer Reaktion, wie sehr es ihr im Herzen weh getan haben musste.

Sie hatte die Haustür aufgerissen, ihren Sohn bei der Lederjacke geschnappt und wie wild auf ihn eingetrommelt. Gab ihm zwei Ohrfeigen – eine links, eine rechts – und schimpfte ihn lauthals einen nichtsnutzigen Sauger, der ihre Liebe missbraucht und seinen Vater, der sich für ihn jahrelang den Rücken krumm gebuckelt hatte, nur schamlos ausgenützt habe. Er sollte aus ihren Augen verschwinden und zu seinen verwöhnten Freunden ziehen.

Dann hatte sie die Tür hinter ihrem Sohn zugeschlagen und sich weinend in seine Arme geworfen.

Sicher, es war Zeit für den Jungen auszuziehen. Nur nicht auf diese hässliche Art...

Nach Jahren war beiden für kurze Zeit wieder ein Gefühl inniger Eintracht in ihre längst erstarrte Beziehung gekrochen. Seltsamerweise beim Auszug ihres verhätschelten Nachwuchses. Als dann dieser renitente Jungspund nochmals läutete, weil seine Sporttasche noch im Haus stand, schnappte sie diese und warf sie im hohen Bogen vor die Tür, sodass sie auf der Straße landete und beinahe von einem Auto überfahren wurde.

Das war also der Dank dafür, dass sie dem Jungen alles gegeben hatten, was er für ein lebenstaugliches Dasein brauchte. Von Beginn an Liebe, Zuwendung und sanfte, nachgiebige Erziehung. Er war ja auch ein Wonneproppen, der süße Stefan. Brav im Kindergarten, brav in der Schule. Papili und Mamili (wie Stefan sie später nannte, wenn er sich einschleimte) finanzierten alles ab dem ersten Babyschrei. Natürlich nur die besten und teuersten Spielsachen, die das schönste, das klügste, das am frühesten sprechende Kind bekommen konnte – ein ganzes Kinderzimmer über und über voll. Mein Gott, dem Steffili sollte es ja an nichts fehlen.

Später absolvierten sie mit ihrem Sprössling neue kostenintensive Trends. Zwar bereits mit verhaltener Begeisterung – aber immerhin noch. Diesmal mit harten Euros bezahlend: Markenkleidung, Fernseher, Videorecorder, stets das aktuellste Handy, später den neuesten TV-Flatscreen 46 Zoll, Digital-Camcorder, Notebook, Computerspiele, Mountainbike, Moped, sogar Führerschein inklusive Auto. Jedes Jahr einen zusätzlichen Urlaub, ein-zwei Wochen auf einer Insel und natürlich eine großzügige Taschengeldration, um vor seiner Clique ja nicht als Armutschkerl dazustehen.

Mamili, Papili, Steffili – diese »-ili« hingen den Eltern gehörig zum Hals heraus, nur wollten sie es sich nicht eingestehen und spielten Steffilis systematisches Aussauger-Programm mit, zu dem sie ihn letztendlich erzogen hatten.

Täter und Opfer – wie sehr sie voneinander abhängig waren.

Dann bekam das verwöhnte Weltbild Stefans erstmalig Risse und seine Eltern verspürten die dunkle Seite ihres knapp 25-jährigen Sohnemanns. Er machte zwar seinen Job, legte sich jedoch bald mit Vorgesetzten an, wusste prinzipiell alles besser. Schließlich flog er aus der Firma, weil die sich von ihm nicht papierln ließen. Er beschloss Sozialhilfeempfänger zu werden. Da bekam er fürs Nichtstun mehr, als wenn er sich 38 Stunden fadisierte und sich womöglich herumkommandieren lassen musste. Also saß er mit Chips und Erdnüssen daheim vor TV-Serien, spielte am Computer oder nörgelte an seinem Vater herum, warum er nicht *mehr* auf den Putz haue – gehaltsmäßig, bei *seiner* Ausbildung und Erfahrung.

Steffilis Geldforderungen wurden immer unverschämter. Für Handygebühren in dreistelliger Höhe, da er eine Urlaubsliebe auf ihrer Heimatinsel zurücklassen musste. Für vermehrte Strafmandate und gröbere Blechschäden am neuen Auto. Für einen Kredit, den er nach der dritten Rate nicht mehr gewillt war zu zahlen. Zuletzt eine hohe Geldstrafe mit Führerscheinentzug wegen Fahrens im alkoholisierten Zustand…

Doch das ging sie beide jetzt nichts mehr an.

Endlich befreites Durchatmen und großes Aufräumen – nicht nur im ehemaligen Kinderzimmer. Denn jetzt sollte wieder *ihre* Zeit beginnen, so wie am Anfang ihrer Ehe.

Sie hatten nach vielen Jahren wieder richtig miteinander gesprochen, eine Flasche Wein getrunken, eine weitere zur Beruhigung. Waren im Bett gelandet... Es war schön, wie schon lange, lange nicht mehr. Sie stellten fest, dass ihr verwöhnter Steffili mit seinen unverschämten Forderungen ihre Beziehung auf eine lange tote Bank geschoben hatte.

Doch allzu schnell flaute dieser Körper-und-Seele-durchströmende-Höhenflug wieder ab. Schon sanken sie auf Amors erschlafften Schwingen auf den Boden des grauen Alltags, der sich unbarmherzig in ihr noch stilleres Leben schlich.

Der Mensch ist doch ein kümmerlich-bequemes Gewohnheitstier. Selbst diese schönste Sache der Welt erstarb im ohnehin viel zu selten durchgewühlten Ehebett...

Er hatte seine Frau angelogen, betrogen. Wieder einmal, wie schon zig Male, wenn er... Ach, immer dieses Belügen und Betrügen. Doch sie durfte nie etwas davon erfahren, wenn er heil aus der Sache rauskommen wollte.

Yvonne, ach Yvonne...!

Auch die Erpresser glaubten ihm. Seine Ausrede, um Zeit zu gewinnen, um nachdenken zu können, schien kurzzeitig ein kleiner Erfolg für ihn zu sein. Doch je länger er darüber nachdachte, umso mehr Sorgen musste er sich nun doch machen. Jetzt waren seine Lügen ein gefährlicher Bumerang geworden. Vor allem für Yvonne. Das konnte schlimm ausgehen. Und wenn das, was er vorhatte, misslang?

Seinen Komplizen blieb keine andere Wahl, das wusste er. Sie würden ihn und Yvonne... er wagte seine Gedanken nicht weiterzuspinnen.

Glatzkopf und Schnauzbart. Seine Angst vor ihnen löschte ihre Namen aus. Für ihn hießen sie nur noch: der Glatzkopf und der Schnauzbart. Sein armseliger Versuch, die Gefahr zu verniedlichen. Obwohl er wusste… Ach, was er nicht alles lieber längst nicht mehr wissen wollte…

Aber so war er gestrickt. Sein Leben lang hatte er sich so verhalten – bei Gefahr den Kopf in den Sand gesteckt, weil der einem dann nicht abgeschlagen werden konnte. Auch wenn sie ihn am Arsch hatten, den er dabei weithin zeigte.

Und seit der einen Sache drehte sich diese Spirale immer schneller, wobei der Glatzkopf die treibende Kraft war. Mit dem Schnauzbart ließe es sich wenigstens reden, das spürte er bei der letzten Aktion. Wenn er nur eine Möglichkeit fände, sich mit ihm allein zu treffen. Denn es kam ihm so vor, als wäre auch dieser dem Glatzkopf-Monster ausgeliefert. Wiederum packte ihn panikartige Angst und er wunderte sich gleichzeitig, dass er diesen endgültigen Schritt wagte. Doch zu viel war schon geschehen und konnte nicht mehr rückgängig gemacht werden. Zu spät…

»Tödliche Angst bekämpft man mit tödlicher Gewissheit.«

Verbittert lachte er vor sich hin und erschrak, als er erneut ein schleifendes Geräusch hörte.

Für ihn als Chemiker war der Keller sein Experimentierraum. Nur er hatte Zutritt, so war es schon immer. Vor allem, als ihr Junge noch im Hause war. Zu gefährlich waren seine Versuche und Experimente. Wie schnell hätte da ein Unglück geschehen können. Zu Beginn ihrer Beziehung hatte er oft Aufträge mit nach Hause genommen, damit er in Ruhe experimentieren und forschen konnte. Seine Frau ließ ihn stets ungestört arbeiten. Sie interessierte sich nicht für seine komplizierten Formeln und Ergebnisse. Sie war stundenlang allein im Wohnzimmer, während er im Keller mit Chemikalien hantierte. Dann las sie im bequemen Lehnsessel, den sie von ihrem Großvater geerbt hatte. Früher, wenn sie sich nicht gerade mit Hingabe ihrem Sohn widmete, saß sie dort und verschlang ein Buch nach dem anderen. Bald waren die Wände mit Bücherregalen vollgestellt. Beinahe wie in der Södelmann-Kanzlei, dort graue, unscheinbare Ordner, hier im Haus wenigstens bunte Bücherrücken. Es war offensichtlich, dass sie ihre »Arbeitswelt« zu sich nach Hause holte. Er hatte im Gegenzug nichts dagegen und so kamen sie stumm nebeneinander jahrelang miteinander aus. Sie im Wohnzimmer, er im Keller. Man sah einander zu selten, als dass es zu heftigeren Streitereien hätte kommen können.

Geld besaßen sie zur Genüge. Er verdiente als Chemiker hervorragend. Vor einigen Jahren war er monatelang in Moskau gewesen und hatte dort für den Konzern Personal ausgebildet. Als sein Chef das vielversprechende Angebot offerierte, als verantwortlicher Chemiker eine Filiale aufzubauen, machte er eine Zusage von seiner Frau abhängig. Sie hatte nichts dagegen, schien sogar froh zu sein, wenn er eine Zeit lang weg war.

Nicht, dass sie in seiner Abwesenheit auf Affären aus gewesen wäre. Nein, sie war die Treue in Person. Sie fühlten sich seit jeher durch ihre verpflichtende Rolle als gute Eltern miteinander verbunden. Das Sexuelle war zwischen ihnen nie ein aufregender Punkt gewesen. Es war für sie Nebensache, wie hin und wieder ein Eis essen. Und das war sehr, sehr selten. Auch besaß sie nicht dieses Und-ewig-lockt-das-Weib-Auftreten. Sie war mit ihrem unscheinbaren Aussehen zufrieden und im Laufe der Jahre einer der grauen Ordner in Södelmanns Kanzlei geworden. Brav, anschmiegsam und abwartend, bis man »sie« wieder aus dem Regal nahm, um hin und wieder darin zu blättern oder einfach nur abzustauben.

Nur gut, dass die sexuellen Bedürfnisse seiner Frau so selten zu befriedigen waren. Jetzt, wo sich seit der Rückkehr aus

Moskau sein Leben grundlegend verändert und ihn in diese ausweglose Situation gebracht hatte. Aber das Schicksal schien nun mal für jeden eine ganz spezielle Aufgabe bereitzuhalten. Seine wurde ihm mit einer Wucht ins Gesicht geworfen, dass er sich wünschte, er hätte es nie herausgefordert. Und dennoch: Wie süß, wie verführerisch das Leben doch sein konnte. Eine Erfahrung, oder war es pure Verzweiflung, die ihm zu dem bisher fehlenden Mut verhalf. Sollte das denn jetzt die Rechnung für sein verpasstes Leben sein?

Yvonne, du fehlst mir!

Diese Wahnsinnsgefährliche, die seit Monaten mehr und mehr von all seinen Gedanken so unverschämt, doch von ihm mit jeder Faser seines Bewusstseins ersehnt, Besitz nahm…

Seinen Träumen nachhängend und in die Arbeit vertieft, vergaß er das schleifende Geräusch vollends. Denn er durfte jetzt keinen Fehler machen.

»Das könnte tödlich enden«, grinste er völlig blöde vor sich hin, weil er wusste, wie nahe er dran war.

Seine Frau konnte nicht im Hause sein. Sie war noch nie tagsüber heimgekommen. Wahrscheinlich hatte der Wind ein Fenster, das sie gekippt hatte, wieder zugeschlagen. Durch das Drahtgitterglas des Kellerfensters sah er unscharf, wie ein aufkommender Sturm den Regen an die Scheibe peitschte. Er würde anschließend nachsehen, welches Fenster nicht verriegelt war.

»Scheint mit dem Sommer vorbei zu sein«, bestärkte er die Wettermeldungen, die er im Frühprogramm gesehen hatte. Er hatte sich ein paar Tage Urlaub genommen und genoss die Stille, die Einsamkeit eines tagsüber unbewohnten Hauses.

Eine Gewohnheit hatte er sich dabei zu eigen gemacht:

War er allein daheim, ging er seine Kontrollrunde von Raum

zu Raum und ließ alle Türen offen stehen. Für ihn war dies wie das Durchlüften ihrer beider Verstaubtheit. Waren alle Türen offen – die Haustür natürlich ausgenommen – fühlte er sich erst richtig befreit und konnte seiner Arbeit im Keller nachgehen…

War sie jedoch im Hause, sperrte er sich in seinem »Labor« ein. *Eintritt lebensgefährlich!*, stand – in kindlicher Schrift – deutlich an der Kellertür. Das Einzige, das beide von Klein-Steffili im Hause noch sichtbar erlaubten: das Schild, vom Sohn in einem Alter von etwa acht Jahren gepinselt. Der Totenkopf darunter glich eher einem Clownkopf mit zu vielen Zähnen im Gesicht und die gekreuzten Knochen sahen zwei Schoko-Katzenzungen ähnlicher.

Die Stahltür war doppelwandig – falls es einmal zu einer Explosion käme. Auch das Nummernschloss schien ihm sicherer als ein Zylinderschloss. Seine Frau musste ihn stets über das Haustelefon aus seiner Arbeit herausreißen, wenn es Zeit zum Essen war oder anderes Wichtiges anfiel. Seit er hauptsächlich daheim arbeitete, war das Labor seine Welt.

Nach seiner Frau konnte er die Uhr stellen. Es kam ihm so vor, als sei ihr systematischer Zeitzwang für die täglichen Dinge des Lebens eine Vorstufe zum Autismus.

Das Samstagsprogramm: Sie um acht aus dem Bett, er eine Stunde später. Um zehn Uhr wurde der Wagen zur Einkaufstour gestartet, zum Einkaufsmarkt in Brunn am Gebirge. Manchmal hatte er das Gefühl, die Regalbetreuerinnen dort richteten ihre Schlichtarbeit nach den Zugriffen seiner Frau aus und sahen ihr belustigt zu, wenn etwas anders eingeräumt war. Nur keine Platzveränderungen, keine neuen Produkte. Kam plötzlich eine neue Verpackung ins Spiel, mokierte sie sich und machte ihn verantwortlich, wenn sie die Sachen nicht sofort fand. Andersrum wieder – lief etwas sonst Alltägliches für beide aus der

Reihe, reagierten sie wie aufgeschreckte Hühner. Da benahm er sich genauso. Eine Anpassung, die erschreckender im Gleichklang nicht sein konnte…

Fertig war die sensible Konstruktion. Doch diese war für die beiden bestimmt. Niemand sonst sollte zu Schaden kommen…

Der hagere Grauhaarige mit Bartstoppeln und müdem Gesicht sah ihn durchdringend an. Aus dem kleinen Spiegel neben dem Haustelefon, den er verwendete, um mittels Lichteinfall gewisse Mischungsverhältnisse von Flüssigkeiten zu kontrollieren.

Der, der ihm ausdruckslos entgegenstarrte, war er selbst. Doch nicht mehr lange. *Ein Ende mit Schrecken war allemal besser, als…* Er hörte auf, darüber nachzudenken. Der einzige Gedanke, der ihm beim Anblick seines Spiegelbildes durchs Hirn schoss:

Zum Friseur sollte ich auch noch.

Noch hatte er nicht mit allem abgeschlossen. Apropos abgeschlossen – er wollte doch nachsehen, wo ein Fenster geöffnet war. Er verpackte das explosive Machwerk vorsichtig in der schweren Metallkassette, die er dafür lange gesucht und schließlich in einem Trödlerladen gefunden hatte. Zuletzt speicherte er den komplizierten Code per Computer ein und kontrollierte nochmals die Frequenzanpassung und den Zeitablauf bei aktiver Handyverbindung. Sein »Baby« war jetzt scharf und würde zum richtigen Zeitpunkt geweckt werden.

Dafür hatte er gesorgt. Er lächelte verbissen, während er die Metallkassette in eine beige Schachtel legte und sie verklebte. Indian Mokassins black, Größe 44, stand auf der alten Schuhschachtel. Wie abgesprochen.

»Und dann… dann macht's bumm!«, dachte er seinen heimtückischen Wunsch laut zu Ende.

Er prüfte sein Meisterwerk, schüttelte vorsichtig die Schachtel. Dieses Handwerk hatte er in Moskau erlernt, als er in Machenschaften verwickelt wurde und es keine andere Möglichkeit mehr gab, als mitzumachen. Gefährlich explosive Kunststücke waren es, die seine dunkle Seite der Seele zum Vorschein brachten. Doch das war ein anderes Leben... eine andere Zeit. Er hatte allerdings nie geglaubt, dass sie ihn sogar daheim einholen würde.

Er nahm das Buch seitlich vom Stapel, blätterte es auf und las die Widmung. *Ach Yvonne!* Er unterdrückte die Tränen, die sich plötzlich aufstauten. *Nicht schwach werden!* Er nahm ein Blatt Papier – wie leicht ihm das Schreiben fiel – faltete es zusammen und steckte es in ein Kuvert. Tabletten hatte er in seiner Tasche.

Das offene Fenster! Er wunderte sich über seine Gedanken und machte sich daran zu suchen. *Pflichtbewusst bis zuletzt.*

Er bemerkte nicht den Schatten, der ihm folgte...

– – –

»Verdammt noch mal! Wer oder was berechtigt Sie, ungefragt aus meinem Zimmer etwas wegzuwerfen?«

Dem Kommissar stand die Zornesröte im Gesicht. Er hatte Sylvana in sein Zimmer kommen lassen und wollte sie nach Strich und Faden zusammenputzen. Aber da war er bei ihr an der falschen Adresse, denn sie konterte präzise auf den Punkt, wenn auch verbal auf Anhieb etwas schwer verständlich.

»Ich müssen machen putzen...!«, fuhr sie Meller erbost an, holte tief Atem, »...und wenn Kommissar legen Kaputtes-in-drei-Teile auf Papierkorb, dann ich glauben, dass ich wegmachen müssen Kaputtes-in-drei-Teile!«

Drohend wie die Hand Gottes, die Adam und Eva aus dem Paradies vertrieben hatte, zeigte Sylvana mit ausgestrecktem Arm und Finger auf den Papierkorb, seitlich hinter Meller.

»Jede Tag machen leer! Sonst nix Platz für neue Mist von Chef!«

Die »Tuareg« hatte Sylvana Hamurcu zur offiziellen Chefin der Putzbrigade befördert. Als »Putz-Engel«, wie sie genannt wurde, war sie die beste, die geduldigste Putzfrau der Welt, ging es um Sauberkeit im S-C-ONE.

Nur nicht in diesem Moment. Um nichts weniger zornesrötig aufbrausend wie der Kommissar, in Anbetracht der Verteidigung ihres zu reinigenden Verantwortungsbereiches, stemmte sie sich Mellers Anschuldigungen entgegen. Zu Unrecht beschuldigt, auch wenn sie Mellers Glücksbringer angeblich einfach weggeschmissen hätte.

Wie es dazu kam?

Sylvana hatte in Mellers Büro überall ihre Finger und Putzlappen drin und dran. Sogar am Papierkorb!

Bitte – diese zerbrochene Zinnfigur aus der Türkenzeit, oder aus welcher Epoche auch immer, lag sozusagen nur *vorübergehend* – wie ein verletzter Krieger im Feldlazarett – auf einem Stück Karton.

Nur Sylvana bestand auf Sachverhalt: *auf* dem Papierkorb.

Doch das musste selbst ein Blinder sehen, dass die Bruchstücke hier nur *vorübergehend* abgelegt worden waren!

Was konnte Meller dafür:

- dass es ein schwüler später Freitag war, er sich verdammt einsam fühlte und deswegen in eine kurze Melancholie verfallen war, weil er gewisse Menschen vermisste…
- dass er wegen des Telefonläutens aus der Sitzlandschaft

hochgerissen wurde, auf der er vor sich hindachte und vom Adagietto aus Mahlers Symphonie Nr. 5 tröstend umschmeichelt wurde…

– dass er, um den Anrufer nicht wieder auflegen zu lassen, im Sprint zum Telefon seinen Glücksbringer vom Zettelklotz gestoßen hatte, welcher zu Boden fiel und in drei Teile zerbrach…

Vor allem, was konnte er dafür, dass dieser verdammte Anruf nicht ihm galt! So sehr hatte er auf eine ganz bestimmte Person gehofft.

Wenigstens kam am Wochenende Bella retour, somit auch Joe, sein Hund. Darauf freute er sich ungemein.

Und dennoch – er vermisste plötzlich die chaotische, ausgeflippte, stets zum ungünstigsten Zeitpunkt anrufende Künstlerin. Warum konnte sie nicht jetzt anrufen? Jetzt, da er traurig war, weil ein kleines Stück Glück von ihm in drei Teile zerbrochen war.

Sag spinn ich, hatte sich Meller innerlich gescholten, den mageren Stapel Ergebnisse auf dem Schreibtisch vor sich fixierend. Er sollte Verbrechen aufklären… Stattdessen hatte er sich wegen einer ausgeflippten Malerin, die sich als verschollen präsentierte, herumgequält. Eva Roth war seit dem einen Anruf, als sie Meller in der Krisensitzung störte, telefonisch nicht mehr erreichbar.

Aus, Funkstille, vorbei… Vorbei? Ja, was sollte denn vorbei sein? Das, was noch nicht einmal richtig begonnen hatte?

Diese Frau kostete ihn auch nicht gerade wenig Nerven.

Verärgert über sein Ungeschick, hatte er die zerbrochenen Teile auf die Seite gelegt und sich in seine Unterlagen vertieft. Als es bereits dämmerte, radelte er frustriert nach Hause ins Wochenende, weil der bestimmte Anruf ausgeblieben war. Und sein Versuch auf ihrem Handy war erfolglos – kein Anschluss unter dieser Nummer.

Logisch, dass er den kleinen Umweg über die Giannoni-Gasse fuhr. Der Fitness zuliebe – und zur Sicherheit, wenn sie schon nicht anwesend war. Vielleicht wurde bei ihr gerade eingebrochen... Es wurde ja immer eingebrochen... Vielleicht brannte Licht in der Villa, und sie war unerwartet wieder da.

Sie war nicht da und kein erleuchtetes Fenster spendete Wärme. Lediglich der schwache Schein der Straßenbeleuchtung tauchte die schwedenrote Villa in ein gespenstisch düsteres Licht. Frust.

Das Wiedersehen mit Bella am Wochenende – wie sollte er es werten – war nicht unherzlich, aber auch nicht grandios innigherzlich.

Er stand mit einem stimmigen Blumenstrauß vor Bella und sie vor einem Berg Wäsche inmitten der kleinen Wohnung, in dem sich Joe und die beiden Jungs vergnügt wälzten. Sie sah aus, als hätte sie dringend einen Urlaub nötig. Auf Mellers unkluge Frage, ob sie sich gut erholt hätte, bekam er einen Blick zugeworfen, deren Deutung ihn zu einem »bis später« bewog. Eigentlich wollte er *nur* Joe abholen. Doch den Hund, bat sie ihn, möge er noch ein paar Tage bei ihnen lassen, die Kinder hätten sich so an ihn gewöhnt.

»Versteh mich, Mario, ich bin ziemlich geschafft von der anstrengenden Fahrt. Es war ja doch eine weite Strecke, und ich bin diesen Autobahnstress nicht mehr gewohnt – der Verkehr und so viele rücksichtslose Raser.«

Bei Verkehr dachte Meller an anderes, an Schöneres...

Kein Wunder also, dass Meller nicht die beste Laune hatte, als er am Montagmorgen sein Büro betrat.

Und jetzt dieser türkische Putz-Engel, der ihm zusätzlich einen kabeldicken Halsstrang bescherte.

Mensch Meller – so ein Gezeter wegen eines zufällig gefundenen unscheinbaren Zinnmännchens?

Richtig! Genau! Und nur deswegen!

Erstens: Weil *er* diese Figur aus der Baugrubenwand herausgepult hatte. Und zweitens: Weil es *seine* Baugrube war. Drittens: Weil Eva Roth... Und überhaupt, weil wieder mal keine Claudia Rotter mit Kaffee und Topfengolatsche antanzte.

Eh klar: Es war ja Montag, ihr spezieller Zu-spät-komm-Tag.

Diese Tatbestände waren Anlass und Grund für Mellers übertriebene Anschnauze. Doch die wurde vom Putz-Engel breitbeinig und mit abgestützten Fäusten in den Hüften abgeschmettert, indem sie dem Kommissar die Prinzipien ihrer Aufräum- und Putzstrategie fachgerecht erklärte: aufräumen, wegräumen / wischen, putzen, polieren / aufwaschen, trockenwischen / abwaschen, abwischen / und *jede Tag* ausleeren – die Papierkörbe. Und wenn dabei etwas *auf* dem Papierkorb liege, war es so, als würde es *im* Papierkorb liegen.

»Warum verstehen Kommissar nicht! Wenn kaputt, dann weg mit Klumpert...! Was ist Wert von Kaputtes-in-drei-Teile? Is bloß billig Souvenir! Nix wert! Schwester in Heimat machen viele Figur für Tourist. Mit Farbe – nix so wie Figur, was kaputt...«, kauderwelschte Sylvana aufgebracht und fuchtelte zeitweise mit den Händen, ihre Emotionen unterstreichend, schnappte nach Luft und fuhr dann in einem wesentlich freundlicheren Ton fort:

»Aber ich mag Kommissar. Mir gefallen sehr, weil schaut aus wie Kluunii, was Schauspieler in Kinofilme. Ich immer träumen von Tschortschä... Wenn Kommissar wollen, ich mit Schwester sprechen. Dann sie schicken Figur, was hat Farbe.«

Auch das noch. George Meller oder Mario Clooney – man

suche es sich aus – der neue Putzfrauen-Schwarm!

Was soll's. Hauptsache, das Büro war sauber.

Der Kommissar lehnte grimmig dankend ab. Er wusste, dass er an dem Debakel selbst Schuld hatte, wollte sich jedoch vor Sylvana keine Blöße geben. Eine weitere Pechsträhne: Die Müllabfuhr hatte vor acht Uhr die Sammelbehälter geleert. Es war also nichts mehr zu machen. Seine Zinnfigur, an der er so unerklärlich intensiv hing, würde mit dem Müll verbrannt werden, schmelzen und als winziger Schlackenrest unter irgendeinem verdammten Autobahnkilometer landen.

Meller war nahe dran, auf die Baustelle zu fahren und sein Glück nochmals herauszufordern. Vielleicht war es ihm hold und ein weiterer Talisman würde in seine Hände purzeln.

Sylvana zog beleidigt ab. Sie ärgerte sich maßlos über den Kommissar, der sie so angebrüllt hatte. Doch ihre Bewunderung für den Kluunii-Kommissar war stärker. Ein bisschen sollte er schon zappeln, *diese scheene Mann.*

Sylvana war ein grundehrlicher Mensch und vor allem eine herzensgute Seele. Sie schaffte es nicht, jemandem lange böse zu sein. Nach einer knappen Stunde klopfte sie an Mellers Tür.

»Herein!«, reagierte Meller missmutig.

V-Agent Axel Körner saß ihm gegenüber.

Sylvana trat zaghaft ein.

»Sie schon wieder. Gibt's noch was?«, schnarrte sie der Kommissar unfreundlich an, während er von seinen Unterlagen aufsah. Er ging mit Körner gerade den Einsatzplan für die kommenden Tage durch.

»Kommissar nix mehr böse, wenn ich habe gute Nachricht?«

»Biiitteee… Frau Sylvana! Ich habe zu tun!«

Doch sie ließ sich nicht abwimmeln:

»Kommissar böse auf mich, weil ich sage: Figur weg. Aber ich habe nix weg. Habe Kaputtes-in-drei-Teile Murat gebracht. Murat ist Bruder und hat wieder Figur gemacht, wie muss sein, wenn nix kaputt. Jetzt mit Murat telefoniert. Figur is in Firma, wo Murat arbeiten.«

Da sprang Meller auf und eilte auf die Frau zu. Überwältigt von unerwarteter Freude umarmte er sie und zog sie an sich.

»Oh danke…! Wie ich Ihnen danke, Frau Sylvana… und… und verzeihen Sie mir bitte, dass ich Sie vorhin so ungerecht behandelt habe. Es war ja wirklich allein meine Schuld… Nein, was für eine Freude!«

Dieses unscheinbare Zinnfigürchen schien auf den Kommissar tatsächlich eine ungeahnte Macht auszuüben. Gerührt drückte Meller seine Wange an die der Putzfrau. So, als wolle er sie küssen, besann sich jedoch seiner Position, als er im Blickwinkel sah, wie ihn Axel Körner völlig entgeistert anstarrte.

»Kommissaaar…!«, hauchte sie.

Sylvana gab ihm die Telefonnummer der Firma, in der ihr Bruder als Schlosser arbeitete. Dann verschwand sie mit einem glückseligen Lächeln zur Tür hinaus. Im Gang blieb sie stehen, mit einer Innigkeit ihre Wange streichelnd, an die der Kommissar die seinige gedrückt hatte.

»Is wie eine Traum. Schade, dass Kollege war in Zimmer… ich hätte geküsst Kluunii-Kommissar auf Mund«, kicherte sie leise und ging beschwingten Schrittes, den Putzlappen schwingend, wieder an ihre Arbeit.

Was für ein herrlicher Wochenbeginn für Sylvana aus der Türkei, die eine Sonne im Herzen aufgehen spürte.

Wenn auch das Wetter an diesem Montag alles andere als einen sonnigen Tag ankündigte. Es schien vielmehr so, als wäre der heurige Sommer gelaufen. Als hätte Petrus den ersten Blitz mit donnernden Worten begleitet: »So – für heuer reicht's!«

Düstere Wolkenverbände schoben sich tiefhängend über die liebliche Wienerwaldgegend. Die ersten Tropfen rasten wie kleine Bomben auf die Erde zu und klatschten explodierend auf Dächer, auf Asphalt. Auf eilig aufgespannte Regenschirme und auf fluchende Passanten. Auf Glatzköpfige, die unter solchem Bombardement besonders zum Handkuss kamen. Und weil plötzlich heftiger Wind aufkam, knallten Regentropfen im Schrägflug an die Fensterfront von Mellers Büro.

Platsch-platsch… platsch-platsch-platsch… drohend zerplatzten die schweren Tropfen auf der Scheibe und läuteten das Gewitter ein.

»Muss ich das jetzt glauben, was ich glaube? *Eine türkische Putze?* In *deinen* Armen?«

Körner musterte seinen Chef misstrauisch.

»Müssen tust nur das, was ich dir während der Dienststunden befehle. Was du sonst glaubst, ist dein Bier und geht mich nichts an. Aber was du gesehen hast, wirst wohl glauben müssen, sonst musst zum Augenarzt zur Sehfehlerbehebung… Oder du verstehst nix von der mysteriösen Kraft eines Talismans«, erwiderte Meller, grinste schelmisch und fuhr fort:

»Jetzt aber im Ernst. Ich glaubte meinen kleinen Zinnkrieger verloren. Irgendwie übt dieser eine magische Kraft auf mich aus. Und Frau Sylvana… Immerhin, sie hat ihn gerettet.«

»Ich jedenfalls steh auf Lebendweibliches mit formvollendeten Kurven«, erwiderte der V-Agent.

Würd ich auch gern, wenn ich nur wüsste auf welche, dachte Meller, der zwei konträre Frauentypen für seine Entscheidungsschwäche verantwortlich machte.

Er seufzte, sah Axel Körner sekundenlang in die Augen und schnitt ein anderes Thema an:

»Weil du soeben unsere Sylvana so demonstrativ negativ hervorgekehrt hast, Axel – ich vermute, du hast prinzipiell ein Problem mit Ausländern. Das ist mir schon früher aufgefallen. Ich entsinne mich da an den Fall im vergangenen Jahr. Du weißt noch, das Mädchen vom Aquädukt, Sandra Kramer. Da war doch dieser Mann bei der Mutter, als wir ermittelten. Ein Ägypter, soweit ich mich erinnere. Jedenfalls sehe ich noch genau deine ablehnende Reaktion ihm gegenüber. Dabei war der Mann überaus höflich und gepflegt. Er reichte dir freundlich die Hand. Doch du hast sie ausgeschlagen und ihn betroffen stehen lassen. Das war nicht gerade die feine Art, sondern schlichtweg unhöflich.«

»Ich hatte so meine Gründe«, kam es knapp von Körner. Seine Miene verfinsterte sich zusehends.

»Darf ich die wissen? Ich denke, wir sind Kollegen… und habe das Gefühl, es bedrückt dich was. Vielleicht gilt es nur, ein Missverständnis aus dem Weg zu räumen. Kann ich dir irgendwie helfen?«

»Dazu ist es zu spät«, erwiderte Körner.

»Also komm schon! Lass dir nicht alles aus der Nase ziehen«, ermunterte ihn Meller. »Es bleibt unter uns.«

»Hah… dass ich nicht lache! Etwa so, wie das mit dem Muttersöhnchen?«, erinnerte ihn Körner beleidigt.

»Das hattest du dir selbst zuzuschreiben, Axel. Erinnere dich, warum das damals sein musste«, argumentierte der Kommissar.

»Weiß ich eh«, gab sich Körner geschlagen, »aber immer, wenn ich an Ausländer denke, kommt mir der verdammte Atanas in den Sinn und dann….«

»Und wer ist Atanas?«

»Der hat im Endeffekt die Ehe meiner Eltern zerstört… eine echt blöde Geschichte, wirklich kriminell… Aber, was soll ich erzählen«, er seufzte auf und schwieg wieder.

»Sie erzählen«, bohrte Meller.

»Also gut, eine Kurzfassung… Atanas hatte sich die Freundschaft meiner Eltern erschlichen und ihnen ein lukratives Objekt an Bulgariens Sonnenstrand so lange eingeredet, bis sie überzeugt waren und den größten Teil ihrer Ersparnisse in ein Hotelprojekt steckten. Mit tausendprozentiger Gewinngarantie, hatte er ihnen versprochen. Später kamen noch ein paar Anteile dazu – wieder ein paar Tausender mehr und so weiter… Dann platzte plötzlich die Immobilienblase und gleichzeitig war der Herr Atanas wie vom Erdboden verschwunden. Daraufhin beschuldigten sich meine Eltern gegenseitig, wer denn das Immobiliengeschäft so vorangetrieben habe – meine Mutter war sonst immer die Vorsichtige, doch dieses eine Mal war sie dem Charme und der Überredungskunst dieses bulgarischen Schleimers verfallen…«

Körner hielt kurz inne, strich sich mit einer Hand über die Stirn, als wolle er böse Geister vertreiben, und sprach weiter:

»Die Geschichte endete fatal. Von einem Banker erfuhren meine Eltern, dass ein gewisser Atanas Gachtonav ein Betrüger war, der zu Beginn der Neunzigerjahre die geöffneten Grenzen lukrativ für seine windigen Geschäfte nützte. Was so viel bedeutete, dass meine Eltern ihre Ersparnisse sprichwörtlich an der Sonnenküste Bulgariens in den Sand gesetzt hatten. Ich möchte diese ganze Geschichte aber nicht an die große Glocke hängen. Mir tun meine Eltern leid. Mir war dieser Bulgare ja immer suspekt. Aber damals bekam ich das nur am Rande mit… Was soll's – so ist das Leben. Dieses finanzielle Abenteuer jedenfalls hat meine Eltern völlig kaputt gemacht. Letztes Jahr kam es tatsächlich zur Scheidung… Zuletzt ich hab ich mich mit meinem Vater völlig überworfen. Und weil ich meine Mutter finanziell unterstütze, fiel es mir schwer, von daheim auszuziehen. So viel dazu – von wegen Muttersöhnchen… Deswegen war es auch so schwierig, die Wohnung in Mödling zu bekommen. Doch das Mädel in der Bank hat eine leistbare Finanzierung für mich auf die Beine gestellt.«

Er seufzte und schlug plötzlich mit der Faust auf den Tisch. Sichtlich erregt prophezeite Körner:

»Einmal kreuzen sich unsere Wege. Dann Gnade diesem Bulgaren. Und dann Chef, reservier mir eine Zelle – in die setze ich mich mit Freuden hinein… nachher.«

»Na-na-na…! Vielleicht schaffen wir es mit unseren internationalen Kontakten. Die haben sich in den letzten Jahren gut bewährt. Ich helfe dir gerne – ohne dass du vergitterte Luft atmen musst. Wenn es noch Unterlagen gibt, bring sie mir! Mal schauen, was sich noch machen lässt… So – und jetzt machen wir in der Gegenwart weiter.«

»Danke Chef.« Axel Körner atmete sichtlich auf.

»Hallo…? Ist da jemand?«

Niemand – nein, doch jemand.

Aus dem hinteren Teil der länglichen Halle hörte der Kommissar erst ein schleifendes Geräusch, dann Metallisches auf dem Boden aufschlagen und gleich darauf einen schmerzhaften Aufschrei, begleitet von deftigen Beschimpfungen:

»Auaaahh…! Scheiß… aaaahhh! Mist, verdammter…! Solche schlamperten Hunde! Der Teufel soll sie holen, verdammt noch mal… alle miteinander… auaaahhh…!«

»Halloo…!«, rief Meller wieder in die Halle hinein.

»Jaa-jaahh…! Komm ja schon!«, tönte es als Antwort.

Zuerst erschienen drei lange Eisenrohre, dann ein kräftiger Mann, der sie auf der Schulter um die Ecke trug und auf den Kommissar zuging. Die andere Hand blutete, baumelte unkontrolliert an dem Mann in Schlossermontur. Blutstropfen markierten seinen Weg.

»Mann, Sie bluten ja«, rief ihm Meller zu.

»Ich weiß...!«, erwiderte der sympathische, leicht untersetzte Mann. »Können S' verbinden? Dann kommen S' mit. Pflaster hab ich im Büro!«, sagte er mit schmerzverzogenem Gesicht und deutete mit dem Kopf in die Richtung.

Ein Kraftlackel. Die langen Eisenrohre mussten an die sechzig-siebzig Kilo wiegen. Mit der anderen Hand hielt er sie wie Bambusstangen auf der Schulter balancierend. Er bemerkte den erstaunten Blick Mellers.

»Stemmer und Boxer. Früher, als ich noch ein junger Spundus war... Heute würd ich am liebsten meinen Leuten ein K.o. verpassen. Allen sieben – für den Saustall, den sie wieder hinterlassen haben.« Er ballte die leicht blutende Hand und warnte den Kommissar:

»Vorsicht Mann... aufpassen!«

Der Herkules ließ die drei Metallrohre von seiner Schulter auf die Erde knallen, mit einem Getöse, dass Mellers Trommelfelle ihm zur Verabschiedung einen Song bescherten – sirrend in einer Endlosschleife.

»Bisschen laut was? Man gewöhnt sich daran. Kommen S', ich geh vor«, vernahm der Kommissar wie durch einen matratzendicken Wattebausch.

Meller nickte nur und folgte gehorsam mit tauben Ohren.

Im Büro, einem knapp bemessenen Raum, wie er in kleinen Betrieben üblich war, bot der Mann dem Kommissar den einzigen Sitzplatz an – einen uralten Metallsessel. Vermutlich vom Lkw runtergeholt, bevor er zum Schreddern gebracht wurde, so gebärdete er sich unter Mellers Hintern. Denn er knarrte, quietschte und wackelte bei jeder Bewegung.

An der Wand hing eine Metallplastik, die Meller in ihren Bann zog. Es war eine Kombination verformter und aufgerissener Blechteile mit Metallschrott auf einer verrosteten Metallplatte ineinander verschweißt. In kräftigen Farben stach eine Kontur hervor, die ein erotisches Detail von gelb bis feuerrot leuchtend präsentierte.

VaGina – stand wie ein zuckender Blitz am Rand der Metallplatte eingebrannt. Ein gelungenes Kunstwerk.

Schwuppdiwupp – aus dem Kühlschrank hinter sich zauberte der Mann eine Flasche Grappa und zwei Gläser hervor. Nach einem Wink zu Meller hin, der dankend ablehnte, schob er die beiden Gläser zur Seite. Dann holte er aus dem Erste-Hilfe-Kasten an der Wand Verbandszeug, Pflaster, Desinfektionsmittel und eine Schere. Er legte alles vor dem Kommissar auf den Tisch.

»Spritze brauch ich keine. Hab das hier…«, er zeigte auf die halb volle Flasche, »falls Sie mir die Hand abschneiden müssen.«

Er betrachtete ungerührt seine blutigen Finger und setzte sich nieder.

»Diese fantastische Plastik da hinter Ihnen, von wem ist die?«, wollte der Kommissar wissen.

»Eines meiner Werke. Hin und wieder packt mich die Lust, dann gestalte ich solche Objekte. Das kommt dabei heraus.«

»Alle Achtung. Sie sollten Ihre Arbeiten ausstellen. Also, ich wüsste jemanden, der reißt Sie Ihnen aus der Hand«, erwiderte Meller beeindruckt und dachte dabei an Lo Bianco.

»Hoffentlich aus der unverletzten«, lachte der Mann, kramte in den Unterlagen auf dem Tisch und schob Meller eine Karte zu.

»WELTmetALL – von Gina Vanaris«, lautete der Titel der Einladung für eine Ausstellung in Mödlings Sala Terrena.

»Bitte… für Sie«, sagte der Schlosser.

»Von Gina Vanaris? Ich dachte, Sie sind der Künstler?«, zeigte sich der Kommissar erstaunt.

»Bin ich auch. Wir gestalten die Werke gemeinsam, ich halte mich aber selbst im Hintergrund. Ich sehe mich, sagen wir… als den Mann fürs Grobe, Metallschnitt, Schweißen usw. Denn auf Publicity lege ich keinen besonderen Wert. Die Anerkennung soll Gina abbekommen. Sie ist meine Freundin. Hat Schlimmes hinter sich. Ich helfe ihr gern, damit sie…«

Der Mann wechselte abrupt das Thema: »Doch jetzt würde ich Sie wirklich bitten, sonst verblute ich noch…« Er lachte verschmitzt und hielt dem Kommissar die verletzte Linke hin.

»Oh, Ihre Hand… natürlich«, bemerkte Meller und machte sich an die Arbeit.

Geduldig ließ sich der Schlosser verarzten, beobachtete den Kommissar, wie er gekonnt die verletzten Finger versorgte.

»Sind Sie Arzt oder was? Der hätte es auch nicht besser gemacht… Jessas, entschuldigen Sie«, unterbrach er sich und drehte dabei die verbundenene Hand hin und her, »wegen der Lappalie da, habe ich mich noch gar nicht vorgestellt: Herwig Randauer… Wie schon gesagt, ehemals Stemmer und Berufsboxer… und Linkshänder. Wegen meines legendären linken Hakens wurde ich einmal Staatsmeister im Halbschwergewicht, ist aber schon ein paar Jahre her. Heute bin ich Schlossermeister mit sieben Angestellten, denen ich diese Hand verdanke.«

»Freut mich jedenfalls, Ihre Bekanntschaft zu machen, Herr Randauer… Mario Meller, Kriminalkommissar vom S-C-ONE«, stellte er sich vor und bemerkte, wie es den Herkules durchzuckte, während Mellers Hand von einer menschlichen Klammer gequetscht wurde. Eisenhart war der Händedruck des Schlossers.

Meller kannte das. Beim Nennen seines Berufes zuckte schon

mancher mal zusammen. Wahrscheinlich klopfte jeder in solchen Momenten prophylaktisch sein Sündenregister ab. Die obligaten Leichen im Keller eben. Irgendwie hatte doch schon jeder mal dem einen oder der anderen eine Hacke tief ins Kreuz geworfen bzw. halszudrückend den Sensenmann gewünscht. Gedanklich natürlich nur.

»Jetzt habe ich Sie glatt verwechselt«, lächelte Randauer entschuldigend. »Ich dachte, Sie sind der Mann, der zu mir kommen wollte. Den Namen habe ich mir nicht gemerkt… Er war am Telefon ziemlich hektisch und im Hintergrund war Baggerlärm… Irgendwie klang sein Name italienisch… Piano oder so ähnlich.«

»Ich glaub's nicht – hieß er etwa Bianco?«, riet Meller ins Blaue.

»Kann schon sein. Wie gesagt, ich verstand ihn nicht sehr deutlich. Er sagte nur, er hätte eine Baustelle im Auholz und da wäre das Grundstück einzuzäunen, ziemlich viele Laufmeter. Und wenn wir preislich zusammenkommen, wäre noch einiges am und im Haus zu machen. Aber er wollte erst mal wegen des Zaunes herkommen, mit ein paar Skizzen und so…«

»Das kann nur Herr Bianco sein. Ich weiß von der Baustelle, ich kenne den Mann persönlich.«

Mehr sollte der Schlosser nicht wissen. Der Bau der Villa war Biancos Job. Meller mischte sich bei Auftragsvergaben nicht ein. Doch weil ihm Randauer sympathisch war, wollte er ihm zu einem Auftrag verhelfen.

»Ein kleiner Tipp von mir. Herr Bianco ist ein ziemlicher Hitzkopf, aber ein recht kreativer. Er steht besonders auf gebürstetes Rundrohr. Das weiß ich zufällig.«

»Nirostahl? Mann! Also gebürsteter Edelstahl ist sehr teuer. Ihr Bekannter sprach von etwa zweihundert Laufmetern Zaun.

Dazu noch ein Portal. In Edelstahl kostet das ja ein Vermögen, beinahe so viel wie ein Haus!«, warf Randauer bedenkend ein.

»Wie gesagt, ich kenne Herrn Bianco recht gut. Ich habe auch den Einreichplan seiner Villa gesehen. Mit einer gewöhnlichen Maschendrahtzaun-Lösung wird er sich nicht zufriedengeben. Sie können sicher sein, wenn Herr Bianco mit einem Vorschlag zu Ihnen kommt, dann will er den auch umgesetzt wissen. Und wenn er sich Ihre Firma ausgesucht hat, dann wurden Sie ihm gewiss empfohlen.«

»Da ist er bei mir an der richtigen Adresse«, antwortete Randauer nicht ohne Stolz, »erstklassige Handarbeit zu einem fairen Preis ist meine Stärke.«

»Na, dann hat Herr Bianco allen Grund zur Freude«, lächelte Meller und fuhr fort:

»Aber eigentlich komme ich wegen einer ganz anderen Sache zu Ihnen…«

»So – wegen was denn?«, fragte Randauer abwartend.

»Bei Ihnen arbeitet doch Murat Hamurcu. Und dieser hat…«

»Murat? Hat Murat… was angestellt?«, unterbrach ihn der Schlosser bestürzt.

»Aber nein, nicht doch!«, beruhigte Meller den Mann. »Er war so hilfsbereit und hat etwas Persönliches von mir repariert. Es sollte eine Überraschung für mich sein… eine Kleinigkeit nur. Die wollte ich jetzt abholen, weil ich gerade in der Nähe war.«

Randauer schien sichtlich erleichtert zu sein und sagte es dem Kommissar auch:

»Mann…! Da fällt mir aber ein Stein vom Herzen. Weil, wenn mir jetzt auch noch Murat ausfällt, dann bekomme ich echt Probleme. Zwar hätte es mich gewundert, dass gerade Murat… Aber ich bin ja nicht sein Aufpasser, denn ein rabiater Bursche ist der schon. Irgendwie ist er mir an Herz gewachsen, müssen

Sie wissen... Er ist nämlich beim Mödlinger Boxring und da helfe ich ihm ein bisschen mit meiner Erfahrung. Es kann schon mal passieren, dass er seine Fäuste zu schnell ausfahren lässt, wenn ihn wer aufganserlt.«

Randauer verdrehte seufzend die Augen, schwenkte das Telefon auf dem Dreharm zu Meller hin und bat:

»Würden Sie bitte... wir rufen ihn an. Ich sag Ihnen die Nummer. Als Linkshänder, mit der Patschhand geht's nicht so recht.« Er lächelte hilflos.

Als der Kommissar Murat am Telefon hatte, glaubte er, ein Déjà-vu-Erlebnis zu haben.

Diese Stimme, die Lautstärke, das Kauderwelsch – eine männliche Sylvana, die Meller über sich ergehen lassen musste.

Die reparierte Zinnfigur müsse im Büro des Chefs sein, verstand Meller, und zwar auf dem Ordnerregal unter dem Fenster, in der ovalen Schale. Der Kommissar sah zum Fenster, sah die Ordner im Regal, sah die Schale – aber keine Figur. Doch – sie müsse dort liegen. Murat habe sie am Samstagvormittag dort hineingelegt, bevor diese blonde Frau ins Büro vom Chef kam.

Randauer winkte jetzt ungeduldig und Meller reichte den Telefonhörer an ihn weiter. Der Schlosser sprach plötzlich dasselbe Kauderwelsch wie Murat, hörte dann aufmerksam zu, sah ebenfalls zum Fenster und zur ovalen Schüssel, verzog mehrmals kurz die Augenbrauen, zuckte mit den Schultern und legte schließlich auf. Dann sagte er zum Kommissar:

»So weit habe ich verstanden, worum es geht. Aber ich habe keine Ahnung, wo diese Figur sein könnte. Ich werde heute Abend meine Leute fragen, vielleicht hat sie einer von denen genommen... Geben Sie mir Ihre Nummer, Herr Meller, ich rufe Sie an, wenn sie sich wieder findet. Aus meinem Büro ist noch nie etwas verschwunden. Eine Zinnfigur? Wer reißt sich denn so was unter den Nagel? Und falls es einer von meinem Leuten war, dann fliegt er... hochkantig.«

»Herr Murat meinte, da war eine Frau bei Ihnen, als er...«, warf Meller fragend ein, während er seine Visitkarte über den Tisch schob.

»Da muss er sich getäuscht haben. Ich war Samstagvormittag zwar hier, allerdings nicht durchgehend. Murat hat einen Schlüssel, weil er die meiste Zeit hier verbringt. Auch einen eigenen Trainingsraum zum Boxen hab ich ihm eingerichtet. Er hat mein vollstes Vertrauen, wohnt auch mit seiner Freundin überm Büro. Ich habe ihm die Wohnung vermietet, als wir... als ich...« Randauer unterbrach sich und hob die verbundene Hand wie zu einem Schwur, während er weitersprach:

»Er ist mein bestes Pferd im Stall, pünktlich, fleißig, ehrlich. Ein geschickter und vifer Handwerker, der seinen Beruf liebt. Wären doch alle meine Leute so! Dabei kam Murat als Hilfsarbeiter zu mir. Aber er hat sich tüchtig hochgearbeitet. Er soll auch eines Tages den Betrieb übernehmen, wenn er so weitermacht.«

In Gedanken versunken massierte Randauer mit der gesunden Hand sein markantes Kinn und fuhr sich über seinen üppigen Oberlippenbart.

»Murats Schwester ist bei uns als Putzfrau beschäftigt. Eine Perle, kann ich nur sagen. Sie hat mich übrigens hierhergeschickt«, erwiderte der Kommissar, erhob sich und schob das wackelige Etwas von einem Sessel vorsichtig an den Tisch.

»Also, die Ausstellung schau ich mir gerne an, Herr Randauer. Und Sie rufen mich an, wenn Sie etwas wissen. Ich hänge nämlich an dieser Zinnfigur. Sie bedeutet mir sehr viel.«

Meller winkte mit der Einladungskarte und verabschiedete sich eilig. Er wollte Lo Bianco, der jeden Augenblick auftauchen konnte, nicht in die Hände laufen.

Sambagedudel an verregnetem Augustabend im Barometer…

»Willst dir nicht einmal ein andere Melodie einspeichern? Die ist auch schon ziemlich fad«, zog ihn Lo Bianco auf.

»Bloß wegen dir?«, gab er trocken zurück, während er hektisch sein Handy suchte.

Von den Planvorlagen verdeckt, lag es auf dem Tisch.

Meller saß alleine mit Bianco im Barometer und erfuhr von ihm die letzten baulichen Fortschritte.

»Meller, ja…?«

»Mein Gott, Mario! Gut dass ich dich erreiche. Ich bin's, Bella…!«, klang es verzweifelt an Mellers Ohr.

»Ja, Bella, hallo…! Fein, dich zu hören. Was gibt es denn?«

»Joe hat es erwischt…!«

»Wie erwischt, Bella?«

»Na gebissen ist er worden! Von so einem blöden Kampfhund, einem weißen!«, rief sie aufgeregt. Im Hintergrund vernahm der Kommissar wildes Gebell, wobei er Joes sekkantes Gekläffe heraushörte. Er kannte seinen Hund durch und durch.

»Platz, Daffy…!«, schrie eine fremde weibliche Stimme schrill. Daraufhin vernahm Meller eine geschmalzene Schimpfkanonade seitens Bella, dass er die Ohren anlegte. Also, wenn die scharf wurde, dann Gnade jedem, kam es dem Kommissar in den Sinn.

»Hallo…? Bella, halloooh…?«, rief er ins Handy. Doch die Leitung war unterbrochen. Auch als er versuchte, Bella zu erreichen – es war zwecklos, andauernd besetzt.

Minuten später ertönte wieder Mellers Handy.

»Jetzt bin ich's wieder!«, rief Bella hektisch und atemlos. Sie schien im Laufen zu telefonieren.

»Ich habe der blöden Ziege die Hunde-Chipkarte weggenommen und bin unterwegs zur Tierärztin. Anschließend geh ich zur Polizei, weil die zeig ich an. Stell dir vor, nicht einmal eine Hundemarke hat die für ihren Hund, die Gans, die affektierte! Aber einen gefährlichen Kampfhund frei herumlaufen lassen… skandalös ist das!«

»Du, Bella, ich sitze hier bei Lo im Barometer. Ich kann sofort kommen. Sag mir nur wohin. Ich meine, wegen Joe…!«, zeigte sich Meller äußerst besorgt.

»Aber nein, ist nicht nötig. Ich hoffe, Joe hat nicht allzu viel abbekommen… Ich meld mich wieder, wenn alles erledigt ist!«

Schon hatte sie aufgelegt.

Später, als Meller bei Bella in der Wohnung war, erfuhr er die detaillierte Hundegeschichte.

Bella war mit ihrem Sohn Manuel und Joe durch die Achsenaugasse spazieren gegangen, als plötzlich ein riesiger, weißer Hund hinter einem Lieferwagen hervorschoss. Noch bevor Bella irgendwie reagieren konnte, stürzte er sich sofort auf Joe und biss ihn in den Nacken, worauf Joe jaulend aufheulte. Augenblicke später war dann ein jüngere Frau aufgetaucht.

»Sie hat ihren Daffy, so heißt der Hund, zu sich gerufen«, erzählte Bella aufgebracht. »Der hat natürlich nicht gefolgt und wollte sich erneut auf Joe stürzen. Ich hab die Frau angebrüllt, dass sie ihren blöden Köter endlich an die Leine nehmen soll. Doch das dauerte seine Zeit, weil sich ihr Hund wie wild gebärdete. Endlich an der Leine, meinte sie dann entschuldigend, dass ihr Daffy derzeit in der Pubertät stecke, und wollte schon weitergehen. Da habe ich mich ihr in den Weg gestellt und ihr die Leviten gelesen. Was glaubt die denn eigentlich…?«

Bella schnappte nach Luft und fuhr fort:

»Ich habe ihr erklärt, dass es in Mödling Pflicht sei, Hunde an der Leine zu führen. Und wenn nicht an der Leine, dann haben Hunde einen Beißkorb zu tragen und so weiter... Jedenfalls wollte sie mir erst weismachen, dass der Hund nicht ihr gehöre und sie mir deshalb keine Hundemarke zeigen könne. Nach langem Hin-und-Her zückte sie eine Chipcard für den Hund. Die habe ich ihr einfach abgenommen und bin zur Tierärztin gegangen. Hab ihr noch zugerufen, dass sie sich die Chipcard von der Polizei holen kann, denn da sei ich anschließend die Anzeige machen. Da ist die blöde Gurken ausgezuckt...«

Abschließend meinte Bella, immer noch aufgeregt:

»Stell dir vor, Mario, ein Dogo-Argentino! Eh so ein gefährliches Kampfviech! Und diese rücksichtslose Schnepfe lässt den frei herumlaufen... und nicht einmal angemeldet! Na, der hab ich's aber gegeben!«

»Sind wir froh, dass Joe nicht ernstlich verletzt wurde«, versuchte Meller sie zu besänftigen.

»Klar doch. Aber stell dir vor, dieses Riesenviech fällt in seinem Pubertätsfrust ein Kind an und beißt es gar zu Tode...! Immer wieder liest man von solchen Fällen... *Mein Hund ist in der Pubertät*«, äffte Bella jetzt die Frau nach. »Wenn ich das schon höre... die Kuh, die blöde!«, ereiferte sie sich wieder.

»Na-na-na, Bella, so aggressiv kenn ich dich gar nicht.« Meller schüttelte theatralisch seinen Kopf.

»Wirst mich schon noch kennenlernen!«, grinste sie ihn an, sodass es ihm ganz heiß über den Rücken lief.

»Also, ich kenn mich bei Hunden ja nicht so aus«, versuchte er das Thema zu beenden, »aber sein könnt es schon, das mit der Pubertät. Glaubst nicht auch, Bella?«

»Hast du bei Joe schon mal so etwas wie ein pubertäres

Verhalten bemerkt?«, wollte Bella ätzend wissen.

»Bis jetzt noch nicht«, gab er zu. »Wüsste auch nicht, wie er sich dabei verhalten würde.« Lachend ergänzte er: »Ob sich das in permanenter Fresslust bemerkbar macht? Dann wäre er von Geburt an ein schwer pubertärer Spaniel.«

Bella stand auf und sagte, während sie das Licht im Wohnzimmer dämpfte:

»So – was nun?« Sie sah den Kommissar erwartungsvoll auffordernd an.

Ihr Sohn hatte sich mit Joe schon vor geraumer Zeit in das Kinderzimmer verdrückt. Manuel war es mehr als recht, dass der Kommissar neuerdings zu ihnen in die Wohnung kam. Einerseits, weil er dann mit Joe herumtollen konnte, und andererseits, weil ihm die Annäherung der beiden Erwachsenen äußerst sympathisch war. Zusätzlich hatte er in der Schule endlich einen Grund, auf den Putz zu hauen: *Stellt euch vor, meine Mutter geht mit einem Kommissar!* Selbst wenn er noch nicht genau wusste, ob zwischen den beiden schon das Eh-schon-wissen-Thema ablief.

»Na ja, ich werd dann halt mit Joe nach Hause gehen«, versuchte Meller die Stimmungslage abzuchecken.

Da kam Bella mit dem Vorschlag: »Vielleicht noch ein kleines Gläschen? Als Absacker? Bevor du mir entschwindest, Mario? Ich jedenfalls brauch jetzt was… nach dieser Aufregung. Den Hund könntest du auch noch… bei Manuel… der schläft sicher schon… mit… bei ihm.«

Dieser verlangende Glanz in ihren Augen! Bella stand erwartungsvoll im Raum und lächelte Meller in einer Art an, dass ihm heiß und kalt zugleich wurde.

»Wenn du aber schon zu müde bist… ich will dich nicht aufhalten«, zögerte sie die Spannung ins Unerträgliche hinaus.

»Danke, Bella, ja gerne... ein Schluckerl kann uns... mir nicht schaden...«, stotterte jetzt der Kommissar und setzte sich wieder nieder, da er sich schon im Gehen begriffen zeigte.

Bella ging zur kleinen HiFi-Anlage, suchte eine CD heraus, legte sie ein und wartete, bis die ersten Klänge ertönten. Esoterisch-anmutende Melodienläufe, die sich einschmeichelnd in das dämmrig beleuchtete Zimmer schlichen.

»Ich mag diese Musik. Die bringt mich in Schwingung und lässt mich alles Lästige vergessen«, lächelte sie Meller zu.

Der glutäugige Blick, dieser matte Glanz ihrer bronzefarbenen Haut! Meller rutschte auf seinem Platz zurecht, als wäre ihm die Hose zu eng geworden.

Ahh – jetzt kommt's, freute er sich, dachte jedoch gleichzeitig panisch an seine Unterwäsche. Konnte er denn ein adäquat perfektes Untendrunter bei seiner baldigen Entkleidung präsentieren, damit Bella auch in dieser Hinsicht einen guten Eindruck von ihm bekam? Oder forderte sie ihn absichtlich so unvorbereitet heraus, um zu testen, ob auch in Mellers Kleiderschrank ausgewogene Ordnung und peinlichste Sauberkeit herrschten? Um nicht einem Außen-hui-innen-Pfui auf den Leim zu gehen? Meller kombinierte blitzschnell in diese Richtung.

Wie weit weg seine Gedanken an Eva Roth in diesem Moment waren, dachte er und ertappte sich dabei, soeben an sie zu denken. Welch widersinnige Gedankenwelt.

Doch die Roth-Ära war vorbei, obwohl sie noch nicht einmal begonnen hatte, und weiter entfernt als Eisbären von Pinguinen...

Während Meller in sich ging und unauffällig mit Zeigefinger und Daumen danach griff, um das Stoffdesign seiner Unterhose zu eruieren, hatte sich Bella darangemacht, aus der Küche Wein und Gläser zu holen.

Erleichternd aufatmend stellte Meller fest, dass die Farbe von Unterwäsche und Socken stimmig war. Mein Gott, das konnte schon mal passieren, dass er sich in der morgendlichen Hektik in der Unterhosenlade vergriff und unpassend Zusammenpassendes überzog. War auch schon öfter mal geschehen, nur bekam das – außer er selber – niemand zu Gesicht.

Meller war an und für sich ein penibler Mann, auch was Unterwäsche betraf. Er legte größten Wert auf modisch Perfektes aber auch bequemes Anschmiegsames. Schließlich steckte er den lieben langen Tag darin. Nichts Schlimmeres konnte er sich vorstellen, als einen von der Waschmaschine malträtierten weißen Ripp – Unterhose wie Leiberl – an seinen Körper zu lassen. Wie gut, dass er in Sachen *Underware* nicht aufs Geld schauen musste. So leistete er sich feinste Designerware und gab auch viel dafür aus. Und das jährlich. Seine Maxime war: Jedes Jahr neue Unterwäsche. Das hieß: 21 Unterhosen, 21 Unterleiberln. 21 Paar Socken. 21 Paar Stutzen. Alles für den täglichen Wechsel fein säuberlich in Schubladen verstaut. Diese Menge deshalb, damit eine Garnitur nur einmal in drei Wochen zum Tragen kam und so von Waschmaschine, -pulver und Weichspüler entsprechend geschont wurde. Als Lilian in sein Leben getreten war, hatte er sich dieses spezielle Underwarefeeling anerzogen.

Ach, meine Lilian – du entschwindest mir mehr und mehr!

Dumpf stierte Meller auf einen kleinen, kreisrunden Kratzer in der gläsernen Tischplatte vor sich, ohne ihn jedoch zu bemerken. Mit Wehmut dachte er an eine unwiederbringliche Ära seines Lebens. An seine schönste Zeit, jene mit Lilian, die in Rio de Janeiro begraben lag, im wahrsten Sinne des Wortes.

»Auf uns«, riss ihn Bella aus seinen Gedanken. Beinahe hätte er ihr mit einer unkontrollierten Bewegung das Glas aus der

Hand gestoßen, das sie ihm entgegenhielt.

»Hast du was?«, fragte sie ihn mit besorgtem Blick.

»Ich...? Nein woher, ich war nur in Gedanken...«, versuchte er seine Wehmutsbilder zu unterdrücken.

»Du siehst so traurig aus, Mario. Wie ein kleiner Junge, den man am liebsten tröstend in den Arm nehmen möchte und...«

»Ach was, nicht so schlimm...«, Meller schloss kurz die Augen und atmete tief durch.

Bella stellte ihr Glas behutsam auf dem Couchtisch ab und setzte sich neben den Kommissar.

»Ist's die Roth, die dich so quält, Mario?«

»Die... die Roth...? Eva?«, Meller riss die Augen auf. »Wie kommst denn auf die?« Er starrte Bella überrascht an.

»Ich dachte nur, weil du... weil sie...« Bella sah ihn ernst und prüfend an. »Sag's mir ehrlich, Mario: Ist da was dran? ...du und die Roth?«

»Es ist nicht so, wie du es vermutest, Bella«, antwortete er wahrheitsgemäß, »aber müssen wir gerade jetzt dieses Thema anschneiden...?«

»Nein, natürlich nicht. Verzeih... ich dachte nur, dass du... dass sie...«, seufzte Bella und versuchte sich in eine andere Position zu setzen. So direkt von Gesicht zu Gesicht.

»Ach, vergiss es... ich möchte nur wissen...«, noch leiser, beinahe flüsternd hauchte sie, »wie ich dran bin... bei dir, Mario«, und kam mit ihren Lippen nahe – so nahe.

Bella schloss die Augen und wartete.

Meller...! Mensch Meller, die will dich... JETZT!

Ein zarter Hauch nur... und zwei Lippenpaare bewegten sich aufeinander zu. Wie magnetisch, aber noch auf Distanz. Die Idee einer Berührung nur, schon gab es einen elektrisierenden Funken, der beide kurz zurückzucken ließ. Doch schon berührten sie sich von Neuem, öffneten ihre Lippen. Ein stummes Einverständnis und sie verloren sich in einem immer heftiger werdenden Rausch unbändiger Begierde…

Wie atemberaubend intensiv sie nach Kokosmilch schmeckte! Bellas einzigartig wohlriechender, wohlschmeckender Kokosmund! Er knabberte, saugte erst vorsichtig, dann gierig daran. Seine Zunge spielte mit ihrer in einer gemeinsamen Höhle, die beide Münder verband.

Ich lebe wieder, ich liebe wieder…

Eine unbändige Lust übermannte Meller. Von seiner Geilheit angespornt, bekam er eine mächtige Erektion.

So einfach konnte das Leben sein! Sein Körper lebte es ihm vor, während er sich bemühte, die Ausbuchtung seiner Hose zu verbergen.

Mensch Meller, genieße doch endlich wieder…

Und er genoss das heftige Pulsieren, das sinnlich Wilde und alle seine Fantasien, die sich in seinem Hirn breit machten, seine Blutbahnen in Wallungen brachten.

Sambagedudel…

Ernüchternd brutal und hässlich gemein.

Dideldidü…dideldidü…! Sambarhythmisch.

Noch nie war die Melodie von Mellers Handy störender als in diesem Moment.

»Entschuldigung, Bella… ich muss…«, völlig verdattert durch den Stimmungstöter, wand sich der Kommissar vorsichtig aus der innigen Verschmelzung.

Bella saß wie betäubt und sah Meller zu, wie er umständlich die Störquelle suchte. Da nahm sie ihr Glas zur Hand, trank einen Schluck, verharrte kurz und konzentrierte sich auf den Wein, den sie lange im Mund behielt. Vermischt mit Mellers Speichel ließ sie ihn durch die Kehle gleiten.

Sie stand auf – die Schuhe hatte sie schon längst abgestreift – setzte Fuß vor Fuß und ging leise zum Fenster.

Dort wartete sie und hörte Meller verhalten »ja« und »nein« sagen, lauschte seinen kurzen Fragen und Antworten, verstand jedoch nicht, worum es ging. Ihr Blick verfing sich außerhalb im Dunkeln, im nahen Geäst eines knorrigen Kastanienbaumes, während heftiger Regen, vom Wind aufgepeitscht, auf das Fenster knallte.

Genauso kam sich Bella in diesem Moment vor. Wie ein aufgewirbelter Regen, durch die Luft geschleudert und auf hartem Glas zerschmetternd. Freude, Angst, Erwartungen, lustvolle Gier – Irritationen, denen sie sich in einer Welle unkontrollierter Emotionen ausgeliefert sah. Dazu das ungewohnt heftige Pochen ihres Herzens bis zum Hals…

Plötzlich flossen Tränen.

Wie der Regen auf der Scheibe bahnten sie sich ihren Weg, über die Wange, zum Mundwinkel. Mit der Zunge holte sie den einen und anderen Tropfen, schmeckte das Salz.

Sie legte das Glas mit dem Rest Rotwein an ihre nasse Wange, hörte den wohltuenden Klängen zu, die den Raum zum Schwingen brachten. Völlig dem Rhythmus ausgeliefert, wiegte sie sich hin und her. Ausgeliefert – kaum war das Wort von ihr gedacht, wusste sie augenblicklich: Diesem Mann würde sie ausgeliefert sein, würde sie sich freiwillig ausliefern. Ja, dieser Mann würde ihr Leben so sehr verändern, dass sie pochende Angst bekam. Angst vor ihrem unbeschreiblichen Glücksgefühl, das sich in ihr glühend ausbreitete und von all ihren Sinnen Besitz ergriff.

Gewiss, sie hatte nicht viel Erfahrung mit Männern. Immerhin, ein paar waren es doch. Das erste Mal… aber das zählte nicht als eine solche – zu chaotisch war es. Sie hatte keine klare Erinnerung mehr an dieses eine Mal. Im Jugendclub in den

Sommerferien. Ein Boot, das währenddessen durch sein Schaukeln das *erste Mal* in ein gefährliches Wanken brachte. Manfred Pesendorfer, der Manni, wie sie ihn alle nannten – er hatte so schöne grüne Augen und lange Wimpern. Vor allem spielte er Gitarre, hatte ihr sogar einen Song gewidmet. Knappe siebzehn war sie damals. Es geschah so schnell, dass sie nicht einmal bemerkte, dass es bei ihm schon so weit war. Ein kurzes Brennen nur, sie hatte ihre Unschuld verloren und schon zog er seinen kleinen Manni (so nannte er ihn) zurück. Mein Gott, der große Manni... entschuldigt hatte er sich, weil er – kaum in ihr – viel zu schnell gekommen war... Was hatte sie damals für Ängste ausgestanden, wegen einer möglichen Schwangerschaft!

Der nächste Mann war ihr Vorgesetzter in ihrem ersten Job in einer Werbeabteilung. Sein Name? Sie hatte ihn verdrängt, obwohl es dem Mann gelang, sie in die Liebe einzuführen. Doch eines Tages stand seine angebliche Ex im Büro und machte Bella vor allen zur Schnecke. Dabei hatte der Schuft ihr hoch und heilig versichert, er sei schon geschieden.

Auf diesen Schock hin kam lange nichts in Sachen Liebe, bis der tolle Herr Fischer in ihr Leben trat – Bellas erste grandiose Liebe. Alsbald die Hochzeit, sie als atemberaubend schöne Frau Fischer... die erste eigene Wohnung und schließlich baldiges Mutterglück mit dem hübschesten Kind auf Gottes Erden: Manuel, dem tollen Papa ganz aus dem Gesicht geschnitten. Herz, was willst du mehr! Leider düste ihr Mann businessbedingt in der Welt umher – Karriere machen, Ego streicheln, Geld verdienen. Nur, der tolle Herr Fischer war gar nicht so toll, sondern ziemlich brutal, wenn es um seinen Aufstieg ging. Doch er hatte ein geschicktes Händchen für lukrative Geschäfte und war daher der Liebling seiner Vorgesetzten in einem US-

Konzern. Seine Hauptaufgabe war es, durch geschickte Transaktionen die Konkurrenz auszustechen.

Bella verstand nichts von alledem und verschloss ihre Augen vor der Wahrheit. Sie war rundum zufrieden, auch wenn sie ihren Mann immer weniger sah. *Fürs Business zu jetten, heißt schlafen in fremden Betten*, jammerte er ihr vor, wenn er nach Tagen wieder geschafft nach Hause kam. Aber das Geld stimmte und besänftigte die zurückgelassene junge Mutti. Viele Dinge, wie auch eine größere Wohnung, natürlich ein besseres Auto und diverse andere imageunterstreichende Annehmlichkeiten wurden angeschafft. Eines Tages war der tolle Herr Fischer verschwunden. Unauffindbar. Später erfuhr die verzweifelte Bella von seinem Arbeitgeber, dass er sich neben seiner Firmentätigkeit in Thailand ein zweites Standbein aufgebaut und längst gekündigt hatte. Ja, ob sie denn das nicht gewusst hätte?

Hatte sie nicht. Auch nie wieder etwas von Günther gehört.

Das war also von der großen Liebe geblieben: ein hübscher Bengel, der dem Vater sehr ähnlich sah. Dazu ein Schuldenberg, den sie noch immer abstotterte. Ja, und *Fischer* als Familienname. Sich wieder umbenennen, konnte sie sich nicht mehr leisten nach der finanziell desaströsen Hinterlassenschaft des ehrenwerten Herrn Günther Fischer. Nach seinem Verschwinden fiel Isabella – *die schöne Bella*, wie er sie stets umschmeichelt und in Geschäftskreisen vorgestellt hatte – in ein tiefes Gemüts- und Finanzloch. Denn ihn hatte sie wirklich geliebt. Die Scheidung Jahre später war nur noch ein Behördenakt.

Es gab noch zwei kurze Affären in Bellas Leben nach der Seelenloch-Krise – nichts Erwähnenswertes allerdings. Männer waren ihr inzwischen nicht mehr wichtig genug. Zu sehr hatte sie Angst vor neuen Enttäuschungen. Einzig Sohn Manuel gab im Hause Fischer den Mann ab…

Doch jetzt trat dieser schüchterne, dieser viel zu fesche Meller in ihr Leben, der Bella sogar mit seiner verunglückten Frau verglichen hatte, angeblich wegen ihrer frappanten Ähnlichkeit mit Lilian, was Bella ihm natürlich sehr übel nahm, aber für sich behielt.

Vor einem Jahr hatten sie einander zum ersten Mal gesehen.

In der Sakristei der Spitalskirche bei Marco Grundmann, jenem jungen Priester, der sich wegen seiner unglücklichen Liebe zu einer 19-jährigen, die vom Aquädukt fiel, ebenfalls in den Tod stürzte. Die arme Sandra Kramer, so jung, hübsch und talentiert – schrecklich war das damals…

Und dieser Kommissar, den der Tod auf Schritt und Tritt begleitete, sollte jetzt ihr zukünftiges Schicksal sein?

Hoffentlich, wünschte sich Bella. Wenn er ihr Leben nur wieder so richtig in Schwung bringen würde! Höchste Zeit wäre es. Sie fühlte sich seit Jahren wie Dörrobst im Plastiksackerl. Seelisch wie körperlich ausgetrocknet, konnte sie zwar strampeln, aber nur innerhalb einer diffusen Gefängnishaut, die keine weitere Freiheit erlaubte, obwohl sie es nach außen hin stets gekonnt kaschierte, immer die Fröhliche, die Unbeschwerte spielte.

Da stand nun dieses Mannsbild, das sie vom ersten Blick an in ihren Grundfesten erschüttert hatte, was sie ihm nie gestehen würde. Immerhin gab sie ihm die Chance, von ihm erobert zu werden. Männer brauchen dieses Siegergefühl. Doch so leicht wollte sie es ihm nicht machen.

Dass ihr das noch einmal widerfahren würde: Liebe auf den ersten Blick – ein zweites Mal? Daran hatte sie schon längst keinen Gedanken mehr verschwendet. Aber jeder Mensch bekam nun mal zwei Chancen im Leben – und das war jetzt ihre, träumte sie vor sich hin…

Dieser verheißungsvolle Wunsch nach der Erfüllung ihrer Träume und Begierden fluchte derzeit still vor sich hin:

Verdammt sollen sie alle sein! Sämtliche Gauner, Ganoven, Verbrecher, Diebe, Räuber und Mörder dieser Welt!

In alle Ewigkeit verdammt sollen sie sein…!

»Es tut mir leid, Bella. Ich muss gehen… sofort… leider…!«

Meller steckte sein Handy ein und verließ überstürzt die Wohnung.

Sein *Favela-Ton* kündigte sich brummend an…

Vor Jahren wäre Mario Meller in Rio de Janeiro bei einem Einsatz beinahe erschossen worden, hätte ihn nicht damals sein Polizeikollege Luigi Penido aus der Schusslinie gestoßen. An jenem Tag stellte sich bei ihm dieses tiefe Ohrenbrummen ein, ein ansteigendes Dröhnen, das sich unmerklich in seine Gehörgänge schlich. Immer dann, wenn er unter besonderem Stress stand oder wenn er intuitiv eine heiße Spur witterte.

Wäre es nicht der *Favela-Ton* gewesen, er hätte meinen können, er leide unter einem temporären Tinnitus.

Sieben

Dienstag, 7. August 2007...

Er war bereits nach Mitternacht, als der Kommissar am Tatort eintraf, an dem es genauso heftig in Strömen goss wie in Mödling, als er sich von Bella hastig verabschiedet hatte.

Regenwolken besitzen eine infame Hinterfotzigkeit, die sie mit Häme ausnützen. Sie scheren sich einen Dreck darum, um welche Zeit, wie ergiebig und wo sie es herunterregnen lassen, ob es einem gelegen kommt oder nicht. Glück demjenigen, der Regen wünscht, wenn es regnet. Doch jetzt schüttete es wie aus Schaffeln und niemand vom S-C-ONE Team hatte sich das gewünscht.

Also fluchte dieses Mal ausnahmslos jeder – seiner Impulsivität entsprechend – verhalten bzw. lautstark.

Das Auto, ein dunkelblauer Volvo, stand mitten im Wald, unweit der Verbindungsstraße zwischen Gaaden und Pfaffstätten. Ein verliebtes Pärchen, das sich in einer Holzhütte aufgehalten hatte und bei diesem Sauwetter zwischen den Bäumen nach Hause stapfte, fand den Wagen mit laufendem Motor. Was nicht nur V-Agent Axel Körner bezeichnend fand, es jedoch deutlich aussprach:

»Haben die zwei keine Wohnung, dass sie sich um diese Zeit im Wald vergnügen müssen?«

»Vermutlich mussten sie. Liebe geht oft seltsame Wege. Sonst wären sie nicht hier im Wald gelandet«, erwiderte der Kommissar. »Obendrein sind wir ihnen zu Dank verpflichtet, Axel. Schließlich haben sie den Mann gefunden.«

»Jaja, aber muss das gerade um diese Zeit sein...? Da weiß ich mir auch was Besseres, als da im Gatsch herumzuwatscheln... *ha...ha...hatschi-hatschi!*«

Körner musste zweimal hintereinander niesen und wäre beinahe ausgerutscht, hätte er sich nicht geistesgegenwärtig an einem Jungbäumchen festgehalten. Er jammerte:

»Verdammter Mist...! Das hab ich davon... Die nächsten Tage bin ich krankgemeldet, Chef, damit du's gleich weißt!«

»Untersteh dich, du Lusche, du weicheiige!«, drohte ihm der Kommissar und grinste den V-Agenten böse aus seinem knallgelben Überwurf an, durch den Regenvorhang hindurch, der von der Kapuze rann.

Mike Lehner kam hinzu und fluchte laut:

»So ein Sch...wetter! Musste sich der grad heut umbringen? Schon morgen soll es wieder schöner werden...! Chef, ich hab die Daten von dem Pärchen und sie für morgen...«, Lehner sah auf seine Armbanduhr, »...nein, für heute halb zehn Uhr zu uns bestellt.« Dann deutete er mit dem Kopf zu den Spurenermittlern und meinte: »Was die Spuren rund ums Auto betrifft, können die bei dem Wetter auch zsammpacken, da Franz Krapfenbacher, so heißt der Mann, eh nix mehr sagen kann. Weil tot ist tot... Überhaupt ist das eine richtige Sauerei, uns da mitten in der Nacht aus'm Bett zu holen. Verflixt noch einmal, so was Blödes! Können die zwei nicht wie jedes normale Liebespaar daheim...«

»Hör auf mit dem Gejammer, Mike«, unterbrach ihn der ebenso missgelaunte Kommissar, »aber wenn wir schon da herumstehen, müssen wir zumindest nachschauen, warum sich der Mann, wie es aussieht, freiwillig verabschiedet hat.«

Letzte Blitzlichter flammten kurz auf, während der Chef der Ermittlergruppe zum Kommissar hinstapfte.

»Momentan nicht nötig. Wir haben alles erfasst, was bei dem Wetter möglich ist. Soweit ich fürs Erste bemerken darf: Der Tote dürfte, scheint mir, nicht so ganz freiwillig dahingeschieden sein… bevor er tot war, meine ich«, beeilte er sich zu korrigieren. »Ich kann mich natürlich auch irren. Aber wir fanden Hämatome an der linken Schläfenseite. Der rechte Arm weist am Handgelenk ebenfalls blaue Flecken auf, dazu eine offene Abschürfung. Verletzungen, die der Mann noch zu Lebzeiten abbekommen haben musste. Sie können allerdings auch davon stammen, dass er sich in seinem Zustand verletzt hat.«

»In welchem Zustand?«, wollte Meller wissen.

»Ziemlich betrunken. Der Mann muss an die zwei Promille intus haben. Die leere Cognacflasche liegt noch auf dem Rücksitz«, erwiderte der Chefermittler müde.

»Und in so einem Zustand hat er es bis hierher in den Wald geschafft?«, staunte Mike Lehner.

»Wie man sieht, ja… allerdings auch nicht weiter, weil der Waldboden vom Regen so aufgeweicht war, dass er steckengeblieben ist. Und in Anbetracht der Tatsache«, der Ermittler sah kurz in den verregneten Nachthimmel hinauf und schüttelte die Tropfen von der Kapuze seines Regenmantels, »halte ich es für das Beste, nach Hause zu gehen. Unsere Arbeit haben wir so weit abgeschlossen. Den Bericht gibt es, sobald unsere Auswertungen fertig sind. Also dann…«

»Na fein… und wofür mussten wir mitten in der Nacht hier aufkreuzen?«, mäkelte jetzt Axel Körner.

»Hätt ja sein können, dass noch mehr Leichen hier herumschleichen. Das Wetter ist geradezu ideal dafür. Tote haben es gerne feucht…«, witzelte der Beamte verärgert. Auch er hatte sich die Nacht um die Ohren schlagen müssen.

»Also, man sieht sich… bei der nächsten Leiche. Da wär noch was: Bleibt ihr hier, bis *die* den Toten abholen? Bitte-danke!«

Der Mann legte zwei Finger salutierend an seine Kapuze und ließ die drei vom S-C-ONE im Regen stehen.

Jene, die mit »die« gemeint waren und den Toten in die Gerichtsmedizinische überführen sollten, kamen erst nach einer Stunde, weil sie sich verfahren hatten. Zuletzt wurde der Volvo gesichert und versperrt. Der Schlüssel steckte ja. Bei Tagesanbruch sollte er aus dem Wald gezogen und zum S-C-ONE gebracht werden.

Eine ungemütliche Nacht, die den V-Agenten nasskalt in die Knochen kroch und ihnen das um diese Zeit Wichtigste raubte: eine ordentliche Mütze Schlaf.

Kein Wunder, dass am Morgen drei V-Agenten ziemlich dunkelringig aus ihren Augen blickten. Dafür zeigte sich der neue Tag wieder versöhnlich sonnig und verriet lediglich durch dampfende Asphaltflächen den nächtlichen Regenguss.

Als Meller zum Fenster hinaus sah, kam es ihm vor, als sei Mödling ein türkisches Dampfbad.

Bei der Zeugenaussage am Vormittag gab das Liebespärchen zu Protokoll, warum es zur Nachtzeit im Wald war:

Sonja Bucheneder, noch keine 18, hatte sich diese Hütte im Wald wohlbegründet ausgesucht. Ein ideales Liebesnest für die beiden. Sie war die Tochter des Försters, dem auch das kleine Knusperhäuschen gehörte. Also saßen sie, treffender ausgedrückt, lagen sie direkt an der Quelle.

Den Volvo mit laufendem Motor entdeckte der 22-jährige

Harald Meixner, als sie sich nach dem Liebesstündchen auf den Heimweg machten. Denn Sonja musste noch vor zwölf zu Hause sein. Der Vater war mit Harald als neuem Freund seiner Tochter nicht einverstanden. Und bei Harald konnten sie nicht… na ja, dingsbums eben… Er habe gerade eine gröbere Baustelle daheim, berichtete Herr Meixner dem Kommissar und errötete, als ihn seine Freundin vorwurfsvoll ansah. Sie schien ihm nicht zu glauben. Daher hatte des Försters Tochter diese Absteige im Wald als »Übergangsquartier« gewählt.

Sie wären nie an der Stelle vorbeigekommen, an der das Auto stand, hätten sie nicht das Motorgeräusch gehört. Frau Buchen-eder jedoch glaubte, ihr Vater habe das mit der Waldhütte überrissen und sei ihnen nachgefahren. Also pirschten sie sich vorsichtig heran. Als sie den unbekannten Pkw erspähten, vermuteten beide erst ein anderes Pärchen, das hier im Wald vor dem Regen Schutz gesucht hatte und die Wartezeit anderweitig – man wisse wie – nutzte.

Es war jedoch kein Liebespaar, sondern ein Mann, der allein im Auto vornübergebeugt im Gurt hing. Denn die Auspuffgase wurden mittels Schlauch, der im Fenster an der Beifahrerseite eingeklemmt war, in das Wageninnere geleitet.

Selbst ein rasches Eingreifen der beiden wäre zu spät gewesen. Der Medizinstudent Harald Meixner stellte fachmännisch fest, dass der Mann bereits tot war. Vermutlich hatte er sich Mut angetrunken. Meixner meldete der Polizei über die 133er Nummer ihre gemeinsamen Beobachtungen und lotste die Beamten per Handy bis zum »Tatort«.

Denn eine Selbstmord-Stelle sei gewissermaßen auch ein Tatort, womit der junge, zukünftige Medizinmann nicht Unrecht hatte, wie ihm der Kommissar versicherte.

»Frau Krapfenbacher, es tut uns aufrichtig leid, dass wir Ihnen keine andere Nachricht überbringen können.«

Meller saß im Wohnzimmer, das in erster Linie aus übervoll bestückten Bücherwänden bestand. Ihm gegenüber hockte in sich zusammengesunken eine Frau, knapp über fünfzig, mit kurzem, modischem Haarschnitt in Aschgrau, den Kommissar anstarrend, als hätte sie soeben ein Gespenst gestreift.

Der Voice-Recorder, der zwischen ihnen auf dem niedrigen Couchtischchen stand, zeichnete unbarmherzig jedes Wort, jedes Geräusch auf. Ihn kümmerte es nicht, welche Botschaften er zu speichern hatte. Das digitale Gerät erfüllte nur seine Pflicht, sobald die Aufnahmetaste gedrückt wurde. Wie viele Lügen, Wahrheiten und Schicksale schon in diesem unscheinbaren Ding gespeichert worden waren – von Tätern, von Opfern oder von Zeugen. Vermutungen, Eindrücke oder Termine als Erinnerungshilfe, ja sogar manche zu erledigenden Einkäufe hatte der Kommissar schon mal gespeichert und wieder gelöscht. Doch jetzt war der Speicherplatz einem weiteren Menschenschicksal gewidmet.

»Wa-was... da... das... darf nicht sein!«, stammelte sie, als sie von Meller, der als Verstärkung die V-Agentin Manuela Kohn mitgenommen hatte, vom Tod ihres Mannes erfuhr.

Nach Bekanntwerden der Identität des Toten, hatte der Kommissar versucht, jemanden von der Familie zu erreichen. Eine Nachbarin der Krapfenbachers konnte ihm mitteilen, dass die Frau in der Steuerberatungskanzlei Södelmann & Co. in Wien arbeite. Dort erreichte er Frau Krapfenbacher telefonisch.

Als der Kommissar ihr mitteilte, dass es um ihren Mann ginge und sehr dringend sei, vereinbarten sie, sich sofort im Hause Krapfenbacher zu treffen...

Manuela Kohn hielt die Hand von Franziska Krapfenbacher

und sprach beruhigend auf sie ein. Starr saß die Frau auf der Kante des Sofas und hielt in der anderen Hand ein Taschentuch, mit dem sie immer wieder ihre Augen vom unaufhaltsamen Tränenfluss freiwischte.

»Ich… ich… hab so etwas geahnt… dass Franzi… dass mit ihm was nicht stimmt… in letzter Zeit«, stammelte sie tränenerstickt. »Aber… dass er sich… dass er mir so was antut… Jessas-Herrgott, was… was soll ich jetzt ohne ihn?«

Franz und Franziska – Meller kam diese Namensbindung wie ein Schicksalsgeflecht vor. Wie viele Jahre hatten es die beiden schon miteinander ausgehalten? In Liebe, in Leid, in Verbissenheit, in Verzweiflung. Was hatte den Mann veranlasst, dieser jahrzehntelangen Verbindung so endgültig und grausam zu entfleuchen?

»Wie lange sind Sie denn… Verzeihung, waren Sie denn verheiratet, Frau Krapfenbacher?«, wollte Meller wissen.

Sie sah durch ihn hindurch, als wäre er nicht vorhanden. Dann kam es tränenerstickt, aber doch halbwegs verständlich:

»29 Jahre, drei Monate und 12 Tage… bis gestern.«

Etwas irritiert schnaufte der Kommissar. So genau wollte er es denn nun auch nicht wissen, vielmehr war es eine Frage der Verlegenheit, um die Frau auf andere Gedanken zu bringen.

Fragen über Vergangenes, Gewohnheiten und Neigungen lenken vom Schmerz etwas ab und lassen bei Geschockten in solchen Momenten das Herz überlaufen. So als hätten sie Angst, wieder und wieder an die tödliche Gewissheit erinnert zu werden.

»Also, wie Sie das auf Anhieb genau wissen, Frau Krapfenbacher«, entfuhr es dem Kommissar.

»Ich bin Buchhalterin… und kann nicht anders, als in Zahlen zu denken. Mein Leben besteht aus Zahlen, Listen, Tabellen und Belegen, müssen Sie wissen.« Der Hauch eines Lächelns huschte über ihr erschöpftes Gesicht.

»Haben Sie irgendeine Nachricht… ein Schreiben, einen Abschiedsbrief Ihres Mannes gefunden?«

»Ich…? Nein…! Ich bin doch eben erst mit Ihnen hier eingetroffen.«

Richtig, sie waren zur gleichen Zeit vor dem Haus angekommen.

»Frau Krapfenbacher, ich muss Sie ein paar persönliche Dinge fragen, Sie und Ihren Mann betreffend. Wenn Sie in der Lage sind zu antworten, bitte ich Sie, mir die Wahrheit zu sagen.«

Die Frau sah kurz auf den Kommissar, dann auf die V-Agentin und schien irritiert.

»Wahrheit? Ich weiß nicht, wie Sie das jetzt meinen, Herr Kommissar. Ich bin stets ehrlich…«, antwortete sie leise, beinahe zu sich selbst: »Ich kann gar nicht anders…«

Die Frau konnte einem leidtun. Der Kommissar versuchte es daher in einem fast väterlichen Ton:

»Frau Krapfenbacher, ich möchte Ihnen die Situation doch so leicht wie möglich machen…«, der Versuch eines Lächelns misslang Meller, »…aber können Sie mir bitte sagen, wo Sie denn gestern Nacht waren? Ich denke, Ihr Mann muss Ihnen doch abgegangen sein.«

Die V-Agentin saß noch immer neben der Frau und hielt deren Hand. Frau Krapfenbacher entzog sie ihr und nickte Manuela Kohn zu, als würde sie sich für den seelischen Händchenhalt bedanken. Dann stand sie auf, wankte jedoch ein wenig und musste sich an der Regalwand festhalten.

»Ich war wie jeden Abend hier im Wohnzimmer und habe gelesen. Die Bibliothek ist neben der Arbeit mein Lebensinhalt.« Sie zeigte in die Runde, besann sich kurz nachdenkend und sagte:

»Franzi habe ich allerdings gestern Abend nicht angetroffen. Auch im Labor war er nicht. Aber das sagt nichts aus. Er ist öfters mit seinen Forschungen so beschäftigt, dass er die Zeit rund um sich vergisst. Es kann natürlich sein, dass er überhaupt nicht im Hause war. Sein Auto habe ich jedenfalls nicht gesehen, als ich von der Arbeit heim kam. Möglich, dass er später gekommen ist und ich schon geschlafen habe. Er schläft ja… er schlief auch öfters in der Firma… aber kommen Sie bitte mit. Ich zeige Ihnen…«

Die Frau hielt plötzlich inne, griff sich erinnernd an den Kopf und meinte:

»Aber nein… das geht ja gar nicht…«

»Was meinen Sie denn, Frau Krapfenbacher? Was können Sie uns nicht zeigen?«

Meller war aufgestanden und ging auf die Frau zu.

»Das Labor im Keller. Da können wir nicht rein, weil ich den Code nicht weiß…«, erwiderte sie dem Kommissar und mehr zu sich: »Mein Gott Franzi… was tust du mir an!«

Im Keller gab es eine massive Metalltür mit einem Zahlencodeschloss. *Eintritt lebensgefährlich!*, stand auf einem Pappschild, das an der Tür klebte, von kindlicher Hand geschrieben, mit einem naiv gezeichneten Totenkopf.

Meller deutete darauf:

»Haben Sie Kinder, Frau Krapfenbacher?«

»Wir hatten einen Sohn, aber der…«

»Das tut mir aber leid, ich wusste nicht, dass…«

»Nein, nein – er lebt noch. Sonst hätte ich es ja erfahren, so wie jetzt…«, sie mühte sich einen Gesichtsausdruck ab, den selbst Meller nicht deuten konnte.

»Für uns… für mich ist er gestorben… und er ist gewiss mitschuldig am Tod meines Mannes.«

Sie erschrak plötzlich über ihre eigenen Worte.

»Das heißt, ich meinte das jetzt nicht so direkt…«

Ja, wie-denn-was-denn?, der eigene Sohn als Reiseleiter für Jenseitsreisen? Meller horchte auf. Es wäre ja nicht das erste Mal, dass Unstimmigkeiten innerhalb der Familie als freiwilliges Abtreten des Lebensmüden aufbereitet wurden.

Problem weg – Sorgen weg, was die kriminaltechnischen Untersuchungen bei sogenannten »Suizidfällen« immer öfter bewiesen.

»Wo lebt Ihr Sohn denn heute?« Meller sah in ein tränennasses Augenpaar.

»Ich weiß es nicht… will es auch gar nicht wissen…«, antwortete die Frau erschöpft.

Der Kommissar deutete Manuela Kohn mit den Augenbrauen, sie verstand ihn. Dann sah er sich die Tür genauer an, während sein Handy den Sambasound trötete, der so gar nicht in diese düstere Atmosphäre passte.

Meller reichte das Handy an seine Kollegin weiter mit der stummen Aufforderung, das Gespräch zu übernehmen.

Manuela Kohn ging wieder in das Erdgeschoss und ließ die beiden im Keller zurück.

Der Kommissar probierte etliche Nummernkombinationen aus, die Frau Krapfenbacher als möglichen Code vermutete. Es war jedoch zwecklos. Die Frau war verzweifelt.

»Ich verstehe das alles nicht. Franzi war stets so verlässlich und wir hatten keinerlei Geheimnisse voreinander. Er meinte zwar, er müsse die Tür immer versperrt halten wegen der Chemikalien, damit unser Steffi… unser Sohn nicht dazu kam. Aber das ist doch schon Jahre her. Später sagte er zwar, ich könne ihm hier unten bei seinen Versuchen zuschauen. Aber das hat mich nie interessiert. Ich habe zwar hin und wieder Staub gesaugt, obwohl Franzi immer peinlichste Ordnung hielt. Später hat er das auch selbst erledigt und so bin ich dann nie wieder in sein Labor gekommen. Mir ist nur aufgefallen, als ich einmal etwas suchte und es in seinem Labor vermutete, dass er den Code geändert hatte. Ich wollte ihn zwar fragen warum, hab es jedoch wieder vergessen – es war mir auch nicht so wichtig. Er wird schon seine Gründe gehabt haben. Es kamen ja doch manchmal auch Kollegen aus der Firma zu ihm.«

»Können Sie mir sagen, wann Ihr Mann den Code geändert hat?«

»Das war… warten Sie, das war… das war… als ich auf Urlaub gefahren bin. Genau – am 29. Juli vergangenes Jahr.«

»Sie waren ohne Ihren Mann auf Urlaub?«

»Das hat sich bei uns seit Steffi… seit unser Sohn ausgezogen ist, so ergeben. Das machte Franzi auch nichts aus. Ich bin eine Kultur-Reisende. Das mochte er nicht so sehr. Mit meiner Arbeitskollegin habe ich schon ein paar Städtetouren unternommen, um ein bisschen Abwechslung in meinen grauen Alltag reinzubringen.« Sie seufzte und sprach weiter:

»Sicher auch, weil wir uns in letzter Zeit nicht mehr viel zu sagen hatten… wie so ein Eheleben halt verläuft. Nicht, dass Sie mich jetzt missverstehen – wir hatten keinen Streit. Wir haben uns eben arrangiert, aber immer zueinander gehalten… auch bei der Geschichte mit Steffili.«

»Das werden Sie mir noch genauer erzählen müssen«, erwiderte der Kommissar. »Schließlich muss Ihr Sohn informiert werden, dass sein Vater nicht mehr lebt.«

»Muss das heute noch sein? Bitte – ich bin so fertig und stehe völlig unter Schock.«

Der Frau stiegen wieder Tränen in die Augen.

»Wir werden Ihren Sohn suchen, Frau Krapfenbacher. Irgendwo muss er doch gemeldet sein«, beruhigte sie der Kommissar.

Die V-Agentin kam in den Keller hinunter und informierte Meller:

»Es gibt Neuigkeiten. Wir sollten so schnell wie möglich…« Sie flüsterte dem Kommissar etwas zu, während Frau Krapfenbacher apathisch daneben stand und die Metalltüre anstarrte.

Meller wandte sich wieder an die Frau:

»Wir machen Folgendes: Ein Spezialist wird uns diese Tür hier öffnen. Geben Sie mir bitte Ihre Handynummer. Ich denke, Sie bleiben jetzt mal hier, Frau Krapfenbacher. Soll Sie Frau Kohn in der Zwischenzeit betreuen?«

»Nein… nein. Es geht schon…«, seufzte sie. »Ich rufe meine Freundin an. Inge – das ist die mit den Städtereisen – wird mir beistehen.«

»Das ist sehr vernünftig… also, ich melde mich. Ich denke, am späteren Nachmittag könnten wir. Ja – und dann ist da noch etwas…« Der Kommissar versuchte es so nebenbei wie möglich zu erwähnen: »Meine Kollegin wird sich mit Ihnen in Verbindung setzen und Sie auch begleiten… Ihren Mann zu identifizieren. Eine reine Formsache, Sie wissen… die Ermittlungen.«

»Jaja… ist schon recht…«, flüsterte die Frau und verfiel wieder in ihre verzweifelte Stimmung. Kurzzeitig hatte sie sich relativ in der Hand gehabt. Jetzt, da sie allein im Hause war, würde der ganze Schmerz erst richtig hervorbrechen.

Die Frau konnte einem wahrlich leidtun.

Wenn Selbstmörder wüssten, was sie ihren Angehörigen für Schmerzen zufügen, wenn sie sich aus dem Leben stehlen! So viel Eigenverantwortung gestand Meller einem Menschen, der durch eine unheilbare Krankheit dem Tode geweiht war, allemal zu… Aber einem gesunden Menschen? Sind wir nicht ohnehin alle zum Tode verurteilt? Durch lebenslanges Leben mit letztlich tödlichem Ende? Hier der eine, selbstmörderisch den Tod suchend – dort der andere, verzweifelt am Leben hängend.

Gesund sterben ist auch tödlich…

Meller und seine Kollegin wurden von der bemitleidenswerten Frau bis zur Haustür begleitet, wo sie sich nochmals stumm verabschiedeten. Wortlos drückte er ihr die Hand und legte die zweite wie tröstend auf ihre. Frau Krapfenbacher stiegen wieder Tränen in die Augen.

Als sie die Tür hinter den beiden geschlossen hatte, brach sie auf der Stelle zusammen und begann wie irre mit den Fäusten auf den Boden zu hämmern, wand sich hin und her, weinte und schluchzte, konnte sich nicht mehr fangen, sodass sie einen Hustenanfall bekam und sich in die Küche schleppte. Dort nahm sie hastig ein Glas aus der Vitrine, hantierte mit zitternden Händen, bis sie es schaffte, den Wasserhahn aufzudrehen. Dabei fiel ihr das Glas in die Spüle und zerbrach. Wie in Trance begann sie, die Scherben einzeln in den kleinen Müllbehälter unter dem Abwaschbecken zu werfen.

Sie spürte nicht, wie ein scharfkantiger Splitter ihre Haut aufschnitt. Erst als sie ein weiteres Bruchstück aufnehmen wollte, bemerkte sie ihr Blut. Gebannt starrte sie auf den roten Lebenssaft, der von den Fingern in die Spüle tropfte. Wie von fremder Hand befohlen, ließ sie Wasser über die Wunde laufen, drehte spielerisch die Hand dabei, sodass sich Wasser mit Blut vermischte und in einem kleinen Wasserwirbel durch den Abfluss verschwand. Dann richtete sie sich auf, legte die verletzte Hand auf ihr Gesicht und verschmierte das nachfließende Blut langsam in kreisenden Bewegungen. Sie leckte mit der Zunge nach dem Blut auf ihren Lippen, der eisenhaltige Geschmack ließ sie frösteln.

»Mein Blut… dein Blut… unser Blut lebt noch.«

Die Rückwand der Glasvitrine war verspiegelt. Darin sah sie ihr blutverschmiertes Gesicht. Wie von Sinnen schnitt sie eine Grimasse und sagte plötzlich laut:

»Tot sein… wie ist das, Franzi?«, und malte sich aus, wie es sein würde, vor der Leiche ihres Mannes zu stehen. Bilderfetzen eines Tatortkrimis kamen ihr in den Sinn. Nur jetzt sollte die Gegenüberstellung bittere Realität werden.

Wie viele Jahre hatte sie ergeben neben ihm ausgeharrt, all seine Eigenheiten erduldet; die vielen einsamen Nächte, als er in Moskau arbeitete; Steffili großgezogen, der ihnen letztendlich nur Kummer bereitete.

Und jetzt? Mit seinem Selbstmord fügte er ihr so unsägliche Schmerzen zu, weil er alles gemeinsam Aufgebaute auf schändliche Weise verraten hatte.

Sie füllte ein neues Glas mit Wasser und trank langsam. Schluck für Schluck. Als es leergetrunken war, hielt sie es von Neuem unter den Wasserstrahl. Sie drehte den Hahn nicht zu, denn die Kühle, die ihr aus dem Spülbecken entgegenschlug, tat ihr gut.

Dann fischte sie eine der Scherben aus dem Müllbehälter, setzte sich an den Küchentisch und starrte zum Fenster hinaus. Nach einer Weile, während ihr das Plätschern des Wassers in der Spüle wie ein reißender Fluss vorkam, flüsterte sie gegen das tosende Rauschen in ihrem Kopf:

»Warum… warum… warum…? Ich hab dich doch so geliebt! Hast du das denn nie gespürt, Franzi?«

Tränen rannen über ihr vom vielen Weinen verschwollenes Gesicht. Sie spielte mit der Glasscherbe, während weiterhin Blut von der Hand auf die Tischplatte tropfte.

Doch das kümmerte sie nicht mehr…

Was die V-Agentin Manuela Kohn dem Kommissar ins Ohr geflüstert hatte, waren zwei äußerst interessante Meldungen, die im S-C-ONE eingegangen waren. Endlich kam Bewegung in die Ermittlungen. Die Ereignisse schienen sich zu überstürzen…

Chefredakteur Bacher erhielt am Morgen einen Anruf auf seinem Handy. Eine verstellte Stimme, die geschlechtlich schwer zuzuordnen war, kündigte an, dass weitere Attentate geschehen würden, wenn sich die Politiker nichts Wirksames einfallen ließen, um den nächtlichen Lkw-Verkehr in Mödling zu verhindern. Bacher hatte natürlich keine Möglichkeit, das Gespräch aufzuzeichnen. Also hörte er aufmerksam zu und konzentrierte sich auf die Stimme, die irgendwie stumpf, aber dennoch jugendlich klang. Teilweise unverständlich, leider. Vermutlich wurde der Telefonhörer mit einem Taschentuch abgedeckt. Seiner Meinung nach hatte er einen Ausländer an der Strippe, denn die Formulierungen waren entsprechend.

»Er klang so ähnlich wie: *Du Chef von Zeitung in Mödling?* Als ich das bestätigte, sprach er sofort weiter: *Unfall mit Lkw auf Schiller-Straße is Anfang erst. Wenn nicht Ruhe in Nacht und Leute nicht können schlafen, dann wieder machen Unfall. Du sagen Politiker.* Und dann kam etwas, das mich hell aufhorchen ließ. Denn er sagte abschließend: *Spraybomber machen ernst wie bei Sprengen die Maste von Handy auf Dach…* Das konnte nur einer von denen sein, die mir den Bekennerbrief geschickt hatten…«

»Warum glauben Sie, dass es ein Mann und keine Frau war?«, wollte der Kommissar wissen, der bei Bacher im Büro saß. Warum immer nur Männer, dachte er so ins Blaue hinein.

»Sie werden's nicht glauben, aber das war auch meine erste Vermutung. Denn die Stimmlage hörte sich genauso an, wie wenn jemand versucht, weiblich zu klingen, um eine Frau zu imitieren. Doch das war ein Mann, ein junger… aber eindeutig kein Österreicher.«

»Woher der Anruf kam, wissen Sie natürlich nicht.«

»Wie denn auch? Ich versuchte zwar, den Mann in ein Gespräch zu verwickeln, so auf den journalistischen Dreh: wie wichtig ich sein Anliegen nehme und so weiter. Aber der Typ legte sofort auf.«

»Das werden wir bald herausfinden, von wem Sie angerufen wurden. Geben Sie mir Ihre Handynummer, bitte?«

Bacher schrieb sie auf einen Zettel und schob ihn zu Meller hin…

Der zweite Anruf kam vom Stadtamt. Eine Elektrofirma, die für die Straßenbeleuchtung zuständig war, hatte eine interessante Entdeckung gemacht und sofort angezeigt.

Da es eine gewisse Zeit dauerte, bis Meldungen über ausgefallene Straßenlaternen bei dem zuständigen Beamten eintrudelten – meistens dank aufmerksamer Bürger – gab dieser die Anweisung an die Vertragsfirma weiter, um die kaputten Lampen durch neue ersetzen zu lassen.

Nun war auf der Schiller-Straße, genau an jener Stelle, an der dieser verheerende Lkw-Unfall geschehen war, im Kabelschacht der Straßenlaterne ein Kabel durchgetrennt worden. Das konnte man allerdings erst dann sehen, wenn man den Metalldeckel am Laternenmast abschraubte. Der Elektromonteur fluchte schon, als er bereits die dritte Leuchte einsetzte, weil auch diese scheinbar kaputt war. So viele fehlerhafte Leuchtmittel im Originalkarton, das konnte doch nicht sein!

Also suchte er den Fehler im Verteilerkasten der Straßenlaterne und schraubte den Montagedeckel ab, um nachzusehen, ob etwa ein Feuchtschluss schuld sei. Da sah er die Bescherung und meldete seine Entdeckung.

Ein kluger Elektromonteur, dachte der Kommissar, als er von diesem Vorfall erfuhr. Sofort wurde ein Mann vom S-C-ONE abkommandiert, um den Tatort abzusichern, sowie die Spurenermittlung dorthin beordert. Mit etwas Glück konnten vielleicht noch Spuren gesichert werden. Allerdings war die Aussicht auf verwertbare Fingerabdrücke – wegen der vergangenen Zeit seit dem Unfall, dem unbeständigen Wetter und durch das Hantieren des Elektrikers am Montagedeckel – sehr vage.

Es dauerte auch nicht lange, bis der Kommissar einen Ausdruck von Bachers geführten und erhaltenen Anrufen zur fraglichen Zeit in Händen hielt. Ein reger Plauderer, musste Meller feststellen, als er die Liste mit Bacher telefonisch durchging. Der Kommissar wollte es sich ersparen, erneut den Redakteur aufzusuchen. Irgendwie ging ihm der erschlankte Bacher auf die Nerven, weil er nun noch dicker auftrug als früher.

Bis auf ein Gespräch konnte der Chefredakteur eindeutig alle Teilnehmer bestätigen. Und diesen Anruf erhielt Bacher um genau 7:36 Uhr aus einer Telefonzelle am Schwedenplatz im ersten Bezirk von Wien, was so viel hieß wie: zwecklos dort Leute zu befragen, wer um diese Zeit in einer der Zellen ein äußerst brisantes Telefonat mit einem sich äußerst wichtig nehmenden Redakteur geführt habe.

Was nach neuesten Erkenntnissen hieß:

Auch der Lkw-Unfall von vergangener Woche ging auf das Konto der Spraybomber. Dass dabei zwei Menschen ihr Leben lassen mussten, eine weitere Person schwer verletzt wurde und gewaltige Sachschäden entstanden waren – die Attentate auf die Mobilfunkmasten hinzuzählend – machte die Sachlage erst recht tragisch und brisant.

Die dringlichste Aufgabe der Ermittlerteams war es nun mehr

denn je, diese Terroristen schnellstens zu fassen, um dem mörderischen Spuk ein Ende zu bereiten.

Nicht nur der immense Druck der Politiker, die natürlich auch um die Gunst ihrer Wähler bangten, sondern vor allem die Angst der Bevölkerung, die um Leib und Leben fürchtete, aber auch die Medien, die ein lukratives Sommerlochthema ausquetschen konnten, zwangen die Exekutive noch fieberhafter an der Aufklärung zu arbeiten.

Als S-C-ONE Pressesprecher war es auch Mellers Aufgabe, einerseits zu informieren, was nicht schon alles getan wurde und wird, um die Täter zu fassen, andererseits auch die Bevölkerung über die Medien zu beruhigen. Dass die Exekutive, die Ermittler und der S-C-ONE bestens zusammenarbeiteten, alles im Griff hätten. Dass man jedoch systematisch vorgehen müsse. Mehr dürfe – im Sinne der bisherigen Indizien und der daraus resultierenden Erkenntnisse – nicht verraten werden. Gerade heute sei man ganz nah an den Täterkreis herangekommen, würde aber durch vorschnelles Preisgeben brisanter Details den weiteren Erfolg der Ermittlungen gefährden.

Dieses Wischi-Waschi-Geschwätz musste der sensationsgierigen Medienmeute genügen, wobei sich Meller schon wie ein mit hundert Wassern gewaschener Politiker vorkam und sich dabei entsetzlich mies fühlte, während er in deren selbiges Horn stieß:

Die Bevölkerung beruhigen, beschwichtigen, besänftigen, einlullen. Nur keine Wellen schlagen. Ob Politiker noch irgendwelche Empfindungen verspüren, wenn sie den Bürgern bei Wahlveranstaltungen was auch immer versprechen?

Tatsache war, dass aufgrund von Einsparmaßnahmen etliche Polizeiposten einfach aufgelöst werden mussten, dass Paragraphen, Gesetzestexte und deren Absicherungen seitens Exekutive und Staatsanwaltschaft schon so kompliziert ausgelegt waren, dass Verbrecher längst über alle Berge verschwinden konnten, bevor rechtlich abgesichert, endlich zugegriffen werden durfte undundund...

Keine leichte Angelegenheit also, hierzulande eine breitflächige Verbrechensbekämpfung erfolgreich durchzuführen, was auch die betrübliche Zunahme an Strafdelikten sowie die kümmerliche Aufklärungsrate im Vergleich dazu offenlegte.

Doch das behielt der Kommissar in seinem Bericht für sich, während er das bisherige Ergebnis bis weit über den grünen Klee lobte. Und dieses so zu argumentieren, obwohl noch immer kein eindeutiger Erfolg zu präsentieren war, das war die Chuzpe. Genauso schwierig wie das Schnappen der Attentäter – eine Schweinehacke. Noch dazu, weil diese ja noch immer frei herumliefen und sich jederzeit eine neue Teufelei ausdenken konnten.

Bei der abschließenden Fragerunde wünschte sich Meller überall hin, selbst in das mieseste Loch der Welt. Wie die Geier waren sie, diese Journalisten – fliegend, einkreisend, zuhackend. Mit ihren Tricks versuchten sie, Unfähigkeiten der Exekutive aufzudecken und in ihren Blättern breitzutreten.

Er schwor sich nicht zum ersten Mal: Diesen Pressejob macht ab sofort wer-auch-immer – *ich kann schlecht lügen.*

Wobei sich vorrangig drei Fragen herauskristallisierten, die Meller für sich ganz privat beantwortete, während er geduldige Miene zum quälenden Spiel machen musste:

Frage: Wo werden die Terroristen als nächstes zuschlagen?

Meller 1: An entsprechend exponierten Stellen.

Meller 2: Bin ich Gott? Bitte, wenn Sie's wissen wollen: auch dort, wo so aufgetakelte Neugierige wie Sie rumschnüffeln!

Frage: Wann bitte, wann werden sie endlich gefasst?

Meller 1: Wir sind, wie bereits erwähnt, ganz nah dran.

Meller 2: Dann, wenn wir sie zu fassen kriegen, Herr Bacher! Dass der das immer noch nicht schnallt?

Frage: Wer steckt hinter dieser Terroristengruppe?

Meller 1: Kein Kommentar. Die Ermittlungen laufen.

Meller 2: Das würden vor allem wir gerne wissen. Und solange werden auch Sie sich in Geduld üben, Frau Dünnlippe.

Wie gut, dass Gedanken noch immer frei waren – und hinter der Hirnrinde verborgen hämisch vor sich hingrinsen durften. Immerhin war er der ideale Pressemann, was ihm die S-C-ONE Chefin abschließend wiederholt dankend bestätigte, weil er die lästige Pressestunde so bravourös gemeistert hatte.

»Also, ich hätte weiche Knie bekommen«, gestand die »Tuareg« dem Kommissar, als der Saal sich leerte und letzte Hände Vorbeigehender verabschiedend gedrückt wurden.

»Weiche Knie? Immer noch besser als ein weiches Rückgrat.«

Die »Tuareg« verstand Mellers Witz nicht sofort, lachte jedoch höflichkeitshalber.

Euch wird das Lachen noch vergehen, schwor sich Meller, dachte dabei aber mehr an die Spraybomber, die ihm diesen undankbaren Auftritt verschafft hatten.

Wobei ja nur die Ermittler und Bacher wussten, dass sich die Terroristen als »Spraybomber« bezeichneten. Doch der Bacher war von Meller mit einem Schweigegelübde belegt worden. Und wehe, er plauderte das medial aus! Dann würde Meller neben einer Anzeige wegen Indizien-Verrat über Bacher ein »Lebenslänglich« durchdrücken. Zumindest wäre sofort wieder das Kriegsbeil zwischen beiden ausgegraben.

Meller dachte sich soeben eine äußerst schmerzhafte Folter für den erschlankten Bacher aus: ihn mit einem Gemisch von

Schlagobers und gestampften Rumkugeln in Karamelsoße wie eine Mastgans stopfen, sodass er innerhalb 24 Stunden zwanzig Kilo zulegt. Oder noch besser: Bacher nackt am Marterpfahl wie die drei Feuerlöscher-Loser und mit Leckerlis um seine Mitte bekleben. Dann den verfressenen Joe auf ihn hetzen.

Das Böse steckte nun mal in jedem Menschen, auch in einem Kriminalkommissar. Und der grinste soeben diabolisch…

Es waren eben keine angenehmen Fragen für das S-C-ONE Team und auch für Meller, der sich nun zusätzlich mit dem Anschlag auf den Schwertransporter zu beschäftigen hatte.

Verdammt noch mal – zwei unschuldige Menschenleben! Der kreuzbrave Lkw-Fahrer Milan Pivonka, der nie in Mödling hätte abfahren sollen, und der junge Familienvater, der unglücklicherweise genau an dieser Stelle schlief, wo der Vierzigtonner hineinknallte. Die Mutter erlitt schwere Verletzungen – wenigstens das Kleinkind war heil davongekommen.

Meller blätterte den Bericht des Unfalles auf der Schiller-Straße bereits zum vierten Male durch. Es war wieder der Moment, sich in Situationen hineinzudenken, zu kombinieren, Für und Wider abzuwägen, das Wesentliche aus seinen komplizierten wie sensiblen Gedankengängen herauszukitzeln…

Dagegen waren die peinlichen Auto-, Haus- und Felsenschmieragen der drei Feuerlöscher-Täter, gelinde ausgedrückt, ein Lercherlschas, wenn auch der Sachschaden ein beträchtlicher war. Doch diese Angelegenheit war so gut wie aufgeklärt und die Straftäter gingen dem gerechten Weg der Justiz, mit Strafurteil etc., entgegen.

Aber warum bekannte sich jemand zu diesem Lkw-Anschlag? Vor allem wusste er von dem geheim gehaltenen Begriff »Spraybomber«. Also konnte es kaum die Tat eines Einzelnen gewesen sein, der sich vom nächtlichen Verkehr belästigt fühlte. Ein Mann mit ausländischem Akzent sei es gewesen, wie Bacher versicherte – von wegen Ausländerhass. Der Lkw-Fahrer Milan Pivonka war ein Ausländer, wenn auch nur ein durchfahrender. War es ein gezielt persönlicher Anschlag auf den Tschechen? Das klang nicht logisch. Von einer Verbindung der tschechischen Familie Pivonka zur Familie Broukal in der Südtiroler Gasse war im Bericht zu lesen. Dem konnte Meller zu einem späteren Zeitpunkt nachgehen.

Wie Bacher berichtet hatte, hörte sich sein Gespräch nach einer prinzipiellen Erpressung an.

Der Kommissar hatte sich den Wortlaut des vermeintlichen Terroristen vom Redakteur auf den Voice-Recorder aufsprechen lassen. Er hörte sich Bachers Stimme wieder und wieder an:

»…er klang so ähnlich wie: Du Chef von Zeitung in Mödling? Als ich das bestätigte, sprach er sofort weiter: Unfall mit Lkw auf Schiller-Straße is Anfang erst. Wenn nicht Ruhe in Nacht und Leute nicht können schlafen, dann wieder machen Unfall. Du sagen Politiker. Und dann kam was, das mich hell aufhorchen ließ. Denn er sagte abschließend: Spraybomber machen ernst wie bei Sprengen die Maste von Handy auf Dach. Das konnte nur einer von denen sein, die mir den Bekennerbrief geschickt hatten…«

Das hörte sich nach einer Gruppierung mit prinzipiellem Hass auf die politische Obrigkeit an, dachte Meller, weil sie die vermeintlich schädliche Handystrahlung nicht ernst nimmt und Konzernen das Aufstellen von Handymasten gewährt, weil sie nicht in der Lage ist, den nächtlichen Lkw-Verkehr rigoros zu unterbinden, weil Sprayer ungehindert ihre Schmierwerke ausführen können, meist ohne belangt zu werden…

Eine radikale Formation, die ihre Forderungen mit allen

Mitteln durchzusetzen versuchte.

War es eine Gruppe von Leuten, die an der Schiller-Straße wohnten – also Bürger, die vom nächtlichen Verkehr belästigt werden, jedoch dagegen machtlos sind? Das könnte man sich eventuell vorstellen. Und weil auch die Exekutive nicht allzu viel dagegen unternimmt, schreitet man zur Selbstjustiz, mit ein paar Litern Salatöl auf die Straße geschüttet, kurz bevor ein Lkw vorüberrauscht. Damit die Stelle, an der das Öl vergossen wird, im Dunkeln liegt, kappt man kurz vorher das Stromkabel zur Straßenlaterne.

Ob Personen, die an der Schiller-Straße wohnten – immerhin durchwegs ehrbare Bürger – und schon seit Generationen hier ihr Zuhause hatten, zu solch einem teuflischen Anschlag in der Lage wären?

Nie!, kam es Meller in den Sinn. Aber was weiß man schon von der *Bestie Mensch*, wenn sie einmal geweckt wird. Diese sogenannte »Bestie« konnte überall wohnen. In der elitärsten Kotz-Protz-Villa genauso wie im grindigsten Wohnloch, wobei zweites eher anzunehmen war, dachte Meller, um der allgemein üblichen Vorverurteilung den Vorrang zu geben. Jedoch an der Schiller-Straße gab es keine grindigen Wohnlöcher.

Gibt's prinzipielle Standesdünkel, Herr Meller?

Aber nein, nicht doch! Na gut. Also, wer ist es dann?

Dass die Handymastensprengungen und der Lkw-Unfall einer einzigen Gruppierung zuzuordnen waren, lag jetzt klar auf der Hand – siehe Spraybomber-Schreiben und telefonische Botschaft an Bacher. Aber dass sie sich so leicht in die Karten schauen ließen, das wollte Meller nicht so ohne Weiteres glauben. Zu perfekt liefen die Anschläge ab, auch jener auf den Lkw-Fahrer.

Wie viele wohnten direkt an der Straße? Das war schnell zu

eruicren. In der Schiller-Straße stand auch Lo Biancos Villa. Und V-Agent Mike Lehner lebte mit seiner Familie in dem neuen Siedlungsblock in der Schiller-Straße, Ecke Demelgasse.

Lo Bianco ein Terrorist? Nein. Allemal ein Herzensbrecher. Als einen solchen sah ihn Meller, aber als mehr schon nicht. Doch – als noch etwas: als seinen besten Freund.

Der Kommissar ließ V-Agent Lehner zu sich ins Zimmer kommen und berichtete ihm von seinem Vorhaben, die Anwohner der Schiller-Straße zu hinterleuchten. Unauffällig und mit viel Verständnis für den Unmut, den die Bewohner dieser Straße in den Medien kundtaten, nachdem dieser grässliche Unfall geschehen war.

Natürlich hatten sich daraufhin Gruppen gebildet, die die Schiller-Straße blockieren wollten, weil der Verkehr immer unerträglicher wurde. Ganz zu schweigen von den Schwertransportern, die sich durch die Straße wälzten, eben auch immer öfter in der Nacht.

Durch die grüne Gartenstadt Mödling, wie Mike Lehner den geläufigen Werbespruch verhöhnte. Was aber noch belastender hinzukam, waren die nächtlichen Pkw-Raser, die mit weit überhöhtem Tempo durch die Schiller-Straße schossen, als säße ihnen der Teufel persönlich im Genick. Noch dazu hatten sie ihre HiFi-Anlagen so extrem aufgedreht, dass man aus den Federn gerissen wurde.

»Das glaubst du nicht, wie störend das ist.«

Frustriert klärte Mike Lehner seinen Chef auf:

»Unsere Schlafzimmer liegen wenigstens hofseitig. Aber so um eins-zwei in der Nacht hörst du diese *Wumm-wumm-Bässe* der rasenden Hifi-Bolzen so was von brutal, dass die Fenster im Wohnzimmer klirren, wenn so ein Wahnsinniger am Wohnblock vorbeirauscht. Was das bei einem Betonbau heißt, weiß man:

hellhörig, wie eine japanische Zwischenwand mit Seidenbespannung. Da spürst direkt die Schallwellen, die an die Hauswand knallen.«

Der besonnene Mike Lehner war nicht mehr zu erkennen. Mehr und mehr steigerte er sich hinein und knallte dem Kommissar seinen aufgestauten Frust auf den Tisch:

»Mich wundert's wirklich nicht, wenn sich die Leute aufregen und dagegen vorgehen wollen. Auch die Stoppl und ich, wir demonstrieren mit, weil es eine einzige Sauerei ist, was uns auf der Schiller-Straße zugemutet wird!«

Obwohl Meller sich dafür nicht verantwortlich fühlte, hatte er volles Verständnis für die missliche Lage der Lehners.

Schon polterte der V-Agent von Neuem los:

»Und erst diese Vandalen! An den Wochenenden wird beinahe jede Nacht irgendwas kaputtgeschlagen… Ach geh, was jammere ich da herum? Die Politiker beschwichtigen nur und reden das Dilemma in der üblichen Manier nieder, versprechen zwar Abhilfe. Doch geschehen ist bis jetzt so gut wie nix. Vielleicht dass kurzzeitig die Polizei öfter durchfährt. Das war's dann auch schon wieder. Man kennt ja die Politiker, die üblichen Lippenbekenntnisse. Aber Entscheidungen durchzuziehen, die das Problem wirklich lösen würden, dazu sind sie zu feige. Es könnte ja wichtige Wählerstimmen kosten. Bei uns können die sich zukünftig brausen…!«

Meller winkte beruhigend ab, jedoch Mike Lehner war jetzt nicht mehr zu bremsen.

»Bitte, ich bin noch nicht fertig. Das muss ich noch sagen, dann bin ich eh schon wieder ruhig: Wenn wir das gewusst hätten, wir hätten uns *nie* diese Wohnung gekauft! Bei den Preisen in Mödling. Doch die müssen wir jetzt erst einmal abzahlen. Und für eine andere Wohnung fehlt uns das Geld…«

Auf Mellers Einwurf, sie doch zu verkaufen, kam sich Mike Lehner verhöhnt vor und entgegnete verbittert:

»Waass? Sie wieder verkaufen? Dass ich nicht lache! Wer will sich denn noch an der Grand-Prix-Strecke namens Schiller-Straße ansiedeln? Ja, meine Stoppl und ich, wir waren so blöd. Wir wohnen halt so gern in Mödling...«

Der V-Agent schwieg und starrte auf seine Hände, mit denen er seine Anschuldigungen demonstrativ unterstrich. Schließlich ließ er sie kraftlos auf die Tischplatte plumpsen.

Der Kommissar räusperte sich und erwiderte:

»Mit diesen Rasern und Vandalen werden wir auch noch fertig. Ich weiß, da gibt es schon Strategien, um dieser Misere Herr zu werden.«

Ein mitleidig-lächelndes Mundverziehen und Achselzucken des V-Agenten verriet dem Kommissar, dass ihm Mike Lehner nicht ein Wort glaubte.

»Schau nicht so misstrauisch – es stimmt wirklich, Mike. Das ist jetzt Sache einer neuen Einheit geworden. Wir werden ja täglich immer mehr, wie du sicher schon bemerkt hast«, motivierte ihn Meller. »Aber unsere Aufgabe ist es jetzt, in der Sache *Lkw-Unfall* den Anrainern der Schiller-Straße auf den Zahn zu fühlen. Nach deiner Schilderung scheinst du mir der ideale Mann zu sein. Ich schlage vor, du klapperst mit Irene Schneider alle ab... das Übliche eben...«

Meller stand auf, ging um seinen Schreibtisch herum, klopfte Mike Lehner aufmunternd auf die Schulter und meinte ironisch:

»...allerdings hoffe ich, dass du nicht einer der Terroristen bist. Obwohl – bei deiner Schilderung? Muss ich mir Sorgen machen, Herr Kollege?«

»Im Vergleich zu anderen weiß ich noch immer, wo meine Grenzen sind«, antwortete der stets besonnene und korrekte

V-Agent Mike Lehner ernst.

Als Meller am späteren Nachmittag mit einem Aufsperrspezialisten bei Frau Krapfenbacher ankam, fiel ihm ihr linkes Handgelenk auf, das von einem dicken Verband verhüllt war.

»Was ist Ihnen denn da passiert, Frau Krapfenbacher?«

Beunruhigt über die verdächtige Stelle, dachte der Kommissar sofort an einen Suizidversuch.

Eine Frau mit blonden, mittellangen Haaren, etwa im Alter von Frau Krapfenbacher, sah den Kommissar besorgt an und reichte ihm die Hand.

»Ach – das war nur ein… ein kleiner Ausrutscher«, erwiderte die Blonde für Frau Krapfenbacher. Und mit einem Seitenblick auf sie: »Franziska hat sich schon wieder… *Ich* bin ja jetzt da.«

»Das ist meine Freundin Inge. Inge Mitterlehner, eine Kollegin aus der Firma«, versuchte Frau Krapfenbacher den Kommissar auf ein anderes Thema zu bringen…

Nach knapp zehn Minuten war der Aufsperrspezialist so weit, dass Meller das Labor betreten konnte. Wortlos packte der Mann seine Werkzeuge wieder ein und ließ sich seine Leistung vom Kommissar bestätigen.

»War 'n Klacks, dieses System zu knacken«, bemerkte er, während er den unterschriebenen Durchschlag aus seinem Arbeitsbuch riss und dem Kommissar überreichte.

»Man sieht sich wieder«, verabschiedete er sich und zeigte mit zwei Fingern salutierend auf seine knallrote Baseballmütze.

Die beiden Frauen hatte er gebeten im Wohnzimmer zu bleiben, bis das Labor geöffnet war. Er wollte sich vorerst ungestört einen Ersteindruck des Kellerraumes verschaffen.

Ein etwa 20 m^2 großer Raum, ein Kellerfenster mit Drahtgitterglas und allerlei Gerätschaften in Regalen, die an der Wand standen. Ordnerreihen in einem offenen Schrank, der bis unter die Decke reichte, wobei es bis zum Plafond keine zwei Meter dreißig maß. Ein üblicher Keller eben als Labor eingerichtet.

Ein Gasbrenner stand auf einem langen Arbeitstisch, eine polierte Metallplatte auf stabilen Füßen. Sie glänzte und spiegelte die Deckenbeleuchtung wider, sodass die lichtmäßige Abstrahlung den Raum um ein Vielfaches heller machte. Als sich der Kommissar kurz darüberbeugte, sah er sein Gesicht, das ihm entgegenstarrte.

Wie im Spiegelkabinett, entfuhr es ihm und er konnte sich nicht vorstellen, hier zu arbeiten, ohne durch das permanente Abbild seines Gesichtes irritiert zu werden.

Eine größere Anzahl von Reagenzgläsern lag in einem geöffneten Karton auf dem Tisch. Weitere steckten in Glashalterungen und waren mit verschiedenen Flüssigkeiten gefüllt.

Eine Apothekerwaage, Rühr- und Schüttelgeräte, drei Pinzetten; seltsam geformte Zangen, vermutlich zum Greifen heißer Behälter; ein kleiner Drahtkorb, halb voll mit leeren Reagenzgläsern gefüllt; zwei Trichter unterschiedlicher Größe; ein elektronisches Thermostatgerät, Systemschalen aus poliertem Metall; ein kleiner Handspiegel, daneben ein älteres Telefongerät, vermutlich ein Festnetzanschluss.

Kurz und gut, ein eingerichtetes Labor, wobei Meller nicht im Geringsten ersehen konnte, woraus Krapfenbachers spezielle Arbeit bestand. Doch das wäre mit einem Besuch beim ehemaligen Arbeitgeber des Forschers leicht zu klären.

Meller streifte sich spezielle Handschuhe über, falls er doch etwas in die Hand nehmen wollte.

Eine völlig neue Computeranlage mit Flachbildschirm, Tastatur und Rechner, stand ebenfalls auf dem Tisch, war jedoch noch nicht angeschlossen. Am Boden lagen noch die Verpackungskartons umher. Was hatte Franz Krapfenbacher bewogen, eine neue PC-Anlage zu kaufen und sich dann mit Auspuffgasen zu vergiften...? Oder aber auch vergiftet zu werden...? So eindeutig war das ja nun doch nicht, laut Spurenermittler.

Der Brief lag versteckt unter der Bedienungsanleitung des Computers. Der Kommissar fand ihn erst, als er das Manual zur Seite schob und die Ecke eines Kuverts zum Vorschein kam. Er öffnete es vorsichtig – die Kuvertlasche war nur eingesteckt – und las die paar Zeilen:

Franziska!

Du warst stets an meiner Seite, auch wenn Du mich nie verstanden hast.

Wenn ich heute etwas bereue, dann zweierlei:

– dass ich viele Jahre <u>neben Dir</u> lebte, anstatt <u>mit Dir</u>,

– dass mir gewisse Umstände keine andere Wahl lassen.

Darum bleibt mir nur dieser Ausweg. Verzeih mir meine Entscheidung, doch bald wirst Du sie verstehen.

Ich verfluche den einen Tag in meinem Leben, der mich zu diesem letzten Schritt treibt.

Franzi

Also doch: freiwilliger Abschied aus dem Diesseits.

Trotzdem – wie kam Krapfenbacher zu seinen Verletzungen? Hatte er sich diese wirklich im Suff zugezogen?

Ein paar Bücher lagen auf dem Arbeitsplatz seitlich gestapelt, Fachliteratur, wie der Kommissar auf den Buchrücken lesen konnte. Dazwischen steckte das Buch »Henry Miller – Sexus«.

Was hatte dieser ehemalige Skandalbestseller zwischen knochentrockenen Chemieweisheiten zu suchen?

Vorsichtig hob er den Bücherstapel und nahm das schwarze Buch zur Hand. Als er es kurz aufblätterte, sah er, dass die

Seiten am Rande bereits vergilbt waren. Es musste eine ältere Ausgabe sein. Richtig, auf Seite vier fand er den Herstellungshinweis. Es war eine Auflage von 1970. Die Originalausgabe war bereits 1947 erschienen.

Meller klappte das Buch wieder zu. Doch halt – da stand etwas Handgeschriebenes! Er schlug erneut den Buchdeckel auf und las auf der Vorspannseite eine kurze Widmung:

Mein Herz ist dein Herz.

Yvonne, 31. 12. 2005

Eine Ausgabe aus 1970 mit einer Widmung aus 2005?

Doch wer ist Yvonne? Und was hatte sie mit Franz Krapfenbacher, diesem unauffälligen Chemiker, der mit Auspuffgasen – freiwillig oder auch nicht – ins Jenseits geblasen wurde, zu tun?

Der Kommissar klappte das Buch wieder zu und legte es zur Seite. Diesem Roman würde er eine Menge Aufmerksamkeit widmen – weniger dem Inhalt, vielmehr der Tatsache, dass er hier ein mysteriöses Dasein fristete.

In einer der Schreibtischladen fand er A4-große Kuverts aus Papier. Er nahm eines und ließ den Roman darin verschwinden. Er wollte Frau Krapfenbacher diesen Fund vorenthalten. Sie mit einer Affäre ihres Mannes zu konfrontieren – danach sah dieser Liebesbeweis aus – wollte er ihr vorerst ersparen. Sie hatte ohnehin genug Leid zu ertragen.

Welche Umstände ließen Franz Krapfenbacher keine andere Wahl? Eine unglückliche Liebe? War der Grund diese Yvonne?

Acht

Mittwoch, 8. August 2007…

Es war knapp halb sechs morgens, als Meller aus dem Schlaf gerissen wurde. Joe bellte sein Herrchen wie verrückt aus dem Bett, wobei Mellers Bett heute im Freien stand.

Wie es dazu kam?

So abrupt aus den Träumen katapultiert, musste sich selbst der Kommissar den Grund in das noch schlafbetäubte Hirn einträufeln lassen.

Richtig, das Wetter hatte sich die letzten Tage um 180 Grad gedreht und zeigte wieder unbarmherzig die klimageschädigte superheiße Seite. Letzte Nacht war es in Biancos Häuschen, in dem Meller noch immer zu Gast war, unmöglich zu schlafen, sodass er kurzerhand ein angefeuchtetes Leintuch nahm, um auf der kleinen Terrasse im ersten Stock seinen Schlaf fortzusetzen. Auf einer brettharten Sonnenliege, aber besser Brett und hart, als weich und viel zu heiß.

Joe, der treue Begleiter und Beschützer seines Herrn, lag brav unterhalb und schnarchte vor sich hin. Nur kurz bestaunte der Kommissar den sternenklaren Nachthimmel, schon war er wieder im Land der Träume, während wohltuend ein laues Nachtlüfterl seine Stirne kühlend umspielte.

»Me…Me…Meller, ja…?«

Entsetzlich. In einem Hochschreck-Zustand, dazu noch um diese Zeit, war kein klares Wort herauszubringen. Joe sah einen steifen Kommissar, der sich stöhnend aufquälte und zusammenzuckte, weil die eine Hand den hastigen Griff nach dem Handy mit einem schmerzhaften Stich quittierte.

»Aaauhha… verdammt noch mal… schleich dich…!«

»Was soll ich…? Mich schleichen… Wieso? Hey, Meller, ich bin's!«, rief Lo Bianco verzweifelt.

»Nicht du! Der Hund… aauuhaahh… pfaahh… tut das weh!«, jammerte Meller, während er sich mühsam hochrappelte.

»Bitte, Meller, bitte hör mir zu… bei mir schwimmt wer im Biotop!«, stöhnte Lo Bianco.

»Geh bitte, Lo…! Sag weißt du, wie spät es ist…? Verlang halt Eintritt oder stamper ihn wieder raus!«, erwiderte Meller jetzt leicht wütend.

»Aber der rührt sich nimmer… Der ist tot…!«

»Waaasss toot…?

Jetzt war es an Meller, hellwach zu werden. Schlagartig, ohne weiteres Zutun sprang er von der Liege – landete auch schon hart auf dem Boden.

Verdammt, verdammt!

Eine Sonnenliege war nun mal kein stabiles Bett.

»Lo, ich komme… und rühr mir nix an«, waren Mellers hastige Worte, bevor er das Gespräch unterbrach.

Er hörte nicht mehr, wie Bianco verdattert zu Claudia Rotter sagte, die ebenso geschockt auf der Mole stand und den unbeweglichen Schwimmer anstarrte, der bäuchlings im Wasser lag:

»Nicht einmal mit dem kleinen Finger rühr ich den an. Der soll selber an Land schwimmen.«

»Geh, Lo, der ist doch tot!«, erwiderte Claudia Rotter.

Eine gespenstische Szene.

Erbrochenes schwamm neben dem Toten und die drei Koikarpfen, die Claudia erst vor wenigen Monaten im Schwimmbiotop ausgesetzt hatte, taten sich gütlich daran.

Sie hatte sich hastig einen Morgenmantel übergeworfen und wollte soeben mit dem Kescher die Fische von der Leiche vertreiben.

»So lass sie doch fressen, Claudia. Es sind ja nur Fische… und was weg ist, ist weg!«

»Geh bitte, Lo…! Du bist grauslich!«

Angeekelt vom Geruch, ein Gemisch aus Erbrochenem und Exkrementen, der um das Biotop wie eine unheilvolle Wolke schwebte, gelang es Claudia nicht, die Fische von der Leiche wegzuscheuchen. Als sie sah, dass es zwecklos war, legte sie den Kescher in die Wiese. Die ersten Fliegen, von der Morgensonne aufgewärmt umherschwirrend, belagerten die Kopfverletzung am Hinterkopf des Unbekannten.

Es war ein wunderschöner Morgen. Kein Wölkchen trübte den Himmel, der sich im Wasser spiegelte, gemeinsam mit einem Teil von Lo Biancos Villa aus massivem Holz.

Der Tag hätte so herrlich beginnen können, läge nicht der tote Schwimmer im Wasser. Angewidert vor Ekel und doch von Neugierde gepackt, ging Claudia um den Teich herum. Von der Mole über die Terrasse und über die Brücke zum Pier40. Hier waren in Bodennähe an der weißen Mauer Blutspritzer zu sehen. An der Kante zum Wasser war das Holz abgeschlagen und ebenfalls blutbeschmiert. Sie ging in die Hocke und besah sich die Blutspuren.

Lo Bianco, eingehüllt in eine dünne Decke, saß auf der Terrasse auf einem der bequemen Sonnenstühle und sah zu, wie seine Freundin das Pier40 untersuchte.

»Lass das doch den Meller machen, der ist der Kommissar«,

meinte er genervt. »Ich steig da jedenfalls nimmer rein. Da ist Leichengift im Wasser und… und hineingekotzt hat der auch noch.«

Claudia ließ sich nicht ablenken. Sie erhob sich, sah erst zu Bianco hin, dann die Mauer hoch.

»Von da oben ist er runter.« Sie zeigte auf die Mauerbrüstung, in etwa drei Meter Höhe. »Hat sich hier unten die Birne aufghaut und ist dann ins Wasser gefallen. Der muss total besoffen gewesen sein oder er war Nichtschwimmer, weil sonst hätte er sich spielend an Land retten können.«

Claudia ging die Stufen hinunter, die Promenade entlang über die Steinplatten und wieder auf die Mole, permanent den Blick auf den Toten geheftet.

»Ich mache zur Sicherheit ein paar Fotos«, sagte sie, kam zu ihrem Freund, strich ihm zärtlich übers Haar und sagte, eine traurige Grimasse schneidend: »Heut wird's nix mit *eFeF*«, und verschwand im Haus.

»Aufgeschoben ist nicht aufgehoben… und auf den Schock hin bräuchte ich jetzt einen Kaffee! Bittee…!«, rief er ihr nach.

Lo Bianco hatte sich vor Jahren ein Schwimmbiotop bauen lassen. Seit Claudia bei ihm einzogen war, bekamen die das Biotop eingrenzenden Stege besondere Bezeichnungen:

Das Pier40 war nichts anderes, als der erhöhte Steg entlang der Mauer. Pier40 deshalb, weil Claudia seither jeden Abend dort saß und ein Bier mit den Extrakten von 40 Kürbiskernen genoss, während sie ihre drei Koikarpfen fütterte. Die Promenade verlief entlang des Gemüsebeetes. Die Mole ging direkt bis zur Mitte des Teiches, an deren Ende sich der Einstieg in den Schwimmteil befand. Die Brücke war das Verbindungsstück von einem Teil der Terrasse zum Pier40.

Diese Bezeichnungen machten das Schwimmbiotop wesentlich größer, als es in Wahrheit war. Die beiden hatten sich diesen Spaß ausgedacht, um Neugierige auf die Schaufel zu nehmen. Sieben mal vier Meter groß war der Schwimmteil. Für Claudia und ihn jedenfalls groß genug, um darin ein paar Tempi zu machen. Der Rest des Biotops bestand aus der doppelt so großen Reinigungszone, die notwendig war, um eine saubere Wasserqualität zu erhalten. Als besonderen Aufputz hatte Claudia kunstvoll »Lago Bianco« auf den Quellstein gemalt, aus dem das Wasser – zur Sauerstoffanreicherung vom Grund des Teiches hochgepumpt – heraussprudelte.

Claudia sprang am liebsten ins Wasser, bevor sie sich in den sommerlichen Morgenstunden wieder zu Lo ins Bett kuschelte, um den Tag mit einem heftigen Liebesakt zu beginnen. »eFeF« nannte Claudia die morgendliche »Liebesstunde« mit Lo Bianco und ließ ihren Chef stets im Unklaren, wenn er wissen wollte, was denn dieses verdammte *eFeF* bedeute – der Grund, warum die Rotter, seit sie Biancos Freundin war, stets zu spät im S-C-ONE eintrudelte. Zumindest an jenen Tagen, an denen Claudia Rotter besonders glücklich dreinschaute. Und das war ziemlich oft die Woche.

»Du bist der Kommissar, Chef. Also finde es raus, was *eFeF* bedeutet«, zog sie Meller auf, wenn sie wieder zu spät kam.

»Das scheint erwiesenermaßen ein Unglücksfall zu sein. Die Indizien weisen darauf hin: Die Schuhabdrücke auf der Blechabdeckung der Mauer. Der typische Ausrutscher oder Stolperer, wie man's nennen will: Man sieht genau, wo sich der junge Mann verhaspelt hat und von der Mauer gestürzt ist. Auf dem Holzsteg ist er mit dem Kopf aufgeschlagen und schließlich ins Wasser gefallen. Nachdem er eine Menge Alkohol getankt hatte, ist er einfach ertrunken. Aber das wird die Gerichtsmedizinische noch genau untersuchen.«

Der Chef der Spurenermittler ließ seine Leute ihre Gerätschaften einpacken. Er stand gemeinsam mit dem Kommissar, mit Lo Bianco und Claudia Rotter auf der Terrasse. Bedrückt verfolgten sie die Bergung des Toten. Nachdem er auf die Bahre gelegt und zum nahestehenden Leichenwagen getragen worden war, gingen sie den Leuten bis zum offen stehenden Einfahrtstor hinterher.

Der Ermittler wandte sich an den Kommissar und erklärte:

»Sehen Sie... hier«, er zeigte auf die Stelle an der Schiller-Straße, »sind sie auf den Steinsockel geklettert, dann über die Blechabdeckung der Mauer balanciert.«

»Wieso sind sie? Ich dachte es war nur einer?«, wunderte sich der Kommissar.

»Wir haben mehrere Fußspuren gefunden, die natürlich auch schon älter sein können. Jedenfalls, auf dem Geräteschuppendach hat jemand Wasser gelassen. Drastischer ausgedrückt, er pinkelte im Kreis vom Dach herunter, teilweise in das kleine Gasserl, dann auf das Dach und auf die Terrasse hier...«

»Solche Schweine...!«, mischte sich Lo Bianco ein. »Jetzt trampeln die schon auf meinem Grundstück herum und versauen alles. Nicht nur dass sie uns in der Nacht aufwecken, wenn sie besoffen über das versperrte Tor vom Schwarzrockgasserl steigen. Nein – sie zerstören auch unsere Bepflanzungen und zertrümmern die Keramiktröge. Vor Jahren haben sie sogar die Elektronik der automatischen Tore vernichtet... und erst der ganze Mist! Der wird einfach über die Mauer geworfen! Was ich schon alles im Garten gefunden hab: unter anderem einen Maurerhammer; und bitte, einzelne Schuhe; ein kaputtes Handy; jede Menge Spraydosen; von den Wein-, Bier- und Schnapsflaschen sowie Alko-Dosen gar nicht mehr zu reden.

Das Schwarzrockgasserl ist oft ein einziger Glasscherbenteppich.«

Lo Bianco schien nicht mehr zu bremsen zu sein. Er empörte sich derart und gestikulierte dabei mit seinen Händen, während er weiterschimpfte:

»Vor Kurzem flog sogar eine Giftler-Spritze über die Mauer – noch blutig! Und wollt ihr wissen, was die von der Polizei mir antworteten, als ich das mit der Spritze gemeldet hab? Ich solle sie wegwerfen, wenn mir davor graust. Na ja – ich hab die Spritze jedenfalls aufgehoben. Vielleicht war das derjenige da im Teich, der sich die wieder holen wollt, für den nächsten Schuss«, beendete er sarkastisch seine Anklage gegen Unbekannt und setzte noch eins nach:

»Das muss man sich einmal geben. Eine Leiche schwimmt in *meinem* Biotop! Ich hab immer geglaubt, Laichzeiten gibt's bloß bei den Fischen!«

»Bitte, Lo, das reicht jetzt…«, unterbrach ihn Meller, »ich kann's dir nachfühlen, dass dich das fertig macht. Aber passiert ist eben passiert.«

»Dann stellt mir wenigstens ein paar Särge her. Für die nächsten, die in unser Biotop plumpsen«, schmollte er, ließ die drei grußlos stehen und verschwand im Haus. Claudia verabschiedete sich hastig vom Chefermittler und eilte Bianco nach. Meller deutete ihr, dass er noch zu ihnen hineinkomme.

»Kann es nicht auch sein«, wandte sich der Kommissar wieder an den Ermittler, »dass der Bursche von der Mauer gestoßen wurde?«

Er war schon sensibilisiert nach den letzten Vorfällen, die sich in Mödling ereignet hatten.

»Jetzt hamma den Salat… Gib's zu Meller, das ist doch eine

einzige Schweinerei«, donnerte Lo Bianco, »schon immer habe ich gesagt, dass da irgendwann einmal was passieren wird. Jedes Wochenende gibt's die Wickel mit den Jugendlichen, die da besoffen und grölend durchs Schwarzrockgasserl marschieren. Und seit die Gasse in der Nacht zugsperrt wird, klettern die einfach drüber. Auch net grad gschickt von der Gemeinde. Lassen ein Tor bauen – mit Gitterflächen, dass man wie ein Affe drüberklettern kann. Das verursacht natürlich noch mehr Lärm… Aber das Stärkste kommt noch: Da hat mich vor Kurzem eine gewisse *von Schibrunsky* angerufen und beschimpfte mich, dass *ich* die Gasse in der Nacht hätte zusperren lassen. Solche Neureichen wie ich glaubten, sie könnten sich alles mit Geld richten. Und überhaupt, als Zuagroaster solle ich mich schleichen, wenn es mir hier nicht passt. Weil sie ist eine eingeborene Mödlingerin, die hier sehr wohl was zu sagen hätte. Daraufhin musste ich die Frau Eingeborene von Schabrunsky hinweisen, dass sie, wenn sie nicht Anrainerin des Schwarzrockgasserls ist, auch nicht den nächtlichen Krawall aushalten müsse, de facto auch nicht mitreden könne. Obendrein sei mein Haus doch etwas zu schwer, um es mir auf den Buckel zu schnallen, um mich von hier zu schleichen.«

»Von Schibrunsky«, korrigierte ihn Meller und beugte sich zum Voice-Recorder vor, der näher bei Lo Bianco stand, »du sagtest, sie heißt Schibrunsky, nicht Schabrunsky.«

»Ist doch egal, wie die Schabracke heißt. Hat null Ahnung von der Materie, wohnt nicht einmal hier am Schwarzrockgasserl, aber pudelt sich auf, als würde ihr die Stadt gehören. Aber da gibt's einige davon. Nach außen hin spielen s' die feinen Ladys im Pelzmanterl – von wegen Eingeborene und so. In Wahrheit sind s' eingebildete oder frustrierte Zicken, die dir die Hackerln ins Kreuz werfen, dass es ärger nicht geht.«

»Also, mir ist noch keine von deinen Pelzladys ungut aufgefallen«, zog jetzt Meller Bianco auf.

»Kein Wunder, bei der Hitz? Da triffst du solche AVs auch nur bei Gartenparties – vorausgesetzt, du wirst eingeladen«, konterte Lo Bianco.

»Bitte, was sind denn AVs?«

»Anonyme VIPs.«

»Jetzt bist aber gar ein bisserl zynisch, meinst nicht?«, erwiderte Meller, der den bissigen Unterton herausgehört hatte.

»Lo hat diesmal wirklich recht«, mischte sich Claudia ins Gespräch, die Biancos verbale Wortverdrehungen kannte. »Ich finde das auch nicht korrekt, was zurzeit abläuft. Schließlich bin ich ebenfalls Leidtragende. So wie alle anderen, die an dieser Gasse wohnen und das aushalten müssen.«

Sie saßen auf der Terrasse, mit Blick auf das Schwimmbiotop. Der Kommissar hatte Lo Bianco und Claudia Rotter als Zeugen zu dem Toten befragt und das Gespräch aufgezeichnet. Die beiden waren erst gegen zwei Uhr früh von einem Fest in Wien nach Hause gekommen und hatten sich sofort schlafen gelegt. Zu diesem Zeitpunkt musste der Bursche schon tot im Wasser gelegen sein. Als Claudia am Morgen schwimmen gehen wollte, entdeckte sie den Toten und weckte Lo. Mehr konnten die beiden dazu nicht aussagen…

Den Hund hatte Meller natürlich mitnehmen müssen. Während die Ermittler die Spuren sicherten, mussten sie Joe kurzfristig in Biancos Atelier verfrachten, sonst wäre er den Beamten in die Quere gekommen. Joe protestierte daraufhin auf der Terrasse im ersten Stock permanent bellend, bis ihn Claudia mit ein paar Leckerlis versöhnlich stimmen konnte. Stumm saß er schließlich oben, drückte seine Schnauze zwischen zwei Metallstäbe des Terrassengeländers und verfolgte jeden Handgriff der

Spurenermittler. Als sie mit ihrer Arbeit fertig waren, durfte Joe wieder in den Garten, wo er sich natürlich sofort auf seine ganz persönliche Spurensuche begab und am liebsten ins Wasser gesprungen wäre, hätte es ihm Meller nicht ausdrücklich verboten. Erst weitere Leckerlis brachten den gewünschten Erfolg.

Nun lag Joe zufrieden unterm Tisch und döste ausgestreckt neben Claudias nackten Füßen vor sich hin. Behutsam massierte sie Joe, wühlte sich mit den Zehen in das weiche Fell und genoss die Wärme, die ihr einen wohligen Schauer auf den Rücken zauberte.

Meller sah auf den Quellstein, auf dem in hellblauer Schrift *Lago Bianco* stand. Ein Algengeflecht hatte das *La* von *Lago* überwuchert, da hier das Wasser glucksend den Weg zurück in den Teich fand. Bei schnellem Hinsehen hätte man genauso *…go Bianco* lesen können.

»Scheint eine schicksalshafte Aufforderung zu sein, findest nicht, Lo? Wenn dich sogar der Quellstein auffordert, solltest eigentlich verschwinden«, bemerkte Meller und deutete mit dem Kopf auf die natürlich entstandene Interpretation.

Lo Bianco starrte erst irritiert auf die gewachsene Botschaft, dann grinste er hintergründig.

»Na so was…! Eine klare Aufforderung. In dieser elitären Lage Ober-der-Bahn war's mir von Anfang an schon immer etwas mulmig. Inmitten all dieser Protz-Villen. Tagsüber eine Nobelgegend, die sich in der Nacht allerdings zunehmend zur künftigen Bronx von Mödling entwickelt. Da war's in meinem kleinen Häuschen Unter-der-Bahn viel ruhiger und sicherer. Aber das weißt du eh, Mario. Du wohnst ja dort unten in meiner bescheidenen kleinen Hütte.«

»Schlafen meinst du wohl. Weil Wohnen werd ich bald im S-C-ONE, wenn das so weitergeht. Aber du hast recht, in der

Wiener Straße schlafe ich sehr gut und ungestört. Da gibt es keine solchen Beschwerden wie hier bei dir.

»Na, da hammas wieder«, bestätigte Lo Bianco, grinste Meller schelmisch an und behauptete:

»Als *Zuagroaster* bin ich zu wenig elitär für die Schiller-Straße und für die Bronx bin ich zu wenig proletig.«

»Das wär aber schon schade, wenn wir von Mödling wegziehen, wo wir ein so schönes Schwimmbiotop haben, meinst nicht, Lo?«, mischte sich Claudia Rotter ein.

»Ich hab dir schon hundertmal gsagt, nach der schwimmenden Leich bringen mich keine zehn Pferde mehr ins Wasser«, entgegnete ihr Lo Bianco frustriert, ergänzte aber schelmisch:

»Keine Sorge, ich bleib den Mödlingern erhalten. Glaubst, ich lass mich von so No-Name-Promis einfach vertreiben?«

»Na, wenn das keine Drohung ist?«, witzelte Meller. »Jetzt aber im Ernst – weil's mir gerade einfällt, Lo. Da hab ich einen Schlosser kennengelernt, der wirklich ein talentierter Mann ist…«

»Ah, der Randauer…!«, unterbrach ihn Lo Bianco. »War schon bei ihm. Super, was der macht… und das mit der Grundstückseinzäunung – alles geritzt.«

Bianco und Meller wollten in Claudias Gegenwart nicht näher darauf eingehen.

– – –

Sie fixierte die Metallteile mit Klammern auf der verrosteten Platte und stülpte sich die Schweißbrille über die Augen. Dann nahm sie das Handschild und hielt es sich vor das Gesicht, testete kurz am Rand der Platte die Elektrode, die grell aufblitzte und heftete schließlich mit kurzen Stromstößen die einzelnen

Teile auf die Metallplatte, um sie anschließend mit einer durchgehenden Schweißnaht zu befestigen.

Metall mit Metall vereinigte sich, begleitet von einer Rauchfontäne mit einem Geräusch, das dem brutzelnden Steak in der Pfanne ähnelte. Ein feuriger Funkenregen ergoss sich im hohen Bogen über den Tisch, auf dem das Werkstück eingespannt lag, sowie über umliegende Metallteile. Etliche Glühpunkte fielen auf den Boden und sprühten mehrfach explodierend auf. Wie übermütige Sternenkinder hüpften, tanzten, wuselten glühende Metallteilchen umher und verschwanden schließlich im Dunkel der Werkstätte.

Herwig Randauer sah mit zusammengekniffenen Augen zu. Aufmerksam beobachtete er, wie Gina Vanaris geschickt mit dem Schweißgerät umzugehen verstand.

Abwechselnd blickte er in das Dunkel der Werkstätte, dann wiederum kurz auf ihr Werk. Er wollte seine Augen durch die grellen Blitze nicht schädigen. In jungen Jahren hatte er sich durch minutenlanges Schauen in den Lichtbogen eine äußerst schmerzhafte Augenentzündung geholt.

»So nimm doch die Schutzbrille, Randy!«

Mit einer Handbewegung winkte er lächelnd ab.

Gina unterbrach ihre Arbeit, sah ihn kurz an, bevor sie den Verlauf der gezogenen Schweißnaht prüfte. Dann nahm sie einen Hammer und klopfte die durch das Schweißen gebildete Schlacke ab. Mit einer Zange versuchte sie einen abstehenden Metallteil noch weiter auseinanderzubiegen. Doch das Stück bewegte sich keinen Millimeter.

Kurzerhand wechselte sie auf die Plasma-Schneideanlage, zündete eine 3er Schneiddüse und bearbeitete jenen Metallteil, den sie aufbiegen wollte. Sie wartete, bis er orangegelb glühte, nahm wiederum die Zange und bog ihn so lange, bis er ihren

Vorstellungen entsprach.

Mit der kleinsten Schneiddüse brannte sie nun Schnitte in das aufgebogene Metall, setzte ab, prüfte sie und begann erneut fingerlange Einschnitte zu ziehen. Schließlich legte sie den Plasma-Schneider zur Seite und nahm die Brille ab. Das Werkstück konnte jetzt auskühlen.

»Sauber, sauber… alle Achtung!«, lobte Randauer das handwerkliche Geschick seiner Freundin.

»Bei dem Lehrherrn kein Wunder!«, strahlte sie ihn an, während sie ihre Lederhandschuhe auszog, auf den Tisch warf und einen Schritt zurückging, um ihr Werk zu betrachten.

»Bist meine kleine Metallverzauberin«, flüsterte er ihr bewundernd ins Ohr, nachdem er sich von hinten an sie gedrückt und sein Gesicht an ihre Wange gelegt hatte.

Sein Handy surrte. Sie befreite sich halb aus seiner Umarmung, damit er danach greifen konnte. Er aktivierte es und sah, dass eine SMS eingetroffen war.

»Bin gleich wieder da«, wandte er sich an Gina, drückte ihr noch einen Kuss auf die Stirn, bevor er sie losließ.

Sie war um mehr als einen Kopf kleiner als er.

»Nur zu, Randy. Ich komm schon alleine zurecht. Ein paar Teile werde ich doch noch dranschweißen, bevor ich das Relief ins Säurebad lege.«

Randauer hörte nicht mehr hin, war in Gedanken schon ganz woanders, während er mit Sorgenfalten auf der Stirn in sein Büro eilte…

Die erste Drohung hatte er als lächerlich abgetan, sie nicht ernstgenommen. Warum auch? So was an den Haaren Herbeigezogenes, Hirnverbranntes.

Er musste Rainer informieren. Eigentlich wollten sie gemeinsam fahren, aber Rainer hatte entschieden, die Sache allein durchzuziehen. Aber jetzt – diese SMS... Dem Spuk musste endgültig ein Ende bereitet werden.

Mensch was soll das... Das fehlte gerade noch...!

Ach, er wollte nicht mehr weiter daran denken müssen.

Randauer hatte sich mehrere Wertkartenhandys zugelegt. Jetzt holte er eines aus dem Wandsafe, der hinter dem Verbandskasten in die Wand eingelassen war.

Zorn hatte ihn unter Spannung gesetzt und sein Gesicht gerötet. Er bekam seinen Kabel-Stränge-Hals, wie er es nannte, wenn ihm etwas heftig gegen den Strich ging.

Randauers Kraft und Stärke war auch seine Schwäche: das Jähzornige. Mit diesem Charakterzug hatte er schon seit Kindheitstagen zu kämpfen. Er ließ ihn um sich schlagen, war er wieder einmal in Rage. Daher bekam er auch oft eine auf die Nase – naheliegend, dass es ihn als Jugendlichen in die Boxerliga verschlug. Später kamen, wie es oft im Leben eines Aufbrausenden nicht zu verhindern ist, ein paar böse Szenen hinzu – im Affekt reagierend, um sich schlagend, anschließend ohnehin sofort bereuend. Eben: genauso viel Faust aufs Auge wie Güte im Herzen. So offen, ehrlich und direkt wie Randauer war, in seiner Wahrnehmung verschwamm hin und wieder die Seilbegrenzung zwischen Boxring und Alltagsleben. Als Folge: entsprechende Eintragungen auf der Tadelseite des Lebens, dem gesetzlichen Führungszeugnis.

Auch wenn das Schicksal ihm übel mitgespielt hatte, der Kühlschrank hinter seinem Bürosessel hielt die passende Betäubung parat. Heute war Randauer wesentlich gelassener.

War etwa aus dem ehemaligen Jähzornigen ein Angepasster, ein beinahe Geläuterter geworden?

Noch lange nicht, wehrte er sich. Seine Fights hatten nur eine andere Form angenommen.

Und jetzt das noch... *Schlimm-schlimm-schlimm!*

Dort in der Halle stand sein neues Leben, seine Gina!

Endlich sollte es mit ihm wieder bergauf gehen, seelisch. Er sah wieder Licht am Horizont, sah wieder einen Sinn für sein zerrissenes Leben.

In der Halle stand seine Zukunft und klopfte soeben an einem ihrer Kunstwerke herum. Randauer genoss den metallischen Klang der Hammerschläge. Warm wurde ihm ums Herz, bei dem Gedanken. Gleichzeitig erinnerte ihn jedoch jeder Herzschlag an die Ereignisse der letzten Wochen, die sein Gewissen immer mehr belasteten.

»Blöde Böse-Geister-Fantasien«, murmelte er und wischte sich über die Stirn. Als würde das helfen, sie zu vertreiben.

Gina Vanaris hatte in seine kaputte Seele gestochen – wie ein Splitter in seine Ferse. Damals. Randauer lächelte.

Auf Erinnerungswolken flog er dorthin zurück, wo sein Leben eine 180-Grad-Wendung vollzogen hatte, nach Gran Canaria.

Seine Fluchtreise nach Maspalomas, ins Playa Meloneras Palace, ein Fünfsternehotel zum Silvester-Sonderpreis. Er wäre nie auf die Idee gekommen, hätte ihn nicht Rainer dazu überredet. Er sollte endlich wieder an anderes denken, nicht immer die hässliche Vergangenheit durchkauen und aufhören, sein Schicksal in ein Was-wäre-wenn-Sezierstück zu zerlegen. Und wenn schon Neubeginn – ein Silvesterfest war der beste Anlass, sein zukünftiges Leben vorsätzlich umzukrempeln.

»Höchste Zeit, dass du Abstand gewinnst und deine zerknitterte Seele wieder glättest. Weißt was Randy: Wirf diesen Müll über Bord, schrei deine Wut einfach ins Meer hinaus«, hatte ihm Rainer geraten und ihn tatsächlich so weit gebracht.

Dort war er dann auch gestanden zum Jahreswechsel 06/07. An der Costa Meloneras und hatte seine seit zwei Jahren aufgestaute Wut dem Meeresrauschen entgegengebrüllt. Die Schuhe hatte er am Strand ausgezogen, in den einen die Socken gesteckt, in den anderen seine Krawatte, das Sakko zu einem Paket kleingefaltet daraufgelegt. Die Hose hatte er sich bis unter die Knie hochgekrempelt und war beschwipst den Wellen zugestolpert, eine Sektflasche in der Hand schwingend.

Rainer war im Hotel geblieben und einer bunten Schar Engländerinnen erlegen, die ebenfalls das Silvesterfest im Hotel zelebrierten, während er abwechselnd tanzend und englischbrabbelnd von der einen zur nächsten schwebte.

Die Namen von Frau und Sohn in die sternklare Nacht hinausbrüllend, dem Meer seine Trauer, seine Wut entgegenschreiend, war Randauer bis zum Nabel ins Meer hineingewankt, hatte zwischendurch die Flasche an die Lippen gesetzt, als Stärkung und Betäubung zugleich. War es der Alkohol, war es der Nachtwind, seine Brüllerei? Körperlich war er taub und spürte nicht, wie sich das Wasser immer mehr seiner bemächtigte.

Jetzt und hier einfach zu verschwinden…!

Das hatte er sich damals gut vorstellen können. Waren es doch nur ein paar Schritte noch, um sich einfach von den Wellen weitertreiben zu lassen. Und schreien, dass einem die Lungen schmerzten… wieder einen Schluck… untertauchen und vergessen… *Jaahhh – und nichts mehr fühlen…!*

»Halloo…! Sie daa…! Hallooo…!«

In seiner Brüllerei innehaltend und lauschend, wollte er nicht glauben, dass seine Schreie erhört wurden. Hatte *der dort oben*, der ihm alles genommen hatte, plötzlich eine Stimme bekommen? Plötzlich gar Erbarmen mit ihm?

Das von Schmerz und Alkohol betäubte Hirn hatte ihm eine weiße Gestalt auf dem Wasser schwebend vorgegaukelt. Doch deren Stimme war real und weiblich:

»Jaa…! Sie meine ich…!«

»Was wollen Sie? Ich hab zu tun!«, hatte er die schwebende Frau angeblafft und sich schlingernd-watend noch weiter ins Meer hinausbewegt. Dabei musste er auf etwas Spitzes getreten sein, sodass er einknickte und ins Wasser plumpste.

Die Schwebende jedoch hatte sich beherzt in die Fluten gestürzt und ihn gerettet. Zumindest wusste Randauer noch, dass er sich verzweifelt an ihrem Kleid festgekrallt hatte, um nicht abzusaufen. So einfach war das freiwillige Aus-dem-Leben-Treten nun doch nicht. Japsend nach Luft ringend und Wasser kotzend – so war zumindest seine Erinnerung – hatte er sich schließlich an seinem rettenden Engel hochgerappelt.

»Um sein Leben zu beenden, gibt es feinere Cocktails als diese Salzbrühe.«

Dieses Lächeln… Diese Stimme…!

Auffordernd hatte er ihr die Sektflasche, die er immer noch in seiner Linken hielt, entgegengestreckt.

»Bi… bitte… wolln S' auch? Pro… Prosit Neujahr!«, war vom wankenden Randauer als Antwort gekommen, wobei Meereswellen mit schuld an seiner Instabilität waren und er sich an ihrer Taille festhalten musste.

Was für eine Frau… Dieser Körper…!

So war Gina Vanaris in sein Leben getreten.

Wie neugeboren war sich Randauer vorgekommen, während beide wieder dem Meer entstiegen. Dass er so bald auf ihrem Bett landete, hatte rein medizinische Gründe. Denn der eingetretene Muschelsplitter wurde von Gina fachgerecht entfernt, seine Ferse fürsorglich verarztet. Dass er weiterhin auf ihrem Bett sitzengeblieben war, hatte mit Neujahr und guten Vorsätzen zu tun, die sie ihm abverlangte, nachdem seine traurige Lebensgeschichte, der Grund seines lautstarken Ins-Wasser-gehen-Wollens, erzählt war.

Denn ein Lkw-Fahrer war schuld am Tod seiner Frau und seines Sohnes. Sie waren von diesem Straßenrowdy abgedrängt worden, hatten sich überschlagen und waren über eine Böschung geschleudert worden. Der Lkw-Fahrer konnte unerkannt entkommen. Der Unfall geschah nachts im stärksten Regen, nach dem Besuch seiner Frau bei ihren Eltern. Er hatte sie noch gebeten – als sie ihn anrief – sie solle über Nacht bleiben, wegen des Wetters und der schlechten Sicht. Doch sie hatte Sehnsucht nach ihm, wollte schnell nach Hause…

Zeugen hatten zwar etwas gesehen, aber nur schemenhaft. Das Kennzeichen? …es war einfach zu finster, die Ziffern und Buchstaben völlig verdreckt. Dazu der heftige Regen, die entgegenkommenden Lichter, die blendeten und auf der Windschutzscheibe reflektierten…

Bis heute ist dieser Fall ein ungelöster – und deshalb auch zum tiefen Fall Randauers geworden.

Dass er dann doch noch länger geblieben war, als seine Geschichte zu erzählen dauerte, er schließlich mit Gina im Bett lag, das war wiederum ein ganz andere Geschichte.

Der Beginn einer sehr innigen Leidenschaft…

Herwig Randauer fuhr sich in Gedanken versunken durch seinen üppigen Schnurrbart und drückte die Kurznummer.

Er hörte nicht den Knall, sah nicht die Stichflamme, spürte nicht die Druckwelle der Explosion auf der Autobahn Richtung Graz, in Nähe der Abfahrt Baden. Als ein Pkw mit überhöhter Geschwindigkeit nach einer ohrenbetäubenden Detonation berstend in die Luft flog.

Genauso wenig spürte der Mann, der dieses Auto fuhr, die

Wucht der Explosion, die ihn millionenfach zerriss.

Grazwegs zur Hölle, hätte er vielleicht noch gedacht, wäre es möglich, im Bruchteil einer Sekunde vor Auflösung seiner selbst überhaupt noch zu denken…

Die Trümmer lagen im Umkreis hunderter Meter über die Autobahn sowie im angrenzenden Feld verstreut. Ein gnädiger Zufall, dass sich der Fahrer zum Zeitpunkt der Explosion in die rechte Spur einreihen wollte, sodass der größte Teil des Wagens über den Pannenstreifen schoss, eine Notrufsäule platt machte, über Buschwerk, das seitlich der Autobahn wuchs, hinwegflog und sich in das angrenzende Maisfeld bohrte.

Sekunden vorher war der Lenker dieses Unglückswagens negativ aufgefallen, weil er per Lichthupe die Autofahrer von der linken Spur vertreiben wollte. Als sich ein Sturkopf auf diese Weise nicht nötigen ließ und die Fahrbahn akkurat nicht wechselte, schnitt der Raser quer über die mehrspurige Autobahn und versuchte ganz rechts zu überholen. Genau in diesem Moment explodierte sein Wagen.

So weit die Berichte und Beobachtungen geschockter Zeugen.

Welch Glück im Unglück, zumindest für die unmittelbar betroffenen Beteiligten. Wäre der Wagen inmitten der Autobahn explodiert, es hätte ein Massaker gegeben.

Ein weiteres Glück war, dass zu dieser Stunde relativ wenig Verkehr herrschte. Dennoch war es zu Auffahrunfällen gekommen. Die Bilanz: vier leicht bis mittelschwer verletzte Autofahrer und Blechschäden unterschiedlicher Schadenshöhen an neun Pkws.

Durch das Autokennzeichen konnte der Fahrer bald eruiert werden. Die traurige Gewissheit mussten die Exekutivbeamten einer geschockten Frau Angelika Hafner mitteilen, nachdem sie bestätigt hatte, dass ihr Mann Rainer zur angegebenen Zeit auf dem Weg nach Graz war.

Die Autobahn-Polizei-Inspektion, kurz API genannt, musste die Autobahn für den Rest des Tages in beiden Fahrtrichtungen zur Gänze sperren. Der gesamte Verkehr wurde über die B17 und angrenzende Bundes-, Land- und Ortsstraßen umgeleitet.

Binnen Stunden entstand zwischen Bad Vöslau und Wien eine Staukolonne, die sich gewaschen hatte. Wie eine Herde Zigtausender Schafe schoben, drängten und quälten sich die Autofahrer durch Straßen und Gassen der umliegenden Ortschaften. Doch für die Behebung dieses Problems waren andere zuständig und verantwortlich.

Hier am Ort des Todes versuchten sich Einheiten der Feuerwehr und der Rettung sowie Polizisten, Sprengstofftechniker, Fahnder und Ermittler einen Überblick zu verschafften. Nur der in luftiger Höhe kreisende Helikopter der Sondereinheit hatte genügend Freiraum, um jeden Quadratmeter Unglückserde aus der Vogelperspektive auf Datenträger zu speichern, damit der vermutliche Ablauf der Todesfahrt nachträglich minutiös rekonstruiert werden konnte.

Allerdings – von Rainer Hafner, dem unglückseligen Pkw-Lenker, war nichts mehr zu finden, was größer als eine Schuhschachtel gewesen wäre. Dafür aber eine ganze Menge davon. Denn durch den stabilen Metallmantel, in dem der Sprengstoff gesteckt hatte, war die Wucht der Detonation um ein Vielfaches zerstörender. Eine verheerende Streubombe, die vom Wagen nur noch das Rahmengestell in einem Stück beließ. Den Rest des Pkws hatte es in unzählige Teile zerfetzt, teilweise sprichwörtlich pulverisiert.

Eine wahre Höllenmaschine sorgte für Hafners Himmelfahrt, das hatten die Ermittler alsbald festgestellt. Auch die Stelle, an der die tödliche Fracht lag: auf dem Beifahrersitz.

Nur warum? Dies zu ermitteln, war Sache des S-C-ONE, somit ein weiterer Fall für Meller.

Doch bis es so weit war, wollte sich das Schicksal gnädig zeigen und dem Kommissar noch ein paar Stunden gönnen, in denen er sich ausschließlich mit den bisherigen Ergebnissen der Ermittlungen in Sachen Handymasten-Sprenger & Co. herumschlagen durfte. So war für ihn Rainer Hafner noch ein unbeschriebenes Blatt.

Genauso wie Björn Mellberg…

Mellers Kampfgeist fürs Aufspüren von Gangstern, Verbrechern und Mördern war ungebrochen – vielleicht ein bisschen gedämpft durch Eva Roths mysteriöses Schweigen. Aber wenn er ehrlich zu sich selber war, und das war er stets, vermisste er sie. Irgendwie…

Was heißt irgendwie – und wie!, schalt er sich einen Narren. Solch hirngespinstige Wolkentürme gingen ihm gehörig auf den Geist, machten sie sich in seinem Hirn breit, von wegen:

Geist – Kampfgeist – Kampfgeister…! Verdammt, verdammt!

Doch die Geister, die er rief, sie meldeten sich zurzeit nicht – weder die guten noch die bösen.

Als Herwig Randauer wieder in die Werkshalle kam, war er völlig verändert. Er sah ihr zu, bis sie mit dem Ziehen einer Schweißnaht fertig war.

»Du Gina, ich muss mal schnell weg… für ein-zwei Stunden etwa!«

Sie unterbrach ihre Arbeit, legte das Handschild zur Seite und nahm die Schutzbrille ab.

»Was Unangenehmes?« Gina spürte seine Anspannung.

»Nichts Besonderes. Es ist nur… ein Problem mit einem

Kunden. Ich muss das aber sofort klären…«

»Kann ich dir dabei irgendwie helfen? Du schaust momentan gar nicht gut aus, Randy. So bleich!«

Sie war über seine Veränderung sichtlich irritiert, deshalb versuchte er sie zu beruhigen:

»Aber nein… nicht so schlimm. Vermutlich hab ich was gegessen, das mir jetzt auf den Magen schlägt. Komm, bleib du nur hier und mach deine Reliefs weiter.« Er lächelte sie an. »Bis zur Vernissage hast du noch einiges zu tun… Also, wie gesagt: ein-zwei Stunden und schon hast du mich wieder.«

Randauer drückte ihr einen Kuss auf die Stirn, sah noch einmal kurz auf das Metallrelief, das sie gerade bearbeitete, grinste unsicher und zeigte mit dem Daumen etwas wie:

Spitze! Toll!

Gina Vanaris schaute ihm gedankenvoll nach. Irgendwie spürte sie etwas Beunruhigendes, Drohendes. Doch so lange kannte sie Herwig Randauer noch nicht, um alle seine Gefühlsschwankungen richtig zu deuten. Sie seufzte kurz auf, zog die Stirn in Falten und wandte sich wieder ihrem Werk zu.

»Wirst schon wissen, was du machen musst«, sagte sie, um sich selbst zu beruhigen, halblaut vor sich hin und setzte die Schutzbrille auf.

Das Handschild vor sich haltend, aktivierte sie die Schweißelektrode und befestigte mit ein paar gezielten Funkenstößen ein aufgerissenes Zahnrad auf der quadratischen Metallplatte.

Neun

Donnerstag, 9. August 2007...

Das erneute Gespräch mit Frau Krapfenbacher brachte auch nicht mehr zutage, als Meller ohnehin bei der Untersuchung des Labors gefunden hatte: eindeutiger Selbstmord.

Auch ein Vergleich der Handschrift mit anderen Aufzeichnungen Franz Krapfenbachers ergab: Der Abschiedsbrief war von ihrem Mann. Nicht unter Zwang geschrieben, da keine abweichenden Merkmale zu finden waren.

Nach einem womöglichen Grund befragt, konnte – oder wollte – die Frau nichts Konkretes sagen. Sie war nach wie vor geschockt, stand jetzt unter Einfluss von Beruhigungstabletten, um die schreckliche Realität halbwegs ertragen zu können.

Eine unerträgliche Bürde, die Selbstmörder mit ihrem Aus-dem-Leben-Stehlen den Hinterbliebenen auflasten. Der Kommissar dachte an Tante Henriette, die im vergangenen Jahr freiwillig aus dem Leben geschieden war. Ihr Mann – Mellers Onkel, Ersatzvater und Mentor, Ministerialrat Dr. Walter Meller – wäre beinahe daran zerbrochen.

Mit einer Handbewegung verscheuchte der Kommissar die schlimmen Erinnerungen an damals...

Es war nervend, wenn auch verständlich – aber Frau Krapfenbacher sprang andauernd auf, um irgendetwas zu erledigen.

Einmal, um Tabletten zu sich zu nehmen. Kurz darauf, um etwas in der Küche zu organisieren. Schließlich, um zum Telefon zu laufen.

Es war ein naher Verwandter der Familie, der im Ausland lebte, wie der Kommissar aus den Fragen und Antworten heraushörte. Doch das Gespräch zog sich in die Länge und Mellers Geduld zu warten, hielt sich in Grenzen. Während die Frau die letzten Jahre ihres Lebens per Telefon nach Übersee offenbarte, deutete er ihr, dass er noch einmal ins Labor wolle, und ging hinunter.

Die Tür stand offen. Das Labor war unverändert, so wie es der Kommissar zuletzt gesehen hatte. Der Computer jedoch war inzwischen aufgestellt und angeschlossen worden. Der Kommissar schaltete ihn ein und wartete, bis er hochfuhr.

Eine jungfräuliche Festplatte mit keinerlei Daten war alles, was Meller zu Gesicht bekam, was ihn nachdenklich stimmte. Der Computer! Wo war der alte Computer? Der Mann musste doch schon einen besessen haben! Ein Chemiker ohne Computer – unvorstellbar.

Als Meller sich nach oben begeben wollte, um nachzufragen, kam ihm Frau Krapfenbacher bereits entgegen.

»Entschuldigen Sie bitte das lange Telefonat. Es war mein Bruder, der seit einer kleinen Ewigkeit in North Carolina lebt, in Asheville. Ich hatte allerdings die letzten Jahre fast keinen Kontakt zu ihm. Über ihn lernte ich seinerzeit meinen Mann kennen... Er ist auch Chemiker, wie Franzi...« Sie seufzte kurz auf. »Seit eben weiß ich auch, dass unser... dass mein Sohn zurzeit bei ihm wohnt.«

»Eine sehr beruhigende Nachricht. Denn wir haben alles Mögliche unternommen, um den Aufenthaltsort Ihres Sohnes zu ermitteln. Seine Spur reichte bis dato nach Hamburg, mehr konnten wir noch nicht herausfinden. Und da er in unserem Register bis auf die eine Sache nicht mehr auffällig war – Sie wissen, was ich meine…«, Meller lächelte Frau Krapfenbacher an, »dauert das eben, vor allem, wenn sich jemand weltweit bewegt.«

»Ich konnte mit ihm kurz sprechen. Steffili, ich meine Stefan, unser Sohn, war lange Zeit in Bolivien und ist dann bis nach Atlanta getrampt. Wenn er Geld brauchte, nahm er Arbeiten an, bis er genügend beisammen hatte, um weiterzuziehen. Er ist erst seit einer Woche bei meinem Bruder. Als ich ihm von seinem Vater berichtete, sagte er nur, dass der seine Gründe gehabt hätte, aus dem Leben zu scheiden. Furchtbar – was ist das für eine Jugend! Was haben wir falsch gemacht…?«

Die Frau starrte den Kommissar an, starrte durch ihn hindurch. Wie durch ein verschleiertes Zeitfenster.

»Haben Sie den Computer installiert, Frau Krapfenbacher?«, unterbrach er ihre Zeitreise.

Meller stand in der offenen Labortür.

»Ich…? Welchen…? Ahh-den-da…! Ja. Wieso?«, erwiderte sie und deutete mit dem Kopf ins Labor.

»Eben, weil er angeschlossen ist, aber keinerlei Daten Ihres Mannes darauf zu finden sind«, entgegnete Meller.

»Es können auch keine drauf sein. Es ist ja ein neuer Computer. Ich habe ihn einfach angeschlossen… Warum, weiß ich auch nicht. Vermutlich ist es meine krankhafte Sucht nach Ordnung und Harmonie.«

»Ihr Mann hat doch sicher auch schon vorher einen Computer gehabt. Wissen Sie, wo der sich befindet?«

»Nein… Vielleicht hat er ihn mitgenommen, als er… Also, ich weiß es wirklich nicht. Ich sagte Ihnen ja schon, dass ich seit Jahren nicht mehr in Franzis Labor war…«

Sie wurde immer leiser, schwieg schließlich.

»Er wird sich schon finden«, beruhigte der Kommissar die Frau und legte ihr kurz eine Hand auf die Schulter. »Kommen Sie, gehen wir.«

»Bitte, offen lassen. Die Vergangenheit soll endlich entweichen können«, bat sie leise, als Meller die Tür zum Labor schließen wollte.

»Gerne«, sagte er und ließ die Tür sperrangelweit offen, während ihm die Computeranlage nicht aus dem Kopf ging…

Auch die Besprechung mit Krapfenbachers Chef hatte keinerlei Verdächtiges zutage gebracht. Franz Krapfenbacher war die Unauffälligkeit in Person, war stets am Arbeiten, hatte seine Jobs zur vollsten Zufriedenheit erledigt, war nett zu den Kollegen. Ein Stiller eben, der nie viel Aufsehen um sich machte, um den auch nie viel Tamtam gemacht worden war. Vor Jahren war er in Moskau stationiert und verantwortlich für den Aufbau einer Filiale der ViennaChem AG. Seit er wieder in Österreich arbeitete, erledigte er den Großteil von zu Hause aus. Doch dieses Privileg genossen mehrere Angestellte.

Als Meller nochmals Krapfenbachers Vorgesetzten kontaktierte, um zu erfahren, ob der Computer in der Firma stehe, bekam er eine besorgte Antwort. Da wichtige Daten auf Krapfenbachers Computer seien, die unter keinen Umständen der Konkurrenz in die Hände fallen dürfen…

Der Kommissar verwies ihn an die V-Gruppe 2, die für Eigentums- und Gewaltdelikte, wie Diebstahl, Einbruchsdiebstahl und Raub zuständig war. Allerdings versicherte er dem Mann, dass ihm ebenso am Verbleib von Krapfenbachers Computeranlage gelegen sei und er daher bei seinen Ermittlungen ein besonders scharfes Auge darauf habe. So weit, so nicht gut.

Ob das Geheimnis um diese mysteriöse Yvonne mit ein paar

Tastenklicks im Polizeicomputer zu lüften sei? Meller hoffte es jedenfalls. Bis dahin wollte er Frau Krapfenbacher mit etwaigen Seitensprüngen ihres Mannes noch verschonen. Zumindest bis sie stark genug war, eine Affäre ihres Franzi zu verkraften.

Er stand vor der schwedenroten Villa in der Giannoni-Gasse, war sich jedoch unschlüssig. Licht leuchtete aus den oberen Fenstern, also war die Villa wieder bewohnt.

Soll ich? Soll ich nicht?

Feige Lusche, schalt er sich und hielt linkisch ein kleines Präsent parat. Ein Blumengebinde fand er für diesen heiklen Besuch zu wenig originell.

Er sollte, wollte, musste – und drückte den Klingelknopf.

Joe saß aufgedreht neben seinem Herrchen, sah abwechselnd zur Tür, dann wieder zu ihm auf, hechelte freudig erregt, bellte kurz auffordernd und wedelte heftig mit seinem flauschigen Schwanz. Die Gasse, die Villa, die Tür und den Menschen dahinter – wie gut er die doch kannte.

»So warte doch, Joe, sie kommt ja gleich…!«, ermahnte Meller seinen Cockerspaniel und sprach sich gleichzeitig Hoffnung wie Mut zu. Ein putziges, watteweiches Eisbärli, wie sie momentan trendig waren, hielt er in der Hand. Mit einer Banderole um den Bauch. *Ende der Eiszeit?*, stand drauf. Dazu ein frisch getrimmter Joe – na wenn die beiden kein Frauenherz zum Schmelzen brachten!

Na also, sie war wieder im Lande. Und jetzt würde er endlich mit all den Missverständnissen aufräumen, um ihre Freundschaft und noch einiges mehr wieder ins Lot zu bringen. Ein klärendes Gespräch zwischen Mann und Frau eben…

Bereits über eine Minute rührte sich nichts im Hause Roth. Wobei sechzig Sekunden vor einer verschlossenen Tür zu stehen und zu warten, sich genauso wie zehn Minuten anfühlten.

Eine ultimative Peinlichkeit, die Meller grundsätzlich hasste. Vor allem, wenn prüfende Augen aus benachbarten Häusern verstohlen genau dorthin starrten, wo er stand und wartete.

Ein nochmaliges Drücken der Klingel – jetzt ungeduldiger, fordernder.

Endlich rumorte es im Haus, der Schlüssel wurde umständlich von innen gedreht. *Was dauert da so lange?* Na also, die Haustür wurde geöffnet.

Ein blonder Hühne stand vor dem Kommissar, sah ihn großmächtig fragend an.

»Good evening... Mister! My name ist Björn Mellberg and... what's your name?«, brabbelte das schwedische Holzhackergesicht in Fichten-Birkenwald-Englisch und streckte Meller freundlich grinsend die Pranke entgegen.

Von der Überraschung erschlagen, alles andere als eine sonnengebräunte Eva Roth zu erblicken, vergaß der Kommissar, die gereichte, farbbefleckte Hand zu drücken. Diese fuhr, nach Erkennen ihrer bunten Vielfalt etwas irritiert, wieder zurück in die Latzhosentasche der von Farbklecksen strotzenden Arbeitshose. In der anderen Hand hielt Evas Kunstkollege – so einer schien er zu sein – einen breiten, langstieligen Pinsel.

»You come to visit Eve...? Sorry, my Eve is not here!«, kam es ungebrochen freundlich aus dem grinsenden Elchgebiss.

Was heißt MY EVE...?, entrüstete sich der Kommissar innerlich, sodass der Schwede bei Mellers zornig geschleuderten Blitzblicken zusammenzuckte. Wenn Blicke töten könnten, wäre soeben ein klassischer Eifersuchtsmord geschehen.

So aber: Ein sich höflich entschuldigender Kommissar zog Leine und verabschiedete sich vorschnell.

Apropos Leine – Joe nicht weniger irritiert, wurde ebenfalls mit von dannen gezogen, wenn auch widerstrebend und sich immer wieder nach dem Blondling umdrehend, bis beide um die Ecke gebogen waren und die schwedenrote Villa aus ihrem Blickfeld, aus ihrem Leben verschwunden war.

Wie zwei geprügelte Hunde, denen man den Pinkelgarten Eden genommen hatte, schlichen sie davon. Ohnmächtig stumm, dem innerseelischen Verlust nachhängend.

Von der Gewissheit schwer gebeutelt, musste der Kommissar erkennen, dass Eva Roth nun »bemannt« war. Nämlich schwedisch – und sehr maskulin!

My name ist Björn Mellberg und *my Eve is not here* – zwei Offenbarungen, die wie hämisch grinsende Gespenster durch seine gewohnt analytisch denkenden Gehirnwindungen geisterten. Da hatte der Herr Kommissar in Sachen »Privates« endlich einen superkonkreten Anhaltspunkt und Indizien. Sichtbare Beweise, um den Täter zu stellen und zu verhaften.

Ja, welchen Täter denn?

Nicht, dass er es Eva Roth nicht gegönnt hätte. Zwischen ihnen beiden war ja erst Stufe eins – in Ermangelung geeigneter Gelegenheit – gezündet worden. Und dass sich plötzlich Bella in Mellers Leben geschlichen hatte, war reiner Zufall, sofern es so einen überhaupt gab.

Gewiss, Meller hatte nicht Unwesentliches zur sinnlichen Gefühlswandlung beigetragen. Doch Eva war auch nicht gerade…

Schluss jetzt und Schwamm drüber!

Aber warum gerade *der* Kraftlackel aus dem Knäckebrotland! Überhaupt – ihn schonend darauf vorbereiten, das hätte Eva schon müssen! Dann hätte er wenigstens… Ja, was hätte er dann… *Mensch Meller, werd endlich munter!*

Dass Joe ähnlich fühlte, sah der Kommissar am traurigen Blick, an der kümmerlichen Schnauzenhaltung.

Oder steckte Eigenzweck dahinter, weil er die spontanen wie ausgiebigen Leckerli-Orgien seitens Eva Roth ab nun für länger oder gar für immer vermissen musste?

Joe – wehe, wenn es nur das war, du falscher Hund!

Wie es Joe wirklich ging? Mellers Ansicht über eine Hundeseele war relativ eindeutig: Ein Hund ist ein Hund und stets dem zugetan, der mit dem meisten Futter aufwarten konnte.

Allerdings, bei Bella waren Joes Fressmengen und Futterzeiten penibel eingeteilt. Nach Joes Ansicht zu genau. Doch der Cockerspaniel zeigte sich dem »neuen« Frauchen ebenso zugetan wie seinerzeit Eva Roth, frei nach indianischem Gesetz: Deine Freundin sei auch meine Freundin.

Die Wahrheit allerdings lag irgendwo dazwischen. Hauptsächlich wegen Manuel und seiner *exotischen* Futterergänzung.

Neue Liebe, neues Leben und exotisches Futter – vermutlich Joes vernünftige Einstellung, um sich klaglos anzupassen.

Kein Nachteil ohne Vorteil.

Im Urlaub in den Südtiroler Bergen – Joe war damals mit Bella, Manuel und Tobias mit von der Partie – veränderte eines Morgens beim Frühstück eine halbe Banane sein Hundeleben. Manuel, meistens etwas zappelig, war das Stück auf den Boden gefallen. Und Joe, einer der stets unter den Tischen auf der Suche nach Fressbarem schnupperte, hatte reflexartig danach geschnappt. Allein schon, weil ein weiterer Hund in seiner Nähe herumstreifte, sichtlich in ähnlicher Absicht.

Und dann genoss Joe erstmals die Köstlichkeit, die ihm wie biblisches Manna in den Magen wanderte. Wahnsinn – und so etwas Fantastisches hatte man ihm Zeit seines bisherigen Lebens vorenthalten?

»Mama…! Joe frisst Bananen!«, hatte Manuel begeistert ausgerufen und ihm seine restliche Hälfte hingehalten, der natürlich sofort selbiger Weg beschieden war. Wer weiß, wie bald man wieder zu solchem Genuss kommen würde.

»Mei schauts, wie dem Hund die Bananen schmecken!«

Sichtlich angetan sahen Hotelgäste dem Bananen verzehrenden Hund zu. Begeistert waren auch andere Kids und räumten für den Affenfutter-Junkie den Bananenkorb leer. Sagenhaft, wie viele Bananen ein Cockerspaniel verdrücken konnte!

Mit der Seilbahn wollten sie an diesem Tag von Campitello auf den Col Rodella rauf, um zu Fuß wieder ins Tal zu wandern. So hatten sie sich die Tour ausgemalt. Nur Joe wollte partout nicht mit in die Gondel. Dass er ein feiger Hund war, das wussten sie ja – aber sooo feig? Doch die Karten waren schon für alle bezahlt, auch für Joe. Also rein mit ihm in die Kabine.

Das Ergebnis ließ nicht lange auf sich warten. Auf halber Fahrt, luftig schaukelnd hängend, trat Joe protestierend in Aktion. Die Aussicht auf die atemberaubende Bergwelt, die Sella-Gruppe und das Marmolada-Massiv, war ihm ohnehin verwehrt. Aus seiner Perspektive sah er nur weiche, glattrasierte, weibliche sowie knorrig-männlich behaarte Wadenbeine, farbenfrohe Stutzen und klobige Wanderschuhe. Zusätzlich schwang die vollbesetzte Gondel hin und her, was Joes Darmtätigkeit beschleunigte. Und so baute er, dank ausgiebiger Bananen-Mast einen kackbraunen Elefantenhaufen zwischen wanderfreudige Bergschuhpaare. Dampfend, stinkend – was Bella beinahe einen Herzinfarkt bescherte. Mit hochrotem Gesicht, einem lokalen Schweißausbruch unter beiden Achseln und hilflos in die enge Runde blickend, um verständnisvolle Reaktionen zu erheischen, verstaute sie Joes Ergebnis in einem mitgeführten Plastiksackerl, das sie hektisch in ihrem Rucksack verstauen wollte. Ein beherzter Italiener nahm ihr das übelriechende Bündel ab und schleuderte es mit der für Touristen verständlichen Bemerkung »Composta naturale« durch die geöffneten Oberlichtenfenster aus der Gondel.

Für alle Beteiligten ein unauslöschliches Erlebnis. Meller hatte sich vor Lachen gebogen, als ihm Bella die Seilbahngeschichte erzählte.

Seither bestand Joe jedenfalls auf die beiden Endstücke einer Banane in seinem Frühstücksnapf zusätzlich zum Futter, die ihm auch den Spitznamen »Banana-Joe« einbrachten. Die Tierärztin hatte nichts gegen diese Menü-Ergänzung, allerdings nur »wenn es nicht mehr als ein gaaanz winziges Stück Banane ist.«

Das Manuel-Tobias-Gespann, an deren Leine Joe tagsüber hing, nahm diese Anweisung nicht immer so wörtlich. Und so hatte Joe – alles in allem – unverändertes Glück, was Leckerlimenge und Bananen betraf. »Wie in alten Zeiten und noch besser«, konnte man Joe grinsen sehen, hätte jemand seine Grimassen verstanden. Was die Passanten auch wohlwollend goutierten: »Ja mei, ein soo ein freundliches Hunderl!«

Vor allem, die nette alte Dame mit Stock, die täglich durch die Mödlinger Fußgängerzone flaniert, für Joe die Tasche öffnet und ihm stets drei saftige, lange Stangenleckerlis entgegenhält.

Alte Menschen sind gute Menschen, so eine Jahrtausend alte Hundeweisheit…

Kurzum – nachdem Meller und Joe fluchtartig die schwedenrote Villa hinter sich gelassen hatten, steuerten sie direkt das Barometer an. Es wäre eine Sünde gewesen, dort nicht einzukehren, da es doch auf ihrem Weg-nach-Hause lag. Und eine weitere, dem Chef des Hauses nicht die heißesten News unter die Nase zu reiben:

Die Roth hat einen Lover! Einen original schwedischen!

Inzwischen ging es auf 22 Uhr zu. Lo Bianco, der meistens um diese Zeit im Lokal anwesend war, empfing einen völlig aus der Reihe geratenen Kommissar.

Aber auch Lo Bianco war an diesem Abend keine wahre Stütze für das angeschlagene Ego eines überforderten Kommissars. Bianco hatte selbst genug um die Ohren, vor allem machte ihm der Leichenfund in seinem Schwimmbiotop erneut zu schaffen.

Biotop-Leiche! Jugendlicher tot!, stand in fetten Lettern. Darunter, nicht viel kleiner als Serienankündigung, Teil 1:

»Rowdytum, Vandalismus und Kriminalität – alarmierende Zeichen jugendlicher Verwahrlosung?«

Chefredakteur Bacher ging in der *Neue-Süd* auf die aktuelle Problematik im Bezirk Mödling ein. Der Mann hatte im Prinzip recht, auch war der Artikel gut recherchiert. Er stützte sich im Vergleich auf Zahlen vergangener Jahre. Das düstere Ergebnis: Vandalismusfälle nahmen zu. Ebenso körperliche Übergriffe, Diebstähle und räuberische Straftaten. Die Hemmschwelle war gesunken, wie auch das Alter der jugendlichen Straftäter.

»Was mich aber am meisten aufregt, ist diese *Biotop-Leiche!* Vor allem, dass der Bacher meine Villa von oben zeigt, mit der Mauer und dem Schwimmbiotop. Gleich über die ganze Seite abgebildet. Mit Pfeilen, wie der Bursche da drübergekommen ist. Das ist ja wie eine Aufforderung zum nächtlichen Schwimmfest, vielleicht gar noch nackert!«, ereiferte sich Bianco heftig.

Während sich Joe im Lokal schnüffelnd umsah, um eventuell ein paar Krümel zu finden, die von der Putzfrau übersehen worden waren, saß der Kommissar am Tresen und hörte nur mit halbem Ohr zu. Er kannte seinen in Rage geratenen Freund und wollte dem Thema die Spitze nehmen. Ironisch meinte Meller, dass er Jahres-Badekarten verteilen könne, was Bianco mit einem leichten Boxhieb über die Theke quittierte.

»Dann machst du aber den Badewaschl, Herr Kommissar! Und

auf den Waschl trinken wir jetzt!« Er schob Mellers liebsten Cocktail – Caipirinha mit einem Schuss Aperol – über den Tresen, den er währenddessen vorbereitet hatte.

So war er nun mal, der Lo. Schnell auf hundert, aber ebenso schnell wieder auf null und nicht nachtragend. Eine unkomplizierte Freundschaft, die beide genossen. Auch wenn sie in Jugendjahren sehr strapaziert worden, schließlich zerbrochen war. Und das nur wegen einer Frau.

Wegen was sonst?, wie Bianco einmal in einer der typischen Barometernächte erklärt hatte. Es gäbe nur zwei Gründe, weswegen Männerfreundschaften zu Bruch gehen: Frauen oder Geld. Und da Bianco und Meller damals gleich viel Geld besaßen – nämlich keines – deswegen auch keine Probleme hatten, war es jene unglückliche Liebe, an der sie letztendlich zu knabbern hatten.

Nora Weichselbaumer – ihr beider Unglück im Glück!

Meller knabberte zuerst daran, weil ihm diese Frau seine sensible Seele zerknautscht hatte und sich mit Bianco anstatt mit ihm ins Bett warf. Deswegen hatte er frustriert alles hinter sich gelassen, inklusive Heimat.

Bianco knabberte ein paar Jahre später daran, weil ihm selbige Dame – inzwischen mit ihm verheiratet – beinahe das finanzielle Hemd vom Leibe gezogen hatte. Deswegen Aus-vorbei-Scheidung. Schwamm drüber und nie wieder daran kratzen.

Doch seit Meller aus Rio zurückgekommen war und seinen Dienst beim S-C-ONE angetreten hatte, galt ihr Streit um Nora Weichselbaumer zwar nicht als vergessen, aber längst als Schnee-von-Gestern. Oftmals hatten sie sich in trauten Barometerstunden geschworen, sich nie wieder von einer Frau die Freundschaft zerstören zu lassen! Zumindest nicht in diesem Leben.

Und weil sie schon beim Thema waren, brachte Meller Eva Roths neuen Hausbewohner ins Spiel, worauf Bianco logisch reagierte:

»Na, was glaubst, Mario? Glaubst du, eine wie Eva wartet, bis der Herr Kommissar endlich weiß, was er für Herz und Seele braucht? Sie wusste es halt schneller und hat sich entschieden. Nach dem Prinzip: Was reif ist, will gepflückt werden. Und weil du da nicht rechtzeitig und vor allem gründlich ermittelt hast, hat sie einen anderen rangelassen – zum Ermitteln... Du verstehst mich, Herr Chef-Ermittler?«

»Aber ich wollte doch...«, setzte Meller sich verteidigend an.

»Eben. Du wolltest... hast aber nicht! Und da ich dein einziger und Überhaupt-Freund bin, rate ich dir: Lass Eva ihr Glück genießen und verschwinde aus ihrem Leben. Ich weiß schon länger davon, wollte es dir aber nicht brühwarm verklickern. Erstens, weil ich dich und dein Gejammer von wegen Verlustschmerz kenne...«, Bianco prostete Meller augenzwinkernd zu und nahm einen Schluck aus seinem Glas, »...und zweitens, weil du dich voll deiner Arbeit widmen sollst, Herr Kommissar! Weil sonst bist mit deinen Gedanken nicht dort, wo du sein solltest und machst deswegen gravierende Fehler. Und das wollen wir doch alle nicht. Bei der Verbrechensrate in Mödling...! Siehst ja, was da alles so passiert...«

Bianco tippte mit den Fingern auf die *Neue-Süd*, die aufgeschlagen vor ihnen lag.

»Darum sieh es als deine Verpflichtung, diesem Treiben endlich ein Ende zu bereiten. Wozu haben wir dich denn studieren lassen, häh? Und zahlen schwer Steuern, damit du ein fettes Gehalt bekommst, Herr Kommissar?«

»Ich glaub, jetzt spinnst aber komplett, Bianco.«

Meller war beleidigt, frustriert, wütend. Das fehlte gerade

noch. Da suchte er bloß nach ein paar tröstenden Worten, nach einer winzig kleinen Aufmunterung – und jetzt so was!

Was war denn Lo plötzlich über die Leber gelaufen?

»Bittee… Meller…!«, lachte jetzt Bianco seinen Freund aus. »Werd munter! Weißt ja, wie ich das meine. Aber wenn's um Frauen geht, hast du eine Leitung wie eine Kalender-Spirale. Aber so bist du eben… und deswegen mag ich dich. Trotzdem!« Er grinste Meller schelmisch an. »Aber net dass d' jetzt glaubst, ich bin scharf auf dich… he-he-he… Aber ich weiß eine, die ist spitz auf dich wie Nachbars Lumpi auf ein Leckerli!«

Er sah dabei auf den Cockerspaniel, der bei dem Wort *Leckerli* ein Ohr anhob, aufsprang und heftig mit dem Schwanz wedelte.

Soo…?«, tat Meller neugierig. Joe verkroch sich wieder, als er die Aussicht auf eine Sonderration schwinden sah.

»Kommen S' mir nicht so, Herr Kommissar! Da schaut er aus wie ein Filmstar und tut so, als wenn er es nicht gneißen tät…! Alle Welt in Mödling redet davon, du Traummännlein. Die Bella, die steht auf dich – aber wie…. Den ganzen Tag singt sie mir im Atelier die Ohren voll, wie toll du angeblich bist. Ich glaub's ja fast nicht. Immer hör ich nur: der-Mario-dies, der-Mario-das… Ich kann nur sagen, Herr Kommissar: Vergeig das nicht auch wieder. Wär doch schad um euch zwei. Also, ran an die Braut!«

»Jaja, schon«, versuchte Meller sich zu verteidigen, »aber die Eva hätte doch nur…«

»Also ehrlich, Mario, was wünscht sich eine tolle Frau von einem wahren Herrn der Schöpfung…?«

»So bist du, Lo. Du interpretierst dein Wunschdenken in deine Freundinnen! Aber ich will mehr«, unterbrach ihn Meller schroff.

»Ich hab's schon immer gewusst«, erwiderte daraufhin Bianco,

»du bist wie ein Weib, du willst auch immer alles. Männer sind da wesentlich bescheidener. Die wollen immer nur das Eine.« Er grinste schäbig. »…und ich ziemlich oft.«

»Und was kommt dabei heraus?«, entgegnete Meller erregt. »Alle paar Monate eine andere! Ich brauch eben Zeit zum Überdenken und so. Das mit der Eva hätte sicher etwas…«

»Bitteee, Meller…! Hätte… sollte… wollte…! Vergiss die Frau! Geh nach Haus und schlaf dich aus. Und dann schnapp dir endlich die Bella oder geh ins Kloster!«

Das war klar und deutlich. Der Kommissar trank sein Glas leer und vertschüsste sich bedrückt. Joe tapste hinterdrein.

Während er durch den finsteren Museumspark trottete, schlug sein Handy vertraute Sambatöne an.

»Meller, ja…?«

»Macht sich gut die neue Hundedame. Gratulation, bist ja schon eingezogen bei ihr, wie ich hörte.«

»Ja, hallo, Eva…! Wie geht's dir denn…?«, begrüßte Meller sie locker flockig und konterte ihre Anschuldigung scheinheilig fragend: »Eingezogen…? Wo soll ich eingezogen sein?«

»Na, bei dieser Bella, die mit deinem Hund durch Mödling stolziert.«

»Also, Eva, bitte… Ich mein, was willst du noch von mir…? Übrigens, ich wollte heute Abend mit dir…«

»Ich weiß. Björn hat mich informiert. Kam eben nach Hause.«

»Na, dann ist ja wohl alles gesagt.«

Meller wollte schon die Leitung unterbrechen.

»Jessas, Mellerchen«, kam es von Eva süffisant, »bist jetzt vielleicht gar eingschnappt…? Wir sind doch erwachsen und ich…«

»Richtig. Zwei Erwachsene und ohne eine geringste Spur von Eifersucht…«, unterbrach er sie schroff. »Also, man sieht sich. Beizeiten… Gute Nacht, Eva.«

Keine gute Nacht für einen überhaupt nicht eifersüchtigen Kommissar.

Dafür eine umso bessere gute, weil finstere Nacht für so manchen Ein- bzw. Verbrecher.

– – –

Der Körper, jeder Körperteil – steif… starr!

Totale Lähmung…!

Millionen spitze Sandkörner durchstechen die Lunge!

Atmen unmöglich…!

Absolute Dunkelheit schürt die tödliche Panik…!

Jeder geformte Gedanke verzerrt sich zu einer höhnisch grinsenden Fratze, die von einer unsichtbaren Kraft zur Seite geschoben wird. Schon schießen weitere Gedanken ein, der nächste… der nächste… und wieder – unaufhaltsam. Die geheimnisvolle Kraft, die diese schaurigen Gedankenfratzen wegschiebt, bist du selbst und doch wieder nicht…

Eine schier unüberwindbare Hürde. Gegenwärtiges wird Vergangenes und zugleich Zukünftiges. Tonnenschwer das Formulierte und dennoch so wahnsinnig leicht gedacht, als wäre es ein vom Wind verwehter Federflaum.

Dann wieder – oh-Gott-oh-Gott – in Wellenschüben schiebt sich panische Angst hinter die Netzhaut! Sie bläst sich auf, wird tausenddimensional und explodiert! Blitzlichter fressen die Hirnmasse auf… diese Schmerzen! Entsetzlich!

Das Licht… das grelle, grelle Licht… es tötet mich mehrfach!

Und wieder… grelles Licht, dann sterben… erneut schneidendes Licht… und wieder tot sein!

Tot sein und dennoch leben… tot sein, wieder leben dürfen… jetzt tot sein – nur noch tot sein…!

Warum tot sein? Warum nicht leben dürfen?

Keine Zeit zu fragen – eine gewaltige Angstwelle schwappt über die bisherige, vermischt sich, vermehrt sich… sie bäumt sich auf zum Tausend-Meter-Turm!

Oh Gott…! Ich bete: Ich bin klein, mein Herz ist rein!

Wo bin ich? Wer bin ich? Bin ich überhaupt noch?

Plötzlich wieder totale Finsternis!

Sie krallt sich fest und überbrüllt dröhnend das Rauschen nie enden wollender Angstwellen…

Bin ich lebend tot…? Bin ich tot lebendig…?

Zehn

Freitag, 10. August 2007...

»Ka-U-eN-De-E... sprich: Kunde... Verstanden? So einer bin ich nämlich immer noch und erwarte daher, dass ich als solcher behandelt werde. Auch wenn ich mit... Mensch, was soll's...! Auf Wiederschauen!«

Wütend knallte Axel Körner den Hörer auf den Apparat und reagierte seinen Frust lauthals ab:

»So eine aufgeblasene Blunzen...!«

»Na-na-na...! Wer hat sich zur Blunzen aufgeblasen?«, wollte Meller wissen, während er das Zimmer seiner Kollegen betrat.

»Körners Bankbetreuerin«, erwiderte Mike Lehner stellvertretend, der bisher stumm den verbalen Auszucker Körners verfolgt hatte und ebenfalls nervös am Hörer hing. Eine Verbindung nach irgendwohin, die anscheinend nicht zustande kommen wollte. Schließlich legte auch er den Hörer auf, zuckte mit den Schultern und schrieb eine kurze Notiz.

»Weil's wahr is...!« Axel Körner schnaubte. »So eine eingebildete Zicke! Glaubt, weil ich jetzt Bankschulden habe, kann sie mit mir rumspringen, wie's ihr grad gefällt! Dabei bin ich ein verlässlich zahlender Kunde... trotz der Wucherzinsen! Bloß weil ich jetzt wegen meiner neuen Küche nicht sofort die Rate rechtzeitig bezahlen konnte, drohte sie mit Fälligstellung des gesamten Kreditbetrages, von wegen verschärfter Bankbestimmungen.« Er setzte kurz ab, schnappte nach Luft und zeterte weiter drauf los: »Soll ich mir in der Wohnung ein Lagerfeuer anzünden, um was Warmes essen zu können? Ach, was ärgere ich mich noch lang wegen der Schnepfe da!«

»Tätest deine Betreuerin heiraten, dann hättest nie wieder Bankprobleme«, riet ihm Mike Lehner schadenfroh.

»Bin ich deppert? Mich amtlich an ihren Hals werfen?« Er tippte mit dem Finger an seine Schläfe: »…mir hat der eine Abend gereicht… mühsam«, rutschte ihm beiläufig heraus.

»Schau-schau, eine amouröse Krediterschleichung – zzssazzssaa!«, stellte Meller die Augenbrauen hebend, schmunzelnd fest. Er gestattete sich diese Bemerkung auch nur deshalb, weil die V-Agentinnen Manuela Kohn und Irene Schneider sich nicht im Raum befanden.

»Ein Kavalier genießt. Und was das Schweigen betrifft: Diesen Kredit hab ich mir schwerst erarbeitet«, erwiderte Körner.

»Waas…? Ein Kollege, der sich instinktniedrig hochschläft? Und so was sitzt mir gegenüber?«, lästerte Mike Lehner mit gespielt erboster Miene zum Kommissar hin.

Woher hatte Mike plötzlich diese Schlagfertigkeit? War es nicht Axel, der Lehner verbal ins offene Messer laufen ließ?

»Woher willst du grad wissen, ob da was war oder nicht?«, zischte Axel Körner über den Schreibtisch.

»Dein schmutziger Grinser sagt alles«, urteilte Mike Lehner trocken. »So, und jetzt lass mich wieder arbeiten. Das solltest übrigens auch, Herr Kollege, anstatt mit amourösen Peinlichkeiten herumzuprahlen… du Obermacho.« Er nahm den Hörer ab, weil sein Telefon surrend anschlug. Axel Körner demonstrativ ignorierend, meldete er sich mit seinem Namen und hörte mit geschlossenen Augen in die Amtsleitung hinein.

Kriegsstimmung im S-C-ONE? Schon am frühen Morgen? Obwohl der Tag noch unschuldig jung und vor allem sonnig strahlend schön war.

Eines der beiden großen Fenster stand sperrangelweit offen und ließ frischwürzigen Sommerduft in das Zimmer strömen.

»Eigentlich wollte ich einen wunderschönen Morgen wünschen und mich erkundigen, ob's denn signifikante Ergebnisse zu berichten gibt«, begrüßte der Kommissar die halbe Mannschaft und klopfte auf den Aktenberg, der sich direkt vor ihm auf dem Tisch befand. Obenauf lag der Bericht der drei Feuerlöscher-Sprayer.

»Worüber genau? Handymasten, Schwertransporter oder Autobahnbombe… such's dir aus, Herr Chef. Jedenfalls ist nix Signifikantes eingetrudelt«, begehrte Axel Körner auf, sah den Kommissar trotzig an und fuhr fort: »Dafür haben die Kohn und ich, während die werten Anwesenden ihrer Nachtruhe nachgingen, gestern noch eine Jugendbande erwischt. Deswegen sitze ich jetzt hier und schreibe den Bericht fertig.«

Und mit einem Seitenhieb auf Mike Lehner deutete er an: »Falls wer auf die Idee käme, ich würde vielleicht owezahn… Übrigens: Die Schneider und die Kohn sind ermittelnderweise zu den Eltern von diesen drei Gfrastern gefahren. Der Bericht wird in Kürze auf den Schreibtisch des Herrn Kommissars flattern. Als ob ich nix Besseres zu tun hätte.«

Meller überging die zynische Bemerkung und versuchte die zwei, einschließlich sich selbst, aufbauend zu motivieren:

»Na, dann werden wir halt in unseren aktuellen Fällen selbst kräftig umrühren. Ermittelnd, meine ich.«

Meller hatte Eva Roths Tiefschlag von vergangener Nacht nicht so ohne Weiteres überwunden. Die Abfuhr kratzte mächtig und hatte sein Ego ziemlich angeknabbert. Doch der sonnige Tag überstrahlte sein seelisches Wehwehchen.

Obendrein war bereits Freitag, für Meller ausnahmsweise ein lang ersehnter Frühschluss-Arbeitstag, an dem er sich hauptsächlich Bella widmen wollte. Gewiss, seit Evas Entscheidung fiel ihm jetzt die seinige leichter.

Aber, ob er jetzt mit Bella gleich… bloß weil Eva…?

Mensch Meller, greif zu, schalt er sich. Als wenn das so leicht ginge. Im Stillen beneidete er Lo Bianco um seine unkomplizierte Sichtweise in Sachen Frauen-Liebe-Leben.

Also, wenn schon Frühschluss, dann sah er sich bereits um elf Uhr vormittags bei einem Caffè Latte im Posthof, mit Blick auf das geschäftige Treiben in der Mödlinger Fußgängerzone. Den Tisch dafür hatte er vorsorglich reservieren lassen.

Die Verbrechen, denen das eigens geschaffene Sonderteam ermittelnd nachspürte, waren bereits geschehen, die bisherigen Ergebnisse waren karg bis dürftig. Daher käme es auf einen Tag mehr oder weniger auch nicht mehr an, bis die Handschellen endlich klicken würden.

Mellers Samstag/Sonntag war bereits fix verplant.

Als Zeitausgleich hatte er sich ein freies Wochenende genommen, um endlich wieder auf normale Gedanken zu kommen, sich anstatt mit Indizien, Ermittlungsergebnissen, DNA-Auswertungen und gerichtsmedizinischem Kram, endlich wieder mit dem eigenen Leben zu beschäftigen. Die Zeit ganz für sich privat zu nützen oder einfach zu verplempern, wobei es in Richtung Familienzusammenführung hinzielte.

Mellers Familie. Eigentlich ein trauriges Kapitel, in der es nicht mehr viel zusammenzuführen gab. Seine leiblichen Eltern verunglückten, als er gerade mal sechs Jahre alt war. Der Unfall geschah am 7. Dezember 1966. Für den kleinen Mario war es das schlimmste Ereignis, das ihn auf Jahre hin seelisch zertrümmert, sich unauslöschbar in sein Bewusstsein eingebrannt hatte. Mutters Gesicht, ihre weiche Stimme, das Gefühl von absoluter Geborgenheit... Sein Vater, das Aufschauen zu ihm, dieses Bewundern seiner Kraft und Sicherheit; auf seinen Schultern zu sitzen und sich an ihm festhalten zu können... Marios kleine und doch alles umspannende Kinderwelt, sie war mit einem Schlag zerstört worden und hatte ihn für sein späteres Leben gezeichnet.

Dann der schwere Verlust von Lilian, seiner Frau – wiederum ein Unglücksfall. Am 22. Mai 2003 war sie zwischen São Paulo und Rio bei einem Flugzeugabsturz umgekommen.

Leben und Sterben – einerseits ein gnädiges Werk des Himmels, andererseits ein Teufelswerk fiesester Machart. Kaum war es Mario gelungen, wieder halbwegs auf die Beine zu kommen, schlug das Schicksal erneut zu. Erbarmungslos, als hätte es eine höhere Macht auf ihn abgesehen. Wie ein zorniger Zeigefinger aus den Wolken kommend, der sein Leben durcheinander zu werfen versuchte. Nicht, dass er von diesem allmächtigen Finger wie eine Ameise zerdrückt worden wäre. Nein, die neben ihm Lebenden – jene, die er liebte, die seinem Leben Sinn, Halt und Geborgenheit gaben, wurden von diesem Finger erbarmungslos zerdrückt. Wie oft hatte er sich gewünscht, dass es ihn treffen möge. Damals, als er noch unstet durch die Welt zog und nirgends »seine« Heimat finden konnte. Aus Trotz, weil er auf dieses Um-die-Welt-Ziehen ja manches Mal sogar stolz war.

Als Mario Meller im Frühjahr 2004 wieder nach Mödling übersiedelte, nahm er sich vor, Rio für immer den Rücken zu kehren. Sein Onkel Walter hatte ihn nach Lilians Tod gebeten, den S-C-ONE aufzubauen. Sicher auch, um Meller mit viel Arbeit den Schmerz erträglicher zu machen. Er hätte es nach seiner

Erbschaft nicht mehr notwendig gehabt, auch nur einen Finger zu rühren. Doch so ein Leben wollte er nie führen. Schlimmer noch – diese Erbschaft entwickelte sich immer mehr zur lästigen Verpflichtung.

Dann erlag am 12. April 2005 Helmuth Hauser in Rio einem Schlaganfall, im besten Rentneralter, obwohl er niemals auch nur eine Stunde ans Aufhören gedacht hatte. Helmuth und Erika Hauser, das freundliche Hauswarteehepaar aus der Villa in Santa Teresa, einem Stadtteil von Rio de Janeiro, die jetzt Mario Meller gehörte. Die Hausers waren seinerzeit noch von Lilians Großmutter angestellt worden. Sie wohnten ebenfalls bei den Goldmanns und gehörten so gut wie zur Familie. Die Hausers hatten Mario Meller sofort in ihr Herz geschlossen, weil er »ihre« Lilian liebte. Denn sie fühlten sich für Werdegang und Glück der Tochter der Goldmanns genauso verantwortlich.

Als im vergangenen Jahr Marios Ziehmutter, Tante Henriette starb, war dies wohl für Onkel Walter der schlimmste Schicksalsschlag. Sicher, auch Mario war erschüttert, auch wenn sich seine Zuneigung zu Henriette sehr in Grenzen gehalten hatte. Die Multiple Sklerose war schuld an dieser Mauer zwischen Mario und Henriette. Schleichend war sie in ihren Körper gekrochen. Doch einen Sieg gönnte sie ihrer Krankheit nicht und zog daher einen Schlussstrich. Konsequent war sie schon immer gewesen – und das bis zum letzten Atemzug. Aus dieser Sichtweise verstand Mario ihren Selbstmord. Sie wollte sich und ihrem Mann das jahrelange Martyrium ersparen. Dieser Entscheidung zollte Mario höchsten Respekt ab, auch wenn es Henriettes Mann nicht so sah. Walter Meller, maßgeblicher Initiator des S-C-ONE und jetzt Ministerialrat in Ruhe, war seit ihrem Tod zum seelischen Wrack geworden. Seine überhastete Übersiedlung nach Innsbruck – eine einzige Flucht. Im Grunde genommen waren sich Walter und Mario Meller sehr ähnlich. Zumindest, was ihr Fliehen vor Problemen betraf, weil eben das Lösen, vor allem, das Sich-Lösen von Vergangenem so unerträglich schmerzhaft war.

Die Mellers waren ursprünglich eine große Tiroler Sippschaft. Doch heute lebten nur noch Onkel Walter, Mario und ein paar weit entfernte Verwandte, zu denen Mario keinerlei Kontakt hatte. Der Bungalow von Onkel Walter in der Südstadt stand seither leer. Mario wusste, dass er mit seiner Absage dem Ziehvater einen weiteren Dolchstoß verpasst hatte, als Walter ihm anbot, bis die Villa fertig sei, doch solange »daheim« zu wohnen.

»Dann bleibt mir nur noch, das Haus zu verkaufen«, seufzte Onkel Walter und bat Mario, ihn dabei zu unterstützen, da dies von Innsbruck aus umständlich war. Seit Henriettes Tod schaffte es Walter Meller ebenfalls nicht mehr, dort zu wohnen.

Und so fuhr Mario hin und wieder in den Geisterbungalow, um nach dem Rechten zu sehen. Es war gespenstisch, nachts durch die düsteren Räume zu schreiten und die Geister seiner Kindheit abzuwehren. Tagsüber wollte er nicht in das Haus, denn dann hätte er Vergangenes viel zu deutlich sehen müssen. Das tat noch mehr weh. Die Dunkelheit bot ihm Schutz vor den sich ihm aufdrängenden Versäumnisfragen.

Erika Hauser hatte Mario einen Floh ins Ohr gesetzt und das sicher nicht unbegründet: Sie würde gern seine Heimat kennenlernen, vielleicht sogar einige Zeit hier leben.

Bei einem seiner nächtlichen »Telefonate mit Rio«, wie Meller es nannte, hatte ihn Erika gebeten:

»Jetzt, wo ich ganz alleine in der Villa lebe und alle meine Lieben schon gestorben sind, habe ich niemanden mehr, mit dem ich über alte Zeiten reden kann.«

Sicher – die Leute vom Verein »Crianças do Rio« *(Kinder von Rio)*, den noch Lilian gegründet hatte, waren aufmerksam und nett. Sie halfen ihr, soweit es ihnen möglich war. Aber Erika hatte Heimweh. Es fehlte ihr, mit jemandem deutsch sprechen zu können, wie sie Mario gestand.

»Einen alten Baum soll man doch nicht mehr verpflanzen«, hatte er ihr vorsichtig abgeraten.

»Was heißt alten Baum? Ich bitte dich, Mario! Aber du hast recht: alt, das werde ich hier tatsächlich. Deswegen möchte ich endlich wieder was erleben. Ich sitze schon viel zu lange in dem düsteren Kasten hier!« Mit Kasten meinte sie die alte Villa.

Da galt es für Meller zu überlegen, ob Erika denn noch rüstig genug sei, so weit zu fliegen. Was sie mit einem Fingerschnippen abtat, ja sie war sogar beleidigt, weil sie, noch weit entfernt von achtzig, es mit jedem Sechzigjährigen aufnehmen könne. Jetzt, da sie wieder zu leben beginnen wolle. Gewiss, mit ihrem Helmuth hatte sie eine wunderbare Zeit gehabt, die könne ihr ohnehin nicht mehr genommen werden. Aber sie wolle wenigstens einmal noch auch ihre alte Heimat Deutschland besuchen. Wer weiß, wie lange sie noch halbwegs auf den Beinen sei. Und als Erika beim täglichen Einkauf in den Straßen von Rio beinahe in den Kugelhagel rivalisierender Banden geriet, hatte sie die Nase voll und rief Meller noch am selben Abend an: »Stell dir vor, Mario, neben mir sind die Kugeln vorbeigeflogen…! Wenn mich da eine getroffen hätte – nicht auszudenken!«

Meller wusste, dass sich die Kriminalität in Rio von Jahr zu Jahr verschlimmerte. Also lud er Erika Hauser kurzerhand ein.

Ein Blitzgedanke war ihm gekommen: *Warum nicht für immer?* Plötzlich lag ihm viel daran, dass sie ihren Lebensabend in Mellers Villa verbringen sollte. Und bis der Bau im Auholz fertig war, könnte sie ja im Bungalow von Onkel Walter wohnen. Das hatte er ihr vor einigen Wochen bei einem der »Telefonate mit Rio« versprochen.

»Aber zuerst mal nur probeweise, Mario! Für ein paar Tage«, hatte sie geantwortet. Doch Meller spürte in ihrer Stimme die Freude quer über den halben Erdball und erwiderte:

»Aber sicher doch, liebe Erika. Und weißt du was: Da es ja nur für ein paar Tage ist, nimmst du nur die Sachen mit, die dir besonders am Herzen liegen. Was Kleidung, Kosmetika und das andere betrifft, was eben eine weitgereiste Frau in deinem Alter benötigt, das besorgen wir gemeinsam hier, einverstanden?«

Erika Hauser war natürlich einverstanden, war überglücklich. Er versprach ihr, die notwendigen Schritte zu unternehmen. Sie brauche sich um nichts zu kümmern.

Für Mario Meller entstand in diesem Moment seine neue Familie. Mit der treuen Haushälterin würde ein wunderbarer Mensch sein Leben mit einer gewaltigen Portion Erinnerungen bereichern. Und wenn auch Wehmut mitschwingen würde, im Grunde genommen war es seine wunderbarste Zeit gewesen.

Von Rio de Janeiro ging der Flug nach Frankfurt. Am Samstag um 14.25 Uhr sollte die Maschine in Wien-Schwechat landen. Mit an Bord: Erika Hauser…

»…für dich Chef«, unterbrach Mike Lehner, riss den Kommissar aus seiner Gedankenwelt und hielt ihm den Hörer auffordernd hin.

»Eine gewisse Frau Vanaris. Sie muss *unbedingt* mit dem Herrn Kommissar Meller sprechen.« Er hielt die Sprechmuschel zu. »Sie wollte mir nicht sagen, worum es geht… bitte«, winkte mit dem Hörer und grinste vielsagend.

Irritiert sammelte sich Meller und holte sich in die Gegenwart zurück. Vanaris? Das ist doch die… richtig, die Metallkünstlerin.

»Meller, ja…?«

»Bin ich froh, dass ich Sie endlich erreiche…«, begann die Frau aufgeregt, »Ihr Kollege wollte mich nicht… Verzeihung, wenn ich Sie so überfalle, aber…«, sie stockte.

»Ja, schönen guten Morgen, Frau Vanaris!« Er spürte förmlich die Angst in ihrer Stimme und versuchte daher beruhigend auf sie einzuwirken:

»Ich kenne Sie zwar nicht persönlich, Frau Vanaris. Aber was mir Herr Randauer von Ihnen gezeigt hat, das kann sich wirklich sehen lassen… Was führt Sie denn zu mir?«

»Danke, aber das ist es nicht, was ich…«, sie zögerte wieder, »…Randy, ich meine Herr Randauer… er ist weg!«

Sie schwieg erneut und da Meller nur zuhörte, begann sie wieder mit erregter Stimme: »Er führte vorgestern um die Mittagszeit ein Telefonat. Daraufhin sagte er mir, dass er kurz weg müsse, verriet mir aber nicht wohin. Und seither ist er verschwunden…! Auch Murat, das ist einer seiner Leute hier, flippt schon völlig aus, weil die Arbeiten eingeteilt werden müssen. Da fand ich dann Ihre Visitkarte auf Randys Schreibtisch. Deswegen rufe ich Sie an, weil ich dachte, dass Sie…« Die Frau stockte wieder mitten im Satz, doch dann fasste sie sich: »…ich mache mir große Sorgen, weil er plötzlich so anders war… nach diesem Anruf… so gestresst, direkt gehetzt…«

Das fehlte gerade noch, dass sein Frühschluss unter die Räder kam. Meller überlegte kurz.

»Frau Vanaris, ich schlage Ihnen Folgendes vor: Sie bleiben bitte dort, wo Sie sind. V-Agent Körner wird Sie innerhalb der nächsten halben Stunde aufsuchen. Sie berichten ihm, was genau vorgefallen ist.« Und mit einem Seitenblick auf Axel Körner fuhr er fort: »Ich bin zurzeit leider unabkömmlich. Sie hören aber gleich am Montag von mir, falls Herr Randauer bis dahin noch nicht aufgetaucht ist. Vielleicht ist ihm etwas dazwischengekommen und er fand keine Gelegenheit, sich zu melden…! Also, wie gesagt: Herr Körner kommt zu Ihnen. Und seien Sie unbesorgt, Frau Vanaris. Das wird schon wieder – ein schönes Wochenende noch!«

Der Kommissar gab den Hörer an Mike zurück und atmete tief durch. Axel Körner zeigte seine Mit-mir-kann-man's-ja-machen-Miene und nahm von Meller wortlos die auf einen Zettel hastig skizzierte Botschaft entgegen.

Was sollte man in so einem Falle unternehmen? Täglich verschwanden Menschen und tauchten irgendwann wieder auf. Nach Stunden, nach Tagen oder Wochen – sicher, auch erst nach Jahren. Manche auch nie wieder. Aber Randauer war ein erwachsener Mensch und konnte tun und lassen, was ihm beliebte. Und wenn er sich rar machte, dann würde er schon seine Gründe haben. Vielleicht gab es Spannungen zwischen ihm und Frau Vanaris? Möglich, dass er eine andere hatte. Randauer war nicht mit ihr verheiratet… und überhaupt.

Meller war bereits außer Dienst und das sollte für heute so bleiben.

»Erledige das bitte für mich, Axel. Hast was gut dafür… jetzt muss ich aber wirklich los.« Er rieb sich demonstrativ die Hände und rief seinen Hund, der sich irgendwo im Gang herumzutreiben schien:

»Joe, hierher!«

Kein Heranhecheln, kein Getrippel war zu hören.

»Joe…! Verdammt noch mal… JOE, wo bist du…?«

Na endlich.

Der Hund bog um die Ecke und leckte sich noch die Lefzen. Hatte er schon wieder einen Kollegen um die »Pfote« gewickelt und sich eine Sonderration erschnorrt?

»Wenn du so weitermachst, wirst du bald wie ein Mastschwein ausschauen und keiner Hundedame mehr gefallen, ich warne dich!«, drohte der Kommissar und hob erzieherisch den Zeigefinger. Denn beim Fressen war der Hund stets Feind seiner Figur – ohne Wenn und Aber.

Doch solche Drohungen kümmerten Joe nicht die Bohne. Wie auch. Er verstand lediglich klare Befehle wie: *Sitz* und *Platz* oder *Steh* und *Geh* oder *Aus* und *Pfui*. Doch sie verstehen und ausführen waren zweierlei, wie Müssen und Wollen. Doch wann wollte er schon?

Eben – immer dann, wenn es was zum Fressen gab.

Nur war *Fressen* nun mal kein Befehlswort, sondern eine elementare Lebensgrundlage, der mehrheitliche Sinn seines Hundelebens schlechthin. Doch wäre *Fressen* ein Befehl – den hätte Joe als einzigen jederzeit anstandslos befolgt.

»Also dann, ein schönes Wochenende allerseits«, beinahe entschuldigend fiel Mellers Wunsch aus, als er die grimmigen Gesichter seiner halben Belegschaft sah. Damit es nicht gar so elend klang, erinnerte er Lehner und Körner unnötigerweise an den Montagstermin, an dem er die gesamte Mannschaft zu sehen wünschte:

»Und am Montag beginnen wir komplett von Neuem, damit wir endlich was Handfestes in die Finger bekommen. Die bisherigen Ermittlungen sind seicht wie das Wasser im Fußbadlavoir eines Rentners. Nur gut, dass die anderen Abteilungen genauso hilflos schwimmen wie wir.«

»Und das findet der Herr Kommissar gut?«, ätzte Axel Körner.

»Das nicht, aber wir sind nicht allein die Blamierten. Doch jetzt im Ernst: Es muss uns doch gelingen, diese Bagage hinter Schloss und Riegel zu bringen, sonst sind wir alle miteinander unser Geld nicht wert«, mahnte Meller die beiden finster dreinblickenden V-Agenten. »Ich meine, ich will es einfach nicht glauben, dass wir von ein paar Wahnsinnigen so am Faden gehalten werden. Die glauben, wir sind Volltrottel!«

Es war ja wirklich zum Aus-der-Haut-Fahren. Keine stichhaltigen Beweise, nicht ein winzig kleines Indiz, um jemanden als Verdächtigen saftig in die Mangel nehmen zu können. Dabei von Ermittlungserfolgen zu sprechen war die peinlichste Zeitungsente der letzten Zeit gewesen! Nur tote Spuren, laut Fachjargon.

Die Ermittlungen laufen weiterhin auf Hochtouren!

Selbst Chefredakteur Bacher half medial mit. Jeder Hinweis, jede Information, jeglicher Verdacht auf Ungereimtheiten könne ausschlaggebend sein und sei daher bitte zu melden, rief er erneut in der *Neue-Süd* auf. Absolute Diskretion wurde jedem zugesichert, der etwas melden könne.

»Also dann, schönes Wochenende… Bis Montag früh pünktlich um acht.«

Meller sah abschließend kurz aufmunternd in die Runde und verdrückte sich, nachdem sein Abgang mit einem: »…ebenfalls dem Herrn Kommissar«, von Axel Körner begleitet worden war.

In Gedanken war er längst woanders.

Ein Feeling wie im Urlaub in einer italienischen Stadt.

Die Menschen saßen vor ihren Getränken und Mehlspeisen, lasen oder blätterten in Magazinen, plauderten oder beobachteten das rege Treiben auf dem Schrannenplatz und in der Fußgängerzone.

Dieses erotisierende Flirren in der Luft – es benebelte den Geist, machte ihn empfänglich für Müßiggang und geheime Wünsche, was man an den vieldeutigen Blicken mancher Genießer beobachten konnte, wenn sie – männlich wie weiblich –

gelungenschönen Körpern nachstarrten.

Eine Augenweide sondergleichen. War es doch so, dass Mödling kein zu knappes Kontingent an Schönheiten »besaß«. Kein Wunder, bei den vielen Prominenten aber auch Normalo-Wohlstandsbürgern, deren Wohnadressen noble Domizile in dieser geschichtsträchtigen Stadt verrieten.

Hatte es doch bereits eine Miss Austria gegeben, die aus Mödling kam. Das zählte doch allein schon für die optische Qualität der Mödlinger und -innen! Wobei Meller sich nicht sicher war, ob jene Schönheit eine *eingeborene Mödlingerin* war. Aber solche Qualitätskriterien interessierten ihn wie der Stuhlgang eines Nilpferdes in Schönbrunn.

Das Getuschel auf der Terrasse des Café Posthof um den Kommissar und seine Begleitung wollte nicht verstummen, und männliche Blicke blieben unverschämt lange an Bellas Kurven, die in einem bezaubernden Sommerkleid steckten, kleben. Eindeutige Blicke, gerade um das Quentchen zu lange, was Bella als lästige Anmache mit einem unwilligen Haare-in-den-Nacken-Werfen beantwortete, was die Anstarrer umso mehr aufstachelte.

Wesentlich dezenter wanderten Blicke weiblicher Augenpaare in Richtung Meller, die jedem anderen Mann ein animalisches Stolzgefühl unter die Rippen gezaubert hätte. Nicht so dem Kommissar, an dem diese Bewunderungsblicke unberührt abperlten. Erstens, weil er sich gerade in eine verworrene Sache hineinträumte und Huldigungen dieser Art negierte. Zweitens, weil er sich seinem Gegenüber widmete…

»Wow, wirklich…! Die sieht ja glatt wie die Bella aus!«, war Lo Biancos ätzender Kommentar gewesen, als ihm Meller Fotos von Lilian gezeigt hatte. »Ein Gsicht, zwei Ohren und genauso eine Wahnsinnsfigur, he-he-he…« Er hatte hellauf gelacht.

»Mensch Meller! Wie lang ist das jetzt her mit Lilian? Zeit, dass du dich von ihr löst, weil solange ist jede andere chancenlos bei dir!«

»Jaah… aber diese Ähnlichkeit…!«, wollte Meller damals bestätigt wissen, worauf ihn Lo unsanft in die Seele boxen musste: »Meeensch…! Verabschiede dich endlich von der Vergangenheit und nimm Bella so wie sie ist – nämlich nicht als Abklatsch von Lilian. Und – Bella schaut besser aus! …meine Meinung.«

Schmerzhafte Ratschläge, die Meller einstecken musste, als er im vergangenen Jahr Isabella Fischer kennengelernt hatte und für sie bei Lo Bianco einen Allroundjob organisierte.

Das war eben Mellers Manko. Er besaß nun mal nicht die Härte, Enttäuschungen so ohne Weiteres zu überwinden, weshalb er über Jahrzehnte seiner Vergangenheit davonlief, die ihm schicksalshaft auf den Fersen haftete: beginnend mit Nora Weichselbaumer, seiner ersten Enttäuschung, der Grund seiner Odyssee um den Erdball. Später Lilian Goldmann, sein einzig wahres Glück im Unglück. Schließlich bis vor Kurzem Eva Roth, die sich wegen seines Zauderns einem Schweden in die Arme geworfen hatte. Welch Irrlauf war doch Mellers Leben!

Doch trotz aller verhängnisvollen Verkettungen zeigte sich das Schicksal von der menschlichen Seite. *Mein Gott, schon wieder der Meller,* erbarmte es sich und warf ihm diesmal einen besonders griffigen, armdicken Ast zu, damit er sich aus der Trübsalsuppe herausziehen konnte. *Damit wird er's wohl endlich schaffen, der Herr Kommissar,* mokierte sich sein Schicksal bereits, als es ihm Isabella Fischer am anderen Ende des rettenden Astes hinstellte…

Bella hatte sich freigenommen. Lo Bianco war ein gnädiger Chef. Zur Sommerzeit war werbemäßig ohnehin tote Hose. Also war das Atelier freitags geschlossen. Obendrein hatte Bianco als

Bauplaner genug mit Mellers Villa um die Ohren. Doch Häuser entwerfen und bauen lassen war Biancos leidenschaftlichstes Hobby neben seinem Job und aufregenden Frauen, wobei die Reihenfolge nach Chancen und Möglichkeiten variierte.

Bellas Sohn Manuel war mit seinem besten Freund Tobias unterwegs. Joe, der als dritter im Bunde beim Aushecken spannender Abenteuer herhalten musste, war dies mehr als recht.

»Ihr habt jeder ein Handy. Also, wenn was ist, bitte anrufen. Und wehe, ihr stellt mir einen Blödsinn an«, hatte Bella mit sorgenvoller Miene dem übermütigen Trio angedroht.

Schon waren sie abgedüst und vom Menschengewirr in der Fußgängerzone aufgesaugt. Lediglich das muntere, sich entfernende Bellen des Cockerspaniels ließ in etwa die Richtung erahnen, wo sie sich herumtrieben. Und weil Joe bestimmt um nichts weniger Unsinn im Sinn hatte, war Meller bei Bellas Vergatterung nicht nur innerlich ein Grinser rausgerutscht.

»Ach ja, die Kinder... so jung müsste man noch einmal sein«, seufzte sie zufrieden und genoss einen Schluck Caffè Latte.

Es war wahrlich eine Wonne, im Schatten der großen Schirme bei einem lauen Lüfterl zu sitzen und seinen Gedanken nachzuhängen. Der Geräuschpegel des pulsierenden Treibens erfüllte den gesamten Platz. Selbst die von ferne ertönenden Polizeisirenen vermochten nicht das wohlige Treiben zu stören. Vielmehr mischte sich das *Tatü-tata* als akustischer Aufputz in die beginnende, träge Mittagsstimmung.

Aaahh... die Füße ausstrecken...!

Alles Wollen auf einen einzigen Gedanken reduzieren: Nichts denken müssen, nur genießen. Und wenn doch, dann nur an sich denken und das Blut spüren, das sich nach dem Füße ausstrecken geradewegs in die untersten Regionen pumpt und ein munteres Kribbeln in den Zehenspitzen verursacht...

Mensch Meller – ein freies Wochenende... und nichts anderes im Sinn als das unweigerlich Kommende. Der zweite Caffè Latte wurde ihm soeben serviert, den er mit einem lässigen Lächeln dankend vor sich auf das Tischchen stellen ließ. Er versenkte zwei Süßstoffpillen im Schaum und rührte gedankenverloren um, bevor er das Glas zum Mund führte.

»Jahah... so gefällt mir das Leben!«, strahlte er Bella an, nachdem er es abgesetzt hatte. Sein Gesicht zeigte die Begeisterung für das Einfache, das Wenige, das ihn so glücklich und zufrieden machen konnte. *Wozu Millionen am Konto, wenn es doch so auch ginge?* Doch beim Begriff »Millionen« bildete sich eine mittelschwere Gedankenfalte in Mellers Hirn.

Jetzt nicht, Meller, mahnte er sich, *versau dir nicht diese einmalige Stimmung. Denk an das Schöne, das kommen wird.*

Er verließ erleichtert seinen Gedankengang und besann sich wieder des schönen, unbeschwerten Lebens.

Ein äußerst erregter V-Agent störte ihn dabei.

Nicht sofort. Doch im Augenwinkel sah Meller eine ungewohnte Bewegung im Menschengewühl. Er spürte intuitiv Spannungen, die andere nicht bemerkten.

Da war sie auch schon, die Störung: Axel Körner kam im Laufschritt auf das Kaffeehaus zu, ohne Meller noch wahrgenommen zu haben. Misstrauisch verfolgte er Körners suchenden Blick und überlegte, eine der Zeitungen in Kopfhöhe zu halten, um sich dahinter zu verbergen.

»Na endlich... da bist ja...! Es gibt gröbere Wickel!«, knallte Körner dem Kommissar etwas zu stimmig auf den Tisch.

Bei dem Wort »Wickel« war es nur natürlich, dass an den Nachbartischen sofort absolute Stille eintrat. Schließlich wusste schon jeder, wer der Mann mit dieser schönen Frau war. Vielleicht konnte man etwas erfahren, es weitererzählen, es aufbauschen und als *die Bomben-News* platzen lassen.

Dieses Verstummen der anderen Kaffeehausgäste ließ Körner in einen Flüsterton zurückfallen.

»Du musst bitte sofort… Oh Frau Fischer, schönen Tag!«

Der V-Agent nahm erst jetzt Mellers Begleitung wahr und deutete seinem Chef, dass er nicht vor allen Leuten die sogenannten gröberen Wickel verkünden wollte. Meller stand auf und entschuldigte sich bei Bella mit einem Verständnis suchenden Lächeln.

»Was ist so wichtig, dass mein freies Wochenende gestört werden muss?«, flappte er den V-Agenten an, als sie ein paar Schritte vom Kaffeehaus weg standen.

»Hat dich die *Tuareg* nicht erreicht?«

»Mein Handy hat Urlaub, es packt gerade die Koffer«, erwiderte Meller kryptisch.

»Jaja schon gut…! Also, der Malowezcka… Bitte, der Trottel hat eine Bank überfallen und Geiseln in seiner Gewalt!«

»Wie – was – bitte…? Unser Malowezcka?«

»Ob das *unser* Malowezcka ist, bezweifle ich. Aber es ist ein gewisser Hermann Malowezcka, der sich im Bankinstitut auf der Hauptstraße, Höhe Jakob Thoma-Straße, in der Schalterhalle verbarrikadiert hat. Mit dem Kassier, zwei Schalterkolleginnen sowie einer weiblichen Kundin in seiner Gewalt. Und nur mit einem gewissen Herrn Meller vom S-C-ONE will er verhandeln.«

Wäre die Situation nicht so bizarr ernst gewesen, Meller hätte Axel Körner gefragt, ob es denn auch männliche Kundinnen gibt. Unser Malowezcka! Der ehemalige Leiter der V-Gruppe 2. Der V-Agent Hermann Malowezcka, dem Meller einen Superjob bei seiner ehemaligen Einheit in Rio de Janeiro verschafft hatte.

»Und was soll ich mit ihm? Ich habe dienstfrei. Sagt ihm,

Sprechstunden sind wieder ab Montag, acht Uhr. Er soll sich bis dahin gedulden und seine Forderungen schriftlich einreichen.«

»Der war jetzt gut, der Witz... aber jetzt im Ernst, Chef! Dass ich dich gefunden habe, verdanken wir der Stoppl, weil die gewusst hat, wo ihr Tobias steckt, wo du und so...«, Körner grinste schräg zu Bella hin. »Jedenfalls, die *Tuareg* flippt völlig aus. Sie ist an Ort und Stelle und hat das Gebiet großräumig absperren lassen. Es wurde eine Sondereinheit von Wien angefordert, die sich derzeit rund um den Tatort verschanzt. Man wollte den Zugriff effektiv durchziehen. Aber am Freitagmittag die Hauptstraße total sperren? Du kannst dir vorstellen, was das bedeutet. Und der Malowezcka ist ja nicht gerade ein schüchterner Chorknabe, wie sich in der Zwischenzeit rausgestellt hat.«

Körner sah seinen Chef auffordernd an und setzte nach:

»Also, was ist, kommst jetzt und machst...«

»Was heißt, kommst... machst...? ICH HABE URLAUB! Ich bin nicht anwesend. Der, den du hier mit dir sprechend wahrnimmst, ist eine optische Sinnestäuschung, eine zeitlich verschobene Fata Morgana...!«, erregte sich Meller und ergab sich: »Schon gut, ich komme. Aber der Malowezcka kann was erleben!«

Meller ging zu Bella, um ihr flüsternd den gemütlichen Mittagsplausch bedauerlicherweise als beendet zu erklären, mit der Bitte, für die nächsten Stunden auf Joe ein wachsames Auge zu werfen. Während andere, nämlich sämtliche Augenpaare der Kaffeehausgäste, interessiert Mellers vorschnellen Aufbruch verfolgten.

»...und das will er: 500.000 Euro und ein Fluchtauto. Dafür lässt er seine Gefangenen frei«, beendete Oberst Eisenmenger, ein glatzköpfiges, bulliges Kraftpaket und Leiter des Einsatzkommandos, seinen Bericht.

»Nicht mit mir! Sucht euch einen anderen dafür!«

Meller erregte sich derart, dass sich seine Stimme fast überschlug. »Der will mir doch nur eines auswischen, mich öffentlich blamieren mit seiner Geiselnehmershow!«

Dr. Sabine Turek, die S-C-ONE Chefin, atmete tief durch und versuchte auf den Kommissar argumentierend einzuwirken:

»Herr Meller, wir sehen da keine andere Alternative. Der Mann ist aufs Höchste gereizt und zu allem fähig. Und Sie sind der Einzige, der damals mit ihm als Kollege konnte. Ich meine, am ehesten von uns allen. Deswegen dürfte er sich auf Sie fixiert haben… Da müssen wir wohl oder übel mitspielen.«

»Ach, so ist das! Die Verhandlungen mit diesem Chaoten haben bereits ohne mich begonnen? Na, sehr fein!«

Meller war wütend, in erster Linie auf sich selbst, weil er nicht doch nach Mailand geflogen war und weil über seinen Kopf hinweg bestimmt wurde.

»Bitte… Herr Meller… verstehen Sie doch die prekäre Lage!«, versuchte die »Tuareg« einzulenken. »Der Malowezcka ließ uns doch nicht einen Atemzug lang Zeit dazu…!«

»Und was wäre gewesen«, unterbrach Meller sie forsch, »wenn ich im Spital – sagen wir – mit frisch operierter Blinddarmnarbe liegen würde?«

»Dann hätte ich Sie im Krankenbett persönlich hierher geschoben«, mischte sich Eisenmenger ein, »und mir einen dicken Ast gelacht, wenn euer wahnsinniger Ex-Kollege seinen Verhandlungspartner am Tropf hängend vorgefunden hätte! Aber da Sie gesund und munter vor mir stehen, erspare ich mir das Astlachen… Doch hier geht es um vier unschuldige Menschenleben. Mag sein, dass Sie als sein geliebter Ex-Kollege zu seinem hirnrissigen Plan gehören. Also, machen wir ihm jetzt die

Freude und blasen ihn zum geeigneten Zeitpunkt vom Asphalt, capito?«

Der Einsatzleiter schenkte Meller ein altgedientes Grinsen und zog dabei Falten, die seine haarlose mit Narben und Schmissen übersäte Kopfhaut verschob.

Sie saßen im gepanzerten Einsatzwagen direkt vis-à-vis der Bankfiliale. Die »Tuareg«, natürlich wieder in pseudo Beduinentracht, hob hilflos die Schultern und sah Meller flehend an.

Du hast leicht Schulterheben, dich will er ja nicht.

Nicht, dass Meller vor Malowezcka je Angst gehabt hätte. Er wollte sich von dem rabiaten Affen einfach nicht zum Kasperl machen lassen.

Sie sahen durch das Fenster, wie ein TV-Team außerhalb der Sperrzone bei der Demelgasse soeben im Begriff war, eine Kamera auf dem Dach des Sendewagens zu montieren.

Eisenmenger gab über Funk die Anweisung, das Kamerateam von dort zu verscheuchen. Auch Meller beobachtete den Vorgang mit Unbehagen.

Um ein noch größeres Verkehrschaos zu vermeiden, war es notwendig geworden, die Absperrung der Bahnbrücke aufzuheben und zur Demelgasse hin zu verlegen.

»Das auch noch«, bemerkte Meller trocken. Das würden noch heitere Stunden werden. Meller bereute es erneut, mit Bella nicht nach Mailand geflogen zu sein, wenn auch nur für zweieinhalb Tage – Hauptsache weit weg von hier.

»Wir tun, was wir können«, holte ihn der Oberst von seinem Wunschziel zurück, »aber verhindern lässt es sich nun mal nicht. Sie wissen ja, wie scharf die Medien auf solche Tragödien sind. Auch ich hätte mir ein schöneres Wochenende vorgestellt. Der Idiot dort in der Bank hat uns diese Suppe nun mal eingebrockt. Wenn ich bedenke, dass es ein Kollege war, dann frage ich mich besorgt, wer der nächste Kopfschüssler…«

»…sein wird«, wollte er den Satz noch beenden. Doch ein Handy, das neben dem Einsatzleiter lag, dudelte schnarrend, sodass er mit dem Kopf stumm zum Bankgebäude hindeutete, wo der aktuelle Kopfschüssler saß.

Der Mann ließ das Handy einige Male dudeln, erst dann meldete er sich und hörte aufmerksam zu.

»Er ist bereits eingetroffen… einen Moment bitte«, erwiderte Eisenmenger dem Anrufer und reichte Meller das Handy.

»Meller, ja…?«

»So sieht man sich wieder, Herr Ex-Chef. Einen schönen Gruß darf ich ausrichten von Ihren tüchtigen Kollegen in Rio«, klang er aufgekratzt, mit einer Portion höhnischen Beigeschmacks.

»Eines will ich sogleich mal korrigiert wissen, Malowezcka«, wehrte sich Meller gegen den hämischen Unterton. Dieses Hirnederl auch noch mit Herr anzusprechen widerstrebte ihm. »Wir sehen einander nicht, Malowezcka, ich hör Sie lediglich übers Handy… Doch danke für die netten Grüße. Aber warum der Aufwand, sie auf solche Weise zu übermitteln?«

»Akute Geldknappheit. Daher erwarte ich Sie hier in der Bank. Mit etwas Essbarem für mich und meine Gäste«, erwiderte Malowezcka ruhig, dann mit befehlendem Ton:

»Und mit 500.000 Euro, abgepackt in handlichen Paketen ohne Alarmpaket. Sie wissen, diese Farbbomben… und organisieren Sie gefälligst ein vollgetanktes Auto mit Polizeifunk…«

Er schwieg kurz, sprach dann zynisch weiter: »Die erste Geisel wird es Ihnen sehr danken, wenn sie nach Hause darf. Dieser geht's nämlich gar nicht prächtig…«

Plötzlich brüllte Malowezcka in Mellers Ohr: »Also, was ist, Meller…! Bewegen Sie Ihren verwöhnten Marken-Unterwäsche-Arsch! Made in Italy – darauf stehen Sie doch, soweit ich mich erinnere! Wie das Prozedere ablaufen soll, erfahren Sie von Ihrem Kollegen.«

Die Leitung wurde unterbrochen.

»Verdammter Malowezcka«, vergaß sich Meller fluchend, »du wirst deinen eigenen Hintern küssen, und wenn ich dir den Schädel hinbiegen muss!«

Er war jetzt fest entschlossen, diesen hinterhältigen Fatzke persönlich aus der Bank rauszuwatschen. Und wenn notwendig, vor Blitzlichtgewitter und laufenden Kameras.

Wobei das mit dem Gewitter bald wortwörtlich zu sehen war, denn im Norden zog eine Wolkenwand auf und verkleinerte die wolkenlose Himmelsfläche zusehends. Auf das Wetter war auch kein Verlass mehr. Heute Morgen noch strahlend schön und jetzt zogen dunkle Wolken auf.

»Ich weiß ja nicht, was zwischen Ihnen und dem da drinnen vorgefallen ist«, begann der Einsatzleiter, »aber es scheint ihm eine unbändige Freude zu bereiten, Sie halbnackt mit fünf Pizzakartons über die Straße laufen zu sehen.«

»Wenn schon, dann mit sechs, weil ich auch eine essen werde. Denn ich habe außer einer Mordswut noch nichts im Magen.«

»Wir wollten die Pizzas mit einem neuartigen Betäubungscocktail präparieren, der den Geschmack nicht verändert jedoch in Sekundenschnelle wirkt… Aber warten Sie, wenn Sie auch eine essen, da kommt mir eine Idee.«

Der Einsatzleiter überlegte kurz, wollte dann von Meller wissen, wann denn endlich sein Hund hier sei, da die Pizzascheiben schon vorbereitet werden würden. Denn das Betäubungsmittel musste, um die gewünschte Wirkung zu erzielen, innerhalb einer gewissen Zeitspanne eingenommen werden.

Malowezcka hatte verlangt, dass der Kommissar auch seinen

Cockerspaniel mitnahm. Als Vorkoster sozusagen, es könnte dem Essen ja etwas Betäubendes beigemischt worden sein.

»Joe ist bereits unterwegs«, informierte der Kommissar den Einsatzleiter.

»Joe? Wer ist Joe?«, wollte Eisenmenger wissen.

»Mein Hund. Sie haften jedoch dafür, falls Joe gesundheitliche Dauerschäden bekommt«, erwiderte Meller.

Da begann Eisenmenger loszutoben:

»Was soll das? Was erwarten Sie denn von mir? Bin ich es, der diesen Schwachsinn verlangt? Machen S' den Irren da in der Bank für Ihr Hundsviech verantwortlich!«

Er funkelte Meller an und schnaubte wie ein Walross.

Das Handy dudelte wieder. Malowezcka wollte zum letzten Mal wissen, wann endlich das Essen kommt.

Joe wurde inzwischen zum Einsatzwagen gebracht.

Meller hatte Bella übers Handy knapp informiert, worum es ging, und sie gebeten, so schnell wie möglich die Jungs mit dem Hund aufzutreiben und Joe sofort zum Tatort zu bringen.

»Lass das, Joe!«

Freudig erregt hatte Joe sein Herrchen angesprungen – immer dieses lästige An-einem-Hochspringen.

Der Kommissar und der Einsatzleiter beugten sich zum wiederholten Male über den Plan der Bankfiliale, der vor ihnen aufgebreitet lag. Gedanklich ging Meller sämtliche Räume durch und prägte sich deren Lage gut ein. Sie besprachen ein letztes Mal das gefährliche Unternehmen, die Chancen, wie und wann der Kommissar bei Malowezcka punkten konnte, um Forderungen hinauszuzögern, jedoch stets mit dem Hintergedanken, nie das Leben der Geiseln zu gefährden. Dass Malowezcka dem Kommissar einen Denkzettel verpassen wollte, war eindeutig. Meller hatte ohnehin mehr Wut im Bauch als Angst um seine

Person. Aber was weiß man – schließlich besitzt man nur *ein* Leben und dessen Ende wollte man, so weit es ging, hinauszögern.

Das Essen wurde geliefert.

Meller machte sich nun fertig, um gemäß Malowezckas Forderung – in Unterhose, mit Joe und den Pizzas – die Bankfiliale zu betreten.

»Ich wünsche Ihnen viel Glück, Herr Meller... und vergessen Sie meinen heftigen Ausbruch vorhin. Wir stehen momentan alle ziemlich unter Druck... Zu den Pizzakartons nun Folgendes – beachten Sie die Farbpunkte.« Er markierte fünf Kartons auf der Seite mit einem blauen Filzstift. Auf dem obersten malte er jedoch einen kleinen roten Punkt.

»Die Rote ist speziell präpariert – mit einem Betäubungsmittel. Achten Sie darauf, dass Malowezcka die Markierungen mitbekommt und dass Sie auf die rot markierte Pizza scharf sind. Er wird natürlich sofort wissen wollen, was es mit den Markierungen auf sich hat. Versuchen Sie in jedem Fall, ihn zu verunsichern. Sie kennen doch Malowezcka von früher, wissen um seine Schwächen. Also nochmals – wichtig für Sie ist: Die rot markierte Pizza ist mit Betäubungsmittel präpariert... Doch weiter: Die blau markierten Pizzas sind mit einem ungefährlichen, aber wirkungsvollen Abführmittel besprüht, Sie verstehen...? Falls sich Malowezcka nämlich doch dazu entschließt, mit den Geiseln abzuhauen, wird er sie sehr bald freilassen müssen...« Eisenmengers düstere Miene wurde erstmalig von einem listigen Lächeln aufgehellt.

»Mir bleibt wirklich nichts erspart«, antwortete Meller hilflos.

»Jeder muss seinen Teil beitragen, wenn es darum geht, gemeingefährliche Individuen auszuschalten. Das ist unser Job«, blieb der Einsatzleiter ungerührt und fuhr fort: »Wichtig ist jetzt, dass Sie Flüssigkeit zu sich nehmen. Deshalb empfehle ich diesen Cocktail hier«, und hielt dem Kommissar eine Viertelliterflasche hin.

»Bitte sehr… ist völlig unbedenklich«, beschwichtigte er, nach Mellers misstrauischem Blick, »nur falls es nicht so läuft, wie geplant und Sie doch die Pizza mit dem Betäubungsmittel erwischen. Damit sind Nebenwirkungen ausgeschaltet… zumindest halbwegs.«

»Und wenn Joe davon…?«, fiel Meller fürsorglich ein.

»Malowezcka wird an den Hund kaum eine ganze Pizza verfüttern. Überhaupt – bei Hunden wirkt das Präparat kaum«, log Eisenmenger kurzentschlossen, weil ihm das zaghafte Getue des Kommissars um den Köter auf die Nerven ging. Das erfolgreiche Ausschalten des Geiselnehmers ohne Kollateralschaden war sein Job und würde seine Beförderung samt Gehaltsanpassung bestimmt beschleunigen. Zur Beruhigung legte er dem Kommissar die Hand auf die nackte Schulter und schüttelte den Kopf, als wüsste er, wie das schmeckt. Denn das Zeug war scheußlich bitter. Meller reckte es vor Ekel.

Während der Einsatzleiter Malowezcka informierte, dass der Kommissar zu ihm unterwegs sei, beobachtete Meller barfuß und in Unterhose die Bankfiliale auf der anderen Straßenseite. *Verdammter Malowezcka, das bekommst du tausendfach retour*, motivierte er sich.

Joe hatte die Entkleidung seines Herrn aufmerksam verfolgt. Als jedoch die frisch nach Essen duftenden Kartons seine Schnauze in einen Geruchsrausch versetzten, galt seine Aufmerksamkeit einzig diesem Duft.

Er folgte Meller auf den Fuß, vielmehr dem wankenden Kartonturm in dessen Händen. Bei einer solchen Menge Fressbarem musste für ihn einiges abfallen, das erschnüffelte er instinktiv. Joe blieb ebenfalls stehen, als sein Herrchen kurz in der Straßenmitte verweilte und suchend um sich blickte. Picknick auf Asphalt – auch das wäre dem Hund recht gewesen.

Highnoon um 14.00 Uhr, hieß jedoch der Ablenkungsgedanke des gestressten Kommissars, während er mit Joe die menschenleere Hauptstraße überquerte. Mehr fiel ihm dazu nicht ein, außer den Bauch einzuziehen, der dank seiner schweißtreibenden Radtouren zwar fast verschwunden war, aber eben nicht ganz, wie ein wenig Hüftspeck seitlich unbarmherzig dokumentierte.

Joe kannte solche Problemzonen nicht, ihm waren auch die vermummten Gestalten egal, die schwer bewaffnet hinter Autos sowie in der kleinen Seitengasse neben dem Bankgebäude kauerten.

Der längste Weg für Meller, obwohl es nur ein paar Schritte waren. *Ein paar kleine Schritte für mich, jedoch ein großer Schritt für die Sicherheit*, kam es ihm sarkastisch, während er sich dem Eingang der Bank näherte. Ebenso fiel ihm eine Unzahl von Folterwerkzeugen ein, die er nach Beendigung des ganzen Theaters hier bei seinem Widersacher anwenden würde.

Doch so viel Zeit zum Nachdenken war dem Kommissar nicht beschieden, schon wurde er von einer sonnengebräunten Hand unter dem hochgezogenen Metallgitter in die Filiale hineingezerrt. Joe huschte brav hinterher, nach dem Motto: Für ein solches Fressen gehe ich nicht nur meilenweit, sondern überall hin, und sei es in die Hölle.

Kaum in der Bank, schon fiel das Metallgitter wieder rasselnd und versperrte den Haupteingang.

Totenstille – drinnen wie draußen.

Nein – fernes Donnergrollen kündigte das Ende eines sonnigen Tages an. Als hätte der Wettergott einen Deal mit dem

Geiselnehmer ausgehandelt, so drohend grummelte es und ließ eine kühle Brise aufkommen – draußen natürlich nur. Angenehm kühl war es in der Bank schon seit dem frühen Morgen dank einer Klimaanlage. Und dennoch klebten glänzende Schweißtropfen auf den Stirnen der beiden Männer.

»So trifft man sich wieder«, begrüßte Hermann Malowezcka den Kommissar, drückte ihm eine Pistole in die Nierengegend und stieß ihm mit seinen hochgeschnürten Sportschuhen die Füße auseinander. Dabei traf er den Kommissar voll auf den linken Knöchel, sodass Meller zusammenzuckte und der Pizzaturm abzustürzen drohte.

»Hoppala – nicht schwächeln, Meller! Ich brauch Sie noch fürs Finale… he-he-he!«, gluckste Malowezcka scheppernd. Meller schwieg verbissen und schluckte den Hieb wie eine ungeschälte Kaktusfrucht runter.

Der Geiselnehmer tastete ihn rund um die Mitte und im Schritt ab. Zog ihm schließlich mit einem Ruck die Unterhose runter, besah seinen blassen Hintern und ließ den Gummi des Slips auf Mellers Haut klatschen, worauf Joe um den Mann herumsprang und auf ihn einbellte. Doch Malowezcka setzte die Pistole an Mellers Schläfe und zischte:

»Ein Biss nur… und der Hund ist ein Hund gewesen!«

»Joe…! Aus…!«, brüllte Meller, bebend vor Scham und unbändiger Wut.

»Das musste sein. Könnte ja eine Waffe im Herrn Kommissar stecken«, grinste Malowezcka Meller gehässig ins Gesicht.

»Ihr Pizzabote ist da«, schnauzte Meller grimmig in die sonnengebräunte Visage seines Ex-Kollegen, »…wohin damit?«

Malowezcka imitierte eine Verbeugung und zeigte eine einladende Geste mit der Pistolenhand in den Kassenraum.

»Nun können wir die werten Gäste zu Tisch bitten.«

Malowezcka stellte sich wieder hinter Meller, presste ihm die Pistole in den Rücken und schob ihn in den Kassenraum. Joe begann zwar zu knurren, erinnerte sich jedoch des scharfen Befehles seines Herrchens und blieb sitzen.

»Joe, komm!«, befahl Meller und drohte Malowezcka, ohne sich umzudrehen: »Wenn Sie dem Hund auch nur ein Haar krümmen, dürfen Sie sich wünschen, nie geboren worden zu sein.«

»Jetzt fürcht ich mich aber gewaltig«, erwiderte Malowezcka sarkastisch und dirigierte den Kommissar zu einem der geschwungenen Stehpulte, die für die Kundenbetreuung bestimmt waren. Meller stellte seine Ware ab, checkte blitzschnell die Lage. Die Geiseln – wo waren sie? Die Schalterhalle war leer.

»Wo sind die anderen?«, wollte Meller wissen.

»Wenn die Zeit dafür reif ist, dürfen Sie sie begrüßen.«

»Ich muss Eisenmenger anrufen, von wegen… ob mit den Geiseln alles okay ist, sonst…«

Da flippte Malowezcka giftig aus:

»Was will der Oberwichtel? Mir etwa Befehle erteilen? Bin ich sein Wunschpackerl unterm Weihnachtsbaum? Der soll sich zum Embryo zurückwichsen…! Aber, ich will ja kein Unmensch sein.« Er nahm sein Handy und drückte eine Kurzwahl.

»Die Ware ist angekommen. Ich melde mich wieder«, bellte Malowezcka, unterbrach die Leitung und knallte das Handy vor sich auf das Pult.

»Lassen Sie die Leute frei und nehmen Sie mich als Geisel«, versuchte Meller den Mann zu überreden. »Sie kommen mit dem Geld ohnehin nicht weit… Was glauben Sie, was sich da draußen abspielt?«

Er deutete auf die Fensterfront, die jedoch von einem Vertikalvorhang verdeckt war.

»Das gesamte Gebiet ist abgeriegelt worden, die Bank von Scharfschützen umstellt. Wenn Sie auch nur eine Hand hinausstrecken, können Sie die als Nudelsieb verwenden…«

»Jö, scharfe Sprüche hat er drauf, der Herr Kommissar. Doch dafür hab ich Sie, zum Hinaushalten meine ich.« Malowezcka grinste Meller an. »Diese rüden Sitten hab ich in Rio kennengelernt… bei Ihren Freunden. Dafür müsst ich mich fast bei Ihnen bedanken… Jaja, das Leben ist ein mörderischer Dschungel. Und nur der Stärkste kommt durch.«

Malowezcka schwieg kurz, fuhr dann Meller giftig an:

»Eines gleich zur Orientierung: Wenn's nicht klappt mit der Geldübergabe, werden ein paar mit mir über den Jordan springen…« Er deutete mit der Pistolenhand eine durchtrennte Kehle an. »Sie inklusive… hab sowieso nix mehr zu verlieren.«

Er starrte den Kommissar durchdringend an, eher durch ihn hindurch, als sei er in einer Zeitschleife hängengeblieben.

»Wo haben Sie die Geiseln eingesperrt?«, wollte Meller erneut wissen.

»Mich zu wiederholen, schätze ich nicht. So gut müssten Sie Ihren Ex-Kollegen noch kennen… Alles zu seiner Zeit.«

Meller sah auf den Turm Pizzakartons.

»Ich bin auch hungrig. Die Oberste ist meine, die mit den Pfefferoni. Wenn ich schon bei Ihrer kranken Aktion mitspielen muss, dann wenigstens mit sattem Magen.«

»Ihr Wunsch soll mir Befehl sein«, grinste Malowezcka, »geben Sie mir Ihre Hand.«

»Wofür?«

»Dafür.«

Blitzschnell wurde dem Kommissar eine Handschelle an die rechte Hand gelegt. Das andere Ende klickte an eine Metallsäule, die vom Boden bis zur Decke reichte und dem Stehpult als Abstützung diente.

»Damit Sie keinen Blödsinn machen, während ich unsere Gäste zu Tisch bitte.«

Malowezcka zog den Kartonstapel zu sich, nahm die oberste Pizzaschachtel, wollte den Karton schon aufreißen, als ihm die Farbmarkierung auffiel.

»Aber-aber, was muss ich da sehen?«, grinste er. »Ihr glaubt wohl, ich fall auf jeden Schmäh rein! Das werden wir gleich haben…«

Er bog den Karton zur Seite, hielt die satt duftende Pizza unter das Licht eines Spots, der von der Decke auf das Pult leuchtete. Den Belag prüfend und daran riechend, drehte er die Pizza hin und her.

»Schauen wir mal, wie Joe das Leckerli verträgt.«

Das hätte der Geiselnehmer nicht tun, vor allem nicht sagen dürfen.

Schließlich ist es unmenschlich – pardon unhündlich – einem ein so schmackhaftes Teigrad wie dieses, mit daumendickem Käsebelag, zu präsentieren. Das war ja wie die Karotte, die dem Esel auf einer Stange vor die Nase gehalten wurde. Doch Joe war kein Esel, den man mit solchen Mätzchen für blöd verkaufen konnte, sondern ein 140 IQ-Punkte Genius-Kläffer. Dazu ein überaus braver Esser, um nicht zu behaupten, ein total verfressener Köter, der diesen Moment als lebenserhaltende Verpflichtung sah. Es gab ohnehin sechs Kartons mit Fressen, also stünde ihm davon mindestens einer zu.

Oder war der speicheltriefende Joe mit seiner Geduld am Ende? Mit Sicherheit waren es zwei Wörter: »Joe…Leckerli«, von Malowezcka ausgesprochen.

Mit einem Satz sprang Joe den Mann an, trat ihm voll in den Unterleib und riss ihm die Pizza samt Karton von der Hand.

Malowezcka, vom plötzlichen Angriff überrascht, taumelte zurück, stolperte beinahe.

Jetzt-oder-Nie.

Seine Affekthandlung war nicht überlegt. Dennoch legte der Kommissar alles, was Malowezcka seinen Ex-Kollegen und ihm an Ärger und Frust angetan hatte, in diesen einen Hieb. Ein Ausholen, ein Schwinger – und Mellers linke Faust traf das Kinn des um einen Kopf kleineren Malowezcka.

Knallhart, vergeltend, endgültig.

Malowezcka, angeschlagen wie ein stromgeschockter Bulle, drehte eine halbe Pirouette und mit einem Stauneblick kippte er nach hinten. Untermalt von Mellers schmerzhaftem Aufschrei, weil seine zur Faust geballten Finger solche extremen Zusammenstöße nun mal nicht gewohnt waren.

Knochentrocken klang auch jenes Geräusch, das Malowezckas Schädel verursachte, als er rücklings auf den massiven, matt polierten Metallsockel eines Werbeaufstellers knallte.

Harten Zeiten kann niemand ausweichen, dafür Vorsorgen schon, stand auf dem Plakat, das dabei kurz vibrierte, als hätte Malowezcka die Botschaft verstanden, denn ein gurgelnder Seufzer war die Antwort.

Momentan perplex sah sich der Kommissar der neuen Situation gegenüber. Genauso schnell fasste er sich und versuchte, den Schlüssel der Handschellen zu finden.

Bitte, lass sie in seiner Hosentasche stecken, betete er inständig, und streckte den linken Fuß, so weit es ihm möglich war, zu dem Liegenden hin. Doch seine rechte Hand, oberhalb der Pultplatte fixiert, war gemein. Sie ließ nur so viel Spielraum, um maximal mit der großen Zehe die Schlaufe von Malowezckas geschnürtem rechten Schuh zu kitzeln.

Verzweifelt wütend riss der Kommissar an der Metallstange,

begann sie beidhändig zu schütteln. Er musste von der Stange loskommen, bevor Malowezcka wieder zu sich kam!

Verdammt, verdammt!

Meller beutelte den verchromten Steher, der sich keinen Millimeter bewegte. Er kam sich wie ein Fuchs in der Schlinge vor. *Verdammt, warum gerade ein Fuchs?,* schoss ihm völlig absurd ins Hirn. *Ein Bär bin ich, mit Bärenkraft!* Er verfluchte den Handwerker, der die Stange montiert hatte.

Himmel-Herrgott…! Lass ihn noch bewusstlos sein… ein paar Minuten noch bitte…! Nein, Stunden, Tage, Wochen…!

Meller zerrte, riss, rüttelte und schüttelte, stets mit Blick auf den noch immer unbeweglichen Malowezcka.

Endlich… Zuerst bröselte Verputz von der Decke. Das spornte den Kommissar noch mächtiger an. Na also, triumphierte er, während ihm der Schweiß in Bächen aus dem Gesicht rann. Sein ganzer Körper schwitzte wie nach einem Drei-Stunden-Sauna-Aufguss. Doch Meller rüttelte und beutelte und schüttelte die Metallstange, als wäre sie der Hals einer Weihnachtsgans, mit sieben Katzenleben.

Da – mit einem Ächzen löste sie sich aus der oberen Verankerung und er konnte sie zur Seite biegen. Voller Wut und mit gleichzeitigem Triumphgefühl riss er das Betreuerpult halb mit. Der Computer, der darauf stand, polterte von der Platte und zerbarst mit einem Knall auf dem harten Fliesenboden. Mit einem wütenden Aufschrei riss Meller das Pult vollends um und zog seine gefesselte Hand bis zum Ende der Stange.

»Verdammt noch mal, wer konstruiert denn so eine Scheiße!«, fluchte er lauthals.

Eine quadratische Metallplatte verhinderte, dass er mit der Handschelle rausfahren konnte. Von erneuter Panik erfasst, zerrte er mit der angeketteten Hand die Stange samt Pultbrett zu

Malowezcka hin. Die Handschelle scheuerte und schnitt tiefe, blutende Fleischwunden in sein Handgelenk. Doch eine aufkommende Welle von ohnmächtiger Wut und Verzweiflung ließ ihn jeglichen Schmerz vergessen.

Geht ja…! Er war bei Malowezcka angekommen.

Die Pistole, die noch im Gürtelbund stecke, nahm Meller zu sich, sicherte sie und steckte sie in seine Unterhose. Doch sie hielt nicht und rutschte unten wieder raus. Meller fluchte und suchte hektisch eine Aufbewahrungsmöglichkeit.

Dort – der Papierkübel! Er warf und verfehlte ihn knapp. Die Pistole glitt den Boden entlang und schlitterte die Stufen zum Keller hinab. »Auch recht, die hol ich mir anschließend«, ächzte er halblaut.

Hastig und mit zitternden Fingern durchsuchte er Malowezckas Hosentaschen…

Nichts…! Verdammt noch mal, wo war der Schlüssel?

Er drehte den Verbrecher erst zur einen, dann zur anderen Seite und durchstöberte die Gesäßtaschen.

Da, jaah…! Der verdammte Schlüssel…!

Ein Aufatmen, eine Befreiung sondergleichen. Die Gelenke und Finger vorsichtig massieren… *Ahh…!*

Der Kommissar drehte den Mann wieder auf den Rücken und schon klickten die blutigen Handschellen, diesmal um Malowezckas Handgelenke.

Klick-und-klick!

Was für ein edelklingender Ton, was für eine Sinfonie, welch Harmonie in Mellers Ohren – der *Favela-Ton*. Er kam brummend, betäubend und er tat dem Kommissar gut, unendlich gut…

Aufatmen… durchatmen… neue Kräfte sammeln.

Dabei starrte er seine befreiten Hände an, denn pochend und

stechend kündigte sich der Schmerz an – am rechten Handgelenk und in den Fingern der linken Hand – und dämpfte sein Triumphgefühl zusehends.

Du elender Wicht… Er sah auf den Bewusstlosen.

Es war Blut, das aus Malowezckas klaffender Wunde am Hinterkopf sickerte. Blutverklebte Haare und dunkelroter, dicker Lebenssaft, der bereits eine kleine Lache um den Metallsockel gebildet hatte.

Meller versuchte Malowezckas Puls zu ertasten. Ein grausiger Gedanke stach ihn wie elektrisiert: tot?

Er drückte auf die Halsschlagader. Ein kurzes Zittern ging durch Malowezcka, er stöhnte leise.

Der Mann lebte also noch.

Zugleich schoss ihm durchs Hirn – die Geiseln!

Er sprang auf, eilte auf den Kellerabgang zu und stieg beinahe auf die Pistole, die im oberen Treppenbereich lag. Er hob sie auf und sah auf die Waffe, eine Beretta 9mm in seiner linken Hand.

Plötzlich musste er heftig auflachen, weil ihm einfiel, dass dies wohl Malowezckas Kapitalfehler gewesen war: ihn mit der rechten Hand an die Metallsäule zu fesseln. Meller war Linkshänder! Mit seiner Rechten wäre der Schwinger auf Malowezckas Kinn nicht so wirkungsvoll gewesen. Besser nicht daran denken…

Dem Plan nach, erinnerte sich Meller, musste es einen Weinkeller geben. Eine Bank mit Weinkeller? Ob Kunden ruinöse Kursverluste bei einem Gläschen Blaufränkischen leichter ertragen würden?

Da – rechter Hand befand sich der Saferaum, die Tür war offen, das schwere Metallgitter jedoch geschlossen.

»Ist hier jemand? Hallo…! Ist hier jemand?«, rief Meller und ging auf eine verschlossene Tür zu. Dahinter hörte er heftiges Pochen.

»Hier spricht Kommissar Meller…!«, rief er. »Es ist ausgestanden! Der Geiselnehmer ist…«, Meller stockte, »…ist überwältigt!« Blödes Wort, kam es ihm gleichzeitig. Überwältigt war er höchstens von einem genialen Musikstück… Nein, das stimmte so auch nicht, denn überwältigt war er auch von seinem kolossalen Schwinger in Malowezckas Visage.

Jubelschreie und Händeklatschen drangen durch die Tür. Als sie sich beruhigt hatten, rief eine männliche Stimme durch die massive Metalltür:

»Wir sind eingeschlossen!«

»Wie geht es Ihnen…? Ist jemand verletzt?« Meller schrie und fühlte sich dabei unendlich gut. Er legte das Ohr an die Tür, um die Eingesperrten besser zu verstehen.

»Es geht – den Umständen entsprechend!«, schallte es dumpf zurück. »Eine Kollegin ist ohnmächtig gewesen, sie ist jedoch wieder zu sich gekommen…«

»Wie gesagt, der Spuk ist vorbei… Gedulden Sie sich bitte noch ein wenig, ich hole sofort Hilfe!«

Es musste der Vorraum mit Garderobe sein, wo der Kommissar soeben stand. In einem Spiegel, der bis zum Boden reichte, sah er sich barfuß, nur in Unterhose und mit der Pistole in der Hand.

So sieht er aus, der Mensch, so ganz ohne Stoffhülle.

Obwohl Meller sich jeden Morgen im Spiegel sah, kam er sich hier unwirklich, direkt bizarr vor. War es die Waffe in seiner Hand? Wie blöde surrten seine Gedanken. Der ganze Stress bekam jetzt Nachwehen. *Eine tödliche Waffe und eine Figur zum Krummlachen – wie lächerlich, wie leicht verletzbar.*

Meller starrte sich selbst ins Gesicht, doch zum Lachen war

ihm nicht dabei.

Es fröstelte ihn plötzlich, auch weil es im Keller kühl war. Seine Nackenhaare stellten sich auf. Dabei musste er an Joe denken.

Verdammt, der Hund! Auf ihn hatte er völlig vergessen...

Als Meller wieder in der Kassenhalle eintraf, um den Hund zu suchen, fand er Joe leblos unter einem der Schreibtische liegen, daneben der Pizzakarton. Ein Viertel der Pizza fehlte, was Meller große Sorge bereitete.

Joe, der kleine, gierige Fress-Sack! Natürlich hatte er sich die Pizzascheibe unter den Nagel gerissen! Doch das hatte der Kommissar nicht verhindern können bei seinem Fight mit Malowezcka.

Er zog die Vorhänge zurück und deutete durch die Auslagenscheiben, dass die Aktion abgeblasen werden konnte. Den Schalter zum Eingangsgitter fand er nicht.

Irgendwo unter den Trümmern zwischen Computerteilen und den umgestürzten Pultresten dudelte Malowezckas Handy. Es funktionierte noch und Meller konnte dem Einsatzleiter von der blitzartigen Überrumpelung Malowezckas und von den unverletzten Geiseln im Keller berichten.

»...und kann jetzt endlich jemand das verdammte Eingangsgitter hochfahren lassen? Ich möchte nicht auch noch hier übernachten müssen!«

Meller zuckte beinahe aus, weil er die Sicherheitssperren nicht deaktivieren konnte...

Er kniete vor Joe und versuchte vorsichtig, ihn auf seine Arme zu bekommen. Nicht so einfach, bei einen völlig schlaffen Tierkörper.

»Jetzt haben wir den Salat, hoffentlich kommt er durch«, machte Meller Joes Völlerei dem Einsatzleiter zum Vorwurf.

»Er hat von der präparierten Pizza gefressen.«

Damit wollte er Eisenmenger mehr Mitgefühl für den Cockerspaniel abringen. Denn bei der Lagebesprechung hatte er genau gespürt, dass dem Einsatzleiter der Hund völlig egal war.

In der Bank wimmelte es inzwischen von Leuten der Sondereinheit.

Ein Psychologenteam kümmerte sich um die befreiten Geiseln. Die Bankangestellte, die kollabiert war, hatte sich inzwischen vollends erholt. Mit einem aufbauenden Energydrink in der Hand gestikulierte sie und berichtete aufgewühlt, wie sie der Geiselnehmer angegangen war, sich sogar an ihr sexuell bedienen wollte.

»In dem Büro dort befahl er mir, das Kleid auszuziehen!« Sie zeigte auf den hinteren Teil des Kassenraumes, auf einen mit Glaselementen abgetrennten Raum. »Gott sei Dank hat der Herr Waidhofer auf ihn so lange eingeredet und konnte erreichen, dass mich dieser Verbrecher wenigstens fürs Erste in Ruhe ließ. Und wenn der Kommissar dieses Schwein nicht k.o. geschlagen hätte, wär ich von dem glatt vergewaltigt worden… Furchtbar… na ehrlich!«

Rettungsleute hatten Malowezcka sofort ins naheliegende Krankenhaus eingeliefert. Seine Kopfverletzung sah bedenklich aus…

Und dennoch: Mit dem Geiselnehmer Mitleid zu haben, das kostete dem Kommissar Überwindung und das nicht unbegründet. Der Mann war gemeingefährlich, eine tickende Zeitbombe.

Als Hermann Malowezcka noch beim S-C-ONE seinen Job versah, war seine aggressive Art sämtlichen Abteilungen auf die Nerven gegangen, ebenso seine permanente Besserwisserei – andauernd auf Konfrontationskurs. Mit jedem legte er sich an, am liebsten mit Meller, seinem damaligen Vorgesetzten. Und als Malowezcka bei der Bewerbung zum neuen S-C-ONE Chef gegen die Turek verlor – das war's dann. Er, der beste, der erfahrenste V-Gruppenleiter unterlag einer Frau!

Malowezcka, der Ein-Meter-sechzig-Mann und Plateauschuhträger, wollte immer und überall der Größte sein – sein ureigentliches Handicap. Warum gerade kleine Männer stets solchen Geltungsdrang haben?

Malowezcka kündigte also und landete als Wachmann bei einem privaten Securitydienst. Zur selben Zeit ließ sich seine Frau von ihm scheiden. Eine schwere Zeit für Malowezcka, der gewohnt war, alle nach seiner Pfeife tanzen zu lassen.

Der Kommissar vermittelte ihm einen Job in Rio, bei Mellers ehemaliger Abteilung. Eine einmalige Chance für den Ex-Gruppenleiter und eine Erleichterung für alle Menschen, die mit ihm auskommen mussten. Malowezcka war jetzt weit weg, am anderen Ende der Welt und sollte endlich sein Glück finden. Doch es dauerte nicht lange und er kam in Verdacht, eine Kollegin seiner Einheit sexuell belästigt zu haben. Und schon war er den Job wieder los, womit der ehemalige V-Gruppenchef seinen Abstieg wie einem bösen Omen folgend vorantrieb. So war es nur noch eine Frage der Zeit, bis die Malowezcka-Bombe detonieren würde.

Jedoch als Bankräuber und Geiselnehmer?

Damit hatte selbst Meller nicht gerechnet. Man kann eben in einen Menschen nicht hineinschauen. Sollte man das können? Manchmal schon.

Ein Verbrechen lohnt sich nicht. Ein Argument, für das sich Meller allemal einzusetzen bereit war. Vierzig Stunden die Woche und auch mehr. Aber nicht mehr als freiwillige Geisel wie soeben. Dazu liebte er das Leben zu sehr. Überhaupt jetzt, da wieder eine gute Ära für ihn anzulaufen schien, die Bella-Ära.

Jeder ist seines Glückes Schmied. Leicht gedacht, befand der Kommissar nach der relativ gut überstandenen Aktion, die verdammt anders ausgehen hätte können...

Das Gewitter hatte sich anscheinend genau über Mödling entladen, als wäre es das Finale der erfolgreichen Überwältigung des Geiselnehmers.

Als Meller bei strömendem Regen mit dem bewusstlosen Joe auf seinen Armen die Bank verließ, zuckten nicht nur Unwetterblitze mit Donnergepolter, auch Kamerablitze tauchten die Szenerie in ein gespenstisches Licht.

Die schweren Tropfen des Sommergewitters fühlten sich auf Mellers Haut elektrisierend an. Joes Gewicht auf seinen Armen spürte er im Moment nicht, nur ein inniges Gefühl für seinen Hund, der dieser Geiselnahme ein so überraschendes, wenn auch nicht ganz unblutiges Ende bereitet hatte.

»Tapferer, verfressener, liebster Joe«, flüsterte er leise, während Fotografen auf ihn zuliefen, um authentische Bilder zu bekommen. Es interessierte den Kommissar auch nicht, dass sie an ihm vorbeiliefen, weil soeben die befreiten Geiseln versteckt unter viel zu großen knallgelben Regenumhängen aus der Bank geführt wurden, um sogleich in einen Kleinbus verfrachtet zu werden. Die Fotografen umtanzten die verschreckte kleine Gruppe bis zum Einsteigen, um einen gelungenen Titelseitenknüller zu schießen.

Auf den Gehsteigen, in den Fensterlöchern aller Stockwerke der Häuser drängten sich neugierige Köpfe, um ja nichts zu versäumen, was man ohnehin zum Abendessen via Fernsehen serviert bekam. Doch trotz stärkstem Regen so hautnah dabei zu sein, quasi Aug-in-Aug mit den Beteiligten – Täter, Opfer, Befreier – das kickte!

Im Stillen wünschte sich mancher, dass Mödling eigentlich mehr *Action* vertrage. Der dürftige, alljährliche Faschingsumzug war ja doch ein wenig zu wenig. Eine filmreife Ballerei à la *Straßen von San Francisco* oder *In den Straßen der Bronx*. Diese Meinung teilten zumindest lautstark ein paar Jugendliche in coolen T-Shirts und leichten Sommerjeans, mit den obligaten Bierdosen in ihren Händen. Sie standen unter einen Vordach.

»Endlich ist was los, in den Streets of Mödling. Zwar auch nur eine schwache Handlung, aber immerhin ein witziges Finale, das mit dem Fastnackerten und dem Hund da.«

Der Typ schien ein Filmfreak zu sein. Er nahm demonstrativ den letzten Schluck Bier aus der Dose, ließ sie dort fallen, wo er stand, trat drauf, fegte das zerknüllte Blech mit dem Fuß auf die Straße und fragte in die Runde:

»Was ist, Freunde? Der Zauber ist vorbei, gehen wir zu mir? Ich lad euch ein!« Und im Falco-Slang fuhr er fort: »Weil ich hab mir das Neueste aus dem Internet runterzogen.«

Er wartete auf einheitliche Zustimmung. Keine Reaktion.

»Also, Beistrich, ich kann euch versichern, Doppelpunkt: urgeil plus brutal – meine Meinung. Da ist das hier – auch wenn live – schwächer als ein müder Lercherlschas, tut mir leid!«

Meller hingegen weilte mit seinen Gedanken ganz woanders.

Er genoss die warmen Tropfen auf seiner Haut, schloss die Augen und streckte sein Gesicht dem ergiebigen Regenguss entgegen, den bewusstlosen Joe wie ein Opferlamm haltend.

Aahh…! Regen… Wind… Blitz-und-Donner… eine Welle tiefinnerer Ruhe vermittelte unbändige Lebensfreude.

Ausgestanden! Und keine Toten zu beklagen!

Das Regenwasser in den Fahrrinnen der Hauptstraße umspülte Mellers Füße. Er blieb stehen. Seine Zehen spielten mit der öligfetten Brühe. Läge jetzt noch Sand auf dem von der Sonne aufgeheizten Asphalt, es könnte der Strand von Ipanema sein, nach dem sich der Kommissar in diesem Moment sehnte.

Als Meller den Kopf senkte und sich wieder in der verregneten Wirklichkeit auf Mödlings Hauptstraße wiederfand, war der Schnappschuss bereits im Kasten. Denn wo immer der Chefredakteur auftauchte, schoss Bachers leibeigener Fotograf – wie unsichtbar an seinen Boss gekettet – die dramatischen Bilder für die *Neue-Süd*.

»Gratuliere zur Geiselbefreiung, Herr Kommissar!«, rief ihm Bacher vom Straßenrand aus winkend zu. Unter einem großen Regenschirm stand der abgespeckte Journalist mit seiner Flamme Adelheid Müller, ihres Zeichens ehemalige Sekretärin in Mellers Abteilung.

Noch jemand stand in der dicht gedrängten Menschenmenge und war stolz auf »ihren« Kommissar: Isabella Fischer.

Meller wurde warm ums Herz, obwohl heftiger Wind aufkam. War es die frische Brise, die Vorfreude auf heute Abend, die eine Pipihaut wie eine schützende Hülle über ihn stülpte?

Es war beides.

Doch zunächst widmete sich Meller dem eigentlichen »Befreier« der Geiseln. Joe wurde zur Tierärztin gebracht. Nach genauer Untersuchung des kleinen Patienten konnte sie den Kommissar beruhigen. Es war jedoch notwendig den Hund zur Kontrolle über Nacht in ihrer Obhut zu belassen.

Die Kerzen geizten mit ihrem warmen Licht. Nur wenige Stellen im Raum waren dürftig erhellt.

In Dreiergruppen verteilt, standen sie auf dem Fensterbrett sowie auf den Ablageflächen links und rechts vom Bett.

Seelisch gut für Stimmung und Gefühle, optisch gut für die Haut.

Sie hatte sich solche Mühe gegeben, um Meller den schweren Tag mit einen unvergesslichen Ausklang zu versüßen.

Kerzen standen auch auf der alten Anrichte unterhalb des Spiegels, durch den der Kommissar soeben angestarrt wurde. Liegend, seinen Kopf von einem Nackenpolster leicht angehoben, starrte er wehrlos zurück. Er könnte die Augen schließen, wollte aber nicht, weil ihre Worte – dieser eine verdammte Satz – nach seiner Antwort verlangten, nach der Meller, sich vom Spiegelbild verfolgt gefühlt, verzweifelt suchte.

»Das macht doch nichts. Das kann jedem mal passieren.«

Ihr Urteil klang, als hätte er einen Krug Milch fallen lassen oder die Kopie der Ming-Dynastie-Vase von der Taufpatin umgeworfen.

Worauf sie verharmlosend hinzielte, forderte keine Begründung seinerseits, sondern war die Tragödie schlechthin, auf die es keine passende Antwort gab. Aus männlicher Sicht.

Und dennoch – gesagt war gesagt.

Was in einschlägigen Broschüren verständlich erklärt, psychologisch analysiert und aufbauend wie beruhigend abgehandelt wurde, zog den Kommissar spiralförmig trudelnd in seelische Untiefen. Körperlich war er dort unten schon angekommen.

Denn es ging nicht. Bei Meller ging es nicht, obwohl alles so perfekt angelaufen war.

Verdammt, warum gerade jetzt?

Sie drehte sich zu ihm hin, sah ihn lange an und sagte:

»Das mit dem Malowezcka, das muss erst raus, das muss verarbeitet werden.« Sie erhob sich und sprang aus dem Bett. »Und ich muss auch mal, sonst…« Sie kicherte und verschwand im Badezimmer.

Er sah ihr nach. Bewunderte ihren schönen Körper, der durch die Tür verschwand.

Da lag er, der verunsicherte Kommissar, und musste, dank Bellas Worten, erst recht an Malowezcka denken, obwohl das von all seinen Gedanken in dieser Nacht der dreihundertsiebzehntausendeste war.

Siebenundvierzig und erste impotente Erfahrungen. Na, dann mal schönen Dank, werter Körper, so sein nächster Gedanke.

Wütend sah er zu ihm hinunter. Er, der schrumpelige Schuft, der vor sich hinhing und auf nichts reagierte. Weder auf Mellers Befehle, noch auf Bellas Erwartung, noch auf irgendwelche Gefühle und Empfindungen. Ein verdammter Nichtstuer sondergleichen!

Da hatte es Meller »schwarz auf weiß«. Heute Nacht ermittelt und erfolgreich überführt. Die Indizien bewiesen es: ein impotenter Kommissar. Was allerdings alles andere als erfolgreich war! Das Corpus Delicti, eine schlappe Sache sondergleichen!

Ein blöder Witz von Axel Körner fiel ihm ein. Impotent sein ist so, wie mit gekochten Spaghetti Mikado spielen. Ha-ha-ha...

Alles ist einmal »das erste Mal«, kam es Meller ironisch in den Sinn und Bella hatte recht, versuchte er sich zu beruhigen. Der ungewohnte Stress heute. Geiseln befreien war ja kein alltäglicher Job. Und dann die Vorfreude prinzipiell, auf Bella, auf den heutigen Abend, die Aufregung deswegen.

Wie lang war es her, das letzte Mal? Seit Lilian? Seit Lilian!

Mensch Meller, seit Lilian. Doch Lilian war weit, weit weg. Tot, begraben – war nur noch in seinem Kopf vorhanden.

Und das war das Problem.

Löse dich, Meller – aber nicht auf vor Scham, wobei ihm eine Auflösung in diesem Moment am liebsten gewesen wäre.

Löse dich von der Vergangenheit. Ja, wie denn?

Heute hatte er nicht einen Moment an Lilian gedacht und gestand sich gleichzeitig ein, wie tief seine verstorbene Frau in ihm steckte. Sie war allgegenwärtig – zurzeit permanent allgegenwärtig. Ein Geist, der sich nicht so ohne Weiteres vertreiben ließ. Doch Meller wollte sich jetzt diesem Kampf stellen. Es mit allen Geistern aufnehmen, die ihm ein neues Leben nicht gönnen wollten, und auferstehen wie Phönix aus der Asche.

Er setzte sich auf und lehnte sich zurück. Mit einer Hand fuhr er gedankenschwer über die Flammen der drei Kerzen neben sich. Mit der anderen zu seinem Schuft hinunter und würgte ihn grob. Doch der reagierte heute nicht mehr.

Sind wir nicht auf Urlaub, Meller? Also, lass mich schlafen! Und das solltest du auch! Ja, beischlafen. Er, Mario Meller, hätte es gern getan.

Verdammt noch mal, gern getan!

»Woran denkst du?«

Bella war zurückgekommen. Ein roter Seidenmantel verdeckte ihre Rundungen und verstärkte sie umso mehr, weil das sanfte Kerzenlicht den Stoff glitzern ließ und das Gesamtschöne dieser Frau ihm erst recht eine pochende Atemlosigkeit bescherte.

Sie setzte sich zu Meller ans Bett. Der Stoff glitt zur Seite und legte ihre Scham frei. Ein elektrisierendes Feuer schoss durch Meller. Zugleich fiel er in eine tiefe Depression.

Was für eine tolle Frau, und ich…!

»Ach, an nichts…«, log er.

Meller machte eine abwehrende Bewegung, zog unauffällig die eine Hand aus der Decke und strich sich die Haare zurück. Er sah auf die Kerzenlichter, die ein leichtes Flackern auf sein Gesicht, seinen nackten Oberkörper warfen.

»Denk vor allem nicht mehr daran, Mario. Und verzeih mir das von vorhin. Ich weiß, das hätte ich nicht sagen sollen. Aber ihr Männer seid ja gleich kopflos, wenn's einmal nicht klappt. Ich war halt schon so lange nicht mehr mit einem zusammen... Vielleicht liegt's an mir.«

Sie lächelte unsicher, nahm dabei seine Finger, führte sie auf ihren dunklen, weichen Hügel, legte ihre Hand auf seine und verharrte so sekundenlang.

Er spürte ihren Pulsschlag – oder bildete es sich ein.

Sie beugte sich zu ihm, küsste ihn leicht auf den Mund – mehr der Hauch einer Berührung auf seinen Lippen – und flüsterte:

»Auch ich war viel zu aufgeregt. Ich weiß nicht, ob ich so weit gewesen wäre.« Sie führte seine Hand auf ihre Wange, drückte sie auf ihren Mund.

»Und noch wer war schuld...!«, lenkte Bella spitzbübisch grinsend vom Thema ab und sprang plötzlich auf.

»Der Wurm war schuld!«, kicherte sie, begann zu lachen und konnte sich nicht mehr einkriegen.

Meller sah ihr misstrauisch zu, wie sie ihren Seidenmantel abwarf und um das Bett tanzte. War sie verrückt geworden?

Ganz verstand er sie momentan nicht, ließ sich jedoch von ihrem hi-hi-hi und ha-ha-ha anstecken und lachte mit. Erst zaghaft, schließlich richtiggehend herzhaft, befreit.

Er wälzte sich ebenfalls aus dem Bett.

»Mich auslachen? Na warte...!« Er hetzte ihr nackt hinterher.

»Erwischst mich eh nicht«, kicherte sie, sprang aufs Bett und auf der anderen Seite wieder runter.

Ein heftiges Klopfen, das vom Fußboden her klang, ließ beide abrupt innehalten.

»Pssssssst...! Psssssssst...!«, flüsterte Bella, hielt demonstrativ den Finger vor den Mund.

»Der... der Wurm!«, krähte sie plötzlich los und warf sich, die

Hände ausbreitend, rücklings auf Bett.

»Bittee! Bellaa! Sei leise...!«, flehte Meller und legte seine Hand auf ihren Mund. »Die holen glatt die Polizei!«

»Die ist eh schon da... ganz nackert«, kicherte sie, setzte dann jedoch ernsthaft fort: »Der Nachbar unter mir heißt nämlich Wurm. Immer wenn Manuel Lärm macht, kommt er rauf und droht uns durch die Tür: *Hier spricht Wurm! Ich hol die Polizei!*«, brüllte Bella erneut hellauf los und Meller kapierte.

Plötzlich wurde sie still, schlang Arme und Beine um Meller. Sie wälzten sich durch das Bettzeug, wickelten sich in die dünne Decke ein.

Da bekam er plötzlich ein unbändiges Verlangen.

»Nicht, Mario...«, bat sie, als sie seine Erektion an ihrem Schenkel spürte, »heben wir uns das auf... wir haben noch so viel Zeit. Wenn du willst, ein gemeinsames Leben lang.«

Frauen soll jemand verstehen, gab sich Meller geschlagen und löste sich aus der Umarmung.

Doch Bella grinste schon wieder und richtete sich auf.

»Weißt du, Mario... bitte, krieg das jetzt nicht in die falsche Kehle... aber mir ging dieser blöde Fischwurm nicht aus dem Kopf.«

Verdammt! Was geht Frauen beim Liebe machen denn durch den Kopf? Multitasking in jeder Lage?

Wobei Meller nicht weniger durch den Kopf gegangen war, plus eine schmerzliche Erfahrung.

»Ich dachte vorhin zwar an ganz was anderes...«, reagierte Meller leicht verschnupft, »aber – auf deinen Fischwurm zurückkommend – wie ich schon sagte: Wenn er drauf ist, dann ist er auch drin.«

»Und bei mir ist der Wurm sogar unter mir«, kicherte sie und prustete schon wieder los...

Der gemeinsame Abend wurde mit einer Panne eingeläutet.

Bella hatte Stoppl um Unterstützung gebeten. Also durfte Manuel bei Tobias übernachten, auch wenn Stoppl wusste, dass diese beiden Rabauken ihr alles andere als eine geruhsame Nacht bescheren würden. Doch sie gönnte ihrer Freundin diese Liebesnacht mit dem Chef ihres Mannes.

So würden wohl mehrere *schlaflos in Mödling* sein, hatte Stoppl ihr abschließend zugezwinkert, als sie Manuel abholte.

Ein Kabeljaufilet feinster Güteklasse, gedünstet, mit pikant-scharfen Curryreisbällchen und Kartoffelsalat, dazu leichter Weißwein sollten den Kommissar weichkochen.

Kein allzu schweres Mahl also vor dem *Erste-Mal-Feeling*.

Doch als der Fisch vor Bella auf dem Schneidbrett lag, zuckte sie völlig aus.

»Ja – pfui Teufel…! Bitte, Mario, jetzt schau dir das an!«, rief sie ihn, der sich bei der Musikauswahl aus Bellas CD-Regal für das Abendmahl unentbehrlich zeigen wollte.

Meller machte erstaunte Augen, als sich auf dem silbrig glänzenden Filetstück ein Wurm ringelnd wand.

»Neun-Euro-Achtzehn für einen Wurm… aber die hol ich mir wieder und der da wandert zum Konsumentenschutz!«

Bella schüttelte es vor Ekel. »Die werd ich ordentlich aufblatteln. So schnell verkaufen die keinen Fisch mehr!«

»Wenn der Wurm drauf ist, dann ist er auch drin«, kombinierte er, das Corpus Delicti mit einer Gabelspitze kitzelnd, worauf sich das winzige Tierchen um das Metall ringelte.

Die Natur ist genial, nichts wird unnütz vergeudet. Doch Mellers Bewunderung für die Schöpfung hielt sich in diesem Fall in Grenzen.

»Gut für ihn, dass er sich noch rechtzeitig gezeigt hat«, sagte der Kommissar. Mag es Würmer in speziellen Schnäpsen geben, doch Würmer im Fisch? Nein, danke.

»Schlecht für uns«, erwiderte Bella und wollte das Filet samt Wurm wieder in den Kühlschrank verfrachten.

»Moment, Bella! Um zu beweisen, dass der Wurm im Fisch steckt, musst du ihn separiert einpacken, sonst verkriecht er sich wieder. Und dann hast ein Problem, weil: ohne sichtbaren Beweis, keine Täterüberführung.«

Der Appetit auf Kabeljau war beiden völlig vergangen.

»Und was essen wir jetzt?«

Bella kramte im Kühlschrank und fand im Gefrierfach eine einsame Packung.

»Reis mit…?« Bella zeigte eine Portion Shrimps.

Innerlich wand sich der Kommissar. Nicht schon wieder was Wurmartiges.

»Reis ohne… nur mit Kartoffelsalat, bitte!«

Elf

Samstag, 11. August 2007…

Das Nichts ist schwarz.

Je mehr Nichts, desto schwärzer? Geht das?

Geht nicht! Es gibt keine Steigerung.

Nicht vom Nichts, auch nicht vom Schwarz. Schwarz und Nichts ergeben keine Farbe mehr, keinen Kontrast mehr, aber man fühlt sie umso mehr.

Höllische Schmerzen…! Tödliche Ängste…!

Als Kind habe ich Schwarz als Farbe gesehen, als eine von vielen Farben. Kohle war schwarz, auch wenn sie glänzte. Und in der Sonne schillerte das Schwarz in prächtigen Farben – und dennoch war es schwarz, aber ein buntes Schwarz.

Oder das Schwarz im Kleiderschrank. Mit pochendem Herzen bin ich im Schwarzen gesessen und habe mich gefreut, weil sie mich nicht gefunden haben. Das war ein fröhliches Schwarz.

Und jetzt?

Mein Schwarz hat die Zeit ausradiert. Was ist Zeit?

Ist Schwarz tote Zeit? Wie lange ist ewigschwarz?

Bin ich tot? Ich bin nicht tot, ich kann denken!

Wer denkt, kann nicht tot sein. Gedanken sind Leben.

Ich denke, also lebe ich!

Warum weiß ich, was ich weiß?

Warum weiß ich, dass Schwarz das Nichts ist?
Warum kann ich nur denken, dass ich mich bewege?
Warum kann ich nicht denken, wer ich bin?
Warum denke ich, ich lebe?
Lebe ich überhaupt noch?
Ist der Tod schwarz?
Was ist das für ein Geräusch?
Bin das ich? Es ist mir fremd.
Ich denke Stöhnen und höre Stöhnen.
Ich denke Stille und höre Stille.
Ich denke Licht und es ist Licht.
Was sticht meinen Körper, den ich nicht bewegen kann?
Es wird heiß… es brennt… es brennt höllisch!
Endlich… endlich wieder schwarz… vertrautes Schwarz!
Ich liebe schwarz… ich liebe… ich lie… ich…

– – –

14 Uhr 25. Die Maschine OS 7204 aus Frankfurt war gelandet.

Die beiden Lampen auf der Anzeigetafel in der Ankunftshalle oberhalb der Ausgänge blinkten, grün anzeigend:

Blink-blink… gelandet…

Es war Samstag. Der Kommissar stand mit einem niedlichen Sträußchen Blumen und wartete, bis sich die automatischen Türen öffnen und Erika Hauser das erste Mal in ihrem Leben österreichischen Boden betreten würde.

Joe saß unruhig neben dem Kommissar und hechelte nervös. Irritiert von der dicht gedrängten Menschenmasse, die sich um die Ausgangsschleusen gesammelt hatte, sah er abwechselnd auf Menschenbeine sowie zu seinem Herrchen auf.

»Mei is der aber süß! Darf ich ihn streicheln?«

Ein etwa achtjähriges, eindeutig als zu dünn bezeichnendes Mädchen zerrte ihre unwillige Mutti zu Joe hin.

»Verzeihen Sie bitte. Aber kaum sieht Lisa einen Hund, führt sie sich so auf«, entschuldigte sich die junge Frau mit einem säuerlichen Lächeln. Es war ihr peinlich, weil sich die Kleine ungeniert auf den Boden gekniet hatte und Joe streicheln wollte. Sie versuchte, das Mädchen wegzuziehen.

»Lass mich…«, wehrte Klein-Lisa zornig die Hand ihrer Mutter ab, »der Mann hat eh nix dagegen!«.

»Dann musst du aber auch Joe fragen«, ermahnte Meller das eigenwillige Gör mit einem verständnisvollen Blick auf die gestresste Frau.

Joe sah auf sein Herrchen, dann auf das Mädchen. Schließlich ließ er sich auf den Rücken fallen, spreizte alle vier Pfoten von sich und wedelte auffordernd mit seinem Schwanz.

»Joe! Joe!«, jubelte die Dürre innig und durchwühlte Joes Fell. Genau eine solche Streichelkur brauchte er in diesem Moment, was er ihr mit grunzenden Lauten goutierte.

Andere Kinder, die mit ihren Eltern gelangweilt umherstanden, beobachteten das kleine Schauspiel. Schon hatte sich ein Kreis um Meller, Joe, Dürrli und Mutti gebildet.

Immer noch besser, als blöd rumzusitzen, schienen Joes Blicke zu verraten. Er wäre viel lieber durch die Ankunftshalle gejagt worden, verfolgt von einer Kindermeute. Was auch sein plötzliches Gekläffe ankündigte, während er aufsprang sich abbeutelte und auffordernd in die Runde blickte, was so viel bedeutete wie: *Na ihr Weicheier! Auf geht's! Wer mich erwischt, bekommt ein Eis mit Schlag!*

Doch nix da, ein Flughafen ist kein Hundespielplatz.

»Joe, Platz…!« Zwei Worte, ein Befehl.

Meller hielt ein Leckerli in seiner Hand verborgen. Schon

knabberte der Hund wieder brav sitzend an einem knochenharten Wurststückchen.

So war's recht, nur nicht störend auffallen.

»Wow...! Wie der folgen tut!«, bewunderte das Bohnenstangenmädchen Mellers Hund.

»Genauso einen lass ich mir vom Papi auch schenken«, entschied sie bestimmend, während sie Joe das Kopferl streichelte und seufzte.

»Wehe dir«, war die Antwort der genervten Mutti, während sie ihr Kind endgültig vom Hund wegzog. Keine besondere Kraftanstrengung, fand der Kommissar, wobei die Frau in Sachen Unterernährung ihrer Tochter um nichts nachstand.

Ein quengelndes: »Der Papi hat mir aber einen Hund versprochen...!«, war noch deutlich zu hören, bevor die beiden in der Menschenmenge untertauchten.

Der gute Papi sollte sich wohl besser mehr um eine ausgewogene Ernährung für Frau und Tochter kümmern, machte sich der Kommissar unnötigerweise Sorgen um zwei fremde Fliegengewichte in der Ankunftshalle des Schwechater Flughafens.

Es war wieder sonnig warm, die kurzfristige Schlechtwetterkapriole des vergangenen Tages hatte sich zur Gänze ausgeregnet und ließ Klimaanlagen bereits wieder auf Hochtouren surren.

Sie war eine der Ersten, die durch die Schleuse kamen.

Erika Hauser, noch keine 80, sonnengebräunt in einem luftigen Kleid, mit einem flotten Strohhut auf dem Kopf, unter dem schneeweißes Haar hervorlugte. Lediglich eine Reisetasche auf dem Wägelchen, das sie vor sich herschob.

Sie sah den Kommissar und begann mit einem bunten Seidentuch heftig zu winken.

»Mario…! Mein lieber Mario…!«, jubelte die alte Frau und bahnte sich einen Weg durch die Wartenden.

Der Kommissar eilte ihr entgegen, beugte sich zu ihr herab, umarmte sie vorsichtig und drückte sie innig an sich. Sie war um einen Kopf kleiner als Meller und von zarter Statur. Sekundenlang verharrten sie so. Ein Hauch Veilchenduft ging von Erika Hauser aus und kitzelte den Kommissar in der Nase.

»Herzlich willkommen, liebe Erika«, gerührt sah er in das faltige Gesicht, dem vor Freude Tränen in den Augen standen. Unendliche Güte und Herzenswärme strahlte aus den Augen der alten Frau.

»Ach, Mario, wie ich mich freue, dich nach so langer Zeit wieder zu sehen.«

Sie streichelte dem Kommissar zärtlich über die Wange.

Erika Hauser, über Jahrzehnte als Haushälterin der gute Geist in der Villa Goldmann auf einem der vielen Hügel von Rio de Janeiro, dem malerisch gelegenen Stadtteil Santa Teresa. Für Meller war sie eine gütige Großmutter.

»Das war doch ziemlich anstrengend, so lange im Flieger zu sitzen… aber jetzt bin ich ja hier«, sagte sie und bückte sich zu Joe hinunter. »Na und du? Du bist ja auch da, du kleines, munteres Viecherl.« Sie tat sich etwas schwer beim Bücken.

Joe, der Bengel, erkannte Erika Hauser nach kurzem Zögern. Das zeigte er auch sogleich mit seinem Bell- und Jaulkonzert. Winselnd umkreiste er die Füße der alten Frau, drückte seinen Kopf an ihre Beine und wollte sich schon wieder hinlegen, zum obligaten Baucherlstreicheln.

»Jetzt ist es aber genug, Joe«, ermahnte Meller den Cockerspaniel streng.

Und dann geschah das kleine Missgeschick.

Als sich der Kommissar mit Erika Hauser zum Auto begeben

wollte, zeigte sich Joe wieder einmal von seiner stürmischen Seite. Die körperlichen Strapazen vom Vortag schienen Joe nichts ausgemacht zu haben. Oder hatte die Tierärztin ein kleines Wunder an ihm vollbracht?

Der Hund sprang übermütig von links nach rechts, umkreiste seine Begleiter und zerrte an der Leine. Noch ehe man sich versah, stolperte Erika darüber. Obwohl ihr Meller geistesgegenwärtig unter die Arme griff, knickte sie um.

Innerhalb kürzester Zeit schwoll ihr linker Fußknöchel massiv an und der Kommissar musste mit Erika Hauser ins Krankenhaus fahren.

Über Onkel Walter hatte Meller den Chef einer Privatklinik in Wien kennengelernt, der auch Henriette betreut hatte, wenn sich besonders schwere MS-Schübe ankündigten. Dann übersiedelte Henriette für kurze Zeit zum »Professor«, wie sie ihn nannte, in die Klinik.

Noch vom Auto aus rief Meller Dr. Staudinger an, der sich sofort den verletzten Fuß ansehen wollte.

Bei der Röntgenuntersuchung stellte sich heraus, dass der Knöchel verstaucht war. Der Fuß musste ruhiggestellt und ein Stretchverband angelegt werden. Der Professor riet dem Kommissar, Frau Hauser noch ein-zwei Tage in der Klinik zu lassen. Ihr Alter, der Jetlag, die Strapazen des langen Fluges – ein bisschen noch unter seiner Kontrolle wäre bestimmt nicht verkehrt. Sicher ist sicher.

»Kaum bin ich hier, bereite ich dir schon die ersten Unannehmlichkeiten«, entschuldigte sich Erika Hauser, als sie in ihrem Zimmer lag.

»Aber ich bitte dich, Erika«, erwiderte Meller, »ich habe mich zu entschuldigen! Es war doch ganz allein meine Schuld, auch wenn Joe… Ich hätte besser auf ihn achtgeben müssen, bitte, verzeih mir. Es tut mir so leid, dass ich dir jetzt diese Schmerzen und solche Umstände bereitet habe.«

Meller hatte dafür gesorgt, dass der alten Frau in der Klinik die beste Betreuung geboten wurde. Dieses Malheur ärgerte ihn über alle Maßen, doch auch das Geschimpfe mit dem Cockerspaniel konnte es nicht mehr ungeschehen machen.

Der Fuß war einbandagiert worden und Meller musste sich von Erika Hauser verabschieden. Er versicherte ihr nochmals, dass sie hier beim Professor in besten Händen sei. Wenn sie einen Wunsch habe, so könne sie sich jederzeit an die Schwestern wenden. Er habe das mit der Stationsleiterin gesondert geregelt. Wenn sie dann aus der Klinik komme, sei auch eine Rundum-Betreuung im Haus in der Südstadt gesichert, dafür habe er ebenfalls schon vorgesorgt.

Die Besprechung am Montagmorgen war wie das Wetter. In aller Früh bereits schwül und träge heiß. Irgendwie wollte kein rechter Schwung aufkommen. Zu sehr lasteten die fehlenden Erfolge auf Meller und seiner Crew.

Das Gespräch mit Angelika Hafner war für heute Vormittag angesagt, da die Frau so geschockt war, dass ihre Einvernehmung bisher nicht möglich gewesen war.

»Leichen pflastern unseren Job, kann ich dazu nur sagen.«

Keine Besprechung ohne geisteswürzige Senfbeigabe seitens Axel Körner als krönender Abschluss.

»…der Pivonka, der junge Familienvater, der Krapfenbacher, zuletzt der Hafner«, er zählte demonstrativ mit den Fingern auf. »Ja – und die paar Gartenzwerge von der Handymastensprengung in der Hauptstraße nicht zu vergessen. Und wer weiß, ob die schwimmende Leiche im Teich des Herrn Bianco nicht auch was mit diesen Fällen zu tun hat.«

»Heut samma wieder lustig«, entfuhr es Irene Schneider.

»Nicht so direkt – weil Montag ist Frusttag«, erwiderte Körner ultimativ, »weil der Montagsfrust die Woche gefühlsmäßig einleitet – bis zum Freitag. Doch dann freu ich mich aufs Wochenende. Und weißt warum? Weil mir gewisse Visagen erspart bleiben, die meinen Frustpegel die Woche über aufrecht halten.« Dabei sah er sie streitsuchend an und fuhr fort:

»Und deswegen ist der Montag mein Frusttag: den ganzen Tag Frustarbeiten, zwischendurch ein Frustessen und abends Frustbügeln bei einem frustigen TV-Programm…«

»Weil du bügelst! Grad du, Axel!« Mike Lehner lachte hellauf. »Unser Obermacho, der sich jeden Furz von der Mama machen lässt.«

»Ist unserem Philosophen wieder mal was gegen den Strich gelaufen?«, mischte sich jetzt Meller ein.

»Noch weniger als das: nix ist glaufen«, raunzte Körner. »Die ganze Woche strudelt man sich ab, wird ganz blöd im Hirn vom Berichte schreiben, oder muss sich mit gewissen Kollegen lähmenden Grundsatzdiskussionen aussetzen. Dann freut man sich aufs Wochenende, weil man, zetBe, endlich seinen Kleiderkasten zusammenbauen kann. Und was ist? Vier Schrauben fehlen und das Gwand liegt wieder eine Woche im Koffer …und wegen vier Schrauben ist die Woche…«

»Und was kann ich für den blöden Kasten?«, fiel ihm Irene Schneider beleidigt ins Wort.

»Manche haben eben so ein Talent, wofür sie nix können…«, entgegnete Körner zynisch.

»Zzssa-zzssaa… typisch Macho, der kapiert's auch nie. Danke, ich muss gehen… meinen Job machen«, gab die V-Agentin von sich, warf ihre langen, blonden Haare mit einem Schwung nach hinten und Körner einen wütenden Blick zu, startete zur Tür und ließ sie knallend hinter sich ins Schloss fallen.

»Das war jetzt nicht gerade nett«, bemerkte Meller trocken.

»War aber vonnöten«, urteilte Axel Körner bestimmend, »und jetzt verschwinde ich wie befohlen und befleißige mich der Tätersuche.« Er stand auf und ging, ließ ebenso wie seine Kollegin die Tür ordentlich knallen.

Mike Lehner, Manuela Kohn und der Kommissar sahen einander an. Was lief da zwischen den beiden?

»Das läuft nix… eh wie immer«, klärte V-Agentin Kohn ihre Kollegen auf.

Wieder einmal, eh wie immer – besonders in der letzten Woche. Die Stimmung war im Keller und niemand war schuld. Oder etwa doch? Vielleicht das erfolglose Spurensuchen? Die fehlenden Resultate? Der Druck von ganz oben, endlich etwas Konkretes vorzuweisen?

Es war von allem alles ein wenig schuld…

Als Meller den V-Agenten Körner unter vier Augen auf seine aufgekratzte Stimmung ansprach, gab sich dieser verschlossen.

»Wahrscheinlich steht s' auf mich«, meinte er schließlich.

»Wahrscheinlich? Mensch, Körner…! Sag, sind wir in einem Kindergarten? Finde es heraus und klär das endlich! Und beendet euren dämlichen Geschlechterkampf. Denn das ist das Letzte, was wir zurzeit brauchen: eine zerstrittene Einheit. Wir ziehen gemeinsam an einem Strang. Wir alle… verdammt noch mal!«

Meller schnaufte zornig auf und sah Körner an, der ihm wie ein trotziger Schüler gegenübersaß. Doch schon hämmerte er weiter verbal auf ihn ein:

»Mir sitzt die *Tuareg* am Hals und ihr die Zentrale in Wien. Dort bahnen sich auch grad die ärgsten Skandale an, wie sie mir berichtet hat. In den Zeitungen könnt ihr's ohnehin jeden Tag lesen. Glaubst, ich will mich mit euren Spompanadeln auch noch rumärgern…? Die da oben«, Meller deutete mit dem Daumen aufwärts und meinte damit das Ministerium, »erwarten von mir, dass ich mit meinem Hintern auf zehn Kirtag zugleich tanzen soll. Wie soll das gehen? Dazu ist meiner zu klein …und …und ich hab nur einen. Und den brauch ich, bei Gott, zu was Wichtigerem!«

»So seh ich das doch auch«, versuchte Körner den Kommissar zu besänftigen. »Immerhin – von wegen Hintern: Der A… von Malowezcka ist ja schon mal erledigt. Ich meine den Fall können wir auf mindestens zehn Jahre vergessen.« Er grinste hämisch.

In diesem Fall musste der Kommissar Körner recht geben. Für den S-C-ONE war es ein erfolgreicher Tag. Für Meller alles andere, bestenfalls ein Tag zum Vergessen. Auch wenn die Geiselnahme glimpflich abgelaufen war, so hatte er sich noch einiges vom Einsatzleiter anhören müssen.

Von wegen eigenwilliges Handeln, fehlende Kooperationsbereitschaft sowie Unterminierung des Einsatzkommandos. Als wenn man einen Geiselnehmer vorher fragen müsse, ob man ihm eines auf die Mütze geben dürfe. Im Grunde genommen war Eisenmenger nur eifersüchtig, weil seine Gruppe nicht zum ultimativen Fangschuss kam oder was auch immer ihm vorschwebte. So Mellers Vermutung nach dem ganzen Theater.

Seine einzige Chance war wie ein doppelter Jackpotgewinn gewesen und die hatte er genutzt. Worauf hätte er denn warten sollen? Malowezckas Kinn schrie förmlich nach Mellers Faust.

Eisenmenger warf ihm vor, dass es auch ganz anders hätte ausgehen können, und sagte doch glatt zu Meller: »Sie haben mehr Glück als Verstand gehabt.«

Na-wie-denn-was-denn? Erst flehten sie Meller an und zwangen ihn direkt, den Wahnsinnigen in der Bank zu besänftigen, weil er ja der Einzige war, der Malowezcka durch und durch kannte. Also »besänftigte« er den Ex-Kollegen auf seine Art und Weise. Und jetzt wollte Eisenmenger dem S-C-ONE den Erfolg madig machen? Nicht mit Meller.

Auf der Titelseite der *Neue-Süd* verkündete ein seitlicher Fotostreifen, wie Meller in Unterhosen, die Pizzakartons in den Händen, zur Bank ging. Ein formatfüllendes Bild zeigte Meller halbnackt, mit Joe in seinen Armen im strömenden Regen mitten auf der Hauptstraße, den Blick himmelwärts gerichtet und eine Headline für Götter: *Der Held und sein bester Freund!* Etwas kleiner stand zu lesen: *Solange es solche Männer gibt, kann sich die Bevölkerung in Sicherheit wiegen!* Typisch Bacher. Darunter ein Foto von Malowezcka, noch aus der Zeit beim S-C-ONE, mit dem Kommentar: *Das ist der Mann, der Mödlings Bevölkerung stundenlang in Angst und Schrecken versetzte! Hermann Malowezcka, ehemaliger V-Agent und S-C-ONE Gruppenleiter, heute Bankräuber und Geiselnehmer.*

Na super! Somit war eine – ohnehin viel zu seltene – grandiose PR für den S-C-ONE wieder auf den Nullpunkt gesunken. Eine Doppelnull, wie das Lokuszeichen WC, sprich: eine Häuslpartie. Alle Bemühungen für ein tolles S-C-ONE Image – umsonst.

Da darf sich jeder Bürger freuen, wenn die Verbrecher gleich in den Reihen der Exekutive zu finden sind. Wenigstens erspart die Tätersuche viel Zeit, Ermittlungsarbeit und dadurch Kosten.

Warum Malowezcka in diese Bredouille kam, wollte Meller nicht wissen. Er hatte nach dem Einsatz der »Tuareg« unmissverständlich klargemacht, dass er jetzt nach Hause gehe und nichts mehr sehen und hören wolle, was Malowezcka, S-C-ONE und Eisenmenger hieße. Selbst wenn Mödling von einer ganzen Horde von Verbrechern überfallen werden sollte: Meller sei für niemanden zu sprechen! Ab Montag acht Uhr würde er sich mit seinem Team nur noch einer einzigen Sache widmen: der Aufklärung der Handymastensprengungen, des Pivonka-Falles und des Hafner-Falles. Ohnehin drei Fälle, aber alle schön der Reihe nach. Und wenn es der Chefin nicht passe, dann solle ein anderer den ganzen Sch...kram übernehmen.

Eisenmengers Statement: *Mehr Glück als Verstand,* hatte den Kommissar wie noch nie in Saft gehen lassen.

Die »Tuareg« kam seinen Wünschen nach. Es blieb ihr auch nichts anderes übrig. Oberst Eisenmenger schlich sich davon, nachdem er von Meller angeschnauzt worden war, endlich seinen übergscheiten Schlapfen zu halten und froh zu sein, dass außer Joe und dem Geiselnehmer keine Verletzten zu beklagen waren. Und das sei einzig und allein Mellers Verdienst.

Hätte der Kommissar gewusst, dass die Nacht erst recht ein wunder Tiefpunkt in seinem Leben werden würde, er hätte sich sofort nach der Geiselbefreiung in seinem Bett vergraben.

Das Telefon riss ihn aus seinen Gedanken.

»Meller, ja…?« Er hörte zu, legte auf und grinste.

»Jetzt geht's los«, sagte er und sah Körner jagdhungrig an, »jetzt kommt frischer Wind in den Fall: Frau Hafner ist unauffindbar. Das schauen wir uns doch gleich mal an.«

Er telefonierte kurz mit Claudia Rotter, um den Einsatz zu organisieren. Er benötigte einen Durchsuchungsbefehl für das Haus der Hafners sowie sämtliche mögliche Aufenthaltsorte von Angelika Hafner.

Sein Handy dudelte mit Sambaklängen.

»Meller, ja…?«

»Bist ja ein richtiger Held geworden!«

»Ja… aber hallo, Eva…!«, verhalten reagierte Meller. »Ja, man tut, was man kann… Entschuldige, ich kann jetzt aber überhaupt nicht…«

»Ich weiß, ich weiß …eh wie immer. Ich wollte dir nur zu deinem Erfolg gratulieren.«

Sie hatte aufgelegt.

Mellers: »Ob man sich vielleicht einmal treffen könnte«, blieb ihm im Hals stecken. Im Stachel-in-die-Seele-Treiben war Eva Roth Spitze, das spürte er in diesem Augenblick.

Axel Körner hob die Augenbrauen und grinste vielwissend.

»Is was?«, fauchte ihn der Kommissar an.

»Nix is«, wehrte Körner ab und weiterhin schäbig grinsend meinte er: »Was man nicht hat, macht einen nicht kaputt.«

»Könnt aber anders genauso sein«, entgegnete Meller.

»Sicher, und wie siehst es du?«, stachelte ihn Körner auf.

»Na ja – was man hat, macht einen nicht kaputt.«

»Was hältst von: Was man nicht hat, macht einen kaputt?«, konterte Axel.

»Also – weißt, Körner, dein Gegrinse geht mir aber schon so was von auf den Geist.«

Während sie zum Haus des Bombenopfers Hafner fuhren, ließ sich der Kommissar von Axel Körner berichten, was sich am vergangenen Donnerstagabend abgespielt hatte. Der Bericht lag zwar auf seinem Tisch, doch kurz vorweg erzählt, ersparte es ihm das langatmige Durchlesen.

»Dann könnte ich mir das lästige Berichte schreiben gleich ersparen«, raunzte Axel Körner, »wenn du sie eh nicht lesen willst.«

»Und wo willst du sie archivieren? In meinem Hirn, eh? Da

lass ich nur mich ran und sonst niemanden«, lächelte der Kommissar hintergründig, sich für vorhin rächend.

Also berichtete der V-Agent in kurzen Worten:

Er und Manuela Kohn waren schon auf dem Rückweg in den S-C-ONE, als sie in der Vorderbrühl vor dem geregelten Fußgängerübergang auf Höhe ehemalige »Zwei Raben« anhalten mussten. Die Fußgängerampel war auf Grün geschaltet, doch der alte Mann, der am Gehsteig stand, reagierte nicht. Vielmehr sah er verzweifelt abwechselnd über die Straße und auf seine Hand, dann auf ihren Wagen. Mit der anderen Hand deutete er hilflos winkend.

Körner stellte das Auto am Straßenrand ab und sie eilten zu dem alten Mann hin.

»Ich kann nicht weg«, jammerte er. Sein Daumen schien an der Taste zu kleben, mit der man die Fußgängerampel aktivierte.

Verhaltenes Gekicher und Getuschel hinter dem nahestehenden Kiosk sagte den V-Agenten alles. Körner raunte seiner Kollegin zu, sich um den Mann zu kümmern. Er selbst bewegte sich unauffällig, wie einer, der sich Zigaretten vom Automaten holen wollte, zum Kiosk hin. Doch blitzschnell sprang er hinter das gemauerte Häuschen – schon hatte er zwei Jungs am Krawattl und zog sie hervor. Ein Mädchen, die dritte dieser hinterlistigen Bande, konnte entkommen. Die Burschis, noch keine vierzehn Jahre, zeigten sich nicht zuständig für die Qualen des alten Mannes, rotzten ihn sogar an, was ihn das eigentlich angehe. Als ihnen der V-Agent den S-C-ONE Ausweis unter die Nase rieb, knickten sie ein und gestanden.

Den Alten hatten sie schon geraume Zeit im Visier gehabt, wenn er vorsichtig und ängstlich über die Straße wackelte. Kurz vorher hatten sie die Taste der Fußgängerampel mit ein paar Tupfen Superkleber beschmiert und abgewartet, was geschehen würde, wenn der Alte kleben blieb. Weil das gar so lustig war – und eh total harmlos.

Wie, was…? Lustig? Harmlos?

Körner war nahe dran, den zwei Halbwüchsigen die Hintern zu versohlen. Doch dann wäre er dafür belangt worden. Er nahm also die Daten der Jungstrizzis auf, ohne zu ahnen, dass ihr Vergehen nur die Spitze des Eisberges war. Das Mädchen, deren Identität bald geklärt war, verriet aus Rache, weil man auch sie angeschwärzt hatte, weitere Mitglieder der Gang. Insgesamt waren es sieben Burschen und sechs Mädchen im Alter von 12 bis 17 Jahren, die schon seit längerer Zeit in und um Mödling ihr Unwesen trieben:

Sachbeschädigungen an privaten wie öffentlichen Einrichtungen, Diebstähle, Tierquälereien, kleine Brandlegungen, Hauswandbeschmierungen etc. Kurz: destruktiver Aktivismus gepfeffert mit gemeinen Bosheiten.

Die Eltern der Sprösslinge fielen aus allen Wolken, als sie mit der Tatsache konfrontiert wurden, welche Früchtchen täglich ihre Füße unterm Familientisch baumeln ließen. Erst recht, als sie sich mit den Forderungen der Geschädigten auseinanderzusetzen hatten. Und die beliefen sich in manchen Fällen auf über zehntausend Euro.

Und weil die Jugendlichen sich gegenseitig beschuldigten, konnten bereits übers Wochenende sämtliche Straftaten sowie die jeweiligen Täter ausgemacht werden.

Der arme alte Mann musste samt Ampeltastknopf am Daumen ins Krankenhaus eingeliefert werden. Dort wurde in einer komplizierten Operation der Daumen wieder »befreit« und für ein Vollhauttransplantat vorbereitet – ein nicht nur langwieriges sondern auch schmerzhaftes Verfahren.

»Und? Wennst glaubst, dass die was draus gelernt haben?

Nicht die Bohne, wie ich bei den Verhören miterleben durfte! Nix im Schädel, diese Gfraster, aber auf Rechte pochen! Du kannst dir nicht vorstellen, was sich da abgespielt hat. Manche Eltern sind gleich mit Anwälten aufmarschiert, haben ihre Fieslinge in Schutz genommen und deren Schandtaten als so was wie *Lernen fürs Leben* runterspielen wollen. Das ist die Realität! Statt dass sie ihren Kindern Grenzen setzen, so wie wir sie in dem Alter hinter die Löffel geschrieben bekommen haben. Aber heute? Denen wird hinten und vorne alles reingeschoben – sie sollen es ja viel besser haben – die Grenzen werden s' schon selber finden. Und auf was pochen dann diese Schnösel? Auf grenzenlose Freiheit…!«

Axel Körner redete sich in Rage, schnaufte, während er in eine Gasse einbog: »Weißt du, was grenzenloser als Freiheit ist?«

»Du wirst es mir gleich verraten«, meinte Meller.

»Anerzogene Dummheit. Die ist heftiger als der Klimawandel. Ein gefährliches Potenzial, wird es auf die Menschheit losgelassen.«

»Ein paar Millionen Gscheite gibt's ja Gott sei Dank noch, die das zu verhindern wissen«, warf der Kommissar ein.

»Das sind aber zu wenig«, philosophierte Körner weiter, »bei so vielen Wahnsinnigen… und in unserem konkreten Fall: Die Eltern blechen die Schäden und die Gfraster kriegen höchstens was auf Bewährung. So ist das in unserem Rechtssystem. Doch den alten Mann zum Beispiel, den plagt für den Rest seines Lebens die Angst. Du hättest den Alten sehen sollen, wie der bei der Gegenüberstellung vor diesen aufmüpfigen Fratzen gezittert hat.«

Sie waren an Ort und Stelle angelangt, in der Bozner Gasse nahe der Südbahn.

Ein Mann in blauer Montur wartete auf der Straße, angelehnt

an sein Auto und telefonierte. Er winkte den beiden Ermittlern zu, beendete sein Gespräch und steckte das Handy weg.

»Wie immer?«, begrüßte er die V-Agenten.

»Wie immer«, erwiderte der Kommissar.

Sie warteten, bis der Mann mit seiner Arbeit fertig war. Nach ein paar Minuten schwang die Haustür auf. Meller bestätigte den Aufsperreinsatz in dessen Auftragsbuch.

Der Mann tippte an seine Schirmkappe.

»Man sieht sich«, verabschiedete er sich.

»Wie immer«, entfuhr es Körner unnötigerweise.

Die Südtiroler Siedlung, in der das Haus der Hafners stand, übermittelte letzte Reste lieblichen Kleinbürgertums. Einige Grundstücke versteckten sich noch hinter typischen Holzlattenzäunen. Andere wiederum zeigten massive Ummauerungen, kleinen Festungen gleich. Steiniges Alpengartendesign, manche von drolligen Gartenzwergen besetzt, belebten die stillen Gassen, in denen kaum Menschen zu sehen waren. Wenn auch Fertigteilbauten und bauliche Veränderungen an vielen Häusern den ursprünglichen Charakter verdrängt hatten, so schwebte dennoch der bitterherbe Hauch der Vergangenheit über dieser kleinen Siedlung.

Bereits 1926 gab es die ersten Pläne zur Bebauung der Fläche entlang der Südbahn. Die engen Straßen wurden von den Planern nach Südtiroler Städten benannt: Bozen, Meran, Brixen, Sterzing und Bruneck. Vermutlich wurde der Name »Südtiroler Siedlung« fälschlicherweise dem Abkommen zwischen Hitler und Mussolini zugeordnet, in dem den Südtirolern 1938 zwei Wahlmöglichkeiten aufgezwungen wurden: entweder unter der faschistischen Herrschaft Mussolinis zu leben oder aber das Land zu verlassen. Für jene »Optanten«, so nannte man diese Auswanderer, wurden zwischen 1938 und 1943 an verschiedenen Plätzen Österreichs »Südtiroler Siedlungen« aus dem Boden gestampft.

Das Hafner-Haus war ein unauffälliges Gebäude, teils mit schmutziggelben Hauswänden, teils mit dunkler Holzverschalung im ländlichen Stil, eingezäunt von einem schmucklosen Metallgitter auf beige gefärbtem Betonsockel befestigt.

Im Vorgarten standen ein paar Fichten und Föhren, die angenehme Kühle spendeten. Das Haus war unterkellert, was drei kleine Schlitzfenster in der Hauswand knapp oberhalb der Rasenfläche anzeigten.

In der Einfahrt vor dem Garagentor stand ein blauer Golf älteren Baujahres. Der Kommissar zog sich spezielle Handschuhe an und probierte – die Fahrertür war nicht versperrt. Den Wagen würde er sich nach der Hausdurchsuchung vornehmen.

Warum und wohin war Angelika Hafner verschwunden?

Im Vorraum war es eng und dunkel, man musste Licht machen. Die beiden V-Agenten gingen vorerst von Zimmer zu Zimmer. Meller filmte diesmal mit einer digitalen Kamera. Sie war von Lo Bianco, der sie ihm geliehen hatte, da Meller von der Aufnahmequalität schwer begeistert war. Dieses technische Meisterwerk passte in eine Handfläche, arbeitete mit einem Festplattenspeicher und schaffte selbst bei wenig Licht fantastische Aufnahmen. Bianco nahm sie meistens, um den Baufortschritt im Auholz zu dokumentieren. Da für die nächsten zwei Wochen die Baustelle ruhte, weil die Kellerwände aushärten mussten, wollte Meller die Kamera in der Zwischenzeit testen.

Das Haus war ebenerdig, Vorraum, Küche, ein kleines Wohnzimmer, zwei Schlafzimmer, Badezimmer, WC und ein Vorratsraum. Die Einrichtung war wie aus einem Prospekt der frühen Achtzigerjahre. Der klobige Wandverbau in Eichenholzfurnier mit TV-Gerät, davor eine beige-braune Sitzgarnitur in Stoff,

Marke Streifenmuster. Die Wände teilweise mit Rauhfaser beige oder auch mit Stofftapete natur tapeziert.

Beige schien die Lieblingsfarbe der Hafners zu sein.

Überall Teppichböden, sandgelb im Wohnzimmer, ockergelbbraun gemustert in den beiden Schlafzimmern. In der Küche so auch im WC und Vorraum bewies es ein Kunststoffbelag in Beige mit braungrauem Einschuss. Nur das winzige Badezimmer hatte einen dunkelgrauen, matten Fliesenboden, die Wände waren bis auf Raumhöhe in Beige verfliest. Beige, beige, beige… immerhin, die Decken sämtlicher Räume präsentierten als Kontrast einen vergilbten weißen Anstrich.

»Grauslich – dass man so leben kann?«, staunte Axel Körner.

»Du hast leicht reden mit deiner neuen Wohnung. Frag in dreißig Jahren deine Kinder, was sie von deinem Geschmack halten«, entgegnete ihm Meller.

»Da wird niemand fragen. Es wird keine Körnerkinder geben.«

»Das ist aber schade, wenn Körnersches Intelligenzvolumen der Nachwelt vorenthalten bleibt.«

»Pflanz mich nur«, erwiderte Axel Körner und wehrte mit gespreizten Fingern die auf ihn gerichtete Kamera ab, »aber bevor ich mir das finanziell antue, leg ich mir einen Hund zu. So wie du… allerdings erst, wenn ich in Pension bin.«

Damit traf er den Kommissar an einer wunden Stelle. Er schwieg deshalb und schwenkte die Kamera zur Küche hin.

Körner verzog sich in eines der beiden Zimmer, fand den Kleiderschrank von Angelika Hafner und stöberte darin.

Die unaufgeräumte Küche vermittelte den Anschein, als wäre das Haus eilig verlassen worden. Einiges Küchengeschirr stand gebraucht im Abwaschbecken.

Kameraschwenk…

Im Geschirrspüler steckte fertig gereinigtes Geschirr.

Kameraschwenk...

Ein halber Wecken Brot lag auf der Schneidemaschine. Meller prüfte – der Anschnitt war bereits hart.

Kameraschwenk...

In einem Behälter aus Glas stand die Butter auf der Küchenplatte – butterweich. Daneben ein Glas Marmelade, halb voll, der Löffel steckte noch drin.

Kameraschwenk...

Die Kaffeemaschine wartete aufs Einschalten. Kaffee lag im Filter, der Wasserbehälter war viertel voll mit Wasser – Kaffee für zwei Tassen, zeigte die Maßeinteilung an. Frau Hafner war im Begriff gewesen, das Frühstück zu sich zu nehmen.

Kameraschwenk...

Auf dem Couchtisch im Wohnzimmer standen zwei Cognacschwenker, einer ausgetrunken, der andere noch mit einem letzten Rest. Eine Flasche französischer Cognac stand daneben, erstmalig geöffnet und wieder verschlossen, was die beinahe noch volle Flasche bewies.

Kameraschwenk...

Eingetrocknete Spuren von verschüttetem Cognac spiegelten sich im Sonnenlicht auf der furnierten Tischplatte. Ein Glas hatte einen kreisrunden Abdruck hinterlassen. Es war jenes, in dem sich der Cognacrest befand. War Lippenstift auf dem Rand? Wann und von wem wurden die zwei Gläser geleert?

Kameraschwenk...

Die Klappe der Hausbar stand offen und zeigte eine Fülle bekannter Markenware in unterschiedlichen Flaschen. Meller filmte sie einzeln ab.

...und Kamera aus.

Angelika Hafner hätte um neun Uhr im S-C-ONE erscheinen sollen. Sie war nicht gekommen. Sie hatte den Termin auch nicht abgesagt.

Meller rief seine Sekretärin an.

»Sag, Claudia, weißt du schon was?«

»Verwandte hab ich bis jetzt keine gefunden. Es gibt allerdings eine Akte über sie. Als Jugendliche ist sie einmal aufgefallen. Sie ist in einem Heim aufgewachsen und durchgebrannt. In einem Laden wurde sie erwischt, als sie etwas mitgehen ließ… keine glückliche Kindheit. Geschwister gibt es auch nicht…«

Während der Kommissar mit Claudia Rotter telefonierte, inspizierte er eine Keramikschale, die oberhalb des Fernsehers in einem offenen Regal stand: ein Briefchen Werbezünder mit dem Aufdruck eines Restaurants, ein paar Knöpfe, zwei UCI-Kinokarten für »Stirb langsam 4.0«, Reihe zwölf, Sitzplatz acht und neun, eine abgerissene Korallenhalskette, mehrere bunte Glaskugeln unterschiedlicher Größe, fünf Büroklammern, ein rostiger, klobiger Schlüssel.

»Und wo ist Frau Hafner beschäftigt?«

»An der Rezeption bei Slavapor, einer Ost-West Handelsagentur. Die Firma ist in Wien, in der Marc Aurel-Straße. Aus verständlichen Gründen hatte sie sich nach dem Tod ihres Mannes freigenommen. Laut Aussage ihres Vorgesetzten sei sie eine nette Mitarbeiterin, die etwas zu oft ihre Urlaubstage für verlängerte Wochenenden ausnützte, was der Kollegin in der Telefonzentrale zuweilen aufstieß. Aber so lange sich die beiden ihren Job einteilten, mischte sich der Chef nicht ein. Vorletzte Woche jedoch gab es eine Diskussion, weil Frau Hafner kurzfristig auf einen vierzehntägigen Urlaub bestand, obwohl sie ihr Kontingent bereits aufgebraucht hatte, daher auf den Urlaubsanspruch des kommenden Jahres vorgreifen wollte…«

Meller hörte Claudia zu und durchstöberte währenddessen die Post, abgelegt in einem Serviettenhalter, der die kitschige

Darstellung einer Almhütte zeigte. Ein paar Briefe steckten in geöffneten Kuverts: ein Schreiben von der EVN, eines der Stadtgemeinde Mödling, ein weiteres von einem Versandhaus, das vierte trug den Absender eines Handynetzanbieters. Sämtliche Briefe waren an Rainer Hafner gerichtet, vermutlich Rechnungen. Dazwischen fand der Kommissar noch den Heurigenplan »Ausgsteckt is« für 2007 und drei Ansichtskarten.

Rimini – ein kilometerlanger Sandstrand mit Sonnenschirmen. Die Costa Blanca – klotzige Hotelformationen, umrandet von spanischen Spezialitäten. Die dritte Karte: Lindos – tiefblaues Meer, weißgekalkte Kapelle samt Glockentürmchen vor karstigem Hintergrund. Unverfängliche Urlaubsgrüße erzählten unter anderem von tollem Wetter, klarem Wasser und hervorragendem Essen. Vermutlich von Freunden an die Hafners gesendet.

»…sie durfte jedoch nicht auf Urlaub fahren. Das war's, was ich vorerst in Erfahrung bringen konnte. Willst du die Nummer der Firma…?«

Noch immer hörte Meller Claudia Rotter zu. Als er die Briefe und Karten zurückstecken wollte, fiel eine Visitkarte zu Boden.

»Moment noch…«, bat er seine Sekretärin, hob sie auf und pfiff leise durch die Zähne, als er den Namen las.

»Danke, Claudia, das reicht momentan… ich melde mich.«

Er steckte das Handy ein und ging zu Axel Körner, der soeben einen der vier Koffer durchwühlte, die auf dem Kasten lagen und deren Inhalt er auf das Bett gestülpt hatte.

»Damit kannst einen Flohmarkt aufziehen. Wahnsinn, wie viel Schrott die Frau hortet.«

»Dafür hab ich was gefunden, das unsere Ermittlungen erstmalig in eine eindeutige Richtung führen könnte. Da schau, den kennen wir doch…«

Meller zeigte ihm die Visitkarte.

Herwig Randauer
Bau- und Kunstschlosserei
Adresse, Festnetz- und Handynummer

Axel Körner war am vergangenen Freitag bei Gina Vanaris in Randauers Schlosserei gewesen und hatte sich das überhastete Verschwinden ihres neuen Freundes nochmals genau erzählen lassen. Daraufhin war sich der V-Agent ziemlich sicher, dass Randauer noch ein weiteres Verhältnis hatte. Vielleicht wollte er dieses beenden, ohne seine aktuelle Freundin lang und breit zu informieren. Herwig Randauer war ein männlicher Typ, auf den Frauen flogen, das sah Körner auf dem Foto, das ihm Gina Vanaris gezeigt hatte. Auch der hektische Vorarbeiter, dieser Murat, ließ eine Anspielung anklingen, dass da vor Kurzem eine Frau bei seinem Chef gewesen sei, mit der er sich sehr vertraulich unterhalten habe. »Chefe hat mit Hände Gesicht von Frau gehalten – lang. Musse was heißen, ich aber nix will wissen, genau was…!«, so die Aussage des Türken Murat. Er wollte das nicht vor Gina Vanaris ausplaudern. Schließlich ginge es ihn ja nichts an, was »seine Chefe« privat treibe. Aber dass Randauer den eigenen Betrieb bloß wegen einer Frau im Stich gelassen hatte, das nahm ihm Murat sehr übel. Obwohl eh so viele Aufträge zu erledigen waren.

»Diese Vanaris hat sich nicht mehr gemeldet. Also wird sich Randauer schon wieder eingefunden haben«, hatte Axel Körner dem Kommissar noch vor der Besprechung berichtet.

Meller wählte Randauers Handynummer und wartete.

Es meldete sich niemand. Nach kurzer Zeit schaltete sich der digitale Servicedienst ein und bat um Hinterlassung einer Nachricht. Der Kommissar unterbrach die Leitung und wählte die Festnetznummer der Schlosserei.

Sofort war eine Frau am Apparat.

»Hallo Randy...«, hörte er sie aufgeregt fragen, »bist du es?«

»Nein, ich bin's, Kommissar Meller... Frau Vanaris?«

»Herr Kommissar...«, flehte sie ihn an, »bitte, ich bin jetzt wirklich sehr beunruhigt. Herr Randauer ist noch immer nicht aufgetaucht. Am Samstagvormittag kam von ihm noch eine SMS, dass er sich am Montag meldet und alles aufklärt.«

»Sonst gibt es kein Lebenszeichen?«, wollte Meller wissen.

»Nein...! Ich glaubte, er wäre soeben dran... dabei sind Sie es nur... verzeihen Sie bitte, ich meinte...«

»Schon gut, Frau Vanaris. Ich habe eine Frage vorweg. Kennen Sie Rainer Hafner oder Angelika Hafner bzw. hat Herr Randauer diese Namen schon einmal erwähnt?«

»Nein... ja... nein. Ich weiß nicht so recht. Aber sagen Sie, ist das nicht der Mann, der auf der Autobahn... explodiert ist?«

Meller ging nicht auf ihre Frage ein. Er sah auf die Uhr:

»Was halten Sie davon, wenn wir essen gehen? In einer Dreiviertelstunde kann ich bei Ihnen sein.«

»Essen...? Ich bringe doch nichts runter vor Sorge um Randy!«, antwortete sie verzweifelt.

»Eben. Wir besprechen das in Ruhe... dazu ist ein Mittagessen geradezu ideal. Man bekommt wieder neue Energie. Ich darf Sie doch einladen, ja?« Meller ließ nicht locker.

»Na ja – wenn Sie meinen... ich warte auf Sie«, entgegnete Gina Vanaris zaghaft.

Meller verabschiedete sich und schaltete sein Handy ab.

Ein bisschen was im Magen konnte nicht schaden, dachte er und bekam dabei unbändigen Hunger.

»Kommst mit, Axel?«

»Wenn du mich so förmlich einlädst, möchte ich nicht nein sagen«, grinste Körner.

»Hast aber grad«, grinste Meller zurück…

Die Hausdurchsuchung ergab keinerlei richtungsweisende Andeutungen. Auch im Pkw, der Frau Hafner gehörte, fand sich nichts, was ihren Aufenthalt verraten hätte können.

Als Meller die Garage öffnete und die beiden V-Agenten zwischen ausrangierten Möbeln, Gartengeräten, Lackdosen, leeren Kübeln, einer Teppichrolle und sonstigem Krimskrams in Schachteln und Plastiksäcken stöberten, zog Körner ein seltsames Gebilde aus der hintersten Ecke hervor. Es lag in einer Truhe, auf der zwei größere Kartons mit altem Hausrat gestapelt lagen. Körner war nur deshalb darauf gestoßen, weil auf all dem Gerümpel eine dicke Staubschicht lag. Nur diese beiden Kartons mussten vor Kurzem in die Hand genommen worden sein, um in die Truhe zu gelangen. Frische Fingertapper auf den verstaubten Schachteln und auf der Truhe bewiesen, dass der Deckel erst kürzlich geöffnet worden war.

Zehn aufgeplatzte Blechhülsen, die keilförmig geformt waren, hingen in zwei Gruppen aneinandergereiht an einem Streifen aus Drahtgeflecht. Die zerdrückten Blechhülsen rochen nach Öl. Speiseöl.

Auf dem Gehsteig vor dem Haus rollten die V-Agenten das etwa fünfzehn Meter lange Drahtgeflecht aus. Der Zweck dieses seltsamen Gebildes war sofort zu erahnen.

»Da haben wir den Salat, nur das Öl dazu fehlt«, stellte Körner trocken fest. »Jetzt wissen wir auch, warum der Pivonka mit seinem Lkw ins Schleudern kam.«

»Weil der Hafner diese höllische Schleudermatte gebaut hat? Doch wer hat ihn ins Jenseits befördert? Oder wollte Hafner die Bombe zum nächsten Tatort fahren und sie ging nur zu früh los?«, stellte Meller fragend fest.

»Und ich frage mich: Wer sind die Komplizen? War seine Frau

mit von der Partie und musste deswegen abtauchen?«, suchte Axel Körner nach einer Antwort und sah auf das mörderische Ding, das ausgebreitet vor ihnen lag. Sonnenstrahlen ließen das zerknitterte Metall der plattgedrückten Blechhülsen aufblitzen und blendeten ihn. Ein schauriges Kribbeln fuhr seinen Rücken hoch.

Endlich – der erste Hinweis, ein eindeutiger Sachbeweis.

»Angelika Hafner wird jedenfalls sofort zur Fahndung ausgeschrieben«, waren die V-Agenten einer Meinung und warfen sich gegenseitig weitere Fragen zu:

»Und wenn der Randauer auch was damit zu tun hat?«

»Weil sie etwa seine heimliche Geliebte ist?«

»Und er ihren Mann deswegen pulverisiert hat?«

»Oder: Weil Randauer auch ein Komplize ist? Ich meine, er ist Schlosser und wie das Mördergerät hier aussieht, kann das nur ein Profi hergestellt haben. Sie könnten alle unter einer Decke stecken, und er ist mit Frau Hafner untergetaucht. Oder ausgeflogen? Was so viel heißt wie: sämtliche Flüge kontrollieren lassen.«

Fragen über Fragen und Verdächtigungen in alle Richtungen hin gestreut. Das Corpus Delicti ließ ihrer Fantasie ungezügelt freien Lauf. Wenn auch aus der Luft gegriffen, es tat jedenfalls richtig gut, anhand eines sichtbaren Beweises allerlei Thesen aufzustellen. So weit entfernt von der Wahrheit konnten sie aber nicht sein. Jetzt endlich kam heftige Bewegung in die längst zu lösende wie überfällige Causa »Spraybomber«.

»Nein, nie! Dafür lege ich meine Hand ins Feuer. Randy ist nicht der Typ dafür«, entgegnete Gina Vanaris entschieden dem Kommissar. Auf seine Frage, ob sie sich vorstellen könnte, dass Herwig Randauer etwas mit dem Lkw-Unfall in der Schiller-

Straße zu tun haben könnte.

»Wie können Sie denn das behaupten, obwohl Sie Randauer noch nicht so lange kennen?«, wollte Meller von ihr wissen.

»Weil er der gütigste und nachgiebigste Mensch ist, den ich in meinem Leben bisher kennengelernt habe. Auch wenn er nach außen hin nicht den Eindruck vermittelt«, verteidigte sie Randauer. Und dann berichtete sie dem Kommissar von ihrem jungen Glück, wie und wo Herwig Randauer in ihr Leben getreten war. Erzählte von Randys Schicksal, dessen Frau und Sohn bei einem Autounfall ums Leben gekommen waren, und dass er daran zugrunde gegangen wäre, hätte sie Randy nicht in letzter Sekunde aus dem Meer gezogen.

Diese zarte Frau?, dachte Meller ungläubig, als er sich das Kraftpaket Randauer ins Gedächtnis rief.

Meller nahm während des Essens das Gespräch mit seinem Voice-Recorder auf. Gina Vanaris hatte eine faszinierende Ausstrahlung. Zartgliedrig und zierlich, mit einem Hauch erotisierender Exotik. Ihr bronzefarbener Teint war nicht der eines Sonnenstudios, dafür war ihre Haut zu ebenmäßig gebräunt. Ihre glutvollen Augen waren flink und nahmen mit einem warmherzigen Blick schnell Besitz von jemandem. Das spielte Gina Vanaris auch kokettierend aus und Axel Körner – wer sonst – ging ihr auf den Leim.

Wirklich so schlimm, dass Randy verschwunden ist?, schienen Körners Blicke zu sagen, die er ihr zuwarf.

Vanaris' schwarzes, langwelliges Haar ließ den Kommissar auf griechische Herkunft tippen, was sie auch bestätigte. Ihr Vater war ein Grieche, die Mutter Österreicherin, allerdings ebenfalls mit griechischen Wurzeln. Die begüterten Eltern hatten ihrer Tochter die Möglichkeit einer erstklassigen Ausbildung auf internationalen Akademien geboten. Gina studierte Kunst erst in Wien, später in Berlin, dort hatte sie zwei unglückliche Beziehungen. Später bekam sie Gebärmutterhalskrebs und wäre fast gestorben. Um eine neue Form des Lebens zu erfahren, übersiedelte sie Mitte der Neunziger nach Gran Canaria, ließ sich dort als freischaffende Künstlerin nieder und setzte alles auf eine Karte: leben oder sterben.

Sie wurde tatsächlich wieder gesund. Wie selig sie dabei lächelte. Jemals ein Kind zu bekommen blieb ihr allerdings verwehrt, obwohl sie stets den Wunsch danach verspürte. Es hatte eben nicht sein sollen.

An der Costa Meloneras lernte sie in der Silvesternacht Herwig Randauer kennen – und lieben. Vor ein paar Wochen entschloss sie sich daher, vorübergehend in Österreich zu leben. Ihr Vater war inzwischen verstorben – wiederum der verfluchte Krebs – die Mutter lebte noch in Salzburg, so war auch ein Besuch bei ihr leichter zu realisieren.

Gina Vanaris wollte aber nicht bei Randy wohnen. Sie mietete sich eine kleine Wohnung in Wiener Neudorf. Ihre Keramikplastiken verkauften sich in Gran Canaria inzwischen hervorragend. Doch bei Randy lernte sie jetzt das Arbeiten mit Metall und Schweißgerät, war fasziniert von diesem spröden Material, das sich ihren Vorstellungen unterwarf. Aus altem Schrott formte sie Metallplastiken. Bald sollte ihre erste Vernissage in Mödling stattfinden…

Rainer Hafner hatte sie bloß einmal gesehen. Der Glatzkopf war ihr unsympathisch gewesen. Sie sagte es Randy auch, nachdem er ihr seinen besten Freund vorgestellt hatte. Doch Rainer sei ein ganz Lieber, beschwichtigte Randy sie. Aber für Gina strahlte Rainer Hafner etwas Bedrohliches aus, das spürte sie intuitiv. Sie hätte sich noch nie in Menschen getäuscht.

Warum dann zwei unglückselige Beziehungen?, dachte der

Kommissar, während er ihren Erzählungen lauschte…

Meller saß in seinem Büro, die Füße auf der Schreibtischkante und ließ die bisherigen Ergebnisse vor seinem geistigen Auge wie einen Film ablaufen.

Punkt eins: Rainer Hafner stand in enger, freundschaftlicher Verbindung mit dem Schlosser. Wenn also Herwig Randauer ebenfalls einer der Spraybomber war, so schien es nur logisch, dass er sich mit Angelika Hafner abgesetzt hatte. Auch Murat, Randauers Vorarbeiter, schwor Stein und Bein, dass eine Frau mit blonden Haaren an jenem Samstagvormittag bei seinem Chef im Büro gewesen sei. Er habe sie zwar nur kurz von hinten gesehen, als ihm jedoch der Kommissar ein Foto von Rainer und Angelika Hafner unter die Nase hielt, war er ziemlich sicher, dass dies jene Frau war.

Punkt zwei: Nach Bachers Telefonat mit einem der Spraybomber war Funkstille. Warum? Meller nahm den Brief schon zum x-ten Male zur Hand und las, was er schon auswendig konnte:

Handymasten machen krank, also vernichten wir sie.
Reichtum schafft Ausbeutung, also bekämpfen wir ihn.
Die Gesellschaft versagt, also gestalten wir sie neu.
DIE SPRAYBOMBER

Sollte also die Bombe, die Rainer Hafner in handliche Portionen zerlegt hatte, für einen weiteren Anschlag geplant gewesen sein und war nur zu früh hochgegangen? Musste der Rest der Gang deswegen untertauchen? Diese These klang für den Kommissar immer plausibler.

Punkt drei: Eine Materialprüfung des Metalles stand an. Es war leicht zu eruieren, ob diese Schleudermatte, wie sie Meller nannte, in Randauers Schlosserei hergestellt worden war.

Punkt vier: Die Handy-Ortungen. Die SMS an Gina Vanaris musste rückzuverfolgen sein. Ebenso die letzten Telefonate von Frau Hafners Handy.

Punkt fünf: Und wenn Gina Vanaris auch eine Spraybomber-Verbündete war? Als Randauers Geliebte, ihm hörig verfallen…? Der Liebe verfallen – so was kam immer wieder vor.

Die Fahndung wurde nun auch auf den Schlosser ausgedehnt und die Durchsuchung seines Hauses veranlasst. Das hieß, der Aufsperrdienst musste ein weiteres Mal tätig werden.

Der Kommissar und Axel Körner staunten nicht schlecht, als sie in Herwig Randauers Privatsphäre eintauchten.

Randauers Haus war mit Vergangenheiten vollgestopft, konserviert unter einer Staubschicht. Der Mann musste jahrelang darauf verzichtet haben, den Staubwedel zu schwingen.

Fotos und Bilder, gerahmt oder hinter Glas, im Stiegenhaus und in den Zimmern an den Wänden hängend, auf Tischen, Regalen und Anrichten in Klemmrahmen stehend – überall die Randauers. Fröhlich, glücklich, lachend, solo oder sich umarmend. Baby- und Kinderfotos, Weihnachten, Ostern, Kindergarten, Schulbeginn, Ferien. In den Bergen, am Meer, im Auto, auf Pferden – ein Randauer Museum.

Das Kinderzimmer – genauso belassen, wie der Junge zuletzt die Tür hinter sich zugeworfen hatte. Das Bett ungemacht, Spielzeug, Bücher, Videospiele und CDs lagen verstreut am Boden herum, dazwischen Kleidungsstücke. Auf dem Kinderschreibtisch allerlei Krimskrams, was einen Buben in diesem Alter interessiert. Das Zimmer vermittelte den Eindruck, als wäre Randauer junior soeben kurz hinaus geeilt, um sich was zu essen oder trinken zu holen und sich sogleich wieder an seinen Schreibtisch zu setzen.

Das Elternschlafzimmer: zerwühlte Bettdecken, halb auf den Fußboden hängend, eine Kastentür stand offen. Die heruntergelassene Jalousie dämpfte das Sonnenlicht und durchschnitt mit vereinzelten Strahlen das Zimmer. Als der Kommissar die Tür zum Schlafzimmer geöffnet hatte, wirbelten tausende Staubkörner auf und tanzten in den spärlichen Lichtstreifen – das einzig lebendig wirkende in diesem Raum.

Das Gästezimmer – anscheinend der Schlafplatz Randauers – war aufgeräumt. So wie auch Badezimmer, WC und Küche.

Randauers Haus, ein düsteres Haus.

Das hatte auch Gina Vanaris bestätigt, die ein einziges Mal bei Randy übernachtet hatte. Es war ihr unmöglich, sich in diesem Vergangenheitsstaub der Lust hinzugeben. Auf ihre Bitte hin war Randy seither stets zu Gina in die Wohnung gekommen.

Einzig das Kellerstüberl mit Hausbar, TV-Flatscreen und Sitzgruppe wurde intensiver frequentiert, wie der Inhalt des Kühlschranks, die Flaschenbatterie im Glasregal hinter der Bar und auch der übervolle Müllbehälter in der Ecke anzeigten.

Versteckt unter einem Wust von Zeitschriften fanden Meller und Körner eine Mappe mit verschiedenen Unterlagen. Darin befanden sich Notizen und Skizzen, diverse Handynummern sowie Kopien der Grundrisse der beiden Häuser, von deren Dächern die Sendeanlagen weggesprengt worden waren.

Irene Schneider und Manuela Kohn sollten das Material sichten und auf weitere Hinweise sowie etwaige Unterschlupfwinkel abklopfen. So dauerte es auch nicht lange und höchst brisante Meldungen landeten auf Mellers Schreibtisch.

Auch was die Ortung der Handys von Herwig Randauer und Angelika Hafner betraf, stellte sich heraus, dass die letzten Signale der beiden Handys aus der Gegend von Gumpoldskirchen kamen, irgendwo aus den Weinbergen.

Doch der Kommissar hatte sich kurzfristig zur Baustelle begeben, weil Lo Bianco wieder einmal ein paar Details mit ihm abklären musste. Hausbauen war eben stressig und zeitfüllend.

Dafür wurde es für Meller wieder eine lange Nacht, in der er »seine Fälle« durchspielte, grübelte und kombinierte, Thesen aufstellte und wieder verwarf. Dabei unterstützte ihn tonkräftig Frederic Chopin in Dur und Moll.

Zwölf

Dienstag, 14. August 2007...

»Joe, nein...! Lass das...! Nicht raufspringen...!«

Doch Joe sprang. An der Frau im weißen Mantel hoch, vielmehr er besprang sie direkt, sodass sie vor Schreck das Papiersackerl fallen ließ und rückwärtstaumelnd auf eine halbhohe Gruppe Buchsbäumchen fiel. Ihre Holzschlapfen flogen im hohen Bogen klappernd auf den Asphalt.

Meller eilte hinzu und half der Krankenschwester aus dem Buschwerk.

»Jessas – entschuldigen Sie bitte. Das macht Joe sonst nie!«

»Halten Sie mir Ihren blöden Köder vom Leib!«, blaffte sie den Kommissar an. »Was hat der überhaupt hier zu suchen? Hunden ist der Zutritt in eine Klinik prinzipiell verboten, das müssten Sie doch wissen!«

»Also bitte«, entgegnete Meller sich verteidigend, »ich hatte nicht die Absicht, mit ihm da hinein zu gehen!«

Joe, den der Inhalt des Säckchens wesentlich mehr interessierte, scherte sich nicht um die Diskussion der Zweibeiner. Vielmehr begann er mit Genuss, die beiden Leberkässemmeln zu verdrücken.

»Joe...! Pfui...! Das ist Gift für dich...!«, rief der Kommissar, während er die Holzklapperln der Krankenschwester aufsammelte und vor ihre Füße stellte.

»Na, hören Sie! Das wird für den Köter wohl noch gut genug sein!«, bellte die chemisch erblondete Schwester Maria, so der Name auf dem Schildchen am weißen Kittel.

»Das war mein Mittagessen, damit Sie's wissen…!«

Wütend schlüpfte Schwester Maria in die Holzschuhe, drehte sich abrupt um und schlapfte auf den Eingang zu.

»Das tut mir wirklich sehr leid. Ich möchte Sie dafür entschädigen…!«, versuchte es Meller.

Zwecklos. Ihr giftiges: »Scheiß Köter, blöder«, musste er als Antwort hinnehmen.

Das war dem Kommissar mehr als peinlich. Aber mit Joe deswegen noch zu schimpfen war zwecklos. Das Schwestern-Mittagessen hatte er vertilgt, leckte sich soeben genüsslich die Lefzen, setzte sich artig vor sein Herrchen und sah es auffordernd an. *Wasser,* verlangte er mit hechelnder Zunge und treuherzigem Blick.

»Du wartest hier, bis ich wiederkomme. Dann gibt's Wasser… und wehe, ich hör noch was von dir.«

Meller band den Hund seitlich des Einganges an einen Metallhaken, der aus der Mauer ragte, und befahl Joe mit erhobenem Finger, still zu sitzen.

»Wuff-wuff«, rebellierte Joe, ließ sich jedoch niederfallen.

Im Patientenzimmer waren die wenigen Habseligkeiten von Erika Hauser bereits zusammengepackt. Zwei Schwestern räumten das Zimmer auf und überzogen das Bett mit frischer Bettwäsche. Peinlich für Meller, dass eine der beiden jene Schwester Maria war, die ihn mit einem dementsprechend grimmigen Blick bedachte.

»…Schwester Maria, Sie haben es mich nicht mehr zu Ende sagen lassen. Dieses Missgeschick tut mir entsetzlich leid. Ich wollte Sie nicht um Ihr Mittagessen bringen. Darf ich Sie daher zum Essen einladen?«

Doch Schwester Maria ignorierte den Kommissar und sprach mit ihrer Kollegin weiter, als sei er nicht vorhanden.

Erika Hauser freute sich unendlich, dass Meller gekommen war. Sie stellte ihn den beiden Krankenschwestern vor. Die zweite, Schwester Hanni, strahlte ihn an und schwärmte:

»Frau Hauser hat uns alles von Ihnen erzählt, Herr Meller, und was Sie in Rio durchgemacht haben. Auch das von dem Banküberfall in Mödling haben wir im Fernsehen gesehen. Super, wie Sie die Geiseln gerettet haben, wie im Film... echt super!«

Zu Schwester Maria flüsterte sie: »Hab ich's dir nicht gesagt? Wie der George Clooney«, und lächelte den Kommissar hingebungsvoll an...

Während Meller Erika Hauser im Rollstuhl in die Empfangshalle schob, quatschte sie munter drauf los:

»Also, die Schwester Hanni ist eine ganz, ganz liebe Person. Der hast du richtig gefallen, das habe ich sofort bemerkt. Aber diese Schwester Maria ist eine richtig Ungute. Nix war der recht. Immer hat sie an mir herumgemeckert, wenn sie mein Bett extra aufschütteln musste, weil ich das ja nicht machen konnte. Und wenn ich Durst hatte, ließ sie mich extra lange warten. Ich habe das auch mit Schwester Hanni besprochen. Und die hat mir im Vertrauen gesagt, dass die eh niemand leiden kann, auf der ganzen Station. Sie soll ja angeblich ein Verhältnis mit einem Oberarzt haben und deswegen...«

»Also bitte, Erika...!«, unterbrach sie Meller lachend. »Wer wird denn solche schlimmen Gerüchte verbreiten? So kenn ich dich ja gar nicht! ...Jedenfalls ein Zeichen, dass es dir wieder gut geht, wenn du dich so sehr für den Tratsch des Klinikpersonals interessierst.«

»Ist doch wahr, diese Schwester Maria…«, setzte sie wieder an.

»Jetzt ist aber Schluss«, schnitt er ihr das Wort ab.

Meller fuhr mit Erika Hauser in die Südstadt zum Bungalow seines Onkels. Die Pflegerin wartete schon auf ihre betagte Patientin. Wilma Gallhuber, eine fröhliche, mollige Mittvierzigerin, verstand sich auf Anhieb mit Erika, was Meller sehr beruhigte.

Diese Sorge war der Kommissar für die nächsten Tage los und Erika Hauser hatte eine fürsorgliche Rundumpflege sowie eine unerschöpfliche Quelle zum Quatschen und Tratschen.

Da hatten sich zwei gefunden: eine alte Frau aus Rio und eine fröhlichquirlige Pflegerin aus Mödling.

– – –

Das Licht kommt wieder…

Der Kopf dröhnt und droht zu platzen, weil das stille Schwarz verdrängt wird. Es ist ein Kampf zwischen Licht und Dunkel, zwischen Dröhnen und Stille.

Dann das Brennen…

Ich wehre mich in Gedanken, ohne mich wehren zu können. Das Feuer brennt und brennt und schreit gellend. Ist es meine Stimme, die vor Schmerzen brüllt? Bin das ich?

Zuletzt das Sterben…

Dunkel. Schwarz. Tot. Ich darf nicht tot sein. Ich will leben!

Ich habe Angst vor dem Licht…

Ich habe Angst vor dem Brennen…

Ich habe Angst vor dem Sterben…

– – –

Meller wählte die Handynummer und wartete.

Niemand hob ab.

Er wählte die Nummer der Firma, die Durchwahl und wartete wiederum, beinahe eine halbe Minute.

»Södelmann & Co., Sie sprechen mit Inge Mitterlehner«, meldete sich endlich eine Stimme außer Atem.

»Hier Kommissar Meller. Wir kennen einander, Frau Mitterlehner. Sie wissen…«

»Ich weiß… Herr Meller…«, sagte die Frau verhalten und wartete schwer atmend.

»Frau Krapfenbacher, ist sie hier?«

»Wieso…?«, wollte Inge Mitterlehner wissen.

»Was meinen Sie mit *wieso?* Ich fragte, ob Frau Krapfenbacher anwesend ist. Ist sie…? Ich muss sie sprechen.«

»Sie… sie ist zurzeit nicht erreichbar… aber… sie müsste in einer Stunde wieder im Büro sein.«

»Auch gut. Ich melde mich wieder«, erwiderte Meller verärgert und legte auf.

Was war das jetzt? Was ist mit der Mitterlehner?

Er wollte herausfinden, ob Frau Krapfenbacher etwas von dieser geheimnisvollen Yvonne wusste.

Meller sah auf die Uhr. In einer guten halben Stunde konnte er es schaffen. Vorher wollte er noch kurz im Einrichtungsstudio auf der Hauptstraße reinschauen. In der Auslage hatte er eine Sitzlandschaft gesehen, ein Meisterstück, eine Augenweide. Schwedenrot und in einem Design, das sein Herz höher schlagen ließ. Ja, nicht nur Frauen, auch schöne Möbelstücke konnten Mellers Herz höher schlagen lassen. Jetzt, da er bald wieder ein richtiges Zuhause hätte. Auch wenn es noch ein gutes Jahr dauern würde, wollte er sich schon mal mit den ersten Einrichtungsgedanken auseinandersetzen.

Mein neues Nest, vielleicht mein letztes in diesem Leben.

Sein letztes? *Mensch Meller, mehr Optimismus!*

Frau Heidemarie zeigte ihm die noble Welt des Wohnlümmelns. Klar, dass sie den Kommissar sofort erkannte. Nach dem ganzen Rummel, der sich vergangenen Freitag schräg gegenüber vor und in der Bank abgespielt hatte. Sie ließ sich jedoch nichts anmerken. Als sie wissen wollte, wo denn das Haus entstehen werde und wann es denn so weit sei, ergab ein Wort das andere. Nach knapp einer halben Stunde hatte Frau Heidemarie seinen Wohngeschmack aus ihm herausgekitzelt und konnte sich auf die Einrichtungsplanung freuen. Er gab ihr die Nummer von Lo Bianco, mit dem sie sich in Verbindung setzen sollte.

Ein elitäres Möbelhaus, eine elitäre Beraterin und ebensolche Preise – dem Kommissar war es das wert. Wenn man nur einmal lebt, dann mindestens elitär in elitärer Mödlinger Wohnlage.

Spinnst, Meller, wirst auch schon zum Snob?

Um sich dieser elementaren Sinnesfrage zu stellen, blieb ihm keine Zeit mehr. Denn jetzt – Meller sah auf die Uhr – war er schon überfällig. Überhastet verließ er das Möbelstudio und raste in Richtung Wien zur Steuerberatung Södelmann & Co.

Er ließ eine wissentlich grinsende Einrichtungsberaterin auf »seiner« schwedenroten Sitzlandschaft zurück.

So wie Frau Heidemarie grinste, hatte sie bestimmt nur das eine Bild im Kopf: den regennassen Kommissar, mitten auf der Hauptstraße stehend, in der Unterhose…

»Sie ist leider noch nicht zurück«, eröffnete Frau Mitterlehner dem Kommissar zur Begrüßung.

»Dann warte ich hier auf sie«, entgegnete Meller und sah sich in den grauen Räumlichkeiten nach einer passenden Sitzgelegenheit um.

»Na gut… Bitte, kommen Sie mit, Herr Meller… Kaffee?«

»Danke ja. Hellbraun, mit zwei Stück Süssstoff.«

Schweigend saßen sie sich im Besprechungsraum gegenüber. An der Fensterseite Inge Mitterlehner, der Kommissar mit dem Rücken zu einer grauen Ordnerwand.

»Sagen Sie, Frau Mitterlehner, Sie kannten doch auch Herrn Krapfenbacher.«

»Na ja… so gut wie gar nicht«, erwiderte sie gedehnt und strich sich dabei ihre blonde, mittellange Mähne nervös hinter die Ohren. »Seit ich Franziska kenne, habe ich mit ihrem Mann gewiss nicht öfter als… als ein paar Mal gesprochen.«

Dem ersten Kaffee war ein weiterer gefolgt.

Meller saß fest und wartete ungeduldig, blätterte gedankenlos ein paar Journale durch, kam sich wie beim Zahnarzt vor.

Inge Mitterlehner musste zwischenzeitlich auf ihren Arbeitsplatz. Sie schien allein im Büro zu sein – na klar, Sommerferien, deswegen reduzierte Bürobesetzung. Im Zimmer nebenan hörte er sie telefonieren, hörte ihre Stakkatoschritte, wenn sie mit den hochhackigen Schuhen durch das Zimmer ging, um irgendetwas von A nach B oder sonstwohin zu tragen, Ordner vermutlich.

Verdammt, wann tauchte die Krapfenbacher endlich auf?

Mitterlehners Geräuschkulisse war inzwischen verstummt. Es herrschte totale Stille im Büro. Nur der monotone Geräuschpegel der Innenstadt, stark gefiltert durch die dichten Fenster, drang kaum hörbar an Mellers Ohren. Die Klimaanlage arbeitete unverdrossen und in Meller stieg langsam Wut hoch.

Er sprang auf, öffnete die angelehnte Tür und schaute in Mitterlehners Zimmer. Leer? Von wegen. Zwei Schreibtische in grau beim Fenster, die Wände vom Boden bis unter die Decke voll belegt mit grauen Ordnern in grauen Regalen.

Aber ansonsten leer. Die Frau hatte sich in Luft aufgelöst.

Auch sämtliche anderen Räume waren unbesetzt, als er von Zimmer zu Zimmer ging. Wieder zurück in Mitterlehners Büro, begab er sich zur Fensterfront und sah auf die Rotenturmstraße hinunter.

Da…! Er traute seinen Augen nicht!

Er setzte sich an Mitterlehners Platz und sah irritiert auf den geöffneten Ordner, der auf dem Schreibtisch lag. Blätterte vor und zurück, riss schließlich ein Blatt heraus.

Verdammt, verdammt!

Man hatte sie alle reingelegt. Und wie…!

Euch werd ich's zeigen! Mit einem Satz war er zur Tür hinaus. Bemerkte nicht, wie nebenan eine Tür aufging.

Im Treppenhaus verlor er in seiner Hektik das Handy, das die Steintreppen hinunterpolterte.

Zum Teufel damit!

Meller erwischte es noch im ersten Stock, knapp bevor es im freien Fall durch das Geländer abzustürzen drohte, und war sich sicher, dass das verdammte Ding seinen Geist aufgegeben hatte. Beim Auto angekommen, versuchte er trotzdem eine Nummer zu wählen und – Wunder-oh-Wunder – das Gerät funktionierte noch.

»Claudia…«, rief er, während er startete und mit einem Satz aus der Parklücke schoss, »ruf alle zusammen… ich bin sofort wieder bei euch… du glaubst es nicht, es ist…«

Genau jetzt zerlegte sich das blöde Ding in seiner Hand in mehrere Teile und unterbrach die Leitung für immer auf diesem Handy.

Die völlig neue Ausgangslage dank dieser vorgefundenen

Indizien und die daraus folgenden Schritte wollte er mit seiner kleinen Truppe sofort durchbesprechen. Wenn die Strategie, das Wie-und-Wann-Zuschlagen, klar auf dem Tisch lag, war es nur noch eine Frage von Stunden und der Spraybomber-Fall war so gut wie erledigt. Doch dieser Erfolg sollte einzig und allein seiner Gruppe zugesprochen werden, dafür würde er sorgen.

»Jetzt gibt's was zum Augenmachen…«, begann Meller die Besprechung und legte die Seite aus Mitterlehners Ordner vor Mike Lehner hin, forderte aber alle auf: »Schaut euch das genau an, ob euch etwas auffällt.«

Schweigend schauten und lasen sie, schoben sich den Zettel gegenseitig zu.

»Der Auszug eines Grundstücksplanes. Katasterplan oder wie so was heißt«, meinte Mike Lehner schließlich.

»Stimmt genau! Und was steht da rechts unten, ganz verblasst und verschwommen?«

»Ein Pfeil… Gumpoldskirchen… B17… Thallern…«

»Und der eine große Fleck, der da mit einem gelben Markerstift hervorgehoben ist?«

»Ein Grundstück… wahrscheinlich ein Weingarten…?«

»Richtig, hundert Punkte. Ein Weingarten.«

»Sag unseren Kollegen, was du vom Bauamt erfahren hast«, forderte Meller seine Sekretärin auf.

Claudia Rotter nahm ihren Block zur Hand und las vor:

»Dieser Weingarten, von dem hier die Rede ist, liegt oberhalb von Thallern und gehörte einem gewissen Herrn Winkelbauer, das war noch um 1900. Die nächste Eintragsänderung gab es 1922, da ging das Grundstück an einen Herrn Zechmeister über. Im Jahre 1952 waren Johann und Hermine Sallinger die neuen Besitzer. 1974 bekam Franziska Sallinger, die Tochter der beiden, den Weingarten überschrieben. Und in deren Besitz ist er bis zum heutigen Datum.«

Claudia Rotter legte ihre Aufzeichungen nieder und schaute erwartungsvoll in die Runde. Schweigen allerseits.

»Und? Was glaubt ihr, wer diese Frau Sallinger ist?«, mischte sich Meller wieder ein, der zum Flipchart ging, Namen auf das Papier kritzelte, sie einringelte und mit Linien miteinander verband.

»Geborene Sallinger… verheiratete Franziska Krapfenbacher?«, kam es fragend von Manuela Kohn.

»Richtig, so ist es«, lobte sie der Kommissar, während er seine Grafik fertigstellte. »Der Garten Eden gehört Frau Krapfenbacher. Wir wissen aber auch, dass sie den Weingarten schon seit Jahren an einen Gumpoldskirchner Weinbauern verpachtet hat. Und jetzt kommt's: Wisst ihr, wie der Pächter heißt?«

»Sind wir Gott, dass wir jeden Weingärtner im Umkreis von hundert Kilometern kennen sollten?«, stellte Axel Körner die Gegenfrage.

»Der Gärtner der herbsüßen Gumpoldskirchner Traube heißt Heinrich Mitterlehner. Dessen Frau ist die Arbeitskollegin von Franziska Krapfenbacher. Und ob dieser Weinbauer und seine Frau auch Dreck am Stecken haben, das werden wir herausfinden«, erwiderte ihm Meller und wieder an die Runde gerichtet:

»Ich denke, dass Frau Krapfenbacher, so wie ich sie kennengelernt habe, keine Ahnung hat, was sich rund um sie abspielte und abspielt.«

Meller kreuzte den ersten Namen an und tippte mit dem Filzstift auf den nächsten:

»Ihre beste Freundin Inge Mitterlehner muss irgendwie in diesen Fall verstrickt sein, vermute ich mal so.«

Meller ringelte die Namen F. Krapfenbacher und R. Hafner

mehrfach ein:

»Jedenfalls muss auch Franz Krapfenbacher einer von den Spraybombern gewesen sein. Es gibt in den Unterlagen, die in Randauers Haus gefunden wurden Hinweise, dass Krapfenbacher mit Hafner in Verbindung stand. Eine gewisse Yvonne«, wieder ein Name, vom Kommissar eingeringelt, »spielte vermutlich dabei eine Schlüsselrolle. Und Hafner stand mit Randauer in engem Kontakt.«

Meller unterstrich mehrfach den Namen H. Randauer und erklärte weiter:

»Krapfenbacher ist Chemiker und weiß, wie man Bomben baut. Hafner hatte mit Krapfenbacher schon in dessen Moskauer Zeit Kontakt gehabt.«

Wiederum klopfte der Kommissar auf H. Randauer:

»Jetzt zu ihm: In seinem Büro fanden wir hinter dem Verbandskasten in einem Wandsafe mehrere Wertkartenhandys. Solche mussten, vermute ich, zur Kommunikation während der Anschlagsvorbeitungen gedient haben und natürlich auch zum Zünden der Bomben. Nach der Menge Handys, die gefunden wurden, hätten sie noch manche Sendemasten oder anderes hochgehen lassen können... Bis jetzt alles klar? Nun die möglichen Gründe...«

Meller lehnte sich an seinen Schreibtisch.

»Warum sich Herwig Randauer zu einer solch perfiden Aktion hinreißen ließ, ist aus einem Vorfall zu schließen, den ich von Gina Vanaris erfuhr... Randauer verlor wegen eines rücksichtslosen Lkw-Fahrers Frau und Sohn. Sie wurde auf der Autobahn abgedrängt und überschlug sich. Ihr Junge saß hinten. Die Folge: beide tot. Der Lkw-Fahrer konnte unerkannt entkommen. Bis heute ein ungelöster Fall und für mich das Argument für seinen Rachefeldzug...«

Der Kommissar machte eine kurze Pause.

»…und Rainer Hafner betreffend: ebenfalls ein Beweis, dass jede Straftat einen konkreten Anlass hat, normalerweise. Klingt watscheneinfach, ist aber so. Rainer Hafner saß jahrelang in einem Büro mit direktem Blick auf einen Sendemasten und war davon wie besessen, dass diese Strahlen die Ursache für Krebs seien. Tatsächlich wurde bei ihm vergangenen Herbst ein Tumor diagnostiziert.«

»Echt pervers«, kam es von Mike Lehner.

»Warum hat er dann nicht schon früher die Firma gewechselt?«, wollte Irene Schneider wissen.

»Nicht mich fragen, ich weiß es nicht. Jedenfalls, ob der Krebs nun auf die Strahlen zurückzuführen war, lässt sich schwer nachweisen. Forschungen auf diesem Gebiet besagen ja beides – gefährlich wie harmlos – je nachdem, welche Organistion bzw. welcher Konzern eine Studie in Auftrag gibt. Rainer Hafner war seither im Krankenstand, hatte die erste Therapie bereits hinter sich und sprach, laut behandelndem Arzt, gut darauf an…«, Meller nickte anerkennend zu Claudia Rotter, die in kürzester Zeit diese Informationen von Hafners Arzt erfahren hatte, und fuhr weiter fort: »…na ja, bis ihm diese Höllenmaschine dazwischenkam, die eine weitere Behandlung überflüssig machte… So viel zu Rainer Hafner.«

Der Kommissar hielt kurz inne.

»Gibt's dazu Fragen?«

Es gab keine seitens der V-Agenten.

»Nun gut, weiter im Spraybomber-Fall: Der Chemiker Franz Krapfenbacher jedenfalls war das konstruktive Hirn der Bande. Er kannte sich mit Funkzündungen per Handy aus. Diese Information lief zumindest hinter vorgehaltener Hand bei ViennaChem AG, Krapfenbachers Arbeitsstelle.«

Meller tippte auf zwei Namen.

»Die Platzierung der Sprengkörper war Sache von Randauer und Hafner, vermute ich. Vielleicht war Krapfenbacher auch mit dabei. Wenn ja, dann nur im Hintergrund, als Schmiere-Steher vielleicht. Der Kopf der Bande aber war entweder Hafner oder Randauer. Ich tippe auf Randauer.«

»Und was ist mit den Mitterlehners?«, warf Axel Körner ein.

»Richtig«, bestätigte Meller, »diesbezüglich wissen wir bis dato noch nichts, außer der langjährigen Freundschaft der beiden Frauen bei Södelmann & Co. und diese Grundstückspacht… Wieder zurück zu Franz Krapfenbacher: Bei den Sendemastensprengungen gab es noch keine Opfer zu beklagen. Doch bei dem Anschlag auf den Schwertransporter kam es zu zwei Todesfällen. Mit dieser Tatsache dürfte der Chemiker nicht fertig geworden sein, weshalb er sich zu diesem letzten Schritt entschied. Siehe sein Abschiedsbrief als Beweis.«

Meller hielt kurz inne.

»Jetzt zur Autobombe. Dass sie zu früh zündete, war entweder nicht kalkuliertes Risiko oder eine von Krapfenbacher konstruierte Falle, um dem Spuk ein Ende zu bereiten. Möglich ist es. Aber genauso könnte Hafner mit Randauer in Streit geraten sein. Wahrscheinlich hatte Hafners Frau ein Verhältnis mit Randauer. Ich denke da an Murat, der Stein und Bein schwor, dass er seinen Chef und eine Frau mit blonden Haaren in eindeutiger Situation ertappt habe, an jenem Samstagvormittag – eben Angelika Hafner, vermute ich. Als ihnen der Boden zu heiß wurde, verschwanden sie, nur wohin… Und jetzt kommen die Mitterlehners ins Spiel. Was die für eine Rolle dabei haben, ist noch unklar, bestimmt aber keine astreine. Klar ist jedenfalls, dass die letzten Handykontakte von Herwig Randauer und Angelika Hafner aus der Gumpoldskirchner Gegend kamen. In manchen Weingärten stehen kleine Häuschen für Gerätschaften und Werkzeug, was man eben so braucht, um einen Weingarten zu bewirtschaften. Genauso gut könnte solch ein Geräteschuppen unserem entfleuchten Liebespaar als Unterschlupf dienen. Daher machen wir uns jetzt hurtig auf den Weg und nehmen dort jede Hütte auseinander, die uns verdächtig erscheint.«

Das Telefon in Mellers Büro läutete. Er hob ab.

»Meller, ja…?«

»Für Sie, eine Frau Mitterlehner«, säuselte die Rezeptionistin und stellte durch. Ohne zu warten, ob es ihm überhaupt recht war, unterbrochen zu werden.

Die Mitterlehner?, wunderte sich Meller.

»Herr Kommissar, warum sind Sie denn so plötzlich fort? Ich war nur auf dem WC… und als ich zurückkam, waren Sie bereits weg! Frau Krapfenbacher ist, wie ich Ihnen sagte, nochmals kurz ins Büro gekommen… Hatte ich nicht erwähnt, dass sie beim Begräbnis ihres Mannes war? *Hatte sie nicht erwähnt, die affektierte Ziege…* Franziska war in Eile, musste sofort zum Flughafen, weil sie ihren Sohn besuchen will. Sie rufen sie am besten ab morgen bei ihrem Bruder in Atlanta an… oder wenn ich weiterhelfen kann? Sie wissen, wo Sie mich erreichen.«

Inge Mitterlehner wollte schon auflegen.

»Danke, sehr nett von Ihnen. Jetzt – eine Bitte noch, Frau Mitterlehner. Könnte ich die Nummer Ihres Mannes haben?«

»Wieso?« Schon wieder dieses lauernde Misstrauen.

»Weil ich ihn anrufen möchte – bitte, danke.«

Der Kommissar bekam die Nummer.

Geht ja, wenn man recht verbindlich bitte-danke säuselt.

Diesmal durfte Joe mit. Die V-Agenten waren zuvor bei Herrn

Mitterlehner, ein dicklicher, gutmütiger Weinbauer, dem der Beruf ganz und gar in Fleisch und Blut übergegangen war. So rotgeädert war seine knollige Nase. Er erklärte dem Kommissar umständlich den Weg zum Gerätehaus im Weingarten und dass es nur eine Möglichkeit gebe, in die Hütte zu gelangen.

»Se miassn de Tia gaunz fest zu eahna zuaweziagn, weu sunst bringans de net auf! Se vaschtengan mi? I kaun se nämli leida net begleitn, weu i muass de Gäst bediena. Se vaschtengan mi?«, kam von ihm über die Theke gebrüllt.

Einen klobigen Schlüsselbund darüberreichend fuhr er fort: »Da greßte vou de miassats sein. Se vaschtengan mi?«

Meller verstand den Weinbauer Mitterlehner, der einen kleinen Heurigen am Rande von Gumpoldskirchen führte.

Die Sonne bereitete sich schon vor, hinter dem Anninger zu verschwinden, als die V-Agenten endlich das Häuschen, wie beschrieben, am Weinberghang sahen. Die Autos ließen sie sicherheitshalber vor einer Wegbiegung stehen.

Die V-Agenten gaben sich als harmlose Wandergruppe aus, die einen kleinen Spaziergang durch die Weingärten unternahm. Fröhlich plaudernd sahen sie schon von Weitem das gemauerte Häuschen, das halb in den Hang hineingebaut schien. Mehr einem Weinkeller ähnlich, unter einem dicht bewachsenen Hügel als Dach.

V-Agentin Kohns Aufgabe war es, die Hundebesitzerin zu mimen. Joe verfolgte den ganzen Weg lang hechelnd und mit tiefhängender Schnauze unzählige Hasen- oder Mäusespuren.

»Joe…! Joelilein…!«, rief sie andauernd, den Hund an der Leine. Mal links, dann wieder rechts der schmalen Straße, sodass er permanent den V-Agenten vor die Füße lief.

Axel Körner murmelte etwas von »Unfähigkeit bis ins letzte Glied« und verdrehte demonstrativ die Augen.

Da gesellte sich Irene Schneider zu ihrer Kollegin und schnitt lautstark, mit einem hämischen Seitenblick auf Körner, ein männerfeindliches Macho-Thema an.

Die Lage war ernst, dennoch musste Meller grinsen, als er den verbalen Geschlechterkampf mitbekam.

Wenn der Randauer und die Hafner noch in diesem Häuschen steckten, konnte es leicht zu einem Kampf kommen. Meller hatte Randauers Händedruck schmerzhaft in Erinnerung. Dieser Mann würde nicht so ohne Weiteres aufgeben.

Um die Lage richtig einschätzen zu können, verschwand der Kommissar alsbald in den Büschen, ihn kannte Randauer. Die anderen gingen plaudernd an dem Häuschen vorüber und noch ein Stückchen weiter.

Es gab nur den einen Ein- und Ausgang an der Frontseite sowie je ein winziges, vergittertes Fenster seitlich der Tür.

Lautlos kehrten sie zurück und verschanzten sich rund um das kleine Gebäude. Langsam brach die Dämmerung herein. Erst jetzt pirschte sich Meller an den Eingang heran und lauschte konzentriert an der Tür, ob irgendwelche Geräusche aus dem Inneren zu vernehmen waren. Absolute Stille.

Einer Eingebung folgend, rief er plötzlich laut in die Dunkelheit:

»Jetzt sieh dir das an, Karin…! Eine original Gumpoldskirchner Hauerhütte, wie niedlich!«

Meller wusste, wenn sie die Hütte stürmen wollten und die da drinnen bewaffnet waren, konnte es für alle gefährlich werden. Also spielte er den harmlosen Wanderer und leuchtete mit der Taschenlampe durch eines der Fenster.

»Ist das nicht entzückend?«, schwadronierte er weiter und forderte seine erfundene Freundin Karin auf: »So komm doch endlich und schau dir das an!« Er probierte dabei die Türschnalle.

Versperrt.

Gleichzeitig hatte Meller im Schein der Taschenlampe das Rauminnere gesehen – niemand in der Hütte.

Das Risiko ging er ein. Meller verfluchte den Weinbauern kurz wegen der vielen Schlüssel und probierte den größten. Fein, der passte.

Jetzt die Tür ganz fest an sich ziehen und aufsperren, befolgte er Mitterlehners Anweisung. Auch das gelang. Der Kommissar winkte Mike und Axel zu sich, die in unmittelbarer Nähe kauerten.

Drei Taschenlampen leuchteten jetzt das Innere des kleinen Raumes ab. Gerümpel, Holzstangen, Drahtrollen, zwei Fässer, ein paar gestapelte Plastikbottiche, Holzbutten ineinandergesteckt sowie drei Heurigentische, zusammengeklappt und an die Wand gelehnt. Davor sechs Heurigenbänke querliegend aufgestapelt. Alles sauber zusammengeräumt, damit man jederzeit einen Tisch und zwei Bänke aufstellen konnte, um eine Jause zu sich zu nehmen. Jedoch: Keinerlei Essensreste oder sonstige Spuren wiesen auf ein menschliches Nachtlager hin. Keine Gefahr, auch wenn es unangenehm nach Fäkalien stank. Vermutlich hatte irgendwer hier seine Notdurft hinterlassen.

Zumindest konnte Entwarnung gegeben werden. Körner pfiff und winkte mit der Taschenlampe die beiden Kolleginnen zur Hütte.

»Da ist niemand, da war niemand. Außer der Mitterlehner, wenn er in den Weingarten geht«, stellte Meller im Lichtkegel der Taschenlampen fest. Sie leuchten in alle Ecken, hoben und schoben die abgestellten Dinge zur Seite und warteten, bis die beiden V-Agentinnen kamen.

Schon schoss Joe in den Raum und begrüßte Meller, als hätte er ihn monatelang nicht mehr gesehen. Immer dieses lästige

An-einem-Raufspringen. Dass der Hund das nie kapiert!

»Schon gut, Joe, ist ja alles in Ordnung«, wehrte er ihn ab und meinte: »Ich denke, wir können den Einsatz hier abhaken und vergessen. Schade – wäre zu schön gewesen, mit den zwei Verdächtigen nach Hause zu marschieren.«

Vom Herrchen abgewiesen, schnüffelte Joe jetzt im Raum umher. Plötzlich begann er heftig an den aufgestellten Tischen hochzuspringen und zu kratzen. Er war nicht zu beruhigen.

Erst ein scharfes: »Joe…! Platz…!«, von Meller gebrüllt, wirkte. Obwohl der Hund nach wie vor auf die aufgestapelten Tische starrte und aufgeregt mit dem Schwanz auf den Boden schlug und winselte.

Neugierig geworden, begannen die V-Agenten die Wand freizubekommen, während ihnen die beiden Frauen den Raum ausleuchteten. Die Gerätschaften wurden zur Seite gestellt, die Bänke und Tische vor das Haus. Die Wand war mit klobigen Brettern senkrecht verschalt, beinahe schwarz vor Schmutz und Vergänglichkeit.

Kaum war die Wand freigelegt, begann Joe wieder zu winseln, sprang zur Holzverschalung hin, kratzte daran und bellte sein Herrchen auffordernd an.

»Da muss was sein«, Meller leuchtete die Holzbretter einzeln ab und klopfte daran. Das Holz war zu massiv, um einen anderen Klang als den von Holz zu hören. Das war es auch, was ihn stutzig machte. Wenn die Bretter direkt an der Mauer befestigt wären, dann müsste beim Abklopfen ein dahinter liegender Hohlraum zu hören sein. Die Verschalung war überlappend angebracht. An einer Stelle konnte er hinter ein Brett greifen. Meller rüttelte daran – und siehe da – das Brett gab nach. Nicht das einzelne Brett, sondern ein ganzer Teil der Verkleidung in Türgröße ließ sich, wenn auch mühsam, zur Seite drücken.

»Axel, Mike… kommt schiebt mit an…! Der Teil lässt sich wegdrücken…!«

Wie von Zauberhand ging es plötzlich von selbst. Ein paar Steinchen am Boden hatten sich unterm Holz verklemmt gehabt. Ein Türausschnitt, vom Boden bis zur Decke reichend, konnte geöffnet werden. Dahinter war noch etwa ein Meter Platz bis zur eigentlichen Mauer, in der eine massive, jedoch völlig verrostete Metalltür ohne Schnalle eingelassen war.

Jetzt war der Hund nicht mehr zu halten. Er sprang auf die Tür zu, kratzte daran und gebärdete sich wie wild.

»Joe…! Jetzt reicht's, wir suchen ja eh schon!«, brüllte ihn Meller an.

»Würden Sie den Hund bitte…?«, bat er Manuela Kohn.

Joe kam an die Leine und wurde vors Haus verbannt, von wo aus er die Aktion mit Argusaugen verfolgte.

»Dem Zustand der Tür entnehmend, sieht das nach einem ehemaligen Bunker aus. Schauen wir mal, vielleicht gibt's noch einen Türöffner auf Mitterlehners Schlüsselring.«

Es gab einen. Einen Schlüssel, der sich unerwartet leicht drehte, sodass sich die schwere Metalltür nach innen aufstoßen ließ.

Doch kaum war die Tür geöffnet, wurden die V-Agenten von einer, nach Exkrementen und Ausdünstungen bestialisch stinkenden Wolke eingehüllt.

»Verdammt…!«, schrie der Kommissar, während nicht nur ihn ein Brechreiz überkam. Sie eilten vor die Hütte und übergaben sich im nahen Weingarten.

Mit Taschentüchern vor dem Mund gingen jetzt die Männer wieder in das dunkle Loch hinein.

»Ihr leuchtet mir«, befahl Meller den beiden V-Agenten. Im Schein der Taschenlampen zeigte sich, dass er recht gehabt hatte. Es war ein Bunker, vermutlich schon zu Kriegszeiten gebaut. Datumszahlen und Namen in die rauen Wände geritzt, verrieten schicksalshafte Zeiten und Tage. Direkt vor seinen Augen stand *11. 3. 1944*, darunter in einem Herz-mit-Pfeil, ein H und ein E.

Doch die wahre Tragödie lag direkt vor ihnen. Zwei menschliche Körper, gefesselt, in Kot und Urin liegend. Leblos.

In der Mitte des niedrigen Raumes lagen Einwegspritzen in einer kleinen Blechschüssel.

Meller leuchtete in das Gesicht der einen Person.

Herwig Randauer. Eher das, was einmal Herwig Randauer darstellte. War er tot? Meller versuchte den Puls zu spüren. Unmerklich… aber er lebte.

Er wusste auch sofort, wer die andere Person war.

Auch ihr Pulsschlag war beinahe nicht mehr zu ertasten.

»Ich muss raus…!«

Der Kommissar machte kehrt und stürzte zur Tür hinaus. Einerseits schaffte ihn der bestialische Gestank. Andererseits erschütterte ihn die Vorstellung, was diesen beiden Menschen widerfahren war. Hätte er den Hund nicht mitgenommen, die beiden wären jämmerlich umgekommen. Jetzt musste schnellstens gehandelt werden.

Körner und Lehner bat er, alles Notwendige zu unternehmen, damit Herwig Randauer und Angelika Hafner sofort ins Krankenhaus transportiert werden konnten. Die zwei V-Agentinnen standen geschockt vor dem Kommissar und Joe sah ihn neugierig an. Er wartete auf eine Belohnung.

Doch Meller war mit seinen Gedanken ganz woanders und kochte innerlich vor Wut.

Darauf wäre er nicht im Traum gekommen. Einzig die Beweggründe interessierten ihn jetzt. Er rief Lo Bianco an.

»Hey, Mister Kommissar, was machen die Verbrecher?«, begrüßte ihn sein Freund weinlaunig.

»Pass auf, Lo, ich hab jetzt überhaupt keine Zeit... Sag, ist die Claudia bei dir?«

»Sie ist.«

»Gib sie mir, bitte.«

Der Kommissar berichtete vom grausigen Fund und bat sie, ihm zu helfen – Feierabend hin oder her.

Claudia Rotter verstand und zischte ab. In Richtung S-C-ONE, vierter Stock in ihr Zimmer, um sofort den Computer anzuwerfen und ihm die nötigen Daten zu entlocken.

Die verdächtige Person, sie war bereits außer Landes. Sie stand zurzeit auf dem Frankfurter Flughafen und wartete auf ihren Anschlussflug, so hoffte es Meller zumindest.

Claudia Rotter hatte alle Hände voll zu tun, um herauszufinden, mit welcher Maschine sie in die Staaten weiterfliegen würde. Sofern sie überhaupt in Frankfurt gelandet war. Sofern sie nicht woanders hin gebucht hatte.

Das nächste Problem. Auf welchen Namen lautete das Ticket: auf Krapfenbacher oder auf Sallinger?

Doch die Frau war so blöd oder sich so unverschämt sicher, wie die Kollegen in Frankfurt einsame Spitze waren.

Sie spürten Franziska Krapfenbacher auf – mit einem simplen Trick. Sie ließen sie ausrufen, weil ihr Koffer beim Verladen in den Flieger angeblich aufgeplatzt war. Als sie sich am Infoschalter meldete, klickten die Handschellen und schon saß sie in der nächsten Maschine nach Wien.

Am Schwechater Flughafen nahmen sie der Kommissar und Axel Körner in Empfang. Noch vor 24 Uhr saß die stille, unscheinbare Franziska Krapfenbacher anstatt im Flieger im Verhörraum des S-C-ONE und weinte dem Kommissar still was vor.

Apathisch starrte sie mit tränenüberströmtem Gesicht ein Loch in die Wand. Schließlich bat sie, das Verhör auf den kommenden Tag zu verschieben, da sie völlig erschöpft sei.

Meller war das nur recht. Auch er benötigte dringend Schlaf. Auf die paar Stunden sollte es nicht mehr ankommen.

Franziska Krapfenbacher wurde in ihre Zelle gebracht. Sie erhielt auf ihren Wunsch Schreibzeug und Papier. Sie wollte in aller Früh ihr Geständnis niederschreiben.

Die Sonderwünsche der Frau waren dem Kommissar egal. Sie saß sicher hinter Schloss und Riegel, nur das zählte. Und wenn sie eine schriftliche Beichte ablegen wollte – bitte, ihm konnte es recht sein.

Übermüdet fuhr Meller nach Hause. Er fiel wie ein Stück Holz ins Bett. Einzig ein Gedanke beschäftigte seine Gehirnwindungen für drei Sekunden: *Warum meldet sich Bella nicht?*

Und schon schlief er den Schlaf des Gerechten.

Doch für den Kommissar sollte es an diesem Tag dick kommen. Für ihn war der sommerliche Morgen der pure Schock schlechthin, der ihn knapp nach sechs Uhr ereilte:

Ein schlafstörendes Telefonläuten, dann das Blitzähnliche, das einem bei einer Hiobsmeldung in die Glieder fuhr, und ein mehrfaches: *Verdammt... Verdammt... Verdammt...* entlockte.

Wie konnten die so behämmert sein und nicht ordentlich amtshandeln, bevor jemand in U-Haft kam?

Franziska Krapfenbacher lag im Krankenhaus und schwebte zwischen Leben und Tod. Und – wie makaber – neben ihr schwebten der Randauer und die Hafner mit selbigem Problem.

Umso lebendiger war der Kommissar aus dem Bett gesprungen, in den S-C-ONE gefahren und saß jetzt einer zerknitterten Chefin gegenüber. An die zwanzig vollbeschriebene Papierseiten lagen vor ihr auf dem Schreibtisch.

Frau Dr. Sabine Turek war wirklich nicht zu beneiden.

»Wie das passieren konnte, muss noch geklärt werden. Sie wurde, wie alle U-Häftlinge, behandelt. Es gab auch keinerlei Hinweise… ich meine, man kann doch nicht… so wie diese Frau sich kooperativ gezeigt hatte… in alle Körperöffnungen… hineinschauen.«

Franziska Krapfenbacher hatte sich vergiftet, nachdem sie ihr Geständnis schriftlich abgelegt hatte. Entweder anal oder vaginal musste sie das Gift verstaut gehabt haben. Eine Kapsel hatte genügt. Auch dass sie per Kamera überwacht worden war, hatte nichts genützt. So viel von der »Tuareg« kurz berichtet.

»Wenigstens haben wir von ihr ein lückenloses Geständnis. Das ist ja schon was… falls sie das nicht überlebt.«

Ja, wenigstens. Meller musste es so recht sein. Die Konsequenzen, die seine Chefin deswegen auf sich nehmen musste – sie lagen außerhalb seiner Verantwortung.

So war sein Job, so war das Leben, so war das Sterben.

Und alles, was ihm in diesem Moment durch sein Gehirn tanzte, ging ihm am A… vorbei.

»Sie werden das überleben, Frau Dr. Turek«, baute er seine Vorgesetzte auf und war froh, nicht in ihrer Haut zu stecken.

»Darf ich? Ich nehm das mit.«

Meller erhob sich und streckte seine noch müden Glieder.

»Heute soll es wieder sehr heiß werden, sagen sie in den Nachrichten«, lenkte er vom Thema ab und wollte in sein Büro gehen, um sich dem Geständnis zu widmen.

Die »Tuareg« nickte: »Da ist noch was…« Sie holte eine kleine Figur aus der Tischlade und stellte sie vor Meller hin. »Die stand auf ihrem Geständnis… Dieses Männchen habe ich doch schon auf Ihrem Schreibtisch gesehen, oder?«

Die Blutzirkulation schien in Mellers Adern kurzzeitig auszusetzen, während er danach griff.

»Mein kleiner Krieger...! Dann... dann war also die Krapfenbacher an besagtem Samstagvormittag bei Randauer.«

Wahrscheinlich hatte sie eine blonde Perücke auf. Sie musste die reparierte Zinnfigur mitgenommen haben, die Murat in die ovale Schale gelegt hatte.

Gewiss, das Leben konnte gemein sein, hundsgemein sogar. Aber dass man deswegen so brutal und auf diese Weise...? Franziska Krapfenbacher jedenfalls war gründlich vorgegangen.

Sie wusste von Anfang an, dass ihr Mann von Rainer Hafner erpresst wurde. Ob Randauer damit zu tun hatte, konnte sie nicht nachweisen. Doch Randauer war mit ihr schicksalshaft verbunden. Ihr Mann war nicht der Vater von Sohn Stefan. Randauer war der Vater. Sie war in Herwig verknallt und hatte eine einzige Nacht mit ihm verbringen dürfen. Sie schrieb tatsächlich: *verbringen dürfen.* Herwig ließ sie stehen, für ihn war Franziska nur ein Abenteuer gewesen. Das hatte sie ihm nie verziehen. Doch sie wurde von ihm schwanger. Da trat Franzi in ihr Leben und sie ließ ihn im Glauben, der Vater von Stefan zu sein.

Franzi glaubte stets, seine Frau interessiere sich nicht für seine Arbeit, wisse nichts von den Aktionen. Weit gefehlt. Franziska kannte sich im Labor ihres Mannes sehr wohl aus, wusste auch den Code zur Tür. Der Zufall wollte es, dass ihr Franzi noch nicht dazu gekommen war, die neue Computeranlage, die er schon vor einiger Zeit gekauft hatte, zu installieren. Sie ließ daher seinen alten Computer verschwinden, auf dem sie auch das mysteriöse Bekennerschreiben der »Spraybomber« verfasst hatte, um Hafner und Randauer zu verunsichern. Als sie aber dahinterkam, dass es eine Yvonne gab, in die ihr Mann sich verliebt hatte, fürchtete sie, ihren Franzi zu verlieren.

Franziska wollte diese Yvonne ausspionieren und stieß dabei auf Angelika Hafner. Sie hatte Franzi mit der Prostituierten schon in Moskau zusammengebracht.

Yvonne konnte Franzi geheime Forschungsdaten entlocken und ihn in kriminelle Machenschaften verwickeln. So wurde er erpressbar und hätte ViennaChem AG in eine höchst gefährliche Situation bringen können. Damit es nicht so weit kam, musste Franzi nun gewisse Freundschaftsdienste für Hafner und Randauer erledigen, das Bauen von Sprengkörpern zum Beispiel. Doch dann verliebten sich Yvonne und Franzi ineinander und versuchten den Ausstieg. Doch Rainer Hafner hatte Franzi fest in der Hand.

Einen Teil dieser Informationen hatte sie im alten Computer gefunden. Wie leichtsinnig Franzi doch war!

Franziska wollte heimlich ihrem Mann helfen. Sie meldete sich bei Herwig Randauer und erpresste ihn damit, dass sie von den Anschlägen wisse, und konfrontierte ihn mit der Tatsache, dass Stefan sein Sohn sei. Randauer, durch den Verlust von Frau und Sohn ohnehin seelisch angeschlagen, war völlig am Boden, als er von einem weiteren Sohn erfuhr. Er wollte sich mit Franziska versöhnen.

Doch inzwischen hatte ihr Franzi Selbstmord begangen.

Das Todesurteil für Herwig Randauer. Auch für Angelika Hafner, die Franzi mit dieser Hure Yvonne zusammengebracht hatte. Auch Rainer Hafner stand auf ihrer Liste, doch die Autobombe kam ihr zuvor.

Franziska lockte erst Randauer in ihre Falle, zu dem Häuschen im Weingarten in Gumpoldskirchen. Der Bunker war vor Beginn des Zweiten Weltkrieges von ihren Großeltern gebaut worden. Er diente seinerzeit als Lebensmittellager und Notunterkunft, falls es gefährlich würde und man sich verstecken müsste. Dort setzte sie Randauer mit einen Diazepammittel, auch bekannt als K.o.-Tropfen, außer Gefecht. Mit Ketamin – ein Präparat, das bei stärkerer Dosis Halluzinationen hervorruft – bescherte sie ihm die schlimmsten Träume. Ebenso verfuhr sie mit Angelika Hafner. Die Drogen fand Franziska Krapfenbacher im Labor ihres Mannes. Infos über deren Wirkung hatte sie sich aus dem Internet geholt – gründlich war sie schon immer. Die beiden sollten im Bunker elend verrecken. Nach ihrem Besuch in Atlanta wollte sie Yvonne ausfindig machen, die inzwischen in Wien lebte. Die Nächste, die mit dem Leben hätte bezahlen müssen, wäre Franziska nicht in Frankfurt geschnappt worden.

Doch aller Hass konnte das Rad der Zeit nicht zurückdrehen, ihren Franzi nicht mehr zurückbringen. Ein paar Zeilen galten noch dem undankbaren Sohn. Zuletzt war sie erleichtert, sich endlich alles von der Seele geschrieben zu haben, um mit reinem Gewissen in den Tod zu gehen.

»Von wegen: reines Gewissen…!«, wütend warf Meller das seitenlange Geständnis auf den Schreibtisch.

Die Mühlen der Gerechtigkeit mahlen langsam.

Aber sie mahlen. Und wenn die drei das überleben, würden sie bald ihre Strafe antreten müssen. Wenn aber nicht…?

Ob so oder so: Niemand kennt den Tag, die Stunde, in der man vor dem letzten Richter stehen wird, von dem es keine Gnade zu erwarten gibt. Gnadenlos gerecht.

Die Tür sprang auf, Körner stürmte in Mellers Büro.

»Bitteee, Chef…! Schon wieder ein Banküberfall mit Geiselnahme… die Bank, die der depperte Malowezcka überfallen hat…!«, schnaufte Axel Körner.

Bitte nicht…! Meller sah sich schon wieder in Unterhosen

Pizzakartons über die Straße tragen und sagte zu ihm:

»Eines gleich vorweg: Dieses Mal geht einer von euch halbnackert, falls wer nach einer Pizza verlangt.«

Was war das bloß? Die Krallen des Bösen griffen immer schneller um sich.

Doch dieser Banküberfall stellte sich bald als eine Verkettung unglücklicher Umstände heraus. Eine geschockte, ältere Frau mit Schweißperlen auf der Stirn saß im Vernehmungszimmer und beichtete dem Kommissar das Missverständnis.

Elfrieda N., 70 Jahre alt, wollte in die Bank, um Geld abzuheben. Als überaus misstrauische Person mied sie diese Bankomaten. Wer weiß, wenn sich der Automat bei der Geldausgabe verzählte? Man las auch schon so oft von Überfällen, wo Gangster nur darauf warteten, bis das Gerät die Euros ausgespuckt hatte, und einem das Geld aus der Hand rissen.

Deswegen stand sie mit ihrer schweren, prall gefüllten Handtasche beim Kassenschalter. Sie trug stets das Wichtigste bei sich. Es konnte ja sein, dass zu Hause ein Einbrecher einstieg, während sie unterwegs war. Wenn dann wichtige Papiere oder gar der Schmuck gestohlen wurde, nicht auszudenken!

Als Meller sie darauf aufmerksam machte, dass ihr die Tasche leicht entrissen werden könne, zeigte sich die Frau kämpferisch: »Das soll einer mal versuchen!«, während sie das schwarze Ungetüm auf ihrem Schoß noch enger an sich zog.

Aber warum die Pistole? Diese lag jetzt vor ihnen auf dem Tisch. Eine Schreckschusspistole, jedoch nur von einem Profi zu erkennen. Ob sie denn einen Banküberfall vorgehabt habe?

Da begann die mollige Frau erst recht zu schnaufen und zu schwitzen und regte sich fürchterlich auf: »Ich habe in meinem Leben noch nie eine Ungerechtigkeit begangen, geschweige denn jemanden überfallen… und überhaupt…!«

Meller machte sich ernstlich Sorgen, die Frau würde kollabieren.

Die Pistole gehörte ihrem verstorbenen Lebensgefährten. Sie wollte sie im Wachzimmer abgeben, ein Herr Inspektor So-und-so, der Namen war ihr in der Aufregung entfallen, könne das bestätigen. Das Kind war schuld, dieser ungezogene Fratz war schuld an dem Schlamassel.

»Diese Kinder – überhaupt keine Erziehung mehr…«, begann sie plötzlich zu weinen. »Ich stand an der Kassa und hatte meine Tasche nur kurz abgestellt, damit ich… ach, ich weiß ja nicht mehr, wie das ablief…«

Hektisches Suchen nach Taschentüchern – gefunden.

»Das Kind hat mir einfach die Tasche umgeworfen. Da ist dann die Pistole herausgefallen.«

Kurzes, kräftiges Schneuzen, aufatmen, Augen abwischen.

»Dann hat der Bub plötzlich die Pistole in der Hand gehabt und hat *peng-peng-peng* geschrien. Ich habe ihm die Waffe aus der Hand gerissen und wollte der Frau hinter dem Schalter das mit der Pistole erklären…«

»Mit der Waffe in der Hand?«, unterbrach Meller die Frau.

»Ja-nein-ja… ach, ich weiß das nicht mehr so genau: Sie bringen mich jetzt ganz durcheinander. Ich weiß ja auch nicht, warum die Frau am Kassenschalter plötzlich die Hände hochgehalten hat. Ich rief ihr noch zu, dass das kein Überfall sei, sondern nur ein großes Missverständnis.«

Die Bankangestellte hatte zu Protokoll gegeben, dass Elfrieda N. plötzlich mit einer Pistole herumgefuchtelt habe, zwar versicherte, dass das kein Banküberfall sei und dass das nicht so sei, wie es ausschaue. Doch weil die Mutter des Kindes hysterisch schrie und um ihr Leben und das ihres Kindes bettelte, habe sie sofort den Alarmknopf gedrückt und die Hände hochgerissen. In der Bankfiliale geschah vor ein paar Tagen diese Geiselnahme mit dem gefährlichen Ex-V-Agenten. Da sei es kein Wunder, wenn man übersensibel reagiert. Vor allem, wenn jemand einem mit einer Pistole vor der Nase herumfuchtelt. Auch wenn es eine ältere Frau ist. Die hätte genauso gut ein verkleideter Bankräuber sein können.

Der Banküberfall, der keiner war, konnte schließlich als ein Zusammenspiel unglücklicher Faktoren aufgeklärt werden.

Meller nahm die Waffe und sah die Frau durchdringend an.

»Haben Sie noch mehr solche Überraschungen auf Lager?«

»Ich bitte Sie, Herr Kommissar! Mir ist das Ganze eh schon peinlich genug.«

»Gehen Sie nach Hause. Ein guter Tipp noch: Mieten Sie sich bei Ihrer Bank einen Safe und legen Sie alles hinein, was in Ihrer Tasche von Wert ist. Das schont nicht nur Ihre Nerven sondern auch Ihr Kreuz. So – und nun wünsche ich Ihnen noch einen schönen Tag. Auf Wiederschauen!«

Kaum war die Frau aus der Tür, tanzte Claudia Rotter herein und berichtete dem Kommissar, dass der Jugendliche, der in »ihrem« Biotop ertrunken war, erst jetzt identifiziert werden konnte. Seine Mitbewohner aus der Wohngemeinschaft hatten ihn in einem Zeitungsartikel erkannt.

Claudias Blick blieb an Mellers Zettelklotz hängen.

»Jö, da ist ja wieder, der kleine Ausreißer!«, grinste sie und wollte danach greifen.

»Finger weg…!«, brüllte Meller übertrieben laut, sodass sie zusammenzuckte. »Den greif nur ich an, klar…?«

»Na, so was Zimperliches«, mokierte sich Claudia.

»Ist auch ein ehrwürdiger alter Krieger, mein Talisman«, entgegnete Meller und drehte ihn wie einen Kreisel, sodass er beinahe vom Zettelklotz fiel.

»Hoppala… gleich wirst ihn wieder löten lassen müssen. Soll ich dir unseren Putz-Engel schicken?« Sie grinste keck über die Schulter und verließ sein Büro.

– – –

»Bitte, mir sagen, wo Franz Krapfenbacher… Grab?«

Die Rothaarige mit Sonnenbrille und einer atemberaubenden Figur im eleganten Kostüm bat den Friedhofsgärtner um diese Auskunft. Drei sehr dunkle Rosen hielt sie in der Hand.

Der Mann lächelte sie müde an und nickte stumm mit dem Kopf. Er sah erst eine Liste durch, dann zeigte er ihr an einem Lageplan an der Wand, wo das Grab lag.

»Leicht finden. Mann erst kurz in Erde. Liegen noch Kränze auf Grab…«, antwortete er ausländerverständlich freundlich.

Sie fand das Grab sofort.

Ein helles Holzkreuz steckte im Erdhügel. Einige Kränze mit Trauerschleifen lagen davor.

Franz Krapfenbacher 6. 8. 2007, stand auf dem weißen Zettel in der Plastikhülle, die mit Heftklammern in der Mitte des Holzkreuzes befestigt hing.

Die Rothaarige legte die Rosen unter das Kreuz und blieb minutenlang unbeweglich vor dem Grab stehen.

Die Tränen kamen. Sie wischte sie nicht weg.

Dann blickte sie um sich, suchte was Bestimmtes. Fand es und brach einen kleinen Ast vom nahestehenden Buschwerk ab. Behutsam ritzte sie einen Namen in das lockere Erdreich vor ihren Füßen:

Yvonne.

Ein letzter Blick auf den Namen, auf das Kreuz, dann ging sie.

Epilog

Freigelassene Flaschengeister...

Danke...

Mödling ist unendlich schön und von einer begnadeten Aura umhüllt. Es wurde und wird deswegen auch von unterschiedlichsten Künstlern als kreativer Schaffensplatz auserkoren. Einer der vielen Gründe, warum hier zu leben so teuer geworden ist?

Bedenklich ist jedoch, dass sich mehr und mehr Vandalismus dieser lieblichen Region bemächtigt.

In mancher MSN (MödlingerScherbenNacht) fliegen – aus Fadesse, Übermut oder Frust – Flaschen zerberstend auf den Asphalt und lassen gefährliche Flaschengeister frei. Diese Scherben bringen alles andere als Glück. Auch Häuser werden beschmiert und öffentliches wie privates Gut wird zerstört...

Sind dies erste Zeichen, dass die Hemmschwelle – diese diffuse Grenze zwischen Sinn und Unsinn, zwischen Recht und Unrecht – nicht mehr wahrgenommen wird?

Das waren meine Beobachtungen bei Spaziergängen durch die Stadt, bevor ich Kommissar Meller durch diese Seiten jagte.

Ähnlichkeiten mit Personen, Tieren oder Handlungsdetails waren und sind nicht beabsichtigt. Gäbe es zufällig welche, so möge sich der geschätzte Leser in der Gewissheit wiegen, einer puren Fantasiegeschichte aufgesessen zu sein.

Danke Eva, Gabi, Alex und Karin, die sich durch den Roman gelesen und gnadenlos lektoriert haben (im nächsten Roman räche ich mich – Ehrenwort)…

Danke lieber Robert. Neu zum Team gestoßen, steht mir ein echter Krimineser mit jahrelanger Erfahrung zur Seite…

Danke dem talentierten Schlosser Hartmut, der auch lautstark sein »Herz am rechten Fleck« zu verteidigen versteht…

Danke der Apothekerin, die mich in die vielfältige Welt der Drogen einführte, mich über Wirkungen und Folgen aufklärte. Theoretisch – möchte ich bitte festhalten…

Danke dem Chemiker und Sprengexperten Bernhard. Die explosiven Schilderungen hinterließen knallharte Bruchstücke…

Danke der netten Fremdenführerin für die Reise durch Mödlings Vergangenheit sowie dem belesenen Herrn im Mödlinger Stadtarchiv…

Danke dir, liebe Elfrieda N. »Deine Pistole« hat mich verleitet, den Kommissar eine Sonderschicht schieben zu lassen…

Danke dem jungen und tüchtigen Doktor Michael für seine profunden Kenntnisse bezüglich »Verletzungen aller Art«…

Danke allen Menschen, die mich – verdient wie unverdient – dazu inspirierten, dieses oder jenes so zu schreiben, wie es zu lesen ist…

Zuletzt ein ganz besonderes *Dankewuff* dem Cockerspaniel Joe. Der »Ärmste« hat es im wahren Leben um Häuser besser, um nicht zu sagen: hundesaugutbesser…

In Mellers viertem Fall wird sich der S-C-ONE Kommissar ganz schön »warm anziehen« müssen.

Einerseits, weil es bei Tannenzweigen, Kerzenschein und Lebkuchenduft sehr weihnachtlich zugehen wird, andererseits, höchst kriminell. Man darf gespannt sein…